谨以此书献给中国共产党成立一百周年，纪念世世代代为国为民的英雄们！

魂归烟木

唐文俊　著

黑龙江教育出版社

图书在版编目（ＣＩＰ）数据

魂归烟木 / 唐文俊著 . -- 哈尔滨：黑龙江教育出
版社 , 2021.11

ISBN 978-7-5709-2773-9

Ⅰ . ①魂… Ⅱ . ①唐… Ⅲ . ①长篇历史小说—中国—
当代 Ⅳ . ① I247.5

中国版本图书馆 CIP 数据核字 (2021) 第 243833 号

魂归烟木
HUN GUI YANMU

唐文俊　著

责任编辑　张培培
装帧设计　西　子
内文编排　西　子

出版发行　黑龙江教育出版社
地址邮编　哈尔滨市道里区群力第六大道 1305 号（150070）
印　　刷　三河市嵩川印刷有限公司
开　　本　710 毫米 ×1000 毫米　　　1/16
字　　数　350 千
印　　张　18
版　　次　2021 年 11 月第 1 版
印　　次　2022 年 1 月第 1 次印刷
标准书号　ISBN 978-7-5709-2773-9
定　　价　69.80 元

喜賀文優先生新作魂詢烟未出版

岳魂耀神宗

龍詢披彩霞

軍烟溺性志

題未見美華

戊戌秋嶽飛思想研究會吾郭軍撰書

贺文俊先生新作魂归烟木出版

魂魄昆圣武穆宫

归回神山映日红

烟腾雾绕聚仙境

木蕙林翠绣精忠

岳志勇诗并书敬题

题记

烟木，原指烟熏火烤的树木。从外观看，其色黝黑，但木质被这熏烤烧焦的黑色包裹，坚硬无比，几百年乃至上千年，都难腐烂。在这里，"烟木"的谐音如同"淹没"或"掩墓"（掩埋的坟墓）、"淹墓"（淹没的坟墓）。由于烟木冲这个地方小山重生，当地方言就把山与山之间的小峡谷叫"山冲"。于是就有地名"烟木冲""掩墓冲"或"淹没冲"的方言叫法，书面语言写作"烟木冲"。

烟木冲是一个神奇的地方。那里，群山聚会，路弯水绕；翠鸟谈天，时有烟雾缭绕，似仙雾飘临。那里，山中叠山，远看就像拼凑的"岳"字。自从岳飞南征，追剿恶匪曹成，在那里驻扎部队之后，衍生诸多传说，扑朔迷离。那里的人民为了纪念这位民族英雄，就把那些小山统称为"岳字山"。

※※※

忽一日，大宋猛醒，重提英雄，激发爱国热情。英雄再被正名。从快要失传的事例中搜集、打捞英雄事迹，虽已整理，但只是收获的一部分，有些失传，有些至今还在民间断断续续地传颂，由于年代久远，无法一一考证，不妥之处，请斧正。

目　录

第一章

一梦走南蛮　宋皇诏书颁

黛青色的山脉似腾飞的巨龙逶迤天际。一只孤雁扇动有力的翅膀尖叫着翱翔于天宇，继而追逐灵动的山脉飞向远方。突然发觉自身随缭绕的烟雾飘升起来，似有孙大圣腾云驾雾之态，仿若成了凌空飞渡的仙子，轻轻地栖落于崇山峻岭之中。

眼，瞪如灯笼，惊异于秀美的山系，明镜似的山湖，弯弯的小河，盘旋而上的蛇形山路。粗犷的山歌从山中忽然升起，在山谷里久久回荡。蛇形路上披红挂绿的善男信女们三步一拜，五步一叩，虔诚地走入掩映林中的山神庙。山涧，陡然升起缕缕乳白的迷雾，连缀成片，缓缓地遮住似狮类虎、似猴类人的山系，倍添大山的神秘。

风，骤然生起，摧枯拉朽，似有排山倒海之势。远处传来虎啸狮吼之声，夹杂鬼哭狼嚎之音。一队外族官兵披坚执锐，跃马扬鞭，旌旗招展，从山脚下田垄边的青石大道上疾奔山道而来，追逐一群杂乱一团的山匪，手起刀落，喊杀声不绝于耳。前面，不远处，高高耸立的怪石上隐约显露"南蛮之地"的字样。

山道拐角处，突然冒出手执拐杖、满头蓬乱银发、泪眼凹陷、步履蹒跚而形同枯木的老妇人，干瘦的手能掐断脖颈、风能吹倒人身。老妇退而躲靠路边，凄凉地哭喊着儿子的乳名，央告追杀过来的官兵手下留情、刀下留人……

一群黑色的神雕犹如天兵天将，突然出现，怪叫着俯冲下来，一雕一人地叼起山匪撂入肩背，展开巨翅，搭载而去，掠过山神庙，隐匿于迷雾缭绕的天宇，即刻消失得无影无踪。祭奠的山民们视而目瞪口呆，许久才恍过神来，不约而同地大呼苍天，祈求山神的庇佑。

一只大雕用巨翅托起匪首在官兵上空搜寻，如同排列密集的钢剑片连缀而成的巨翅见官就扑，犀利的眼神里喷着狂怒的火焰，锋利的钩嘴啄钩不停。有人挥戈相迎，有人挽弓射箭。机灵的神雕扑闪着旋了几圈，旋即不知去向。

被啄中的官人模样之人喷着汩汩殷红的血，断断续续地干号，气力不济，慢慢地，支撑不住，栽倒山旁……

"咚咚咚！咚咚咚！"有人敲门。绍兴二年^①春，久日未睡的岳飞突然从睡梦中惊醒，周身冷汗淋漓，惊恐不已。稍做镇定，方知是一场梦，翻身而起，手脚麻利地穿戴戎装，箭步而出。厅堂里早已候着随从。侍从在不停地忙碌着。来者是钦差

---

① 公元 1132 年。

大臣，带着宋廷皇帝赵构的诏书急匆匆地走来。只见那岳飞：隆长白脸大而方，广额疏眉目圆光；两颊甚丰巧嘴广，重颐甚长髭须藏。头戴银盔顶须扬，身披铠甲肩膀宽；腰束紧紧系箭囊，足蹬虎靴振四方。个儿不高，活脱脱身强体壮；岁不大，健盈盈神采飞扬。真让人一看上心，再看爽心，三看倾心。

颁召大臣看傻了眼，久久不能回神，幸亏同行提醒，调整情绪，陡然发话，声如洪钟："奉天承运，皇帝诏曰：近年天灾饥荒，人心惶惶；北有金兵入侵，南有盗匪猖狂；民不聊生，社稷动荡。今任命岳飞为权知潭州① 兼权荆湖东路安抚使，从洪州② 出发前往道州③、贺州④，征讨曹成盗匪，平定西南，抚民安邦……"

岳飞跪拜接旨，心潮澎湃，慷慨激昂，正义之感油然而生，为保社稷江山稳固，送走钦差一行，迅速召集将领，召开高层征讨会议。

会议室里群情激昂，或交头接耳，探讨对策；或蹙眉凝目，思忖良策；或来回踱步，寻觅上策。居中端坐的岳飞环顾四周，忽然干咳一声，全场戛然而止，目光齐刷刷地投过来。

岳飞慷慨陈词："我一向主张雪国耻，抗击金兵入侵。自从靖康二年⑤ 金贼⑥ 掳走我宋廷徽宗、钦宗两帝以后，我心急如焚，常常寝食难安。作为他们的臣民，我们有责任、有义务担负起兴国安邦的重任。金贼不是我们的对手，我们能够战胜他们，即使他们偶然取胜，占据一城一地，因国力不济，也守不住、管不了。但是，经过近段时间的深思熟虑，我想皇上的决策是英明的。靖康二年后，金贼虽然侵我国都，鞭长莫及，只好拥张贼为伪楚皇帝，充当傀儡，自己却从开封撤军；建炎三年⑦，金贼窥视我黄河地区，也只能立刘贼⑧ 为伪齐政权替其卖命。连年征战，国内民不聊生，怨声载道，旱涝天灾、饥荒人祸屡见不鲜，迫于严峻形势，唯有撤兵回朝。如今北方暂安，南方盗匪猖獗，高宗皇帝建都于东南一隅以后，在临安发号施令难以迅速通向四方，尤其是在西起川陕东至江淮长长的战线上，当中有一段，即两湖之地，被游寇割据，阻碍了政令的通达、部队的调度。如曹成占据道州，马友割据潭州，李宏盘踞岳州⑨，刘忠则窜扰于潭州与岳州之间。曹成、马友、李宏，都是从张用的

---

① 今长沙。

② 今江西南昌。

③ 今湖南道县，雅称莲城。

④ 今广西贺州市东南。

⑤ 公元 1127 年。

⑥ 金朝官兵。

⑦ 公元 1129 年。

⑧ 刘豫，北宋叛臣，原济南知府，在金国的扶植下建伪齐，国号大齐。伪齐是一个傀儡政权。

⑨ 今湖南岳阳。

部队中分裂出来的，其中以曹成的势力为最强盛，目前最为猖獗，号称有十万之众。平时，他们相互火拼，一旦遇到官军前来征讨，则又互相支援，结为辅车相依之势。荆湖游寇如不扫平，则东线、西线不能相连，东南不能与陕、川相通，于抗金斗争和国家安危关系极大。朝廷思虑再三，决定用较短的时间征讨这些游寇，速战速决，消除不稳定因素。皇上倚重我们，寄希望于我们屡立战功，任命我为权知潭州兼权荆湖东路安抚使，带领大家前往道州、贺州征讨，大家意下如何？"

"皇上英明！坚决拥护岳大人率部出征，尔等勠力同心，同仇敌忾，杀他个盗匪片甲不留！"与会人员齐心呼喊。

"可有破敌之策？"岳飞看看众人。

沉默片刻，忽一人猛然站起。不看不知道，乍一看心惊肉跳：

　　　方头肥耳厚朱唇，胡子连腮铁塔身。

　　　额上根根筋络暴，口无遮挡一蛮人。

此乃岳家军猛将徐庆，身高八尺，顿食三升，站若门神，力大无比。岳飞抬手示意，别急！慢慢道来。徐庆仍然鼓眼环视，斩钉截铁地说："我的想法是'造势''猛打'。"

全场寂静无声。

片刻，一人漫不经心地起身，脸若"国"字，面如白粉，长长的剑眉时蹙时展，一双凤眼内嵌着两颗黑宝石，滴溜溜地转个不停，说话掷地有声，洪亮的声音悦耳动听，两片好看的朱唇在一张一翕地开合，一排整齐的白牙露了出来，面颊上偶尔跳出一对惹人喜爱的笑窝，让人遐思连连。满堂闻声，目光齐刷刷地聚焦过来。他就是岳飞心爱的大将张宪。他的想法是："瓜分、智取。"他详细地阐述自己的想法，说得眉飞色舞，清秀的脸上洋溢着一股帅气，铿锵的声音蓄满虎虎锐气，精辟的论断顿生几许霸气，坚不可摧的言辞兼容众多豪气。

他告诉大家如何以少胜多，如何巧夺智取，如何各个击破！

有人听得托腮沉思，有人听得捋须不停，有人听得点头赞允，有人听得摩拳擦掌。

岳飞满心欢喜，不断地投来赞许的目光，不停地询问在座各位是否还有其他高见。

"我的建议是'劝降''诱降'。"话音未落，人站了起来。只见他犀利的目光扫场一周，怪异的眼神带出几分寒意，给人一种捉摸不透的感觉。

细细打量此人，浓眉大眼面若枣，连耳胡碴儿似剑草；站如青松金钟罩，腰束如意雁翎刀。说话中，余音绕梁；挥手时，虎虎生风。露有横扫千军之势，藏有大将风范之态。真叫人惊憾，望而生畏。此人就是岳家军主要战将之一王贵！

停顿片刻，岳飞扫视全场。

"我有话说！"一个声音从室内一角传出。众人转头望去，只见一人猛然站起，一身书生打扮，脸长而瘦，白得与山羊胡须有点不相称。其人站着不自在，边说边耍着猴戏的动作，惹得众人捧腹大笑。

说者正是王经，只见他：

> 一双小眼机灵转，形似精猴话语尖。
>
> 手托算盘翘指弄，哗啦呱嗒落珠帘。

王经说着自己的想法，说得很详细。听众时而抓耳挠腮，时而叫声不断。刚说完，岳飞博采众长，当即拍板道："劝打结合，重在收编。"旋即发号施令："爱将张宪、徐庆接令——"

"末将在！"

"今命令你俩各自率领自己的部队打先锋！互成掎角之势，相互配合，猛打巧取！"

"是！"

"爱将王贵接令——"

"末将在！"

"今命令你率部打主战，排兵布阵，收降为主，意在收编！"

"是！末将坚决做到！"

"爱将王经接令——"

"末将在！"

"今命令你负责后勤粮草供应！"

"是！末将照办！"

"所有将领听令——"岳飞振臂高呼，"给你们一周的时间做准备，一周过后三更造饭，五更启程，军令如山，不得儿戏！"

各将领齐声应允，各自领命回去安排布置。

岳飞安排好军务之后，回去向母亲请安。见母亲大人正在与夫人交谈，即刻上前搭话。

"鹏儿，你来得正好！你那宝贝云儿自从上次允许他进张宪营部①拜师学艺之后，厌文嗜武，整天舞着一对锤子东奔西跑，这不！又去找他的张宪哥哥去了。你要管管他啊！"

岳飞闻讯，二话没说，直奔张宪营部，生怕云儿添乱。

张宪正在召集手下头领闭门召开紧急会议。岳飞没有打扰，转而走向演练场。演练场上一群士卒一圈一圈地围成一个大圆圈，圈中一少男正在讲得眉飞色舞，不

---

① 有些书说岳云先随牛皋，不妥。牛皋是绍兴三年（公元1133年）李成南侵失镇后才加入岳家军的。岳云是13岁（公元1132年）被岳飞编入张宪部当了一名小卒。

时地抡起大锤舞起来。喝彩声接连不断。

　　岳飞大喝一声，士卒立刻散去，岳云立时惊呆在原地，一动不动。

　　岳飞叫回岳云于母亲身前，家法从至，后命他面壁思过，不准外出。

　　一周后的三更，一支一万两千余人的队伍从洪州出发，留下两千人驻守吉州①，保护军人眷属，其余一万多人直进袁州②，浩浩荡荡地向荆湖茶陵挺进。

　　突然，一只大鹏在火把的光亮中掠地飞过，消失在茫茫夜色里。

　　岳飞骇然。

第二章

少年获战讯　闹嚷去征战

　　话说岳飞，常年带兵打仗，屡立战功。曾以母、妻和两个儿子为人质，请命担任淮东一路头领，迤逦收复旧疆。金兵南侵，朝廷诸将避而躲之，唯有他反而请旨北上，部队已经扩充到三万多人，手下将领众多，初显一支劲旅的雏形。宋皇欣喜欲狂，下令收编这支部队，直拨军饷，全留洪州。岳飞听令，把家眷从歙县接来洪州，随军驻屯。

　　岳氏一家团聚，岳飞欢喜不迭。母亲虽然增添几许白发，但身体硬朗，每天心情很好；妻子李娃即使额上细纹加深，身体略显发福，但温柔敦厚，做事麻利，处事不慌；最认不出的是长子岳云，一年不见，个子长高，嗓音变粗，差不多已到自己耳朵高了，已长成粗壮小伙儿，打心眼里喜欢。近日听母亲诉说犬子老往张宪军部跑，教书先生也奈何不了，岳飞顿生烦闷，突然问起岳云读了哪些书，加以考究。岳云回道："才读完《尚书》，正在读《孟子》。"岳飞开口考阅："故曰：域民不以封疆之界，固国不以山溪之险，威天下不以兵革之利。"岳云想了想，接出下句："得道者多助，失道者寡助。寡助之至，亲戚畔……畔之，多助之至，天下顺之。以……以天下之所顺，攻天下之所畔，故君子有不战，战必胜矣。"岳飞听后，心生欢喜。岳母见状，转忧为喜，开口道："瞧你们爷儿俩，倒像是先生和学生，一见面就对书。"一句话说得岳飞怒气顿消，心里乐融融的。岳母知书达理，虽知读书重要，却不像当初对儿子那样严管孙儿，总觉得儿子常年在外征战，孙子缺少

　　① 今江西吉安市。

　　② 今江西宜春市。

父爱，渐渐地，对孙儿开始溺爱，管教也开始松弛起来。哪知岳云是个尖屁股，一捧起书本屁股就坐不稳；一拿上竹、棍等"兵器"，便来了精气神。在老家，岳云私下里与同村孩童偷偷拆下破庙里一尊武神的手锤，经常乱舞起来，不知不觉中练出了脚力和膀力。一次和邻村的孩子掼跤，竟把一个长他两岁的胖墩男儿摔出老远，吓得没人再敢和他交手。岳母见云孙天性喜武，只要他每日完成读书任务，也并不过多阻拦。姚二爹见岳云锤不离手，睡觉时也把木锤放在床头，便请铁匠打了一对各十斤重的八棱熟铁锤，当作礼物送给了他。岳云喜得合不拢嘴，当即跳到庭院里挥舞起来。姚二爹看他舞得没招没式的，便托人请了个武术师父教他。几个月工夫，岳云便将那武师的双锤三十六式练得滚瓜烂熟。那武师倾其所学，和盘托出，教完之后告辞而去。岳云久练套路，竟发现其不足，用心琢磨出自己的一套锤法。转天一早，岳飞起床晨练，一眼瞥见岳云在院外空平地上练习锤法，舞得虎虎生风，突觉惊讶，赶忙取来沥泉枪，与儿对练起来。岳云嘴上说不敢与父斗打，心里却巴不得了，于是父子俩一枪对双锤，较量起来。

岳云正想在父亲面前显露显露，说了句："孩儿冒犯爹爹了！"接着挥舞双锤，猛砸过来。岳飞有心看他的功底，退步支招挡住。打了一阵，岳云总觉得近不了父亲身前，好胜之心顿起，拿出自创的锤法，一个猛虎出洞，挟风扑上。岳飞不慌不忙，按上、中、下、左、右五路与之走了几圈，发觉儿子身形灵活，力道尚可，只是变化略显生硬，护身不足，狠杀之招太少，缺乏实用性。于是红缨一抖，将自己的六十四式变化中的前十六式枪法轮番使出，逼得岳云连连招架，步步后退，最后赌气扔锤，坐在地上撒娇。岳飞收住枪，严肃地说："天外有天，人外有人，等你见识过十八般武艺才知道厉害！"说罢转身而去。岳云受挫，伤心落泪，决心再练，好让爹爹刮目相看，想着想着，思从悲来，恍然大悟，觉得为父说得在理，光靠自己闷头呆练，没有博采众长是练不出真功夫的。事后只好悄悄去找王贵、张宪、张显、汤怀等几位叔叔或哥哥求教，心里有了新的打算。经此打击，岳云一下脚勤手快，成熟多了，变得谦虚起来。每天早晨，赶在父亲晨练之前起床，躲在一旁，偷学武艺；上午随老师苦读，私下里温习武学；下午回家快速完成作业后就去军营，见缝插针，找叔辈们学艺，和士卒们对练。

且说营中将领皆是实战中拼杀过来的人，都有两下子，有的还身怀绝技。岳云见了，真是大开眼界，立马进入角色，自找差距，虚心请教。几个月下来，岳云锤法大进。

一日，张宪在校场巡视，听到前面有人喝彩，走过去一看，傻了眼！双锤对一刀一枪，三人对打。是岳云，正与两人酣战尤勇。只见岳云忽如猛虎下山又似灵猫上树，一对铁锤流星环身，稳健的脚步忽东忽西，忽南忽北。再细看，那闪、转、腾、挪的招式与其父步战六合枪的走法十分相似，不由得点头称赞，到底是父子，哪有不传之理？——其实，那是岳云偷学父亲的枪法，在此基础上自创六合锤法，如今初试，果然引来喝彩。张宪寻思间，校场上一声响，那个舞大刀的刀身被岳云一个回身猛砸，一刀两断——原来那刀是用榆木做的，正好打在疤节上。于是喝彩声又响了起来。对练结束，张宪上前拍着岳云的肩膀道："不错不错，真是将门出虎子，给你张哥哥脸上添光添彩了！"众人皆笑。岳云趁机央求张宪，要他答应自己随军征战。张宪立马回绝："不可！不可！这是大事，须得你爹点头才行；我这当哥的，说了不算。"于是众人又笑。原来一旦入了兵籍，等于上了铜板册，取消不了，这样一来，不好向老夫人交代。岳云见当兵无望，回到家里，整日茶饭不思，呆若木鸡。

岳母以为孙儿病了，呼前唤后，招呼不断，得知非病，另有所图，既好气又好怜，忙把此事告知儿子。

岳飞勃然大怒。

岳云自此意志消沉，一段时日，既不去晨练也不去军营对练。

张宪为了哄他，给他一匹上好的枣骝马，之后找到当地最好的铜匠，打了一对各二十四斤重的八瓣镀银锤送与他。岳云脸上才有了喜色。

近日，岳云又活跃起来，拿着镀银锤去军营找士卒对练，好像多了一个心眼，一边练舞，一边观察军营动静，似有心思瞒着大家。

难得岳飞空闲，回家与母唠叨。说着说着，扯到云儿，岳飞多日不见他了，唤妻找人。妻子走过来，插上话，说云儿的心思在武功上，对读书不怎么感兴趣，又去张宪营部去了。岳飞耐着性子，左等右等，天黑了，云儿才慢腾腾地走回来。岳飞逮个正着，一顿毒打，询训起来。云儿似乎吃了枪药，居然反抗，哭闹着走出父亲的控制范围，边哭边喊，不肯读书，要从军，闹着随张宪去征战，愤怒地冲出家门，隐入黑幕中……

妻子急了，没命似的追去。母亲束手无策，也跟着追去。岳飞怕母亲有闪失，同追过去……

第三章

山涧巧相遇　猎队乐开怀

　　鸡鸣，狗叫。沿途农户早早地起床，站在队列旁，乐呵呵地欢送岳飞的队伍去南方平定曹匪。前来送行的有送粮送物的，有送儿上战场的。似乎还有二八多娇的村姑，匆匆走来，踮起脚尖，目送如意郎君追随队伍，融入滚滚人流中，开拔沙场。

　　暮春，万物复苏。花卉溢香，蜂鸣蝶舞。绿野蓬勃，鸟飞兽走。山欢水笑，春河暴涨。赣江开始咆哮起来。有一渔翁头戴斗笠，身背蓑衣，呆坐江边，目注全神，丝毫没有被路过的部队所扰。有领队好奇，前来询问。冷水暴雨，怎能钓上鱼儿？渔翁仔细端详队伍一番，捋须笑而不答。从那眼神中看出老人的自信，领队丈二和尚摸不着头脑，把此事告诉岳飞，岳飞顿生疑窦，亲自前往探视。渔翁轻指江中泛舟之人，问岳飞："滔滔江水既湍急又汹涌，江中为何还有孤船？"

　　"谋生吧！"

　　"为何要去？"

　　"迫于生计！"

　　"孤船为何不翻？"

　　"驾舟之人有高超的技艺吧！"

　　渔翁话锋一转，问道："你带多少人去破曹贼？"

　　"一万之众！"

　　"都是精兵强将？"

　　"近七千精兵，三千多火头军。"

　　"曹成呢？"

　　"十万之众！"

　　"疲惫之师，能以少胜多？"渔翁又问，"可有破敌良策？"

　　"略有所备，并无把握，愿请高人指点！"岳飞很认真地期待着。

　　"谈不上指点，建议有三：其一，你军须有孤舟之勇，军心切勿动摇！其二，沿途注重招贤纳士，广收异人，吸纳义军，锤炼成自己的精锐部队。其三，戮力同心，合而击之，分而歼之，不可本末倒置。"

　　岳飞一听渔翁的话，心知遇到了高人，满心欢喜，欲留老人随军当高参。渔翁家有百岁老母需照料、尽孝道，婉言谢绝了。

　　岳飞恋恋不舍地走了。

渔翁远远地挥手告别，大喊来日要喝庆功酒。

走了几日，岳飞一直在琢磨渔翁的金玉良言，不知不觉地远离喧嚣的赣江，挺进密林，十曲九弯，走在两边高耸绵延的武功山山涧。忽见一身影，稍纵即逝，似曾相识，隐入前行的队伍中。岳飞纳闷，一时记不起是谁？寻寻，又没找到！

山高，林密，松涛阵阵。远处传来凄厉的猿啼鹤唳声。察看地形，此乃行军打仗的绝地。岳飞担心山匪埋伏山涧，速令官兵加急行军，火速走出峡谷，不宜久留。号令间，迎面走来一衣衫褴褛、蓬头垢面的小伙子，正在猛追一只夺路而逃的麻黄色山狐。眼看一步之遥，小伙子弯弓搭箭，疾射而出。狡猾的山狐避开箭梢，急急躲开前来的部队，侧面一跃，竟从人箭之间纵入坡上柴丛。说时迟，那时快，小伙子一个箭步冲上去，抓住一树干，一溜儿烟，爬上枝头，右手紧握树干，弓身一荡，伸出左手，快速抓住另一棵树干，立马"过河"到达另一棵树上，如此往复，旋即到了远处的树上。只见他，双脚夹树干，倒挂金钩，双手拿箭射出。突听一声惨叫，躲在树下附近柴丛中的山狐忍痛冲出，趔趔趄趄，顺坡滚下，四脚侧蹬不停，头上一侧顶着一箭，口里好像呛着血。山坡上突然冒出一女，头戴山花缀成的花帽，身穿大红花衣，活像一个快速朝前滚动跳跃的火花球。火花球陡然停下，并伴有尖叫声："射中啦！射中啦！杨哥哥射中啦！"小伙子抓住高树顶杆反弓到矮树上，很利索地跳下来。双手抓住山狐前脚，顺势一摆，把奄奄一息的山狐摆上肩背，带上花妹准备离去。这一切，被岳飞的眼睛抓个正着，记在心里，速速命人前去搭讪，自己随后赶上。

"这不是渔翁讲的异士吗？"岳飞敏捷地想到，"对，少年异士！要是为我所用该多好！"岳飞脑中突闪一念，盘算着如何说话。

官兵尾随岳飞，把小伙子俩人围在核心。小伙子见来了这么多陌生人，一点也不畏怯，大喝一声："想干什么？"随即摔下山狐，蹲步苗腰，拉弓引箭，跃跃欲射。眼疾手快的花妹早已拾起地上的小石子当作镖一样甩了出去。"嗖嗖"两下，摆倒两人。

岳飞急忙扬手制止，"小伙子，我们被你打猎的武艺所惊憾，前来讨教讨教，别无他意，也想和你交个朋友呢！"

小伙子仍有戒备心，手不离箭，迅速与花妹背靠背地护卫起来。

"你们看，我们这么多人，你一支弓箭能保得住吗？要杀你早就动手了，还要等到现在？"岳飞继续说，"你看，我手无寸铁。"

小伙子环顾四周，疑惑不解。

岳飞会心地笑了笑，示意周围士卒收好自己的武器，退到一边去。

"小伙子，这叫什么地方？"岳飞很和善地问起来。

小伙子极不情愿地答道："我们把这里叫绝杀冲！"

"就是把兽禽赶往这条冲，然后这个！"心直口快的花妹用手横抹自己的脖子，做了一个宰杀的动作，"我们有好多好多的人在这个冲两头把守关口，只要我一吹口哨，他们就会马上过来，有你们好看的！"

"呵！警惕性很高嘛！"岳飞故意朗声道，"怎么个吹法？教教我！"

花妹横眉立目，不屑一顾。

岳飞故意激怒她，拾起一颗石子飞掷过去。忽见一箭猛射过来。岳飞急忙侧身一躲，箭矢擦耳而过，射中身后树身，好快！与此同时，花妹用手在空中快速一抓，岳飞掷过来的小石子转眼在手心里被捏得粉碎。

在场的人看得目瞪口呆，岳飞惊出一身冷汗。

花妹立即抖落粉尘，用左手拇指和小指一夹，送入口中，卷入舌里吹出尖叫的声音。

山谷两头果真有回音，声若洪钟："来了！别怕！""来了！别怕！"

岳飞哈哈大笑，脱口而出："好机灵啊！"一股惜才之感油然而生。

片刻，两股猎人相向应声急奔过来。左队有鸟铳，长矛。为首之人生得牛高马大，满脸络腮胡子。只见他：

> 昂首挺胸如黑塔，寒光满眼一凶神。

> 咧牙张臂飞鹰爪，直扑携风吓煞人。

岳飞仰视，急问来人，示意借步说话。

来者正是常年以打猎为生的姜大侠，传说是炎帝后裔，能用百草治病。他狩猎的本领卓绝，是远近闻名的猎王。兽禽遇见他，恰似人儿碰见阎罗王，非死不可。他经常带着猎队游猎于武功山和万洋山，无固定住所，力大如牛，人称百里大侠姜武功。

岳飞自报姓名，述说原委。

姜大侠哈哈大笑道："误会！误会！"

"黑塔，什么事？"头插凤翎的悍妇模样的人带着她的右队及时赶到，"莫非又打倒一只大犀牛？"

"猛婆，只知道打猎物，这次收获可大呢！猎获一只山狐，巧遇一支行军队伍。"姜大侠声若洪钟，"你要不要见识见识他们啊？"

姜大侠大手一扬，摆出一个动作。

众目所望，不禁哑然。来者冬瓜脸，耳垂过肩，粗眉高翘，凤眼圆瞪，似男不像女，活脱脱母夜叉一个，侧看：

> 狮首肥臀铁塔高，声如风啸虎狼嗷。

> 脸呈凶恶挥柯斧，惊起旁人个个逃。

那动作，栩栩如生；那形态，让人自觉地急急躲开！

"岳大人①，这是我的内人公孙蛮，戏称猛蛮婆姬万洋。"姜大侠连忙挥手说道。

岳飞双手作揖，急打招呼。

"今天大家有缘，正赶上我们猎队每月会合的日子！咱们走出绝杀冲，在前面空旷处聚个会吧。"豪爽的姜大侠乐呵呵地大声说完，未征求意愿就领着众人朝前走出。猎队七嘴八舌地簇拥而去，笑浪一浪高过一浪。岳飞突然想到了什么，带着大部队接踵而去。

前面，不远处，突现一个头带宽边绿枝帽、身似怪兽、直立行走的东西，稍纵即逝。见者惊愕不已。

第四章

土酒香十里　猎农送出关

一袋烟工夫，人们来到了空旷地，眼前开阔起来。

暮春的落日柔情万种，挂在天边的山峭，绿意间泛出缕缕金光，有点依依不舍的样子。四周天边天连山、山叠山，围成一个硕大的花边绿玉盆。玉盆上空晚霞满天，彩意盎然。玉盆里有一个偌大的青草坪地，猎队在此支起帐篷，准备埋锅造饭。

姜大侠找来岳飞，相约来一个军民联欢晚宴大会。岳飞会心一笑，忙叫火头军配合起来。一字灶排成长龙，有好几里路长。军民忙碌着，砍树，割藤，用兽皮、树皮覆盖，制成简易的长龙席，并排安置。拾柴的络绎不绝，餐火燃起来了，炊烟缭绕。獐麂兔鹿，各种贮藏的野味呈现眼前，琳琅满目。空气里弥漫出迷人的野味香。有人开坛，用土酒炒菜。浓浓的土酒醇香四溢，真叫人有点口馋！远处，高坑上，架起了戏台，有人跃跃欲试。

天将暗下来，巡逻队支起高高的火把。天地间，似乎冒出一条悠闲的火龙。

岳飞紧抓空闲时间，摊开军用地图，与几个头目琢磨着行军路线。

姜大侠来了，告诉岳飞不要着急，他就是此地的活地图，翻山越岭走捷径是他的拿手好戏，能把队伍送出湘赣交界的万洋山，挺进株洲茶陵。岳飞听罢，笑逐颜开，即刻和他拉起家常来。原来，炎帝是姜大侠的嫡系始祖。姜大侠继承祖业，尝百草，采草药，狩猎为生，长期出入深山老林，武功山就是他的根据地。他追杀猎物，飞步弹跳，百步穿杨，练就一身好轻功和射杀的本能，百里大侠姜武功的雅号

---

① 岳飞时任都统。绍兴五年（公元 1135 年），岳飞 32 岁时才挂帅。

由此而得。老伴公孙蛮本来无名，因性格倔强，处事有股超常人的霸蛮劲儿，其绰号不胫而走。她祖宗三代打猎为生，传说是黄帝征战这些地方时遗落的后裔，万洋山就是她的家。以山为家成就了他俩的姻缘，且有一段炎黄联盟的佳话。那是十多年前，宋廷喜和不好战，致力发展农业，外戚早已窥视这块肥沃的土地，边境线上狼烟四起，战火不断，民不聊生，难民大量南迁，随处可见冻死饿死的人。为了生计，打猎的人突然猛增，猎物越来越少，猎户举步维艰。有时，为追擒猎物，十天半月不停步。猎人弹尽粮绝，饿得老眼昏花，倒在山泉边喝口清泉提神，有气无力地去采集野果充饥。桃李年华的姑娘公孙蛮就是一个死牛不放草的人，追逐一只华南豹已有月余。从万洋山追到武功山，忘了祖训，越过山界，穷追猛赶。先辈们在苑囿的范围内搜山，无处可寻，以为她被野狼谷的恶狼叼走，早已不在人世了。谁知她倒在绝杀冲的高坑边喘粗气，眼睛死死地盯住前逃的花豹，瞅准一个机会，用尽吃奶的力气摔出三颗石弹，正中花豹头部。公孙蛮大喝一声，不顾命地猛扑过去。花豹应声而倒，懵了一下，随即反扑过来，人豹撕扯在一起。眼看狂怒的花豹力大无穷，双脚搭在公孙蛮肩上，用力紧箍，准备咬断她的脖颈……

"我命绝矣！"公孙蛮脑中闪过一丝意念，闭目等死。

突然，树影摇晃，树上跃下一青年，火速用大石打昏花豹，速拿弯刀砍死花豹，救出公孙蛮。青年背起公孙蛮，躲进山洞，疗伤，食野果，钻石取火，分食豹肉。漂洗、晾干豹皮做被，捡拾柴草，铺垫当床，干制剩余豹肉贮存。青年在附近打猎，兼顾公孙蛮在洞内养伤，干贮很多猎物。公孙蛮的伤口慢慢痊愈。随着时间的推移，二人眉来眼去，日久生情，渐渐结合在一起。青年发出信号，父辈闻讯而来，联络公孙蛮他们促成这桩婚事。从此，绝杀冲附近就是两支猎队共同狩猎、聚合的地方，炎黄联盟一时传为佳话。

"那个青年就是你吧？"岳飞不假思索地问道。

"正是在下！"姜大侠自豪地回答。

"那，你老婆怎么又叫姬万洋呢？"岳飞追问，疑惑不解。

"两支猎队虽然联盟友好，但平素还是遵循原来的老规矩，老婆那方的猎队活动于万洋山，我队活跃于武功山，定时或不定时地飞鸽传信、相约聚会，只要有事，合二为一。岳父姓姬，岳母复姓公孙，其实都是黄帝老子的后裔。人类繁衍几千年，岳父岳母两族人因打猎走到一起，喜结连理。老婆既随娘姓又随父姓。岳父母老了以后，老婆狩猎非常骁勇，而且技艺超群，逐渐就有了'猛蛮婆姬万洋'的美名。"

岳飞听得仔细，疑窦顿消。

谈笑间，有人吆喝开餐。

各种菜肴已摆在桌上，香喷喷的；猎队自制的土酒开坛放在桌旁，醇香扑鼻。姜大侠力邀岳飞入席，朗声施令，共进晚宴。空旷的原野人群攒动，觥筹交错。斟酒的来回穿梭，敬酒的络绎不绝，豪酒的声如雷鸣，好不热闹！

酒过三巡，猛蛮婆姬万洋与岳飞碰碗喝了一大碗酒后豪性大发，径直走上临时搭建的戏台上，唱跳并用，歌舞起来。尖脆的歌声撕破夜幕，在空旷的原野上久久回荡；优美的舞姿犹如唐玄宗宠爱的梅妃再世，模拟飞禽翱翔，极富优美韵味，柔性极致，婀娜多姿。看得人眼花缭乱，喝彩不断。

台下有人吹起竹笛，伴奏起来。陡添公孙蛮的舞兴，跳得越发迷人。

一曲终了，公孙蛮又舞起了"剑器舞"。她把《裴将军满堂势》①的剑舞舞得十分娴熟。动作豪迈、大方；起伏壮观、灵活。尽得"公孙大娘"真传。

姜大侠与岳飞碰过大碗酒后也上台助兴，夫妻二人合跳起来，如胶似漆，配合默契，真像古代著名舞人旋娟、提谟②当场献艺。只不过这是一男一女，而非两女。真是天生一对舞伴！

看着，喝着，酒劲儿上来，真有点想入非非了！

良久，夫妻二人退下。台边有一女走向中央，抱拳施礼。来者正是花妹，是姜大侠与公孙蛮的独生女儿。只见她头戴自编的枝叶花帽，身着长袖宽摆素裙，轻盈盈碎步走来。悄无声息地曼舞起来，静入微波曼动，动如蛟龙戏水。晚宴的人们眼里看着舞，目光追随舞姿，脑中浮现出灵动的水蛇腰模样，兴奋起来，心里似乎揣着小鹿，身子不自觉地摇晃着。也许是心旌神摇吧！突然想起古人李群玉③观看《绿腰》④独舞之诗感："南国有佳人，轻盈绿腰舞。华筵九秋暮，飞袂拂云雨。翩如兰苕翠，宛如游龙举。越艳罢前溪，吴姬停白纻。慢态不能穷，繁姿曲向终。低回莲破浪，凌乱雪萦风。坠珥时流盼，修裾欲溯空。唯愁捉不住，飞去逐惊鸿。"

曲终人不散，有人吆喝着再舞一曲。

花妹恭敬不如从命，续舞起来。

飞山猴杨利索在台下情不自禁地附和起来。他仿佛看到电闪的秋波频频送来，周身暖洋洋的。

很久，很久。人们从舞梦中醒来，意欲未尽。

可口的腊野味脆生生的，越嚼越有味。数碗酒下肚，脚飘起来，雅兴却依然。土酒香遍山林，到处可闻醉人的酒香。有人自发地在空坪地上堆燃篝火。大家不约而同地手牵手，围着篝火绕大圈，跳起了篝火舞……

① 《裴将军满堂势》是唐代剑舞名人公孙大娘根据裴旻将军独到的舞剑技艺改编而成的。草圣张旭因观公孙大娘剑舞而得书法之神。诗圣杜甫深受公孙大娘剑舞感染而诗兴大发。公孙大娘借鉴剑圣裴旻舞剑精髓，自成一家，以善剑器而闻名天下。公孙蛮是公孙大娘的后裔，深得剑舞祖传精艺。诗仙李白的诗，草圣张旭的字，剑圣裴旻的剑舞号称大唐"三绝"。

② 旋娟与提谟是战国时期广延国献给燕昭王的舞女，善舞《索尘》《集羽》二舞。

③ 李群玉：唐代诗人，湖南澧州人，其诗"姿笔妍丽，才力遒健"。

④ 《绿腰》是唐代的一种舞蹈，节奏由慢到快，舞姿优美柔软，极具美感；也是唐代诗人李群玉诗歌作品《长沙九日登东楼观舞》中的一个意象。

是夜，多数官兵睡得挺香。但，有人梦魇，嘴角流着口水；也有人梦呓，喃喃自语。

吃饱喝足，美美地睡了一觉之后，为赶路，部队出发了。沐浴初升的阳光，姜大侠在前引路，走捷径，岳飞带队跟随，逢山开路，逢水飞渡。昼行夜驶，猎队一直护送。

部队行军不停，途中突然听到犀牛的哞叫，声音由远及近。森林里陡然生起一阵风，树叶沙沙作响。一只黑色的大犀牛横冲过来，见有许多前行的队伍，折身而去。大犀牛似乎落单了，正在呼唤同类，寻找伙伴。

飞山猴杨利索第一个发现，举箭拉弓欲射。

姜大侠马上制止，做了一个引诱杀捕的动作。

岳飞赶上来了，怕耽误时间，影响行军速度，劝姜大侠放过犀牛。

"不会耽误行军的！"姜大侠胸有成竹，与杨利索耳语几句。杨利索带着几个年轻后生飞也似的消失在前方森林里。

姜大侠叫来花妹，换上红装，寻找那头受惊的大犀牛，不离不弃地走在它的前头，不时地回头用石弹攻击它。

公孙蛮既不停步也不停手，边走边用一团小鞭炮牢牢地捆在箭尾，作长引线，递给姜大侠。

狂怒的大犀牛忍受不了花妹的攻击，猛追上去，想用尖角挑花妹，刺死她，再用大脚践踏。

花妹故意惹怒大犀牛，在它前面时快时慢，保持一段距离，惹得它怒不可遏。

花妹发现前路有伪装好的捕杀猎物的暗坑，大喜，随手给姜大侠做了一个暗示的动作，然后绕道而去。

公孙蛮看懂了花妹的暗示动作，拿出带有鞭炮的箭点燃引线，快速递给姜大侠。

姜大侠瞅准这个绝好的机会，拉弓射中大犀牛的屁股。

利箭深深地扎在大犀牛的屁股上，箭尾的鞭炮噼里啪啦地燃放起来。

大犀牛以为有人在猛追狂打它的屁股，火辣辣地痛，急不择路，一顿乱窜，恰好掉入杨利索等人挖好的里面带有许多尖刺的陷阱。

正是埋锅造饭的晌午时分，姜大侠吩咐众人用绳索套牢奄奄一息的大犀牛，拉出陷阱，宰杀，剥皮，割肉煮食。一顿丰盛的犀牛大宴立马就成。

环环相扣的行动，一连串的动作，岳飞看在眼里服在心里，想到了各路军马配合、诱敌深入、一鼓作气消灭敌人的战术。

岳飞端起酒杯，主动和姜大侠饮酒，结拜为兄弟，并与一个个练就一身硬本领的猎人碰杯，惜才之心越来越强烈。

数日后，姜大侠一行把义弟岳飞及其部队送出山关，送到湘赣边界。

岳飞探明行军路线后，请求姜大侠送一拨人马协助他行军打仗，充实力量。姜大侠忍痛割爱，把花妹和飞山猴杨利索等一拨年轻人召集过来，千叮咛万叮嘱，交由岳飞统管，挥泪告别。

姜大侠久久地呆立，目送队伍前去。

前方，一团乌云涌过来，姜大侠为之一振。

第五章

深夜赴茶陵　阅兵心又寒

先锋张宪、徐庆分别派人向岳飞禀报：先遣部队已到湘东茶陵，现隐入山中待命。岳飞修书一封，立命先遣部队就地休整，熟悉环境。另修书一封，命令驻扎在茶陵的韩京部队派员接洽，共商征讨曹贼之策。

岳飞加快了行军的速度，命令士卒克服一切困难，火速前行。

杨利索等人飞沙走石，飞檐走壁，远远地走在前面探路、引路。部队有了向导，行军得心应手，掌灯时分，已接近茶陵。

张宪派人前来接应，走过一段难走的路程，夜深人静时终于到达茶陵县城。岳飞把部队分散在城外各个有利地方，占据制高点，亲率小部分健将进城去会韩京。杨利索牢记姜大侠的临别嘱咐，尾随岳飞，时刻不离左右。

沿路官兵明火执利器，威严地站着。一看便知是张宪手下。

岳飞大步流星，直奔韩京的接待处，心中嘀咕：怎不见韩京出来迎接？

杨利索也想到了，思考着见面时如何给韩京来一个下马威！

韩京接待室内灯火通明。韩京端坐在室北面中央的太师椅上，背靠正中挂有牛头图徽和左有"韩"字令旗、右有大刀垂挂的墙壁。肥胖的身躯见来者很机械地欠了一下身，摆手示意岳飞在旁坐下，并拿三角眼斜睨左右很久。有诗云：

> 呆头呆脑鼓嘟嘟，鼠眼蚕眉不合符。
>
> 性若犟驴人世少，天生傲气怎为奴。

岳飞一看不顺眼，强压怒火，不言不语，静观其变。

韩京丈二和尚摸不着头脑，反问岳飞："带来多少兵马？"

岳飞故意悬而不答。

"据说只有一万兵力，而曹大帅拥有十万精兵强将，这不等于去送死吗？"韩京不屑一顾地问岳飞。

"我乃三十万大军，还怕他曹贼个鸟？"岳飞高声大喊。

韩京投来怀疑的目光。

"那就明天相互检阅检阅。"岳飞不耐烦了，"今儿不早了，咱们休息休息。"

岳飞见话不投机，准备起身离去。

张宪非常气愤，脸色白得难看，长长的剑眉一蹙一扬，眼冒凶光，右手抚腰刀，似乎在寻找自己心爱的斧头枪要杀人。

杨利索名不虚传，行动利索，抬手一箭，射断令旗上垂挂的游丝，"韩"字令旗应声掉下。

韩京吓得双手发抖，支支吾吾说不出话来。

岳飞急忙打圆场。

张宪拉着岳飞扬长而去。

众人回到营地，刚睡下，突觉房上瓦片响动。岳飞拿起沥泉枪冲出室外。杨利索早已跃上屋脊，直追黑影而去。黑影轻功如此了得，比杨利索还快。

张宪护卫在岳飞周围。徐庆暴跳如雷。

岳飞猜想：来者不善。外围这么严实，插翅也难飞。莫非有内鬼？来者何意？是来刺杀还是探听虚实？

岳飞急中生智，与各头目耳语之后各自离散。

第二天，天大亮，城外各路密使特向韩京报告。城里城外到处都是岳飞部队，似有五十万之众。

韩京半信半疑。

阅兵场上，韩京部队老弱病残，不堪一击；岳飞官兵飒爽英姿，威风凛凛。

韩京经昨晚飞山猴杨利索一箭之惊，沉默寡言，收敛了许多，极不情愿地听从岳飞调遣。

岳飞心里有十五只吊桶打水——七上八下，有点担心，有点心寒。韩京部队既少又弱，自己带来的人马相比曹成的十万之众少得可怜。何以抵挡强敌？唯有寄希望于郴州的吴锡部队。再者，就是放手发动群众，招兵买马，招贤纳士。

岳飞主意已定，大造声势。急命徐庆、张宪率部先行，又命王经不断充实粮草，再命王贵做好打硬仗的准备。自己率领余下人马和韩京部队向驻守在郴州的吴锡部队进发。

沿途，有农民恨透韩京部队的，前来索债，要求退还其搜刮的老百姓的钱粮。也有要求参加岳飞部队前去杀敌的。

一想到阅兵前部队突然增加很多人，岳飞心里暗喜。这是岳飞昨晚与各头目耳语，亲自授意操办的计谋，震住了韩京。原来，岳飞摸清韩京和当地老百姓的心态后，暗地里派众将让百姓穿上军服，制造兵多将广的假象，折服韩京。当然，其中自愿当兵的也有不少。

岳飞思前想后，觉察到，目前，关键是如何鼓舞士气，激发官兵的斗志，一鼓作气消灭敌人。他好像有了对策，准备在郴州的誓师会上树正气、鼓劲儿加油，打消众人的顾虑。

话说曹成，听说朝廷派岳飞前来征讨，深知年轻气盛的岳飞杀敌英勇、治军有方，三月中旬就边战边撤边退了，无心恋战。再者，他放出的探子接二连三来报，说岳飞携十万之众前来讨伐，也有说三十万，还有人说五十万的，传言岳飞队伍中有异人，能排兵布阵，只胜不败。还有人飞脚追杀花豹，徒手斗败大犀牛。曹成早就闻风丧胆了，逃离老巢，向西向南占领新的地盘，一顿乱窜。

岳飞还是放心不下，一路走来，总有不明真相的怪东西出现，是福？是祸？

第六章

有缘遇奇士　神器杀一探

初夏的天，说变就变，刚刚还是阳光明媚，转眼就是阴云密布。风乍起，鸟兽隐，行军队伍走不停。作为统帅，岳飞非常清楚，赢得时间就是胜利，急忙传令下去，不管风阻雨挡，务必风雨兼程。

各部统制走在前头，不时地打着手势，号令部队快速行进。

大雨，似乎在考验官兵的意志，箭一般地朝地面上射，打在身上，有点凉中带痛。衣服湿了，雨水模糊了双眼，湿路经过众多人员双脚的踩踏搅拌变得泥浆满路、滑腻难走。行军速度明显减慢。

岳飞正在思忖对策。

忽然，山歌升起来了，在行军队伍里飘扬，花妹组织一班年轻男女活跃起来。岳飞喜笑颜开，带头应和，其他官兵也效仿起来。部队官兵好似注入了兴奋剂，踩着山歌的节拍喊起号子加快行走的速度。

韩京的队伍老是提不起精神，远远地拖在后面，似有开小差的迹象。

岳飞命令杨利索回转身去督阵。

杨利索走向后头，边走边拉开了弓，故作护卫官兵飞射来犯的鸟兽之态。

韩京已领教过杨利索的厉害，哭丧着脸大喊："催命鬼来了！大家快快跟上！"

杨利索扮起鬼脸尖笑起来，那怪怪的笑声真有点索命的韵味。

队伍跟上来了，整体行军正常。杜绝了不良影响的发生，避免分裂。

雨，还在下！估摸不止下了一个时辰，真恼人。

行军的号子一直响彻云霄，或许震慑住施雨的雷公，一段时间以后，雷声渐渐少了。

滂沱大雨，发着淫威，肆虐大地，却阻挡不了前行的队伍，没趣似的开始停顿下来。

太阳，冲出乌云，露出和蔼的笑脸，也许在为这样一支纪律严明的队伍投来赞许的光芒。

部队除了吃饭时稍作休息之外日夜兼程，不几日，到达郴州。

岳飞展开军用地图，仔细研究起来。

郴州东界赣州，西接永州，北瞻衡州①，南峙韶州②，素称荆湖"南大门"，地标显示，这里是中原通往华南沿海的"咽喉"。

杨利索找来一个当地柴夫，协助岳飞了解详情。始知郴州既是"兵家必争之地"，又是"人文毓秀之所"，是一座山城。

"郴州各山岭盛产好竹，'郴笔'很出名，招徕许多文人墨客。"柴夫自豪地说，"这些山岭又多野兔，'兔笔'也名噪一时。"

岳飞来了兴趣，询问当地名流。

"韩愈，柳宗元多次来过这里，还吟诗作文。"柴夫健谈，滔滔不绝，"名相进士，层出不穷。譬如，全唐五代时期的进士陈谏、孟琯、邓洵美、骆仲舒，宰相刘瞻、宋申锡，等等。就连被贬宰相刘幽求（迁郴途中愤恨而死）、窦参、李宗闵、李钰、郑余庆、朱朴等都愿来此为官、休养生息。"柴夫如数家珍。

岳飞听得入迷，心想，一个柴夫知道这么多东西，定有来头，忙问："你怎么知道这些？"

"本人略有耳闻，身受其感。"柴夫笑答，"听说公孙蛮姬万洋的独生女儿也来了？"柴夫故意岔开话题。

"你怎么知道？"岳飞诧异，开始审视初看瞧不上的柴夫，越看越惊奇。

柴夫侧过身去，躲开岳飞的视线，在熟悉的口哨声中搜寻四周，并接过杨利索的口哨声，吹出同样的声音。

杨利索觉得很奇怪，随音死死地盯上柴夫。

一女子踏音而来，用询问的目光看着杨利索。杨利索努努嘴。女子顺着杨利索的目光，发现那个柴夫模样的人正呆呆地打量自己，口中吟诵：

> 秀发飘然似柳烟，亭亭玉立赛貂蝉。
>
> 眉弯眼笑珠灵活，纤细蜂腰动我弦。

---

① 今湖南衡阳。

② 今广东韶关。

来者正是心怀一手飞石绝技要人命的公孙蛮姬万洋的女儿姬花妹，人称"赛妇好姬花妹"。

"找我何意？"姬花妹对着柴夫模样的疯子大吼。

疯子见而不睬，继续疯道："天佑我祖兮出栋梁，长江后浪兮推前浪。"

花妹如坠五里云雾之外。

岳飞也丈二和尚摸不着头脑。

杨利索更是急不可待地吼了起来。

疯够了的柴夫置若罔闻，短手一挥，扬长而去。

众人只好跟了去。

走过蜿蜒的青石板路，经过长长的峡谷，来到一处三面环山、人迹罕至的半山腰，突现浓密的大树，树后隐匿着一块草坪地。其后露出一座矮小怪异的石屋，结构全是石制。石门、石柱、石窗、石墙，就连屋顶的瓦块也用薄石片替代，遮挡风雨。石柱上深刻的篆体门联引人注目："卑氏发脉源远长，隐士乐居基深广。"

隐士？岳飞脑闪一丝疑虑，似乎觉察到什么！目光再次审视眼前这位"疯柴夫"。从其衣脚打扮上看，真是深山老林一柴夫；从其体形上看，五短身材很不出众，真的没有什么特别之处。然而，细细察言观色，乍然一惊：

> 眉清目秀潘安貌，俐齿伶牙不显扬；
>
> 智勇无双彪悍将，轩昂俊逸好儿郎。

岳飞想问什么，突见疯柴夫全神贯注地运气推门，只好作罢。

疯柴夫推开堂前石门，做了一个"请"的动作，邀大家入室。

岳飞试之，石门很重，非常人能开，禁不住脱口而出："高人，怎么称呼？"

疯柴夫手扶门联"卑氏"处："都是黄帝姬轩辕后裔，我向来独行独往，过惯了隐士生活，也不知道自己姓甚名谁了，那就叫我'独孤侠'吧！"

"那，您不姓卑？"杨利索追问。

"问这个干啥，我不是告诉你们我的名字了吗？"独孤侠有点不耐烦了。

大家无语。

进得石屋，后堂中央神龛处供奉一尊巨石神像，是轩辕黄帝。中堂摆着一张巨石桌子，两边是石凳。桌上有官窑茶壶，供待客喝茶之用。四周壁上嵌有燃油灯和反光镜。关上石门，点燃壁灯，金碧辉煌，犹如走入迷宫；打开石门，借日光与壁镜反光，辉映成趣，另有一番风景。石屋分一厅四室，厅内开门，中有小监门。左前为书房，有石凳石桌，桌上有文物四宝和古书，其中的兔毫竹笔很显眼；左后为卧室，摆设除一张大石床外，其他同前室摆室一样。右前室为厨房，有石盆、石桌、石灶、瓷碗、铁锅铁瓢等；右后室为便池，与左室构造不同的是前后阻隔，中无小监门，便池密封无异味。左右所有石房前后都有朝外开的大石窗。人居室内，冬暖夏凉，浑身舒爽，真是神仙住的好地方！

　　参观完了独孤侠的石屋后大家情绪高涨，有诸多疑问想问。在厅堂落座之后，独孤侠边喝茶边将须说开了："你们是第一个到我石屋的人，念你们是保卫宋廷社稷的正义之士，我才接纳。你们来之前，姬万洋已飞鸽传书。"

　　"家母怎么和你熟？"姬花妹急忙接过独孤侠的话茬儿。

　　岳飞一呆，众人也惊愕起来。

　　"你母亲与我是同门师兄师妹。"独孤侠岔开话题，"郴州城多亏皇族赵不群及吴锡部队的固守才免于曹贼欺虐。"

　　"高人可与赵大人很熟？"岳飞直问。

　　"都是性情中人，老相识。今日车马劳顿，早早休息，待明日我陪你们去见他。"

　　听过独孤侠一番话，杨利索一改原来的看法，开始崇拜独孤侠来，赶忙去给独孤侠热茶敬茶。

　　岳飞重任在肩，急欲带大家起身离去。姬花妹给杨利索抛了一个媚眼，执意要瞻仰前辈独孤侠的墨宝。姬花妹铺帛，杨利索会意，速速磨墨，独孤侠龙飞凤舞地写了起来。岳飞又是一呆。众人啧啧称羡。

　　石窗外，一黑影飞过，独孤侠的兔笔快如闪电。黑影"啊"了一声，倒地，立毙。兔笔笔顶穿出且串住黑影双耳，笔端在外，端上墨血混合往下滴。岳飞、杨利索双双飞出石窗外，惊恐不已。

　　仔细检验黑影，是练功之人，推测定有来头。岳飞百思不得其解，觉察到沿途总有密探相随，想着想着，不禁打了一个寒战。独孤侠领会岳飞的疑虑，遂与岳飞耳语一番，击掌言别。

第七章

郴州誓师会　商讨办曹案

　　天亮了，东方泛出鱼肚白。喜鹊在枝头叽叽喳喳闹得欢。有探子禀报岳飞，吴锡带上赵不群的信笺亲临帐前拜谒。

　　岳飞刚起床，草草整理一下，出来迎接。见吴锡，岳飞先是一疑，好像在哪里见过，却一时想不起来。

别看吴锡面若书生，但脸阔耳方，手大肩宽，身材搭配适中，尤其是眉宇间藏有一股正气。真是：

> 布阵筹谋上将风，韩吴对比适难同。

> 丹心卫国惊天地，正气萦身盖柳公。

只见那吴锡，阔步近前，与岳飞附耳一语，并把信笺交给他。岳飞肃然起敬，情绪高昂，快速吩咐下属牵马出营地，准备和吴锡一同去衙门。恰在这时，独孤侠也来了。客套几句，众位同行，飞马而去。

衙门内议事厅，赵不群满脸愠怒，正高声大气地训骂。

韩京就地下跪，低眉哭诉，全身颤抖。

赵公见岳飞来得这么快，转忧为喜，忙招呼众人盘膝而坐。

岳飞心中久已压抑的怒火倏然腾起，这个韩京，行军拖后腿，告状却快得很！

独孤侠拿眼看岳飞，意在弄清情况后再说。

赵不群起身走下来，和大家盘膝平坐，与独孤侠对座，并不停地问独孤侠："你怎么来了？"

"国家大事，我怎么不来？"独孤侠抬手指指韩京，"他又为何？"

"懦夫！想临阵脱逃！"赵不群怒形于色。

"大人，我的确年老体病，力不从心啊！"韩京怯怯地申辩。

"你比廉颇还要老吗？我怎么没看见你有病呢？"赵不群怒不可遏，"别再扰乱军心！滚蛋！"

韩京连滚带爬地逃出议事厅。

"我正来欲说此事！"独孤侠急忙说，"行军打仗，军心太重要了！"

"其实，岳大人带兵昼夜行军，风雨无阻，我在外围监视，了如指掌。就连韩京拖后腿，我都知道，早就想暗中教训他了，怕耽误时间，扰乱军心。多亏了这个小伙子！"独孤侠手指岳飞旁边的杨利索。

赵不群目如闪电，电得杨利索浑身不自在。继而起身，近前，细看：

> 剑眉高挑眼盯堂，垢面蓬头背箭囊。

> 手按粗腰弓似月，满身肌肉好张狂。

赵公惜才，和蔼地伸出双手，拉起杨利索，看了个够。四目相对，杨利索流出钦羡的目光，只见眼前的这位大人：

> 大耳双肩坠，唇宽八字胡。

> 伏犀身手捷，腰壮骨筋粗。

国字脸上白如粉，青丝头顶如椰锤，肩阔腰圆大腹隆，脚站如磐身修长。好一副达官贵人之福相，好一个气吞山河之伟男，真不愧是皇室之后，大有来头！杨利索看得呆若木鸡。

赵公视杨利索,一员猛将之身,一颗报国之心,虽然不修边幅,骨子里却透出一股正气,真不愧是杨家遗落民间的后裔,不辱本姓。只可惜,下巴太短。天机不可泄露。

独孤侠看出赵公的心思,赶忙说:"杨后生这身打扮是拜百里大侠姜武功所赐,是专门用来迷惑敌人保护主子所用的。"

赵公释然,哈哈大笑,笑声震天动地。

岳飞犹疑多时,应声询问独孤侠:"行军途中那个稍纵即逝的人影就是你?"

独孤侠笑而不直接答复:"你那疑兵之计瞒过了曹成,他派来探视的人是饭桶;也瞒过了韩京一时,现在他发现是假的,所以,不想跟你一同前去对付曹成,担心力量悬殊,白白地去送死;却一刻也没有瞒过我。我随时在你看不到的地方,除了姜大侠派杨利索保护你之外,我也在自告奋勇地保护你,只不过他明我暗,你发现不了。"

独孤侠哈哈大笑,笑声快要惊破房屋了!

岳飞恍然大悟,转身朝独孤侠三拜。

"我既有狩猎的喽啰兵,又有游走江湖的门徒,还有不断向曹成送信说你领兵三十万加上吴韩部队及沿途招兵买马达五十万之众前来讨伐。曹成闻风而逃,现在正向桂粤方向边战边逃。我已摸清敌情,今天来,就是想谈谈我的看法,让你知道,供赵公参考,做到'知己知彼,百战不殆'。"

"好啊!"赵不群十分欣喜,"我正有此意。"

"目前急需要做好的就是'三心二意'。"独孤侠补充道。

杨利索听后,以为疯子又说疯话,真想杀了他。

吴锡听后,骇然,瞠目结舌。

岳飞听后,大骇,心中暗骂:"这个疯子,又乱说话!"

赵不群听后,大骇不已,接着,满脸怒容,扬手阻止他不要再往下说,如果不是看在老朋友的份上,早就拖出去宰了!

独孤侠见大家疑云密布,视而不见,呷了一口茶,慢慢道来:"'三心'就是'稳军心、笼人心、下决心'。"

众人如释重负。

杨利索心直口快:"那'二意'呢?"

"一是通知沿途州县官兵全民皆兵,固守城池,勇猛出击,使曹贼无立足之地,同时,追讨部队要集中兵力,戮力同心,一鼓作气,痛痛快快地打一场歼灭战,使曹贼感到前有伏兵,后有追兵,没有喘息的机会。二是派人瓦解曹贼内部有生力量,并有意设立一场大战,大打,而且要打赢,大获全胜,动摇其军心。"

"那就定一个时间和地点,开一个声势浩大的誓师会。事不宜迟,越快越好。"岳飞抢着说。

赵不群微微点头，声若洪钟："时间就定明天，地点就定城外的校场上，目的在于稳'三心'。请吴锡派人立即清理、布置校场，请岳飞调兵遣将，占据有利地形，把控校场内外安全。"赵不群斩钉截铁地说，"至于'二意'方面，我已奏请朝廷，号令各州县严防死守，在'瓦解曹成内部力量'方面就看独孤侠你的了。"

一切安排就绪，大家准备离去。岳飞猛然站起道："为了不动摇明天誓师会上的'三心'，我想今天就整编部队。"

"别急，等明天再说。看韩京有没有回心转意。"独孤侠略加思索地说。

赵不群点头应允。

会后，赵公亲自出面，和大家共进餐食，热情有加。

次日早晨，号令声声，战鼓响个不停。校场内外，人山人海。吴锡在台上拿起呐叭筒大喊："今天开一个讨伐反贼曹成的誓师大会，请台下的群众、官兵按事先安排的位置整队站好，请赵公、卑公、岳公等在台上就座。现在，大会开始，请赵公讲话。"

台后一伟男大步流星地走到台前，接过吴锡手上的呐叭筒对着台下大喊："各路官兵，各位父老乡亲：今天我们在这里开一个誓师大会，目的就是申讨反贼曹成，派兵前去镇压他们，为作战的官兵鼓劲儿加油。自从金兵入侵之后，掳走我皇，我大宋处处受敌欺凌，各小国群起而攻之，现南方叛乱，真是内忧外患，民不聊生。如今朝廷发话，我们有没有决心消灭反贼？"

"有！"台下稀稀拉拉地回应着。

"都是大宋的臣民，别问我是谁！"独孤侠忧心如焚地来到台前，高声喊："'国家、国家'，先'国'后'家'，没有'国'哪有'家'？'国家兴亡，匹夫有责！'我们都是炎黄子孙，都流着他们的血。我们有一腔热血，为了保家卫国，甘愿抛头颅、洒热血！大宋的子民们，让我们自发地拿起武器平叛乱、灭反贼、消灭一切侵略者！手牵手，结成联盟，去保护家园、保护国家！"

"好！"台下群情开始高涨。

"你是谁？你是宋廷的子民！我是谁？我是杨家将遗落在民间的后裔，也是宋廷的子民！"杨利索瞅准机会，飞奔于台上，大声说，"为了国家，我家破人亡，如今成了孤儿！为了宋廷的子民，今天，我又舍小家顾大家，随岳大人前去杀敌！假如，你们的父母遭人残害；假如，你的老婆被人抢走；假如，你们的儿女被人掐死。你怎想？会不会去拼命？当然会，我就会去拼命！"杨利索说得痛彻心扉，越说越激动，直至泪流满面，哽咽着说不出话来。

台下产生共鸣，嘘唏一大片。有人嚷着："要去当兵，要去杀敌！"

"想去当兵杀敌的跟我上！"一彪形大汉跃上台阶，扶着杨利索。

"我要去！""我也去！"台下群情激昂。有人摩拳擦掌。

岳飞走到台前，请大家暂时保持安静。然后，环视一周，突然脱光上身，绕台数周。接着，跃下高台，来到军民中间，表情严肃地请大家看看他的腰背。"精忠报国"四个大字深入肤理。众人见之，惊讶不断。

岳飞复又上台，对着话筒大喊："大家看到我背上的大字了吗？"

"看到了！"台下齐声回答。

"还有旁边的烙印呢？"岳飞反问。

"都看到了！"台下答声一片。

"这是家母在我背上亲手所刺，并用烧红的玉佩烙在旁边，意在铭刻母训，精忠报国！你在自己的祖国吃喝拉撒，对于自己的祖国要热爱，这叫饮水要思源，叫爱国，也叫忠国；对于圣上要拥护，他能指挥军队英勇杀敌，保护你的家园，你要感恩，这叫忠君；对于你的父母含辛茹苦把你养大成人，等你初为人父才知道真不容易，你要报答养育之恩，这叫忠父，也叫尽孝。这些，作为七尺男儿，是我们应该做的事！如今，国难当头，我们理应挺身而出！"

"是！我们听岳大人的！"台下呼声高涨。

其中一少年站起来振臂高呼："坚决跟随岳大人杀掉曹贼，勇立新功！"。紧接着，大家都站起来。只那么一瞬，一少年鹤立鸡群，转眼融入人群，找不到！好眼熟啊！岳飞似乎察觉了！张宪也似乎看出什么，惊愕起来！王贵、张显、汤怀等个个面面相觑。

在这样的大会上不容岳飞多想，即刻调整情绪，高喊："韩京、吴锡队中的兄弟，愿意留下去杀敌的站左边空地，不愿意的向后转！"

吴锡第一个站出，带领一部分青壮人员留下。韩京带着一部分老弱病残人员转过身去，退场，回茶陵。

岳飞接着又喊："愿意留下当兵去杀敌的老百姓站这边，不愿意的也向后转！"

为数不少的青壮百姓自发地充实了当兵的队伍。岳飞非常高兴，命吴锡、独孤侠接手这支队伍，加强训练，日后好派上用场。

赵不群派人抬着一坛坛好酒，分散给官兵。然后，笑嘻嘻地端来壮行酒，与岳飞等同干！

部队向道州进发。

天空，一队大雁沐浴阳光，呈"一"字形排列、尖叫着朝前飞去。

杨利索正在搜寻那刻骨铭心的眼神，似乎发觉了，继而朝她走去……

第八章

涉水又跋山　沿途降逃犯

涉水又跋山沿途降逃犯部队士气高涨，行军速度明显加快，一路挺进，逢山开路，遇水飞渡。忽知前方部队欲经一段山水之间的长长大峡谷，似有流寇躲躲藏藏，在山林中时隐时现。岳飞急命先锋部队火力侦察，荡平障碍。独孤侠心生一计，叫来一个小兵耳语一番。那个小兵飞奔于山林，喊出一路歌谣："岳飞领兵五十万，浩浩荡荡踏险关；万众一心同敌忾，豺狼虎豹休刁难。嘿呀喂，嘿呀嘿！天兵天将奔前线，各路英豪让一边；待我挥舞霹雳剑，歼灭曹贼在眼前。"歌声抑扬顿挫，在山谷回荡，扣人心弦。部队喊着号子应和起来，荡谷回音，惊天动地。

一路风雨无阻。岳飞看在眼里，喜在心里，很是赞赏独孤侠的计谋。

部队快要走出大峡谷时，一只猛虎狂追一只猎犬的一幕映入大家的眼帘。眼看快要追到了，姬花妹走在峡谷右边，连续飞出几颗石镖，穷追不舍。几乎同时，杨利索走在峡谷左边，不断射出利箭，配合如此默契，与姬花妹形成左右夹击猛虎之态。猎犬冲出峡谷，发出求救的叫声。那绝望的叫声令人心生怜意。中了箭和石镖的猛虎瞪起血红的眼睛左右咆哮，一刻不停地飞脚朝前追去，身后留下一路血迹。杨利索伸臂猛拉弓，射中老虎的左眼。老虎狂怒，急转身，腾空而起，张开血盆大口，欲吞杨利索。杨利索一矮身，速退几米，侧身一跃，到了老虎右边。猛虎转不过身来，扑了一个空，张牙舞爪地猛追过去。杨利索闪电般地飞出峡谷。姬花妹略一停留，向猛追上来的老虎摆出石镖，欲取老虎右眼。没中，老虎一纵一跃，几乎抓住花妹的头部。急促矮身的花妹就地十八滚，滚出丈外，被眼疾手快的独孤侠抓起朝前一送，又被折回身的杨利索接住、挟持，双双飞出峡谷。老虎暴跳如雷，跟着追出峡谷，目无头绪，不知是追人还是追猎犬。迎面来了三个猎人模样的人，一人护猎狗逃离老虎的视线，并叫住杨利索让他俩紧随而去；另两人诱使老虎追之。愤怒的老虎一心想吃人，急不择路，掉入了猎人的陷阱……

一个花白胡须的长者带着一群人簇拥着那只猎狗过来了，走到岳飞面前，举手作揖。花妹也在其中，脸红扑扑的，牵着杨利索的手，深情地望着他。杨利索摔脱花妹的手，像喝了烈性酒，脸红脖子粗，不知所措地低下头。

那个花白胡须的长者用当地方言在说话。独孤侠充当了岳飞的翻译。长者的意思有二：一是感谢岳飞手下救了他们的老祖宗；二是邀请大家去寨里做客，吃老虎宴，分享胜利的喜悦。

独孤侠考虑正是吃饭的时候，更是交流沟通的大好时机，给岳飞做了一个同意的暗示。岳飞爽快地答应了。

长者就是族长，见此非常高兴，赶忙派人用绳索套住老虎、用树干套住绳索、抬出陷阱里流尽血水的死老虎。大伙各行其是，剥皮、砍肉、锅煮，忙得热火朝天。疑惑不解的花妹请教族长，为什么要认猎狗作祖宗？族长捋捋长须，道出了蓝姓祖先的故事——

相传，蓝氏的始祖盘瓠是高辛帝（即五帝之一的帝喾）的一只神狗（"时帝有畜狗，其毛五采，名曰盘瓠"）。因戎吴将军带头作乱，高辛发号施令：谁能斩下戎吴首级，就把三公主嫁给他。日久，无人能及，唯有盘瓠冲入敌营，咬下戎吴首级刁着而归。帝不得已，以三女许配给变成人的盘瓠。婚后，盘瓠带着公主迁居深山，生下三男一女。长子出生时装在盘子中托出，故姓盘。次子出生时放在篮子里，故姓篮(后代把"篮"字写成"蓝"）。三子出生时遇上打雷，故姓雷。女儿长大后嫁给钟姓人家，其后代都姓钟。所以，畲族人认盘瓠为祖宗，世代只传盘、蓝、雷、钟四姓。我们就是其中的蓝姓一支。走出我们居住的院落，翻过前面天边的山，山那边还有一个蓝山城！以前，那里多数人姓蓝。如今，兵荒马乱，走失的人不少。

族长说着话，带着大家来到族堂。族堂神龛上金碧辉煌，供奉着一只威猛的狗像。族长点燃三根香插上，然后，走到杨利索面前，述说当地的规矩。

原来，保护狗就是保护蓝姓祖先，要沐浴，更换族衣，并到族堂举行祭拜仪式。如果该人是男性，就尊为长者或头领，要安排族内最优秀的姑娘与之完婚，结为伉俪；如果是女性，凭她挑先族内最优秀的男子结为夫妻，成为族长级议论族内大事的要员，尊为长者。

杨利索和姬花妹双双懵懵懂懂地被分别带入沐浴房。

一袋烟工夫，族堂里站着两个俊男俏女。男的头带插有野鸡花翎的蓝色头巾，身穿蓝袍长褂，足蹬蓝面白底长靴，一副威风凛凛的大官相。女的装束大同小异，只是头巾是蓝底凤凰饰巾，腰束红带。仔细辨认，真是杨利索他俩，好像正在诧异地相互打量，有点眉目传情的样子。少顷，一队蓝衣姑娘依次进来，手扶蓝扇半遮面，眼送秋波勾人魂，碎步绕场一周，各自表演一个自己拿手的节目。看得杨利索眼花缭乱。其中一个高挑女子表演得最精彩。杨利索脱口而出："好！"那女子随即迅速地抛出一物。反应灵敏的杨利索纵身一接，定睛一看，不禁失声，呆呆地不知所措。旋即，那女子系着红绣球线的一端，杨抓住带线连接的红绣球，族长已经笑容满面地站在他俩中间，宣布成婚。杨利索急了，连连嚷道："误会，误会！"

反应过来的杨利索急忙跪求族长，不懂他们的习俗，请求原谅！说自己已私订终身了！

"是谁？"独孤侠紧接着问。

"这……这……"杨利索结结巴巴地说不出口，拿眼看花妹，希望她能解围。

姬花妹脸上红一块白一块，不知所措。

独孤侠大声吼道："在蓝氏家族中，男的一夫多妻是一种荣耀，不要触犯他们的族规！"

独孤侠想到那女子是族长的二女儿蓝雪莹，立马喊起来。

蓝雪莹能歌善舞，是百里挑一的俊俏姑娘。有众多年轻后生向她求过婚，她都看不上，被拒绝了。眼见身前这位英雄简直就是上帝恩赐给她的尤物：剑眉大眼，粉面俊朗，身材魁梧，服饰得体，一改以前的叫花子模样，男人味十足。一见倾心。可现在，他不应允，我颜面何在？蓝雪莹负气地冲出族堂。族长大为恼怒：这是触犯族规的行为！这还了得！他一方面派人去追自己的宝贝女儿；一方面招呼手下，准备对杨利索行使沉塘的族规。

独孤侠急中生智，立即前去保驾，说小伙子初来乍到，不懂族规，不知者无罪。容我慢慢与他述说，请族长暂缓执行，继续第二项议程吧。

族长强忍怒火，依独孤侠的建议行事。

姬花妹眼急，走向族长，高喊，她已有意中人了，坚决不同意族长的安排。

族长问岳飞。为了平息祸端，岳飞点头肯定。

按族规，如果女方早已身许他人，只好作罢。但要接受族人尊为长者的跪拜仪式。花妹只好硬着头皮接受。

族长一声令下，全堂蓝裔跪下，顶礼膜拜。花妹如同皇后，抬手请起。那庄严的场景真威武，花妹转怕为喜，心里有点飘飘然。一旁的杨利索，沮丧着脸。花妹立马受到感染，脸一下阴沉下来。

独孤侠左劝右劝，望杨利索接受现实。

杨利索看着姬花妹，眼内浮现出自己被百里大侠姜武功救起的一幕：一队邻国外族追杀一小孩。小孩哭喊着被踢倒在地，全身长满黑毛的外族凶神恶煞般地挥动长矛斜刺过来。恰在这时，长矛被挑开，小孩被救起，大侠飞马而去。这就是自己的恩人，像父亲般慈爱的师父，杨利索不由得失声叫起来，弄得众人目瞪口呆。

不忘恩人！这是杨利索心中不会抹掉的铁律。如今初长成人，未问师父，怎么自定终身？想起花妹，自小青梅竹马，师父师母看在眼里，喜在心里，能不高兴吗？杨利索再次凝视姬花妹，希望得到理想的答案。俩人早就心有所许，只是有点害羞，没有相互说出来而已。

此时的姬花妹也泪眼迷闪，一男一女两个十岁左右的小孩在野外玩家家，一狼乘虚而来，欲噬小孩。在这千钧一发之至，姬万洋踩着哭声走，用火把赶走恶狼，牵着两个小孩飞速跑向集息地。

集息地里，猎队相迎。姬花妹躲在母亲身后，泪流满面，小小年纪，吓得魂不附体。姬万洋借机指指点点，教女学会防身。姬花妹嘟哝着嘴，姜大侠笑得合不拢嘴。

姬花妹也有细心的时候，在这节骨眼上能说吗？会不会引起族长的反感？会不会扩大事态？

岳飞想，眼前这档子事，弄不好会惹出大祸！杨利索不该说"好"，也不该接下蓝雪莹抛出的绣球！

杨利索哑巴吃黄连，有苦说不出。本来，他说"好"，是赞赏蓝雪莹的节目表演得好；他不知道蓝雪莹抛出的是绣球，练武之人见有东西抛来、身体本能的条件反应，而不是有意去接绣球！但事实面前，有口说不清，怎么办，怎么办啊？

族长心想，自己是族里威望最高的头面人物，抛绣球的又是自己的亲生女儿，而且你杨利索又当着众人的面接住了绣球，那还能说什么呢？况且，女儿又是百里挑一的美人儿。

岳飞权宜再三，同意族长意见。勒令杨利索将错就错，不得儿戏！

独孤侠想到什么！在姬花妹面前比画着。

姬花妹的嘴巴翘得老高！

杨利索十分尴尬。

独孤侠想了一个两全其美的办法，约定双方互赠信物，等到征战凯旋时再完婚。

族长也是一个明事理的人，人家私订终身在前，女儿之事发生在后，只好就坡下驴，点头应允。

不一会儿，探子来报，有曹成手下逃兵三三两两集结起来，约上千人，听说岳飞的大部队已到，想投奔过来。岳飞非常高兴，满口答应，传令下去，接收投诚官兵，热情款待他们。

第九章

虎宴溯谷源　祭帝扬风范

老虎宴开始了，大家热闹非凡。

蓝雪莹主动坐在杨利索身边，替他斟上满满的一杯土酒。姬花妹也不示弱，走过来给杨利索夹了一块老虎肉，端起一大碗酒要与蓝雪莹拼个高低。

那边，族长与岳飞干上了，碰起酒碗来。

族长身边有一女子站起来，拿眼说话，端起酒杯紧盯岳飞不放。瞧那形态：

纤纤玉手杨柳腰，粉面含春嘴微翘；

眉来眼去举杯摇，细语甜脆抿嘴笑。

真是个美人胚子！

岳飞为之一惊，天下哪有这等美女，仿佛天上掉下来的仙女！时间凝固，岳飞看着有点发呆，说话唯唯诺诺，喝酒含含糊糊，想推辞又推不掉。

族长介绍，这是他的外甥女钟雅静，来看外婆，就叫她钟姑娘吧！

钟雅静见舅舅说自己，礼节性地端起酒杯敬岳飞。

岳飞想，见面第一杯酒还是喝了吧。

钟姑娘赶忙给岳飞夹菜，还时不时地拿眼看他。

岳飞心里热腾腾的，脸上似乎在发烧。

杨利索钻空躲在一边吃起他有生以来从未吃过的这么香的白米饭。独孤侠过来了，提醒他去敬族长酒。他扮了一个鬼脸，故意拖延时间。

这里的白米饭雪白雪白的，比一般的大米饭要白得多，香喷喷的，怪好吃的。尤其是柴火煮熟的饭粘在锅边，金黄金黄的锅巴既脆又香，就像吃芝麻油炸一样满嘴油香，特别爽口。士卒们狼吞虎咽，猛吃起来，不时地传来较量的喝彩声。那些比喝酒的爽快，端起大碗，一饮而尽；这些比吃饭的也不逊色，用大海碗盛吃，还要比速度。就在大家比得兴致正浓的时候，陡见一彪形大汉突然站起，大手一扬，衣襟一撕，露出黑黝黝的胸毛。众人一瞧，全都惊呆，全场鸦雀无声。只见他眼扫四周，大吼一声："有谁敢和我比饭量？"一副不屑一顾的模样。真是：

身高八尺凶神煞，斜别腰间长勺把。

手大腿粗蛮力行，横眉牛眼宽唇傻。

一打听，来者是张宪手下的一个亲兵，名叫郭进，力气极大，饭量惊人，常常吃饭不能饱餐，经常自备一个大马杓盛饭，得了一个"大马杓"的诨名。

大马杓获悉主力部队打了一只大老虎，要搞老虎宴，借故溜了回来，想解解嘴馋。

火头军早就知道大马杓的能耐，抬来一大木桶饭放在他面前。他也毫不客气，左手抓了一只熟虎腿，右手抓了满手大饭团，左一口右一口地吃起来，口中还不停地叫嚷"好吃，好吃"，旁若无人地吃开了。一刻钟不到，供十人吃的一木桶饭就被他吃得个精光。吃完之后，双手往自己身上一擦，矮身伸手一捞，挽住一个看呆了的士兵，顺势向上一抛，像耍猴戏那样把那士兵抛向空中，左右两手轮换接替。吓得那士兵脸色惨白，不敢出声。

这一切，独孤侠看得傻了眼，杨利索就更不用说了！

岳飞一心想和族长融洽关系，无暇顾及。

族长酒至半酣时，杨利索才很腼腆地走过去，出于好奇，故意岔开话题，讨教此处白米饭特别好吃的原因。一提到此，族长来了兴趣，痛痛快快地高夸自己的祖先，很自豪地讲出"狗尾送稻"的故事。

相传，伏羲时代，大地上还没有种植水稻，人们靠打猎、捕鱼、养猪牛等维持生活。某年洪灾，整个大地被淹，一只浮游水上的大黄狗随水涨至南天门。恰在这时，玉皇大帝派天兵天将打开南天门下界察看汛情。黄狗借机钻了进去，在天宫里见到了地上没有的很多稀奇古怪的东西，尤其是给天庭神灵吃的稻谷。黄狗灵机一动，钻到谷堆中滚了一身，准备把稻谷带回人间。当黄狗随洪水退回到人间寻找自己的主人时，主人早就不见了，四周是一片烂泥模糊的山野，了无人烟。黄狗一路寻觅，终于在一座很高的山上发现两个人。它来到两人面前，轻摇尾巴。两人发现了它尾巴上沾着的人间从没见过的特异东西，取下两颗细看，又放进嘴里咀嚼，既香又甜。于是他俩捡下所有颗粒（稻谷）种在地上，当年丰收，次年再种，越收越多。他们很是高兴，想着与别人一同分享。但环眼一看孤寂无人的四周，心凉了半截，捶胸自问：谁又来吃这么多这么好的稻谷呢？于是兄妹二人决定结为夫妻，生儿育女。从此，"狗尾送稻"和"伏羲兄妹治人烟"的故事就在人间流传下来。从那以后，每年稻谷成熟、人们煮新米饭"尝新"时，总要给狗倒一碗新米饭先"尝新"，记住这个给人类带来谷粮的"大恩人"。伏羲兄妹种稻谷的地方就是远离昆仑山的飞山余脉——我们这个雁峰坼，"天下谷源"就在这里！随着族长的手指方向放眼望去，山与山相比真有点不同，地势由高趋低走向平坦，一条大河横穿其间，宽阔的田垄上有蚂蚁状的黑影。族长告诉我们，那是农民们正在栽种水稻。

"那只大黄狗是神狗吧？"杨利索不解地询问。

"对，是神犬！"族长眉飞色舞地说，"传说，它就是祖先盘瓠的老祖宗！"

"啊！"杨利索恍然大悟，"难怪你们对我这么尊崇，是因为救了你们的祖神啊！"

"没错，你就是我们受尊敬的神！"族长补充道。

独孤侠善于把握火候，见大家与族长的关系融洽起来，提出备足粮草之事，正合岳飞之意。岳飞早就把后军统率王经叫来了，引荐给族长。

"我们已经联姻，一家人不说两家话，还客气什么！"族长很爽快地答应，"我就把二女儿交给你们做联络官，她不善武功，你们要派人随时保护她。"

"好啊！"岳飞满口答应。

说话间，有士兵前来报告，说先锋部队已到道州城郊，好像染上了瘴毒。

族长一听，吓了一跳。部队染上瘴毒，力不从心，怎么能行军打仗呢？他赶忙请求岳飞，命王经火速派人带上蓝雪莹前去送雄黄酒。族长未经岳飞许可，就吩咐下属去征集土酒，配制雄黄酒。

岳飞急命先锋部队占据道州城郊有利地形，依山分散隐蔽，援军随后就到。

部队立刻出发。族长放心不下，迅速安排好族内之事，随后跟了去，连夜赶到道州城郊。

半夜，刚睡下不久的岳飞迷迷糊糊中梦见了生母姚氏正焦急地走来，说孙儿岳云不见了，听说去给官兵找雄黄酒去了，要他带人去高山陵园取一种仙草救治部队。紧接着，有一群骷髅人走来，向他求救。岳飞吓醒，一骨碌坐起来，大汗淋漓，不能入寐。他猛然想到张宪，云儿是否躲在他的营地？岳飞一边派人回家打听，一边派人叫张宪查查，派人找来族长商议。

"你生母贵姓？"族长忙问。

"我母亲姓姚！"岳飞急不可耐，"族长，您问这个干啥？"

"这就对了！"族长一拍脑门，"这里有'中华第一古陵'立在苍梧，陵主也姓姚，要去，得走一段路程。"

"再远也要去！"岳飞果断地说。

"就是骑兵最快也要天亮才到！"族长说，"天亮正好采仙草。"

岳飞二话没说，立即召集骑兵队，亲率骑兵与族长一道连夜出发。

马队绕过村庄，飞过田垄，跃过溪河，翻过山坳，不知走了多久，有点气喘吁吁了，但是不敢停留，继续前行。朦胧中，族长一脸严肃，策马前行，没有吱声。岳飞也不敢怠慢，接踵追去。

东方始露光亮，渐现霞云。山鸟啾啾，金鸡破晓。前方显露大山雏形，族长提声大喊："快到了，加把劲儿！"挥鞭朝前奔去。

前方，三面环山，犹如三龙贪恋人间绝好的山水美景遨游于此。游玩的空隙间呈现出一块平坦的宽阔地，前有二百米左右的神道直达山门。山门上写有"九嶷山舜帝陵"六个遒劲大字。众人下马，进得山门，见有拜殿、正殿，旁有廊壁。

族长走到廊壁跟前，指着廊壁让大家看。壁上有《水经注》诠释"九嶷山"的由来："苍梧之野，峰秀数郡之间，罗岩九峰，各导一溪、岫壑负阻，异岭同势。游者疑焉，故曰：九嶷山。"

岳飞大步走向廊壁最显眼处，见有《史记·五帝本纪》记载："舜南巡崩于苍梧之野，葬于江南九嶷。"岳飞凝视久久，哽咽无语，泪眼模糊，心内翻江倒海。

一言不发的独孤侠正在察看舜帝的简评：

舜，中国上古部落联盟首领，因姚墟之生而姓姚，因妫水之居而姓妫，名重华，字都君，谥曰"舜"。由尧禅让帝位而建都于蒲阪，国名"虞"，故称"虞舜"。为五帝之一，华夏贤王之一。《史记·五帝本纪》载："天下明德皆自虞帝始。"《尚书》言舜：为人处世、治国理政，以德为先导、以和谐为依归，孝敬父母，和睦邻里，一生追求和合、和平、和谐……

独孤侠看罢，双脚并立，肃然起敬，对着舜的画像默哀片刻。

杨利索疑惑地盯着独孤侠。

独孤侠自言自语道："以德为先，一生追求和平，而且，为了黎民百姓，死在南巡路上。这是何等的风范啊！"

有管事前来，众人走入殿堂。

摆供品，烧高香。岳飞虔诚地拜倒在舜帝塑像前……

第十章

仙草除瘴毒　　疑兵防劫难

祭帝完毕，族长与管事拉上话茬儿，打听上山采草药除瘴毒之事。管事询问中了何种瘴毒。

族长欲说，杨利索急了，插嘴说起来："据士卒说，在丛林中，忽见一灿然金光从半空坠下，快速扩散开来，小如弹丸飘散，大如车轮进裂，非虹非霞五色遍野，香气逼人。"

"什么时候？"管事反问。

"早晨！应该是瘴母之毒！"族长插进话来。

"对，你们遇到了最可怕的瘴母之毒。"管事补充道，"我们当地居民早晨赶路，必须饱食或饮上几杯酒以抵瘴气。你们大清早的在深山老林中空腹急行军，不中瘴毒才怪呢！况且，这么多人，就是喝酒抵瘴毒也没有这么多酒啊！"

"是啊！听说苍梧山上有一种治瘴毒的草药，我想打听哪些地方最多。救人要紧啊！"族长也着急起来。

"请随我来。"管事二话不说，猛然站起来，挥手领路，说走就走。

众人跟去。岳飞远远地跟在后头，一步三回头，样子很悲苦。

爬过一段山路，大伙儿来到山与山之间的低凹处、向阳的一方。有彩蝶飞舞，蜜蜂采花，并有潺潺溪流掩映在花草中。眼见满坡郁郁葱葱，一派生机益然的景象，岳飞的心境渐渐开阔起来。管事无暇顾及，分开杂草，掐出几棵药材给大家看。该药材叶片似枪头，叶边缀满小荆棘，茎秆暗红带绿，茎根呈团状或块状。

"就是这种药材，叫枪头菜。"族长说，"你们看，它的叶片形状像红缨长枪的头。"

"族长说得对，这一带特别多。如果翻过前面的山，那边也很多。"管事说，"我还有事，就不陪你们了。"

岳飞和独孤侠双双抬手作揖，"后会有期！"

"后会有期！"族长抱拳应答。

为赶时间，大家争着采药，分离杂草，拔掉所带泥土。并把所采集的枪头菜分散在向阳的空地暴晒。约莫两个时辰，采集就绪。岳飞指挥大家边吃干粮边整装待发。料理完毕，岳飞振臂一呼，大家飞马而上，箭一般地朝山下跑去。

在部队分散宿营地里，张宪正在焦急地来回走动。虽然官兵分吃了一口酒，稍有稳定，但剂量太少，无济于事。

采药的马队飞奔归。由于气温高，采取就地暴晒的措施，采集的药材叶卷缩，已打蔫。族长要岳飞马上安排下去：找干柴，拿药材茎叶与其混烧，作烟熏用；把药材根块洗净、切碎，用大锅熬水，口服。

岳飞号令：各营地立即点火熏药、熬药，派专人高插战旗，擂鼓呐喊。并且找来一些喽啰兵速到各营地走动，传达岳飞授意的密语。

安排好了之后，岳飞带一支人马朝道州城奔去。

道州城内流动人员很少，偶尔碰见一两个，说不上一两句话，就慌慌张张地借故走开了。来到衙门，门卫奄拉着脑袋倚门打瞌睡。衙门内冷清清的，有一个文书在写字。向他打听知州在哪里？文书事不关己地朝案台旁努努嘴，正有一人伏案而眠。

岳飞勃然大怒，举起他那心爱的沥泉枪朝案几上重重一敲，"啪"的一声把伏案之人惊跳起来。

惊跳之人揉揉惺忪的眼睛，瞪起红眼怒问："何事？"

岳飞怒目而视，气得说不出话来。

独孤侠反应较快，开口问道："请问你是不是道州知州向子忞？"

"我……我……我就是。"向子忞慢腾腾地回答。

"那你知道你现在在干什么吗？"岳飞厉声喝问。

"在……在等你们！我……我……我知道朝……朝廷已……已经下令，但……但不知道你……你……你们来……来得这么……快！"向子忞结结巴巴问道。

众人一看那形态很惊讶：

> 腰粗腿短大圆头，凹陷阴沉滴溜眸。
>
> 嗲气尖声如淑女，风吹草动脚粘油。

"你就不知道做点准备？"杨利索见岳飞气歪了头，接着说。

"谁……谁……谁知道来……来……来得这么快！我……我……我能保住命就……就……就算不错了。"向子忞一脸苦相。

那个文书见此情景，站出来打圆场，自告奋勇地说开了。道州，"襟带两广，屏蔽三湘"，是通往桂、粤的要塞。四周山势险要，退可攻，进可走，易守难攻。自从曹成反叛之后，就想把这里作为据点。只因探子来报，岳大人率五十万大军前来讨伐，曹成深知他的厉害，才决定一路南逃，去寻找新的根据地，依靠更大的山系做屏障，好保全有生力量。知州这才逃离了他的魔爪。

独孤侠也想改变面前这种窘态，帮着向子忞打官腔："向知州也不容易，听说他是被曹贼扣押的，兵少势单，能有什么办法呢？"

"是啊！那个千刀剐的走了之后我才逃出来，能活下来就不错了！"向子忞不结巴了，"我已经为你们准备了一些瘴药，也暗中派人跟踪曹贼，追查他的行踪。"

"那你怎么不早说？"岳飞气不打一处来，"我的先锋部队不是来了一天多了吗？"。

"我真不知道！怕曹贼虚晃一招。还以为是他们返回来了呢！"向子忞哭丧着脸。

独孤侠递过一杯向子忞手下筛出来的茶，对岳飞说："消消气吧，还有好多事呢！"

说话间，有探子来报，见有外人，欲言欲止。

"说吧！"向子忞说。

"城外，漫山遍野浓烟滚滚，插满了'岳'字旗，到处都是官兵，也许正在埋锅造饭。"探子说。

岳飞听探子这么一说，转怒为喜，命令向子忞立即派人张贴标语横幅，告诉老百姓不要怕，可大张旗鼓地欢迎大军进城。

向子忞领命去安排。岳飞一干人马回到营地。

族长走过来，告诉岳飞瘴毒已控制，官兵不几日就会痊愈。他要急着赶回去筹粮草。

"士兵要几日才好？"岳飞急了。

"估计一两天吧！官兵行军这么多日子了，正好需要休整，疲惫之师不可战嘛！"

岳飞把族长送出营外，马上叫来两员将官，又对独孤侠耳语一番。

独孤侠听后急忙出去了。

岳飞跟人如此这般地比画一番，要他挑选一批青壮骑士，然后指着杨利索，也如此这般地安排。大家按岳飞的要求各自忙去了。

岳飞瞅住这个空儿摊开军用地图，仔细地研究起来。不时地在图上进行标记，右手托着腮来回踱着步，思考各种对策。考虑成熟后，叫来各头目商量。接着吩咐大家到兵营走走，加大烟熏瘴毒的力度，让伙夫多煮些汤药喝，使士卒尽快好起来，把工作做细。

晚间，向知州带人亲自来岳飞处请教明天的大会怎么开。末了，告诉岳飞，王渊带领的曹成西路军一路抢掠，无恶不作，要不了多久，会接近桂州城①。守城知州许中带领官兵正在积极备战，准备决一死战。同时，在去全州、桂州的路上发现一

———————
① 今广西桂林市。

白一黑两人骑马飞走，武艺高强，根本追不上。而且，就在今天，发现道上还有人莫名其妙地被杀死。岳飞听着，脸上忽晴忽暗，没有答话，沉思良久，才安排向子忞把人组织好，明天未时一刻准时开大会。

其实，岳飞最担心的就是瘴毒危害士卒的身体，延误战机。向子忞走后，他匆匆走入军营，亲自看望受染官兵。士卒们很感激，克服病魔的意志坚定了许多，精神也愉悦起来。

又是一个难熬的夜，岳飞心里火急火燎，辗转难眠，子夜时分才睡实。梦中，见士卒踊跃攻城，喊声震天，长子岳云挥洒一对金锤像凌空飞渡的仙人跃上城头……

岳飞惊起，怎么？云儿真的来了？拍拍脑袋，方知是梦，不对，誓师会上站起的那少年真的是他？张宪怎么还不回信？随从提醒岳飞，已近午时。恰在这时，各路统制来帐前禀报，通过精心调理，士卒的身体基本康复！

岳飞容颜大悦，忙去吃饭、开会。

会场设在道州城内的操练场上，场面很壮观，人山人海，张灯结彩。向子忞老远出来迎接。

岳飞站在台上，声音洪亮，讲了宋廷讨伐曹贼的决心、对民众的安抚、军民一家亲等。特别提出部队染上瘴毒，要在这里住上一段时间。告诉大家部队纪律严明，"冻死不拆屋，饿死不掳掠"，绝不会扰民，请大家放心。也请民众不要打扰部队。

岳飞的话刚说到这儿，有两个商人模样操着外地口音的人悄悄离开了会场。把守人员偷偷告诉岳飞。岳飞只当没听见。

散会时天已黑，岳飞与向子忞又细细耳语起来，而后，离开会场。

第十一章

杀敌解危难　桂州胜曹犯

话说曹成，听说宋廷派岳飞前来征讨，三月中下旬，便放弃道州的巢穴，兵分东西两路南下。一路由偏将王渊领兵三万，北上永州，折向全州，再南下攻打桂州；一路自领，直接南下，攻打贺州。

岳飞苦思冥想了几日，终于理会曹成南下的意图。刚从向子忞的安抚会走出，就急着召集众将连夜开会。岳飞在会上大声询问："有谁知道曹成南下的真正意图？"

全场鸦雀无声。

岳飞故作神秘地说："既然大家还没有理出个头绪，我先安排。张宪、吴锡，你俩率军前往曹贼西路军路线，先往全州，再往桂州，一路追讨其党羽，目的在桂州，沿途不要耽搁时间，在到达桂州城附近时，择机占领城西面，隐蔽待命。在听到喊杀声时迅速杀出，立即出发。徐庆，你先安排一支三百人的轻骑抄近路火速赶往桂州，在桂州城外隐藏起来，在王渊攻城、许中抵不住的紧要关头，大造声势，猛打猛杀。使攻城之敌腹背受伤，断其后路，打他个措手不及。另，你带大部队今晚子时出发，也往桂州赶。在通往全州的交叉口设伏兵一支，用以切断信息，留下后路。其余人马则在离城不远的灵川停下，有人会在那里接应，带领你们占据桂州城的东面，设计如何分散敌军兵力，歼灭敌人，减轻城内许经略的压力，拖延时间。你们的时间充裕，关键是到达后准确摸清敌情，养精蓄锐，待许经略危难时才可出手。目的是等大军一到，共同杀敌。我和王贵携主力随后就到，与许经略前后夹击，与你们东西围攻，形成四面围打之格局，解除敌军包围，杀他个片甲不留。"岳飞排兵布局之后又细细交代一番才放心离开。

聪明的张宪心神突然不安起来，安排下属如此这般，似乎在搜寻什么人！他一边安排部队出发，一边考虑岳飞的意图：我是打先锋的，大人为什么安排我沿曹贼西路军进军路线一路追击下去，而不直接去攻打桂州？现王渊匪军已近桂州，准备攻城。张宪突然想到岳飞的意图有两层意思：其一，歼灭王渊沿途留下的护军，削弱王渊部队的力量，切断王渊信道，使王渊既无后路又成聋子，一举三得。其二，迷惑王渊。万一王渊发觉，全州离桂州有二百余里左右，要绕道，要御阻，最快要两天。而且，道州离全州也有二百余里，一时半会儿来不了。岳大人讲过，我们的目的是桂州。如果我们不及时赶到桂州，那么，先去的徐庆部队一旦遇敌，就会孤立无援！想到这里，张宪捏了一把冷汗，唯有派精兵强将打前站，速战速决，尽早赶到桂州，此去的任务最重。

张宪主意已定，飞一般出发了。

王贵也在嘀咕：义兄这样安排用意何在？曹成南下的真正意图是什么？我们为什么明天才走，而不连夜出发？他在军营中走来走去，终于发现义兄不同时安排部队出发是在利用攻打有先后，好一鼓作气消灭王渊，首战先捷，打出士气！那么曹成呢？莫非他南下的真正意图是退据贺州？如果是这样，那他以偏军夺桂州，就有四层意思。一是迷惑我们；二是想打通运输通道；三是为了更好地保护贺州；四是如果攻不下桂州，捞上一把，然后再退据贺州也不迟。他以为我们还在道州，离桂州还有四百余里里。所以离他很远，他才敢这样放肆地进攻桂州。他的西路军北上就是很好的佐证。如今王渊已率西路军欲攻桂州，仗着人多势众，意在强攻。广南西路经略安抚使、桂州知州许中正在号令三军，用心守御。然，敌众我寡，只怕守不了多久。由此看来，守城形势岌岌可危！各路人马快速汇集于桂林是当前的首要任务。我们有的部队连夜出发，有的明天才走，就是想运作疑兵之计，同时到达，形成合力，出其不意，克敌制胜。与今天公开的安抚会和昨天革除瘴毒时遍插旌旗的举动是同出一辙，迷惑敌人！王贵想到这里，心里暗暗佩服义兄的谋略。但还有一事想不明白，正想着，岳飞来了。

王贵直截了当地问岳飞："义兄为什么不直接攻打贺州呢？"

岳飞笑道："从道州出发直攻贺州，要穿越百里大山，道路崎岖而狭窄，一步一险。既无粮草接济又受桂州围攻，岂不是肉包子打狗有去无回吗？"

"再者，贺州已被曹成占领，桂州还在争夺之中。"岳飞补充道，"由桂州去贺州，要穿过荔浦西北几十里的莫邪关。此关凶险，倘若我们被阻在那里，身后路途遥远，粮草难以为继，那就更麻烦了。"

"由此看来，桂州之战非胜不可！"王贵说。

"是的！"岳飞肯定地回答，"我了解曹成，其绰号曹操，生性多疑，却又十分狡猾。他是想凭借山险路崎和兵多将广与我们打消耗战，消耗我们的有生力量和粮草，迫使我们弹尽粮绝，没有外援，自取灭亡。他让王渊攻打桂州，为的就是劫走桂州城里的存粮。"

"誓与桂州决一死战！"王贵握紧拳头，猛捶桌子。

"这就对了！"岳飞满心欢喜，并提醒王贵，天色不早了，注意休息，明天好行动。

话说桂州城，状如长条状。东临桂江；中部向西凸出，与山为邻；南北城墙用巨石砌成，既高又坚固，且城门紧闭，防守严密。要想破城，唯有从西边山上下手。

一连过了六天，王渊站在桂州城西半坡山上，指挥贼寇从西北、西南两个方向攻城。贼寇攻城的势头越来越疯狂，战鼓昼夜擂个不停。王渊获得探子禀报，岳家军还在道州，虽然距此只有二百多里的行程，但正患瘴毒，正在疗养。因此，王渊也很焦急，赶在岳家军来之前想尽快拿下桂州，抢掠后便退往荔浦，再转去贺州与曹成会合。然而，桂州虽为孤城，守军却十分顽强，匪寇一次次攀登上去，又一次次被杀退下来，城墙下积满了贼人尸首。

桂州城头，许中和守城官兵已有数日没睡觉了。四千守城士兵伤亡近半，紧急招募的八千义士也折损一半。他安排城中十几万百姓渡江撤离，由于船小且数量不多，虽然昼夜摆渡，眼下也才渡过一半。为了保命，他只好下令，只许渡人，不许携带物什，违者立斩。即便这样，要想把百姓和伤员全部撤走，最少还要坚持三四天，怎么办？只好硬撑，听天由命。

一阵阵炮石过后，云梯接连架上城墙，城下呐喊声此起彼伏。一场恶战又开始了。许中站起身，强力指挥。恰在这时，他听到了不同的喊杀声。城北矮山塘那边，突然涌出大批骑兵，大开杀戒。片刻，城西也冲出一队骑兵，在匪卒中间冲杀起来。

再看城下，贼匪乱成一锅粥。就在场面上杀得不可开交的时候，城北、城南、城东、城西旌旗猎猎，都是岳家军旗号，形成合围之势，冲杀过来，喊杀声不绝于耳。城上军民先是一惊，以为神兵天降。王渊懵了，早晨哨探传报，岳飞还在道州，现在怎么就到了眼前？正纳闷间，岳家军已合围过来。反应过来的许中守卒也从城内冲出，众匪弃械投降，王渊夹在小山坡边的匪卒中侥幸逃脱。岳家军见匪寇进了山，并不追赶。

原来，岳家军各路人马已经来了一天了，正在一边休整一边观战，寻找战机。岳飞见王渊匪军井然有序，本次攻城来势更加凶猛，许中抵挡不住，只好派张宪、徐庆手下两支骑兵左右冲杀，乱了匪贼阵脚。然后，下令四方合围共歼之。那全州方向一黑一白二人就是汤怀和独孤侠，负责切断信路，只放走道州安抚大会上获取假情报的两人。

战毕，许中紧握岳飞的手，连连称谢道："久闻将军用兵如神，今日一见，果然名不虚传！"说完后退一步，深施一礼。岳飞上前扶住，"此乃公事，经略大人休要如此。"许中流泪感言："若是将军迟来几日，城毁人亡，我命休矣！"说完，挽起岳飞，同入衙门，续问："行文上说将军暂停袁州，等候韩元帅封住两广界首才发兵，何故来得如此之快？"

岳飞笑答："古人常言，兵贵神速，不快不行啊！眼下南方天气一天比一天热，瘴毒时有发生，我的官兵差点因瘴毒而误了朝廷大事。现曹贼想进深山，坚壁清野，作长远打算，等他们站稳脚跟，就难对付了。"

谈笑间，王贵来报，说王渊只带走万余贼寇往荔浦方向逃走。

岳飞并不细问。

这一夜，岳飞做了一个奇怪的梦，梦见一美女，似曾相识，翩然而来，依偎在身旁……

第十二章

乘胜猛追击 耗敌近一万

话说王渊，自从桂州之战失败后，仓皇逃走。绕大山，翻矮岭，一路南进，以山林做掩护，专走深山老林，不敢走大道。渐渐地，后面没有了追杀声。环视跟上来的士卒，人人跑得气喘吁吁，汗水湿透；个个累得衣脚不整，脚疼手痛。眼看走不动了，抱怨的，哼唧的，同那四处流浪的人没有两样。王渊只好下令，作短暂休整。整理队伍，清理人数。不清不知道，一清吓一跳，三万多人只剩万余，损失了三分之二。欲走何处？眼看天色已晚，部队要吃饭要休整，急需补充能量。逃走时没带多少粮食，怎么办？只能就地宿营，走一步看一步。刚停下，伙夫去附近山溪边取水做饭。王渊带几个小头目上山岗察看地形，突见前面山岗上战马嘶鸣，有几个骑马的人也在看地形，为头的端坐马上，似乎穿着绿袍金甲，斜跨长枪，看得不太清楚。王渊想退隐，不想让对方发觉。对方却发觉了，并在朗声发话："来者可是盗贼王渊，快快投降吧，张爷爷在此恭候多时了！"对方只是喊话，也不冲杀过来。王渊哪里敢搭理，退下去，急急地把队伍撤到溪水对面，依仗险山做屏障，派一队人马流动监护前面的小溪，并布了暗阵。在确认没有干扰之后才颤巍巍地宿营下来。

官兵在溪边险山间宿了一晚，体力有所恢复。想想昨日巡察之事，王渊知道此处不是久留之地，幸亏没开战，否则性命难保。现在唯一的办法是筹措军粮，与贺州的曹大哥会合。听说附近的荔浦县城依山傍水，民纯物丰，地理位置较偏，中间崇山峻岭，并有莫邪关等一系列关卡与贺州相连，既可退也可守，是一个好去处。主意已定，王渊挥师而去。

晌午时分，部队到达荔浦县城郊。士卒口干舌燥，精疲力竭，不得不依山隐蔽下来，吃点干粮，积蓄体力。王渊派人暗地里接近荔浦县城，探听动静。自己亲自站于县北山上眺望，阳光下的一座小城池，左挨荔浦河，右靠险山岗，正中开了个门洞，道路从中穿过，俨然是一座关城。

暗探回来报告，荔浦城高悬"张"字旗，城门紧闭，只有一侧的小城门可开，需凭盖有许经略公章的通行证只出不进，盘查很严。其他，无异样现象。

王渊率军来到城下，大声喝喊，欲见头领。领头模样的站在城墙上回话："奉许经略之命，此城关闭，无路引者概不放进，无通行证者概不放出，你等可有许经略亲点的路引和手信？"

王渊勃然大怒，以屠城相恐吓，见毫无反应，只有硬着头皮攻城。点土炮，架长梯，指挥众匪蜂拥而上。

守在城头的士兵既不用滚木礌石，也不用弓箭射手，呈一字形排开，人人执钢刀，上来一个砍一个，全然不乱。转眼间，已有二百多人丧生并滚下城墙，无人再敢上梯攀爬。王渊一时慌了心神，只好退到荔浦河边思寻良策。抬眼看对岸，有官兵巡逻。王渊只好派兵下水过河，搞偷袭，结果偷鸡不成蚀把米，水下官兵全军覆没。这时有将领近前提醒，荔浦城南四十里就是莫邪关，不如等到天黑，派人凫水前去，请求守关将领张全接应。王渊应允，调转矛头，进入周边院落，洗劫钱粮，以备军用。

原来，张显、杨利索等人依照岳飞之计，一路追杀王渊残部，料定他会打荔浦城的主意，深夜带一队士卒人员翻城墙进去，控制值岗人员，找到知县开城门迎大队，掌管全城，单等王渊前来送死。

天黑时，趁无人注意，王渊挑几个精干之人前往莫邪关搬救兵，并把自己的部队隐于山林，严加防范，等待救援。

王渊等了整整一天，杳无音讯。傍晚时分，见城池解除警闭，猜测对方判定来敌已走，放松警惕。王渊想，正是偷袭的好时机，立马挥师攻城。岂料城内杀出一骑少年：

凛凛生风美少年，腾空跃马立身前；

双锤挥舞乱人眼，贯耳豪吟振岳川。

来者就是岳飞长子岳云，一对金锤耍得金光四散，招招致命。举着"岳"字旗的将士们簇拥他的左右，齐声大喊："王贼，还不快快受降？岳少爷在这里恭候多时了。"

王渊闻声，大觉中计，急忙后退。没退几步，后方也传来了喝声："哈哈，王冤家，张爷在此，咱们又见面了。还不束手就擒？"

王渊回头，只见：

金甲青袍一飞骑，钩悬枪舞随风意。

招招索命连环施，射杀无常如电至。

来者正是一路追杀王渊匪军的张显，用了一个引蛇出洞之计，带着一队人马前来诱杀王渊。王渊吓出一身冷汗，连连躲闪，急中生智，抛出战甲，混淆视线，抽空乘隙而逃，掉头往西山跑去。一口气跑去很远，消失于茫茫山林中。走着走着，王渊突见跟随者越来越少，等到安全处清点人数，损失近八千人。没办法，只好带上剩存的两千残匪垂头丧气地投奔张全而去。

话说岳云，听说家父南下平曹成，就想随军征战，明着不行，只有暗思良策。临行前，偷偷给祖母修书一封，放在枕头下，说自己已经征得家父同意，被编入张宪军营，随军打仗去了，请她老人家不要担心。后悄悄混入张宪部，和他平日对练多次的士卒们混在一起。行走多日之后岳母才发现岳云的信笺，急如热锅上的蚂蚁，却于事无补。岳都统怀疑犬子来了，张宪也在怀疑，曾搜寻过，都没发觉，直至在道州时张显才发觉，偷偷告诉张宪。张宪吓出一身冷汗，这个冒天下之大不韪的岳云真不是省油的灯，待在自己营里，怎么办？岳云只好去两位叔叔面前哭求。张宪、张显反复思索，为了不使岳都统分心，两人决定铤而走险，暂时瞒下来，等待时机成熟时再行禀报。他俩与岳云约法三章，只准跟在张宪或张显身边，一刻也不准离开；且只许远远地观战，不许出战。当岳都统安排张显等人来荔浦设伏时，考虑到张宪的部队在桂州城会有一场恶战，张显才把岳云悄悄带走。哪知岳云生性好强，张显执拗不住，只好在确保万无一失时，同意岳云出战。真是天佑英才，一战成名！

岳飞闻讯，暴怒于形，急令张宪督促张显，捉拿岳云，只等大军一到，军法处之。

第十三章
调兵又遣将　难破莫邪关

却说张全，接信后速派人请示曹成。曹成已猜出岳飞心意，意在调张全出关，好乘虚而入。探子来报：岳家军、欧阳临部、罗选部三军合一，正奔贺州而来。莫邪关是必经之地，一旦被攻破，打贺州就如囊中取物，易如反掌。故严令张全死守莫邪关，不得离开半步。

早在王渊攻打桂州城之前，曹成已占领贺州。虽然朝廷招安，授荣州团练使、郢州知州，但曹成想称王，不听朝廷的调遣。当李成竖起叛旗的时候，他就开始作乱，先流窜到湖湘，后南下广南路，攻连州①，下封州②，克昭州③，祸害一方。上月闻听岳家军前来讨伐，他就看中了贺州。想借助贺州躲过此劫。贺州位于群山之中，东有大桂山、西有大瑶山之天然屏障；南连梧州④；北有两路，一路蜿蜒于深山之中，与连州相接；一路两岔，其一通道州，其二弯向西南，经莫邪关联着荔浦。莫邪关有"一夫当关，万夫莫开"之险。现岳家军直指莫邪关。为今之计，速给莫邪关再加派人手，同时派一员虎将镇守与莫邪关相呼应的太平场，方可确保万全。曹成想到做到，立刻命令虎贲军统制杨再兴前去把守。

岳飞从桂州之战的俘虏中挑选八千能战之士补入各军，剩下的一部分留给许中，另一部分派人押解到潭州，交与李宣抚处置。诸事完毕，在备足粮草和瘴药之后，岳飞带兵奔荔浦而来。张显、岳云、杨利索、王知县等一干人马都出城迎接。张显在岳飞身边嘀咕了几句。大敌当前，岳飞是个明事理的人，原谅了岳云，并把他编入张宪的部队。接下来，岳飞全面了解情况，当问到张全并未中计出关时，岳飞长叹："人算不如天算！"这天晚上，岳飞约见王知县，了解莫邪关的情况。王知县说莫邪关形如一堵两头不见尽头的下绿上灰的巨墙，中间断开一竖缝，道路从那缝中夹出。是通往贺州的唯一之路，关口小，有张全八千精兵把守，过不了。前朝有

① 今广东清远市下县级市。
② 今广东新兴县东南、开平市西。
③ 今广西平乐县。
④ 今广西梧州市。

个宾州知州陶弼赋诗形容此关是"三任边关六往还，此时才入莫邪关。访僧问道无闲事，手指青天口说山"。倘若不从关口过，山陡，半山之上全是悬崖峭壁，无人能上。岳飞还想了解其他情况，王知县引荐一货栈掌柜。掌柜说关里有个状如长嘴葫芦的马鹿屯村寨。在关口西边十里处还有一个松坡屯，那里有条小路可绕行进关。只是山路难走，要爬一段很长的石阶。如果想进去察看路径，掌柜可带一两人蒙混过关。岳飞喜出望外，如是吩咐去了。

一切准备就绪，着手攻关。岳飞安排后军往东，踏白军与吴锡军往西，远远散开，寻路佯攻，分散敌军兵力；左军、右军分别猛攻关口左右山峰，单独叫来张宪，如此这般安排。

霎时，鼓声杀声，响成一片。攻关士兵漫山散开，手举藤牌，躬身攀登；爬至半山腰，山石裸露，毫无遮掩。忽见关上矗立一排士兵，滚礌石，射利箭。转眼间，士兵趴倒无数。停一阵，接替往上爬，又是一阵滚石箭雨。如此周而复始，半天，无人登顶。太阳偏西时，各路人马进展不快，伤亡很大。岳飞只好鸣金收兵。

岳飞召集各路头领来指挥所议事，商量对策。大家各抒己见，议论纷纷，心情浮躁，半天也没有理出个头绪。夕阳斜泻过来，照得人眼冒金花。王贵迎着夕阳，灵机一动，提出夜攻。张宪蹙眉舒展，立即赞同，只是说要讲究策略，既然是晚上，天然隐蔽，那就要集中兵力，强力攻取。冥思苦想的独孤侠补充道："那要挑选精良兵卒、集中优势兵力！"岳飞综合大家的意见准备调兵遣将。突然一人和徐庆争着出来，都想抢头功。只见他：

短颌宽额破瓜颜，腆肚矮身如桂圆；

天赐一双贪色眼，见人瞧物贼瞳旋。

此人就是岳飞手下大将韩顺夫！

岳飞思量再三，命韩顺夫率部正面进攻，时间定于即日半夜三更，采取敌疲我打的战术。号令三军埋锅造饭，就地宿营，养精蓄锐，以应夜间之策。

且说贼将张全，见岳家军全线攻击，恐惧万分，将后备军全部调上，严防死守，唯恐哪一处被攻破。傍晚时分，战事停息，又亲临关上巡视，再三叮嘱官兵，加强防守，防着夜袭，万万不可大意。

独孤侠是夜猫子，总是闲不住，晚餐后稍作休息，趁夜色在莫邪关下察看地形，寻找战机，以供岳都统参考。走过几处，独孤侠没有发觉可攻之处。岳飞也睡不下，迎面走来，见关上灯火通明，守关敌卒来回走动，毫无睡意，正纳闷间，王贵、张宪也来了，都在寻找战机。张宪突发奇想，建议岳都统安排一明一暗两路人马。暗为主攻关口的主力军，派一些攀岩高手摸黑攀爬上关，准备偷袭，若成功，迅速夺关，后援主力快速进取；若被发现，攀爬人员隐蔽不动，后援主力不张扬，在关西尽头准备一支部队，明火执仗，大造声势，主动佯攻，声西击东。岳飞觉得这是个好主意，立即授意吴锡军如此这般。

三更时分，隐隐约约听到关上敌卒传来哈欠声，来回走动放哨的人也不那么频繁了。韩顺夫乐了，照计行事。攀爬人员一个接着一个往上爬。敌人真的未有发觉。韩顺夫沾沾自喜，正在想着破关之后如何邀功。攀爬人员越上越多，快的已达城墙一半。岳飞等一干人员心悬半壁。独孤侠在心里祈涛上苍护佑破关。陡然，一攀爬者一脚踩空，坠入山崖，求救的尖叫声划破天宇，惊动了张全官兵。关崖上众人拿灯火搜寻，矢石齐发，喊杀声惊天动地。

吴锡军在关西尽头马上接应，火光冲天，喊杀声盖过关上敌兵之声。张全火速调动增援人员，积极应对。一阵滚石落下，关下哭爹喊娘，骂声四起；一阵箭矢对着壁影射去，壁上士兵回落。韩顺夫涨红了眼，组成人墙、人梯，硬爬而上，并用山炮掩护，朝关上明处人影集中的地方轰去。顿时，哭声喊声骂娘声声声入耳，上下乱作一团。吴锡军也不示弱，战鼓擂得惊天响，也用山炮朝关上人头轰去。不料，张全用了齐招，用掺有辣椒粉的土制炸弹朝关下点火猛砸。关下像炸开了一锅粥，死的死，伤的伤，辣得全都睁不开眼睛。战争持续几个时辰，直至天亮，久攻不下，双方伤亡很大，只好偃旗息鼓，各自收兵回营。

岳云想到三国时期的诸葛亮草船借战，有所启发，速奔岳飞营地。见爹爹一脸窘态，故作丑态逗爹爹开心。岳飞烦躁，想训斥。岳云赶忙说："爹爹，我有法子破关！"

"你有什么法子？"岳飞瞪着诧异的眼神不大相信，"说来听听！"

"爹爹不是要打消耗战吗？三国有孔明草船借箭之计，我们就来个'草人耗矢'之策。孔明借箭是为了用箭，草人耗矢是为了消耗张全的箭矢。"岳云一口气说出自己的想法。

岳飞一拍脑门，转忧为喜，"好计！"速命手下传唤各统制前来商议定夺。

岳云见爹爹说自己的想法是"好计"，顿时高兴得一蹦三丈高。

商议厅里，大家七嘴八舌，赞许岳云的计策，对这个将门虎子刮目相看。

王贵说："此计虽好，但要讲究策略，需要选择合适的战机。"

张宪说："此计用于夜间才能更好地隐蔽自己，蒙蔽敌人。"

"用于夜间假兵攻关好是好，但敌人看不清攻关的假人！所以，要做就要做像，把草人摆成各个动作的模样，穿上军服，并在草人中安插火把照亮，使敌人觉得有大批人员夜攻关隘。"冥思苦想的独孤侠补充道，"要给草人排兵布阵，用绳索杂乱地控制草人，草人中箭要倒地，还要有惨叫声。作战时要抢运假伤员，停战时要搬运假尸首，要哭天抢地大悲喊。这叫假戏真做。"

岳飞连说："好！好！好！"依计而行。

是夜，敌我激战通宵达旦。天明，张全站在关上观看，只见岳家军横七竖八地倒地一大片，有士卒正在装运尸首，也有军医就地抢救伤员。瞧瞧自己的守关将士，虽疲惫不堪，但没有伤亡。即使损耗大半箭矢，但有探子来报，说岳家军死了两个头目，正在搭设灵台，估计近日不能攻关。张全哈哈大笑，号令士卒休整休整，论功行赏，只留少许守关人员。

徐庆在军营里奔走相告："中计啦！中计啦！张全中计啦！"岳飞闻之，大声呵斥："你还在这里耀武扬威干什么？不是说昨晚我损失两员大将吗？其中一员猛将就是你！还不快快躲起来？"

徐庆"啊啊"不已，一溜儿烟逃得无影无踪。

岳云异常伤心，在徐庆的灵柩前哭得死去活来。前来吊唁之人络绎不绝。

岳飞心里非常清楚，昨天大部分官兵都在军中休整，只有少部分在制作草人。仅牺牲十多个协助草人作战的士卒。岳飞想，此计虽成，消息也封锁得很严，可哪有不透风的墙呢？王贵也这么想。总得想个迅速破关的办法啊！

杨利索心事重重，独自经过竹林，来到河边树下，随手摘了一片树叶，吹起忧伤的情歌。歌声如泣如诉，哀怨缠绵，凄迷低沉，令人忧思深远，好不凄婉！

姬花妹踏歌而来，怯怯地站在杨利索面前，呆呆地对视，不知说什么好。

杨利索见姬花妹来了，欲言又止。自从上次老虎宴那一幕，杨利索心里就郁寡欢。前天，独孤侠暗地告诉他，桂州之战时蓝雪莹父女俩送来粮草。蓝雪莹借送粮草之机，特意来过，找寻郎君，生怕遇上不测。听说杨利索不在桂州恶战，这才放下心来。如果她知道自己的郎君要攻打天下难关——莫邪关，那肯定放心不下，说不定又会来。扪心自问，自己钟爱的就是眼前这个青梅竹马的人，怎么办啊！如今两军对垒，大战一触即发，不知道自己能否过得了此关？

姬花妹虽然没有说出口，打心眼里还是喜欢眼前这个人的，两人同甘共苦，可以说是患难之交。那一次如果不是母亲及时救起两人，那早就喂了野狼了。如今渐渐长大，有点男女思念的朦胧感觉，却总是有点害羞，难以启齿。

那个夜间在竹林砍竹做家什的篾农拖着竹子经过，杨利索搭上了话。

姬花妹顺势坐在一旁，打破了僵局。

"老伯，您用这竹子做什么？"杨利索问篾农。

"竹子的用处多着呢！它可以制成各种轻巧的家什。"篾农回答，"我现在用它来编织斗笠。"

"做斗笠？就是用来顶在头上遮阳挡雨的那个？"杨利索问道。

"正是！"篾农很肯定地回答

"那能织成人的模样吗？"杨利索突发奇想。

"当然能！"篾农疑惑地问，"你要做什么？"

杨利索似乎想到破关之策，疯也似的朝营部跑去。

第十四章

少侠巧献计　大破敌险关

军营议事厅，岳都统、王贵、张宪、吴锡、张显、孤独侠等都在，正在商讨破关之策。一时还想不出好计策。守门士卒禀报，杨利索急匆匆地撞进来，打断会议的进程。岳飞厉声斥问。杨利索把巧遇篾农、构想编织人模、用人模攻关的办法和大家说了。大家茅塞顿开，风趣地赞许它叫"双人顶破关"或"篾人破关"之计。岳飞转怒为喜，高兴得合不拢嘴，当即命人砍竹破篾，组成人模，在人模脚底连织竹帽，并把盾牌夹织进人模竹帽之间，让篾人穿上兵服，伪装起来。人带上竹帽，用麻索与下巴脖颈结扣扎牢。乍一看，是人头上再顶一人。这样一来，篾人既轻又吸软，敌人难于发现，盾牌防箭，避免弄伤盾下之人，真是好极了。

众人进一步想，有了破关的计谋，还得讲究策略。攻关时间还是选在晚上，利用张全的麻痹心理，今日白天大张旗鼓地办"丧事"，晚上大造声势，要为亡者报仇破关，明天，等张全守卒筋疲力尽、箭矢用完或没有多少之时再派"双人顶"爬壁而上，快速攻关。

主意已定，大家各自忙事去了。

岳飞安排王贵猛攻关隘，吸引敌卒，派张宪率部爬壁攻关。

张宪回营选出一部分攀崖高手，反复演示带上双人顶之后如何攀崖，加紧操练。

这一夜，守关士卒突然慌慌张张地禀报，说岳家军又要攻关，还要报仇雪恨。张全站在关上察看，山炮突然朝他轰来，吓得他魂飞魄散，急忙躲到一边，看关下，火把红了一大片，攻关士卒多如牛毛。张全急令放箭，狠狠地打！战了几个时辰了，关下依然是战鼓咚咚，喊杀声越来越大。张全纳闷，莫非岳飞想要拼个你死我活，决一死战？想到这儿，张全咬牙，传令三军，哪怕是把所有的箭射光，也不准岳卒爬上一个。

凌晨，张全依然是站在关上指挥士卒击敌。关下岳家军，又一拨攀崖而上，爬得很快，好像没有困意。张全急了，忙派兵火速迎击。士卒们累得拖不动，箭石也不多了。原来，晚上攻关的是岳飞官兵虚张声势的草人战略，本次攻关是休整好的张宪部队的篾人战略，只是张宪又用一计，先用一批攀崖人试试张全战力，好戏还在后头。

张全以为岳飞大败，这次攻关少则损失上万人，应该说是大伤元气，近日不会再攻，哪知他越战越勇，还有这么多士卒。张全走下关隘，近前细看，还没完全看清，又有山炮轰来。

"莫非是中计了！"张全脑中掠过一丝疑虑，"倒地的岳卒尸首似乎有点不像。"

就在这时，王贵调集上万人，全力攻关。

张全骇然，号令所有人员集中到关隘，全力迎敌。并派密使飞马向曹成搬救兵，以解燃眉之急。

岳飞运筹帷幄，找准了战机，令旗一展，下令王贵不管付出多大代价，痛击张全关隘守卒。

久经百战的王贵先用火炮猛轰关隘；再用一批射箭高手瞄准一个射一个，消灭关隘守卒；又用一批骑兵策马近前向关隘放火，火攻城门；还派了一批人去轰炸关隘的大门。一时激战不断，死人无数。

岳飞瞅准一个战机，速展令旗。张宪得令，立派一批精锐的"人顶篾人"临壁攀爬而上。峰顶贼寇大多数去关隘迎敌去了，只有少数几个在坚守阵地，见壁上人叠人，一下多了这么多，滚石不中，射箭不死，顿时慌了手脚。张宪瞅准这个机会，命人紧擂冲锋的鼓点。只见壁上那个人顶篾人，似猴类猿，速速上攀，快要接近峰顶。随后有两个人顶篾人；再后面，有五六个。终于上去一个人顶篾人。贼寇见此怪物，一迟疑。人顶篾人手起刀落，砍倒旗头，紧接着就地旋转，挥刀一抡，扫倒一片。贼寇见旗头已死，乱了套。那两个人顶篾人也上来了，一个数箭并发，射倒一片；一个飞石走镖，贼寇应声而倒。继而上来五六个，挥刀便砍。众寇见之，仓皇后退。就在这会儿，士兵陆续登上，追敌厮杀。贼寇哪里是岳家军的对手。涌上的宋军越来越多。随后上来的张宪举起斧头枪，大喊一声"随我来"，带兵杀向关口，围攻关隘。

张全援军未至，箭矢殆尽，唯有刀兵相接，且守关士卒连续几日大战，疲惫不堪，早已失去战力，哪里还是养精蓄锐的岳家军的对手。

莫邪关被破，张全无奈，带上残匪边战边退几百里，躲进深山老林里，事后才知退守蓬岭。

岳飞看得真切，第一个冲上关的是张宪手下那个大马杓郭进，快似猿猴，杀敌英勇。破关之后，岳飞大喜，当即解下自己的金束带，另加银器，赏给郭进，并将他升为秉义郎。杨利索追着几个乱窜的匪卒杀回来了，杀得满身血污。岳飞一把拉住，面见这个有勇有谋的年轻后生甚是欢喜，欲予奖赏。杨利索大声说："我乃杨门之后，只求报效祖国，不求贪图享受。"说完，又去追杀匪卒去了。岳飞叫来岳云，交给郭进，要他们取长补短，共同进取，并命令他俩同去追赶杨利索，希望他们今后团结一致，为宋廷社稷建功立业，收复疆土，保家卫国。

岳飞传令各路：趁热打铁，收拾残匪；择机聚合，稳步推进。

第十五章

义士同追歼　寻君开笑颜

　　破关之后，岳飞虽很高兴，但首先想到的还是如何详细了解曹成的整体布局，兵力部署；如何追歼张全，收拾残局。于是派人四处寻找那个货栈掌柜。掌柜来了，正在岳飞幕下听遣。岳飞叫来姬花妹，如此这般地细声比画着，并与货栈掌柜神神秘秘地耳语起来。掌柜会意，连连点头。接着，掌柜带着姬花妹，乔装打扮一番，变成卖货的父女俩，出去了。

　　再说杨利索，一路追杀，杀红了眼，杀得残匪杳无踪影，左寻右找，终于抓来一个哨探，勒令他在前面带路。走了十几里，来到一座山前。抬头望时，山连山，山上林木繁茂，藤蔓绕树，无路可行。杨利索呆望其中，思考去离。此时，郭进和岳云追了过来。哨探也找到了小路，说从这里蜿蜒而上，可达山顶，山顶上有一座庙宇，有村民常去祭拜。走过那山，再翻过一座山，山下有一个屯子，好像是青龙苑，离这里还有几十里。三人好奇，一合计，决定由哨探引路，同去山庙看看。于是爬山，沿着窄窄的小路，手攀脚蹬，九拐十绕，行至半山腰，视野才开阔起来。说来也怪，半山之上，无大树高树，全是乱石茅草山。岳云一路走一路看，见左边的山峦光秃秃的，连茅草都没有生长，十分陡峭，不由得问道："这上面有没有守军？"

　　"没有。我到过几次，没有看见部队驻扎，只有一座四合院式的庙宇。"那领路的哨探回话。

　　岳云的眼睛转向右方一拐角处，"郭大哥你看，这上面有连片的灌木，如有不测，可以从这里攀登过去，隐身而走。"

　　郭进看了一眼，呆头呆脑地说："这么陡的地方，上面要是有人，一样上不去！"

　　杨利索接话道："这有什么难的？上山功夫难不住我！"

　　再走过一段山路，终于看清山上的面貌。整个山形犹如一块巨石，中间凿出一溜石磴，直直的，不下数百级石阶。杨利索正要拾级而上，突然轰轰隆隆，沿着石磴儿两边，连蹦带跳滚下数个箩筐大的石块。四人连忙躲闪，侧望，贼寇正低头下看。郭进道："咱还没攻你，你就放石砸人，看来贼人心虚，不会太多。"

　　岳云点头道："嗯，是这个理儿。可就算他人少，咱们还是上不去呀！"

说话间，张显特意给岳云安排的那两个武艺高强的亲兵也跟了上来。说是保镖，保护岳云安危的，来时已被岳云摆脱，怎么又追上来了。现在看来，来得正好，还可以当帮手。

岳云问两个保镖："后面还有其他人吗？大部队怎么没来？"

"大部队还在后头，没有跟上来！"保镖齐声回复。

岳云用征询的目光看着郭、杨二人，"还要不要上去看个究竟？"

"去！"年轻人就是气盛，郭、杨异口同声。

杨利索脑瓜转得快，分别在郭、岳耳边嘀咕几句，说出他的计谋。两人点头应允。

杨利索很利索，快速找来一些干柴，钻石取火，引火于茅草山，烧起山来。时令初夏，嫩草初长，干枯的老茅草仍在，着火易燃，不多时，浓烟滚滚，随风向上舔着火苗，山火大发。

片刻，山上石头停滚，救火声呼喊不断。杨利索命令哨探脱下内衬，随手找来一根木枝和藤蔓缠上白衬衫，高高竖起，并带上其中一个保镖，边走边喊，拾级而上。杨、岳顺着石路左侧石山隐身而上。郭进带另外那个保镖在路的右侧躬身行走。快到山顶，见庙宇巍峨挺拔，金碧辉煌。山火已扑灭，庙宇周围站着许多围成人墙的人。岳云满脑狐疑，贼匪对庙宇如此看重，莫非庙内藏有匪首？思量间，杨利索的口哨声突起，暗示郭进两人迅速从两翼包抄上去。杨利索发出索命的吼声，箭随声去，速速击倒几个护庙匪卒。郭进也不示弱，大刀砍将过去。

"刀下留人！"身后突然冒出一个不知从哪里来的女人声音。是她，没错，杨利索以为自己看错了眼！只见一女子沿着石路冲了上来，顺手抓起那个哨探往前便推，后面跟上一队身着民族服装的民女和独孤侠。匪卒们见白旗后一队熟悉的服饰，停下攻击，自卫起来。有一士卒悄悄溜进庙内禀报。杨、郭等人也停止了攻击。俄顷，庙内走来一人，只见他：

> 浓眉大眼面如炭，肩阔腰圆一丑旦。
>
> 斜挂红缨翎雁刀，长靴偏覆绿绸缎。

来者正是蓝雪莹，面对丑旦喊起话来："表哥，可曾接到爹爹的飞鸽传书？还不快来迎接表妹？"

丑旦定睛一瞧，立马哈哈大笑道："误会！误会！"双手抱拳说："失敬啦！"那笑声犹如晴天闷雷，山惊石崩。身随人到，列队相迎。一下就化解了剑拔弩张的紧张局面。

丑旦姓钟，长得高大威猛，因面似黑旋风李逵，人称"钟黑塔"。钟黑塔自小也是个习武的人，为人既忠又孝，早就拉起一支队伍，意在乱世中保护家人百姓。前些日子曹成到来，钟黑塔被杨再兴所俘。因个人崇拜杨再兴，才肯为他效力。现听杨再兴调遣，带着五百精兵来前方探听虚实，也好支援张全守关。没曾想张全那个孬种这么快就守不住了，逃之夭夭。钟黑塔也只好退回到老家，以守为攻，见机行事。哪知杨利索用火攻，要烧他老祖宗，那是要遭报应的，大家怎肯答应！说着说着，已进庙门。大门上"啸天犬神庙"五个硕大的金字仿若灵动的五尊活犬摆着各自的姿势笑迎信士。庙内香火不断，顶礼膜拜者络绎不绝。殿中供奉着一尊高高上坐的神犬。

钟黑塔让表妹一行举行膜拜仪式后引进侧堂，喝茶寒暄起来。杨利索站也不是，坐也不是，浑身不自在。独孤侠看出了端倪，在一旁打圆场。蓝雪莹主动把杨利索推到钟黑塔眼前，让表哥认识认识。

"他就是你相公？上次听舅舅传话，这就是打死老虎的那个人？"钟黑塔不解地询问，"有点像野人！"

"别只看他的服饰，功夫大着呢！"蓝雪莹有点自豪，说得眉飞色舞，突然话锋一转，笑骂丑旦，"你还不是丑八怪一个！"

"那是他义父的杰作！故意用来迷惑人的，小心以貌取人要了你的老命！"蓝雪莹诡秘地说。

独孤侠沉默不语，自从接到蓝长老的秘信之后，心无定所，忧心忡忡，正在思考对策。

爹爹托秘信给独孤侠，不允许蓝雪莹偷看，仅说夫君有难，要她前去相助，莫非就是眼前烧山战匪这事？此事不是解决好了吗？爹爹还说命里婚姻缘分已到，莫非有机会促成？上次赵大人特意来家找爹，脸上时晴时阴，莫非也是为了此事？蓝雪莹把钟黑塔叫到内屋去了，悄声说着这些疑虑。只听见钟黑塔爽朗大笑道："这事好办，包在哥身上！"

蓝雪莹从内屋走出来，满脸羞涩。钟黑塔也跟着出来了，喜出望外。莫非钟黑塔想打表妹的主意？杨利索心里突然升起一股莫名的怒火，似乎带点醋意。

钟黑塔叫来几个兵卒，准备宰杀山下送来的猪羊，招待贵客。

与蓝雪莹同来的一个女伴笑眯眯地盯着郭进。郭进羞怯怯地躲到一边去了。

左右厢房摆开了桌凳，着手开餐。钟黑塔摆上祭品，举起点燃的三炷香，供奉祖先，紧接着高举酒杯敬天地，然后开锅盛了满满一碗热饭供于案台上，宴会才正式开始。别看钟黑塔五大三粗，处事有板有眼。他站起来，先敬独孤侠一杯热酒，再和全桌共喝一杯，接着去其他桌上一桌一杯地去敬下属。敬酒回来，钟黑塔似乎有点醉意，话也多了，声音更加洪亮，估计喝了几十杯。

"杨老弟，我首先敬你这个打虎英雄一杯！"侧看钟黑塔那眼神，目光如炬，不容抗拒。杨利索本来不胜酒力，只好硬着头皮喝了。钟黑塔接着敬同桌其他人的酒。岳云勉强喝了几杯，被钟黑塔数落一顿："岳公子，要与民同乐啊！看你乳臭未干，今后要多历练历练。"

轮到郭进喝酒时，郭进要与他比吃饭，一杯酒一碗饭。钟黑塔不搭理，说是他的地盘他做主，先要喝过酒之后才比饭量。逼得郭进喝得醉醺醺的。真是酒囊会饭桶，大战几回合，不分高下！

钟黑塔好像想到了什么，连忙叫来手下一彪形大汉，欲与郭进比饭量。自己又端起酒杯，摇摇晃晃地与杨利索喝上了，说是杨利索在舅老爷子那里救了自己的老祖宗，要与他喝个够；还说要罚他的酒，今天差点在这边烧了老祖宗。杨利索无法招架，一杯接一杯地喝得天翻地覆。钟黑塔喝高了，但不糊涂，口齿不清地要独孤侠见证，指着郭、杨、岳说："你！你！还有你！咱们结拜为弟兄好不好？"独孤侠附和道："这是好事，大家表个态吧！"于是四人在独孤侠的安排下按年龄大小依次喝血酒，结拜为兄弟。老大郭进，老二钟黑塔，老三杨利索，老四岳云。蓝雪莹也很开心，端起酒杯敬四位义兄弟，只见她酒后如盛开的粉面桃花。钟黑塔又来了兴致，盛满一杯酒，在酒杯上用指弹了一下，端到蓝雪莹面前，嚷着，要她去敬相公一杯酒。杨利索迷迷糊糊地想要推辞，独孤侠也劝上了。杨利索接过蓝雪莹手中的酒，仰脖一饮而尽。有来无往非君子，独孤侠发话了，要杨利索回敬一杯酒。钟黑塔也起哄："三弟，要喝交杯酒啊！"钟黑塔起身又盛满了两杯酒，习惯性地在一杯酒上弹了几下，端过去要他们各自接着喝。岳云也在捧场，要他们喝交杯酒。杨、蓝推脱不掉，只好挽起手来喝。大家还不放手，要他俩连续交喝两杯。

天黑了，除了站岗放哨的和两队护庙人员外，全都酩酊大醉。钟黑塔于迷糊中还在说话，要表妹扶着杨利索去内厢房休息。独孤侠也有点醉意，目送蓝雪莹他俩进了内厢房，脸上露出一丝笑意，自己想站起来查看守哨人员，刚起身就滑落桌底，沉沉睡去。

蓝雪莹颠三倒四地扶着相公，双双倒在床上。蓝雪莹心中揣着小鹿，有种莫名的冲动。她挣扎着吹熄灯，摸索着把相公的鞋脱了，两人又倒在一起。她懵懵懂懂地拉上被角……

杨利索仿佛看到姬花妹笑容灿烂地走过来，扶着他进了房，上了床……

天亮了，杨利索全身撒了架，爬不起来，吃力地睁开眼睛，吓了一大跳，身旁相向侧卧一个赤裸的睡美人，眼紧闭，眼角淌着泪，顺着鼻翼缓流而下。杨利索一骨碌坐起，细看，是蓝雪莹！他脑中一片空白，很久才回过神来。蓝雪莹翻身又睡了过去，口中喃喃梦呓："好痛……好痛……"

杨利索从来没有和女人赤身挨在一起过，也从来没有看见女人赤身裸体睡在自己身边。他想，昨天不应该贪杯，多喝了几杯，尤其是那两杯交杯酒！既然错了，就要敢于担当，要负起男人的责任，这是君子的风度，绝不能坏了良心，做伪君子！想到这里，杨利索慢慢地伸手过去，摸到了乳峰。蓝雪莹睡意蒙眬地翻身仰躺过来……"

太阳西斜，透过后窗射进房内，似乎在催人起床。外面说话声很大，伴有清脆的笑声。

杨、蓝整理一番，面带羞涩地走出室外，众人围了上来，嚷着要闹洞房要请客。蓝雪莹借机溜走。杨利索素来利索，也逃到后山看风景去了。

自从攻破莫邪关，协同欧阳临部、罗选部，岳家军已经扩充到五六万人，来势喜人，声势浩大。

姬花妹飞鸽传信，岳飞派密使来报，曹成的大部队屯驻贺州城，派了一员猛将杨再兴在城外太平场上扼守要塞。杨再兴还在青龙苑、公婆山、羊头峰设了三道关卡。岳飞传令，令杨利索等人速与张宪部会合，准备攻打青龙苑，安排徐庆、韩顺夫率部打前锋；派欧阳临部带领官兵前往公婆山设伏；派罗选部去羊角峰设伏。设伏的目的是围而不歼，等待主力部队合而攻之，打有准备之仗，预防贼匪外出支援或通风报信而形成战斗链。

大家踌躇满志，遵命前行。

第十六章

问计钟长老　巧胜青龙苑

独孤侠接到岳飞命令，急忙召集郭进等四个义兄弟商议。先是钟黑塔详细介绍青龙苑的地形地貌，驻军情况；再是建议如何智取。钟黑塔主动推举大哥郭进为这支队伍的头领。经大家复议，主张钟黑塔为头领，郭进为副头领，去庙外空坪地集合队伍。独孤侠见队伍整齐，操练有素，个个虎背熊腰，满腔热血，真是满心欢喜。

队伍出发了，行进在茫茫山野中。夕阳斜射过来，给人一种暖暖的兴奋感。蓝雪莹打着呼哨，一批战马扬尘而来。杨利索的确很诧异，一个不懂武艺的文静女子怎么有如此绝招？其实，上次一别，为了迎合郎君，它日有所帮助，蓝雪莹天天嚷着要爹爹破旧俗、传武艺。父亲思虑再三，组建一支马队，训练骑马和马上作战功夫，由宝贝女儿带领，既可以为前方将士送军粮又可以打仗杀敌，一举两得。真是三日不见，当刮目相看。杨利索还在发呆，蓝雪莹已向他招手上马。马队由飞骑能手钟黑塔领着，在前面带路，飞奔而去。郭进、独孤侠等跟在兵卒后面断后。杨利索有点不习惯，生怕掉下马去，紧紧地抱住蓝雪莹。蓝雪莹兴奋起来，不停地叫着，好秀美的山系，像长长的青龙。杨利索哪里敢看，不断提醒蓝雪莹骑稳马，不要失蹄。杨利索虽然在山里长大，飞步打猎不在话下，可骑马飞奔还是头一遭，怎不担心？况且抱着美人走，更怕出问题。

队伍行进在长长的峡谷中，四周杳无人烟，不断传来虎啸猿啼的荡谷回音，令人生畏。好在钟黑塔熟悉地形，这是他的防区，没有山匪曹贼，否则，队伍是不敢走这么长的峡谷的，一旦设伏，就一命呜呼了！

钟黑塔有把握走这条道，这是抄近路！

稀稀朗朗的星星出来了，照着人们前行的路，队伍行进的速度明显减慢。钟黑塔不停地向后传话，快跟上，早到早休息！

蓝雪莹催马追上表兄，问道："表兄，这不是去你家吗？"

"正是！"钟黑塔答道。

"为什么？"蓝雪莹问。

"如果说部队要去攻打青龙苑，还得请教我那身经百战的爹爹——你的姑父呢！况且队伍需要休整。"钟黑塔挥鞭抽马向前。

走了几个时辰，队伍已经到达一个村院。一位身材魁梧的长者在村头已经恭候多时了。

钟黑塔眼尖，一眼就认出是父亲，翻身下马来和他说话，指着随行的几个头领——一一介绍给父亲。

长者借着火把的亮光，仔细打量杨利索："这就是侄郎？"说话时，眼睛转向蓝雪莹。

蓝雪莹娇声说道："姑父，你看，可以吗？"

"稀客！稀客！"长者赶忙说。

蓝雪莹急着问："表姐呢？"

"自从上次到你家看你奶奶回来之后，像丢了魂似的，时而傻笑，时而发疯似的去院头张望。多半时间，是把自己关在闺房。也许是在你那儿吃老虎宴吃坏了身子。"长者回话。

"等会儿，我去看看。或许那几日我心情烦躁，没顾及她吧！"蓝雪莹说道。

杨利索目不转睛地盯着长者，只见他：

> 七尺身长生怪脸，尖头大耳瞪牛眼；
>
> 声如钟吕惊鸿翔，立地成罄发不绾。

蓝雪莹见杨利索死死地盯着姑父，心中会意，向他扮了一个鬼脸，赶忙扯上他的衣角就往前走。

长者把大家引到钟氏祠堂，那里备好了丰盛的晚餐。

由于要赶路要打仗，大家不敢放肆，简单地吃了饭，就地宿营。

表姐来了，见到蓝雪莹，问这问那，老是把个岳飞岳大人挂在嘴上。

独孤侠带着四个义兄弟找到长者，和几个头面人物议论作战事项。其中一个头面人物对长者说："钟长老，您就代表我们说说吧。"

在队伍未来之前，钟长老接到犬子钟黑塔的信笺时就和几个头面人物议论过，形成了统一的意见。

于是，钟长老也没推辞，大声地说开了："青龙苑可以说是四面环山的绝地，有两方是面对面，崇山峻岭山连山，无路可走；有两方山矮，仅有一路贯通，且中间穿过一条河。此地曾经是皇上狩猎的林苑，风景如画，有山有水有街道，还有一大片古代的建筑，如今也可以叫青龙城。这里是方圆几十里范围内最红火的集贸区，商贾云集，商铺琳琅满目，全国各大商号都在这里有栖身之所。两边高山连绵，仿若两条戏水的青龙追随一条蜿蜒的小河而去。小河两边就是鹅卵石街、铺面和连着山的集贸住房群。这里还是朝古朝代皇帝狩猎的那种管理模式，四处站岗放哨有炮楼，唯一的水旱两路的关隘都有官兵严格把守，未经允许是不能进的。夺取此地，就等于占据了部队行军打仗的后勤粮库。所以，此处历来是兵家必争之地。"

"那怎么打进去？"独孤侠托腮询问。

"硬打是不行的，只有智取！"长者认真地说，"如果硬打，等于毁了粮仓。只要进出口两头把守，就是硬打也打不进去。"

"那怎么智取？"岳云心急地问。

"部队要一明一暗分两路行动，明者于明天天亮时才走，大张旗鼓地奔青龙苑而去。暗者今晚行动，分两拨乔装打扮，一拨人化妆成做生意的赶着马车大摇大摆地进关隘，必要时可以说暗语；一拨人化妆成渔夫说当地方言，从水路进去。从我这里往前走十多里就有一条通往青龙苑的河流。如果按我说的去做，这些人明天辰时就可到达青龙苑。陆路关口有我一个老相识，去时可带上我的门帖，对上暗语，方可进去。水路关口只要我派一个人去即可通过。且，这些先去之人是攻打时用来做内应的，不能暴露，只有里应外合，才能智取。"

大家恍然大悟，竖起大拇指连连称赞钟长老的大智慧。独孤侠马上把这些信息飞鸽传书给岳飞，等待回复。

钟长老补充道："我还可以拨给你们既懂水性又懂路径还懂本地方言的五百精兵。不过，智取青龙苑后要退还给我。"

说完，钟长老哈哈大笑。

"一定！一定！"独孤侠很爽快地回答。

岳云还有疑问，忙问钟长龙："请问长老，您又不是官方要员，何来有兵？"

"这个，问得好！"钟长老呷了一口茶，抿抿嘴道，"其实，我的兵就是当地散居的猎户，是自发组织保卫家园的！我们在座的几位长老都是德高望重的人，平时各忙各的，只要遇到紧急事情，不管是哪位长老一发信，青壮年们都会去。"

"哦！原来是这样的！"岳云疑窦顿消，很欣赏猎户们的注重大局。

大家喜出望外，把人员细分开来。钟黑塔、杨利索、蓝雪莹带一些人今晚走陆路进关隘；钟长老派出阮小成带一些人和岳云等今晚走水路；余下的随独孤侠、郭进等人明日出发，与张宪会合。约定申时攻城，攻城时以蓝雪莹射向天空且带火尾的三支响箭为号。

岳飞回复，完全同意。大家分头行动去了。

蓝雪莹依依话别姑父，欲走。钟雅静追了上来，嚷着要父亲答应她随表妹同去。钟长老执拗不过，要蓝雪莹多多关照表姐，送他们送出很远，特别交代钟黑塔要照顾好姐姐、表妹和表妹郎。

一支三百人的队伍趁着夜色悄悄分头出发了。

次日辰时，钟黑塔一行说着暗语顺利过关，巧妙地换取了岗哨，暗使杨利索、蓝雪莹带人占据制高点，控制了守苑山炮，并陆续放进随来的兵卒。此时江上传来了渔歌："清早打鱼好新鲜，鲤跃龙门亮闪闪；卖个好价讨婆娘，回家搂着笑连连。噢耶！快来买鲜鱼啊！"循声望去，一队渔船驶进了青龙江，估计有几十号人。有正在打渔的，有靠岸卖鱼的。江雾弥漫，打鱼者若隐若现，卖鱼者清晰可见。有顾客闻声去买鱼，有姑娘心动去看热闹。还有人瞧上了那个唱歌的，在打趣。只见那歌者目如闪电，轻身若燕。真是：

> 神似泥鳅渔业郎，巧身巧嘴巧模样；
>
> 蛟龙附体浪飞腾，人见人欢人气旺。

歌者就是阮小成。其人水性特好，在青龙江打渔为生，言行举止特别吸引人的眼球，是钟长老的得力干将，正暗恋着他的宝贝女儿钟雅静。

居民闻声而来，一下子来了许多，大家七嘴八舌，围着阮小成要买鲜鱼。河岸关口守卡的那些人与阮小成很熟，知道是熟人来了，也没查哨，都来看热闹。岳云等人趁机蒙混过了关，分头行动去了。

太阳偏西，有消息传入苑内，岳飞的大部队已集结到位，正隐蔽在城外的小山中等候。独孤侠、郭进带领的几百人也到了，内有熟悉情况的人引领岳飞等人爬上小山顶，躲在几棵大树下察看地形。前面，田垄边上小山活像一头下山寻食的雄狮，身后紧接起伏连绵的大山，张口处是一条关路，路旁一条小河与对面像拱龙一样的山系相连。整个看来，像两龙与一雄狮相会，共戏一水。好一处天生地造的翔龙舞神狮景象！据说狮山侧身的那边就是青龙苑。再细看，狮的脊背上耸立起天然陡壁，过不去；路口、河口设有哨卡。真是一夫当关万夫莫开！

城内守卒听说有几百人要来攻城，根本不当一回事。

申时已到，城内三支响箭冲天而去，拖着长长的火舌。居民当怪物看，议论纷纷。此时，城外千军万马飞奔而来，喊杀声惊天动地。路障早已扫清，杨利索、蓝雪莹等正在笑吟吟地迎接大部队过关。第一个冲进去的是徐庆，走在最前面的是张显，正在寻找岳公子；第二个冲进去的是韩顺夫，一见负隅顽抗之人便砍。守城头领看大军压阵，高处山炮也不响了，估计是已被占领或摧毁，快速下令匪卒退至关尾，调兵抵抗。关尾，被一类似猛虎形状的山系挡住。关尾路口，守卒严加防范。山上火炮，正对准猛追而来的岳家军狂轰。韩顺夫部队伤亡很大，停驻不前，隐于屋檐下。生性暴烈的韩顺夫哇啦哇啦地大叫。徐庆带兵悄悄从屋后侧冀攀爬而上，欲夺山炮。

关尾河口，阮小成见信号率领船队围堵，与河口守卒商谈投诚之事。

却说岳云，早已来到山尾，因士卒把守，难近身前，且山炮安在高高的石壁山顶，难以上去，于是便转了脑筋，见一山缝可达炮台，趁人不备，将双锤往腰后一插，隐身爬去。由于爬得太急，出了一身热汗，只好腾出一只手来去盔卸甲。爬到山顶，听见有人说话，屏气凝神，狸猫一般露头观望，瞧见不远处有两个贼寇正在闲聊。岳云猛地向上一蹿，故意击响铁锤。两人未转过神来，就被岳云双锤砸死。突然右前方转出一队巡山人，岳云藏好铁锤，假装送信的，躲过此劫。岳云快速转进炮台后，见有十来个人围着炮台发炮。周围还有一队人员护着。眼看炮响，打倒前方街道上一大片人，岳云急了，飞步上前，举手一锤，将近前那个匪卒的脑袋砸开了花。贼人一惊，还没回过神来，岳云挥舞两锤先后发威，又是一死一伤。守卒们呼啦一下散开，将岳云团团围住，口口声声要将岳云生吞活剥。岳云年少气盛，全然不惧，舞动双锤，走起六合步来，指东打西，趋左打右，一刻不到，又有几人相继倒地。贼寇见状，围而不攻，消耗岳云气力。正僵持间，忽然传来一声大吼："少将军莫慌，我来了！"贼人闻声侧头，分了神。岳云瞅准这个机会，一个旋风步上去，两锤合击，又砸倒一人。这时徐庆赶到，二人联手打翻所有守卒，占领炮台。两个保镖赶来，吓出一身冷汗。

徐庆在高处发出信号，山炮哑了，大军挺进，迅速占领关尾。青龙城之战，岳家军大获全胜。徐庆把岳云领到岳飞跟前，述表功劳。岳飞摸摸岳云的脑袋，笑而不语，内心却欣喜若狂。

第十七章

魂游珊瑚河　情倾公婆山

整个战斗，不到一个时辰就结束了。

蓝雪莹含情脉脉地盯着杨利索若有所思，接着，牵上他的手发疯似的去找表哥钟黑塔。要表哥教他骑马打仗的功夫。钟黑塔没有退缩，牵马去校场上示范。蓝雪莹的跟屁虫快嘴春鸟也来了。她说："你们四兄弟统领青壮队，仅他们三个训练骑马作战技术，怎么能行？何不把那些年轻的都叫来学学？"蓝雪莹觉得这个建议好，示意杨利索采纳。杨利索一声口哨，郭进、岳云带着一群年轻人立马赶来。

钟黑塔飞马而上，示范起"马上射箭""马上对杀""马上救人"等一系列动作，详细地阐述其要领。郭进在军营里看得多，一点就通，跟着跃马效仿，虽然不太熟练，但其要领还是掌握了。当跑马接近快嘴春鸟蓝春姑时，蓝雪莹会意，大喊"马上救人"。郭进左脚离鞍，右脚紧扣鞍子，闪电式地侧身斜向地面，右手快速地捞上蓝春姑，迅即挟住，返身回马，一连贯动作，一气呵成。杨利索也不示弱，骑马射箭，左右开弓，百步穿杨。岳云快步追马，飞马而上，一对铁锤舞得出神入化。校场上迅速涌来许多看热闹的士卒，喝彩声一浪高过一浪。

姬花妹传来信息，曹成、杨再兴都成了聋子和瞎子，不知莫邪关被破。现在，杨再兴派了两拨人打探，有去无回，断绝音讯。曹成急成了热锅上的蚂蚁，勒令杨再兴再派人出去，务必把情况摸清。姬花妹建议大军火速进军，不让曹、杨有喘息的机会。

岳飞召集众人商议。独孤侠来了，不见少壮派郭进等四兄弟。众人都说要趁热打铁，乘胜前进。下一个目标就是公婆山。岳飞想起少壮派的"智取青龙苑"是上策，看能不能用得上。徐庆发话："现在我们兵强马壮，人多势众，还怕公婆山曹贼手下几千人？长驱直入，一锅端了它！"

韩顺夫大吼："对！一锅端了它！请岳大人发号施令吧！"

王贵却赞同走上策。

张宪也赞同走上策，正在思考如何寻找突破口，听说公婆山守卒头领廖麻子廖大炮是个吃软不吃硬的人。

独孤侠询问张宪："公婆山守卒头领真的是廖麻子廖大炮？"

张宪很肯定地回答："是！"

独孤侠一拍脑袋，他把来时路上听到的蓝雪莹和蓝春姑的一段对话告诉了岳飞。岳飞果断决定：命郭进、蓝春姑连夜骑马出发，快速赶往公婆山；命独孤侠、张显、钟黑塔带两千精兵扼守粮仓重地青龙苑；命张宪带领少壮派等大军明日凌晨出发，打头阵，最好是智取公婆山。余下的紧随其后，一有不测，立即接应。

郭进接令，和兄弟一一道别，把骑马技艺现学现用，跟随蓝春姑，飞马而去。

借着月色，一同急着赶路，双方没有说话。快嘴春鸟忍不住了，策马追上郭进，大喊："你就不怕我外公廖大炮吃了你？"

"有你在，我怕什么？"郭进扭头回话。

"我又不是你什么人！怎能帮你？"蓝春姑狡黠地说，似乎沉浸在校场上侧马铁臂挽住她上马那情景，周身暖洋洋的。郭进也想到了校场上那一幕，有生以来第一次揽过女人，感觉自己的脸在发烧。

早在出发前，蓝春姑就给外公飞鸽传书，希望外公深明大义，弃暗投明。几年不见外公了，想起外公最疼爱自己，小时候受外公教唆，吸了他的水锅烟，醉了一天，神志不清，害得母亲寻死觅活一整天。现在见到外公从哪入手？蓝春姑边走边思考对策。

天亮了，一轮红日喷薄而出，又是一个大晴天。走过一座座大山，蹚过一条条小河，忽觉口干舌燥，饥肠辘辘，马喘粗气。郭、蓝停下小憩，喝水吃干粮，牵马寻嫩草多的地方。两人背靠一棵树，说着话。蓝说外公脾气暴躁，最怕女孩撒娇，要他少说话，不说粗话，见机行事。郭是第一次单独和女人在一起，心也是软软的，连连应允。蓝说着说着，倦了，倒地打起盹来。地寒，怕着凉，郭看了很久，把蓝扶起来，靠上树，一松手，蓝又倒下了，眼紧闭，口中喃喃自语："我要睡……我要睡……"郭涨红了脸，咬咬牙，鼓起勇气，用肩迎了上去。蓝靠上郭的肩，郭微侧身，双手扶着蓝的肩，半抱着，双双沉沉地睡去……

不知过了多久，一声马啸，唤醒了郭、蓝。首先醒的是蓝春姑，见自己靠在郭进身前睡去，既兴奋又害羞，心跳加速，索性闭目装睡。郭进醒了，见三个彪形大汉突然跑向面前，手拿弯刀。郭进摇醒蓝春姑，猛然站起，不管三七二十一，挥脚踢倒一个，顺手劈倒另一个。快嘴春鸟也站起，箭射那个想要牵马的人。马懂人性，正嘶叫着踢跟子。一盘查，三人是对面山上的盗匪，见郭进牛高马大，如此神功，连连跪地，叩头求饶。郭进告诉他们，自己是投奔亲戚的，亲戚就是前方院落里那位大户人家。说着，郭进翘首一指那座最好的屋。盗匪一听是季大人家的亲戚，吓得魂飞魄散，连滚带爬，不要命地逃走。郭、蓝重任在身，急着赶路，也不想节外生枝，速速收拾行当上路了。快嘴春鸟坐在马上忍不住问郭进："你这里也有亲戚，还是大户人家？"

"诈唬他们的！"郭进接着说。

"老实人也说假话？"快嘴春鸟红着脸问道，"对我也是？"

"这不是怕惹麻烦吗？急中生智嘛！"郭进的语气放低了很多。

快嘴春鸟莞尔一笑，一鞭抽去，策马朝前走去。

晌午时分，来到一条蜿蜒而来的河边。岸边绿草茵茵，野花点缀其间，散发出淡淡的芳香。快嘴春鸟略作思索，策马来到江边饮水，水中一怪物倏然冲出水面，腾起水浪。惊马一跳，把没有防备的快嘴春鸟摔入岸坡，滚入江中。郭进没看清楚是什么，估计不是什么好事，立刻从马背上飞入水中，救人要紧！水怪似乎发现了，快如闪电，扯上了快嘴春鸟的衣角。快嘴春鸟感到有千钧之力拉她下沉，呛了几口水，心中默念："完了！完了！"谙熟水性的郭进一个猛子栽过去，在水中抽出大刀，睁开眼睛，一手挟起快嘴春鸟就往岸上游，一手紧握大刀猛砍过去，连砍数刀。虽然水中挥刀，力气不大，但郭进本就力大，好像砍中了，水中冒出殷红的鲜血。

郭进拖着春姑快速上岸，倒背着她顺河流在岸上疾走一阵，然后把她平放岸上仰天躺着。春姑"哇"的一声喊出来了，抿嘴微笑，浑身乏力，眼角淌出幸福的泪。郭进又发疯似的朝下游飞去，追去老远，接着一跃，跳入水中，在回水湾有血污的水中反复搜寻，没有发现那怪物。郭进垂头丧气地回到春姑眼前。春姑已恢复了些许体力，和郭进慢慢说上话。山风吹来，虽然阳光照耀，但还是有些微寒。郭进找来枯枝残叶生上火，脱去外衣，背转身递与春姑，让她换出湿服在火边烤干。由于双方匆匆落水，干粮已掉河中，不知去向，郭进只好去附近觅食。一会儿，郭进带着一个女的回来了。四目对视，春姑见女的眉清目秀，俊美异常，顿生一股无名火，"你要她来干啥？"

"她是来帮你的！这不，给你拿来了衣服和吃的！"郭进分辩道。

春姑满脑狐疑，并不答话。

郭进继续补充："她家住这山背面，织布为生；男人打猎。我一说你遇到点事，她很同情，就来了。"

春姑的衣服已烤干穿上，没有换那女的衣服，勉强吃了饭，只是一些粗粮，难吃。送走那女的，郭、蓝又上路了。那女的也没说什么，只是离开时丢下一些话："这条河叫珊瑚河，因盛产珊瑚玉而出名。以前有很多人在这条河里打渔、捞珊瑚玉，前年有一村姑因气不过自己的负身汉而投河自尽，近段时间河里经常闹水鬼，连渔民都不敢正常下水了。你们还是尽快离开这里吧！"

郭进见春姑还没完全恢复，怕在路上颠簸而掉下马来，猛然想到欧阳临部会在附近山里，想求助于他们。春姑执拗不肯，说身上肩负的重任只能由自己亲自找外公说清楚，别人替代不了。两人又上路了，走走停停，远离村庄、院落，经过一座山峡，见山中隐蔽着人，斗胆吆喝，是欧阳临部。见面说明原委，欧阳头领欲派人护送。为了不暴露目标，春姑坚决不同意护送。郭进只好把春姑拦腰绑在自己身前，两人同骑一匹马，加快行走速度。此举感动了春姑，才开始和郭进说上话，语气柔柔的。郭进问她为何不搭理那女的，春姑没说，脸红到了脖子根上。郭进似乎明白了，不断策马快行。走过一段路程，那匹未骑的马真的懂人性，也跟了上来。郭、蓝好生高兴，待这匹马走累了，就换乘那匹。两马一前一后同行，直到傍晚，才到达公婆山。

外公列队迎接，把他俩让进军营大厅。

"宝贝外孙女，长这么高了，外公真是有点不认得了！"一个黑包公模样的人大声说话。说话声震耳欲聋。只见他：

> 竖眉立目面如炭，翘腿胡言脚在弹。
>
> 手掌翻飞似蒲扇，鬼神碰上亦长叹。

郭进有点看不惯，想说什么，春姑立刻扬手制止，大谈一路辛酸，郭进两次如何救她。说得外公眉开眼笑，可惜外公笑着的样子也很让人害怕。

"难怪外公这几天右眼皮总是在跳。"廖大炮大声说，说话间，脸上的麻子越发明显了。

春姑觉得还没完全让外公高兴起来，不好说明来意，接着说："外公还记得吗？小时候您要我吸您的水烟，吸重了，把烟水喝进喉，呛得不可开交，有一次吸您的水烟竟醉了一天！"

"是啊！那次连外公我都吓着了呢！你妈逼着我要人，幸亏你醒了！"廖麻子很愧疚地回忆。人们常说，十个麻子九个怪，麻子就是多根筋，鬼点子多。

"外公，我的脑子就是您的水烟醉坏的，现在记忆力很差！"春姑继续说，"您看父亲、妈妈、外婆的皮肤多白净，我的皮肤也是您的水烟醉坏的，快醉成老烟枪了。"

"是啊！是啊！"廖麻子连忙应答，有点亏欠外孙女的样子。

春姑见火候已到，突然反问廖麻子："外公怎么报答外孙女？"

廖麻子不假思索地说："既然宝贝外孙女来了，你想做什么，我都答应你！"

"真的吗？君子一言，驷马难追！"春姑的语气加重了。

"外公是顶天立地的男子汉，素来说一不二！"廖麻子那大炮性格又来了。

"这个是我的相好，他是代表宋廷行事的，他的事就是我的事！"春姑的快嘴春鸟性格又冒了出来，她把郭进推到外公面前。

"真的吗？那他见面怎么不叫外公呢！"廖麻子的劲儿又上来了。

"他第一次见面，还不知道您是我的外公呢！"春姑打圆场，用食指和拇指一夹，在郭进手臂上拧了一下，"快快拜见外公！"

郭进懵懵懂懂地行了一个大礼！

"莫邪关就是他第一个爬上去的！岳都统赏了他头功呢！"春姑继续补充道。

廖麻子马上扶起郭进，哈哈大笑道："外孙郎和我一样，都是五大三粗的大英雄啊！"

"外公，您目前还在杨再兴手下，而杨再兴是曹贼的人，专门反朝廷，不算大英雄！"春姑故意煽风点火。

"反了！反了！老子不跟他们干了！"廖大炮大声吼起来。

"外公说话当真？"春姑拿眼看着廖大炮。

"当真！当真！"廖大炮语气非常肯定。

春姑暗捏一把汗，如释重负，于是把岳大人的秘信递给了廖大炮。

廖大炮照此行事，继续备战，按兵不动，迅速封锁各路消息，让外人看不出任何迹象，并要春姑信鸽回书，答应岳都统的要求，定于后天晚上城外小山岗接头，以三堆火为号。

晚上大摆筵席，为郭、蓝接风。蓝春姑身体刚刚恢复，又不胜酒力，礼节性地敬了外公一杯酒后就坐回原位，懒得走动。倒是郭进左一杯右一杯地应接不暇。陡然，酒席间走出一人，来到春姑面前，借着火光，打量很久，大声叫道："这不是表姐吗？真让我想死你啦！昨晚做梦还梦见你呢！"说着就要上前去拥抱，"几年不见，长成一个大美人呢！"说话间，众目齐望。春姑出于礼貌地站起来。真是：

<blockquote>
目秀眉清耳垂厚，樱桃小嘴自微翘；

臀圆胸凸水蛇腹，长腿绣鞋身窈娆。
</blockquote>

春姑看看面前这位，有点不敢相信自己的眼睛！这是儿时的玩伴，人称金钱豹的表弟吗？面色像外公，都长这么大了，快要仰视了！真是：

<blockquote>
黑炭覆颜生豹眼，再生鲁达近身前；

似猿双手展威猛，五指如刀左右旋。
</blockquote>

春姑回过神来，细声道："表弟别乱讲！"

"这怎么乱讲呢？小时候咱俩在公婆山吃过家家饭，定过娃娃亲！"金钱豹来了精神，"明天我就带你去公婆山还愿！"听到这话语，郭进突然觉得心里生生地痛，一股难以忍受的怒火驱使他走向金钱豹，拉开了架势。春姑既感动又生烦，感动的是为人木讷的郭进也在乎自己了，动了真情；生烦的是表弟真把儿时摆家家的事当真了，况且自己比他还大几岁。

"犬子休得无礼！"廖大炮发现有点不对，及时上前制止住。春姑急了，晚宴结束时特意请教外公。

"这又何难？犬子不是说明天要去公婆山吗？"廖大炮也说起悄悄话来，密授给春姑。

次日早餐后，廖大炮派人陪护郭进、蓝春姑去公婆山玩，却没看见金钱豹。

走出军营，微风拂面而来，陡添几分惬意，心胸豁然开朗。一路漫游，东瞧西看。沿途峰峦连叠，美景如画。蜂蜜忙于采集路边野花，彩蝶翩然其中。有翠鸟欢叫着掠过头顶。春姑那快嘴春鸟的性格又暴露出来了，学着鸟叫，追着鸟飞，真把鸟儿逗乐了，聚集一群，环飞在其四周。郭进也感染了，粗心变细心，随手采摘野花，插进春姑头发里，左打量右端详，好生快乐！

走不多时，郭进突然大叫起来，有两块巨大的石柱拔地而起，矗立面前，高的约一百米，矮的约八十米，极像一对生离死别的夫妻抱肩痛哭，依依不舍。一打听，郭进才知有一个美丽动人的传说故事。相传，一个名叫壮汉的无依无靠的小伙子靠给别人打长工、做短工来维持生计，因无房居住，就住在附近的水帘洞天然石洞里。有一年天灾，禾苗干枯欲死，百姓流离失所。壮汉为了解除百姓困苦，白天帮别人干活，夜里在水帘洞里凿石穿洞，把孙悟空封存的仙泉引出来，解救庄稼。老百姓得救了，四面八方的人们都来喝这仙水，老人喝了不生病，返老还童；小伙子喝了健壮能干，力大无穷；姑娘喝了长得如花似玉，天仙一般。瑶妹就是喝这仙水长成大美人的，勇敢地爱上了壮汉。婚后三天，瑶妹被朝廷选中，但至死不从，与壮汉拥抱成了一座千古流芳的小石山。多么忠贞纯洁的爱情故事啊！

听过爱情故事，再仔细察看拥抱的石神，郭进心动了，紧紧凝视春姑，渐渐走近，相拥起来……

突然有人走来，大叫着："别抢我的老婆，以公婆石神为证，决斗定输赢！"顺声一看，是金钱豹！陪护人员拦也拦不住。

郭进只好硬着头皮迎接。两人快拳击慢腿，一个主动出击，一个被动应付，你来我往，激战不断。游斗一会儿，郭进突然主动进攻。真是针尖对麦芒，双方大战两百个回合也未见输赢。太阳已正顶，双方大汗淋漓。春姑急了，站起来发话，扬手欲制止。表弟豹性突发，跃身强攻，根本听不进去。春姑忙使眼色，郭进明白了春姑的意思，突然大喊："廖大炮来了！"金钱豹回头一看，郭进瞅准了机会，飞起一脚踢倒金钱豹，一个扫堂腿把他扫出老远。

"这不算，你使诈！"金钱豹暴跳起来。

"兵不厌诈！"春姑借机指使陪护人员把表弟带走。

郭进主动走过去，紧紧地抱住春姑，倾诉衷肠……

第十八章

得意办大宴　命丢阎王殿

郭进和蓝春姑在公婆山缠绵了一天一夜，次日中午才回来。外公大喜，不断叫他们吃饭、休息。金钱豹嘴巴翘得老高，不理不睬。

傍晚时分，郭、蓝随外公等人悄悄出营，如约而去。是夜，把岳飞等头领迎进军营。按岳飞的意思，大军仍隐蔽在原地。

岳飞与廖大炮谈得非常投机。言谈中岳飞得知廖大炮也是性情中人，曾为朝廷命官，因看不惯奸臣的丑恶伎俩、适应不了同事之间的钩心斗角而主动辞官，回家静养。不几日，金兵强行入侵，南方匪患风起云涌，廖大炮哪里闲得住？独自待在家乡组建民团、猎户，操练起一支队伍，以应万策，预备日后保家卫国。曹成打着反君安良的旗号来了，他没有响应，和他打了一仗。盖因曹成手下一位名叫杨再兴的大将一身正气，骁勇善战，与之对战而输，廖仰其才，投奔其麾下，成为虎贲军。听说朝廷派人来征讨，杨再兴派廖回乡镇守。廖想，如果来的是奸臣，他坚决对抗；

如果来的是忠臣良将，他就绝对服从。前几日，见外孙女飞鸽传书，他就有所打算，现甘愿听岳大人调遣。

岳飞在途中接到蓝春姑的信后，就觉得廖大炮深明大义。心想，见面时定将很好地嘉奖他，还有蓝春姑功不可没。既然在公婆山不战而胜，就可把部队分割一部分出来，以加强罗选部队的力量。于是派韩顺夫、徐庆等部直接去羊角峰。

郭进、杨利索、岳云三个把兄弟聚在一起，有说有笑，各自谈论分别后的惊险。蓝雪莹、蓝春姑也好像久别重逢，神秘兮兮地说着悄悄话。大家推推搡搡，闹着要郭进请客。

蓝雪莹突然感觉有半天不见表姐钟雅静了，找也找不到。

廖大炮准备第二天大办宴席，招待贵客，被岳飞制止了。盛情难却，岳飞只好让廖大炮把宴会改在当晚，少部分人参加。

第二日，岳飞和廖大炮商量军务，采用疑兵之计，对外放风，说是岳飞怕廖大炮，没敢来触犯。廖马上修书一封，要亲信送给杨再兴，告诉他形势一片大好。对内，加紧操练，严加管束，随时待命反击，替朝廷效力。整个队伍编制仍按原样，由廖大炮统领，只是，在重要地段，增加了流动哨卡和守卡人员。一切安排妥当，岳飞回营启程，直挺羊角峰。蓝春姑告别外公，随大军而去。廖大炮送出军营，再三嘱咐外孙女，随时待在夫君身边，相互有个照应，以防郭进盲目激进。郭进听后，感激涕零。

岳飞正要启程，突然获悉，韩顺夫率部已经攻破羊角峰，正在大摆筵席，庆祝胜利！岳飞大为恼怒，要他守而不攻，等待大军，他就是不听，好大喜功。尽管如此，岳飞还是担心，生怕事有蹊跷，马上飞鸽传书，提醒韩顺夫多加防备，以防万一。同时，下令大军，火速赶往羊角峰。

话说韩顺夫，与岳飞分手之后，和徐庆部队展开竞赛，直赴羊角峰。

行军一日，杳无人烟。前面突然冒出两座高高的山峰挡住了出路。山峰的形状活像仰卧的女人高高耸起的乳峰。侧看，又像两只羊角，一打听，就是羊角峰。听说山那边就是羊角寨。韩顺夫警觉起来，传令官兵，迅速隐蔽，立即派人侦察，发现山中隐蔽处冒出官兵，是罗选的部队，已在羊角峰外围设伏多日，早已切断进出的通道，秘密围而不攻。匪卒在山那边进出口处设有炮台，把守很严，山脚四周设有明暗两道哨卡，主力军住在寨内虞氏祠堂。韩顺夫摸清敌情后，决定连夜偷袭。告诉罗选，这是岳飞的命令，令他继续负责外围警戒。

天渐黑，韩顺夫手下抓来一个准备给杨再兴送信的人。送信内容大概是，岳家军大军已到，特意求援，十万火急！韩顺夫斥问："信息是否已经外泄？"

"还没有！"信使颤颤巍巍地回答，"进出关卡有新规，要用当地方言说出秘密口令才准进出，否则进不了也出不去！"

韩顺夫一想，等不得了，一旦匪徒援军赶到，那就麻烦了！于是当机立断，准备偷袭。命令信使引路、联络，将功补过。

韩顺夫先派出一队精干力量随信使前去顺藤摸瓜，干掉岗哨，占领炮台。接着，摸黑带着大部队迅即围攻羊角寨。顿时炮声隆隆，火光冲天，喊杀声此起彼伏。敌匪还没弄清楚是怎么一回事，就被围杀掉。韩顺夫下令，不管投降与否，一个不留，赶尽杀绝。祠堂里，周氏头领等人还在饮酒行乐，就一命呜呼了。

韩顺夫率部轻而易举地占领了羊角寨。他爽朗大笑，鄙视曹匪不经打。看见祠堂里现成的好酒好肉，随手抓起一块肉就往嘴里送。见着陪侍的美女，就想去掐。发现台上还有跳羊角舞的，兴奋得不得了！多日没有看到这种场景了，韩顺夫口馋心痒起来，连忙指使士卒拖开被杀的匪卒，草草清理场地，饮酒行乐起来，忘了安排下属彻底清理战场的要紧事。一亲兵悄声耳语："韩将军，此举恐怕不好，倘若岳都统得知，我们性命难保啊！"

"怕什么？我还要大摆筵席，犒劳三军呢！岳都统如今还在公婆山，根本没有时间管我们！"韩顺夫大喊："去把寨里主事的找来，杀猪宰羊，犒劳三军。

"还有，去把唱戏的找来，唱它个三日三夜！"韩顺夫连珠炮式地接着喊，"把美女们找来，陪我们赏玩！"

主事的虞老头来了，敢怒不敢言，低头按吩咐行事去了。

话说徐庆，听从岳飞调遣。为稳重起见，徐庆采取迂回包抄的战术，从侧面向羊角峰进发，路经崇山峻岭，虽然耽误了一些时间，但对大军的整体作战没有影响。到达羊角峰时，听说韩顺夫的部队已经攻克羊角寨了。徐庆为这个猛将军捏了一把冷汗。自己只好在外围待命，以险壁作屏障，隐蔽在大山深处。

丰盛的宴席开始了，韩顺夫带着亲信们大碗吃肉，大口喝酒，猜拳行令，热闹非凡。酒至半酣，韩顺夫一手搂着美人，一手抓起一块大肉就往女人嘴里喂。他笑吟吟地摸上女人的胸脯，戏谑起来："羊角寨的大肉就是养人，才吃下去，就在胸脯上长了起来，把人养得白白胖胖的。"亲信们手忙脚乱地跟着起哄，吃着碗里的看着锅里的，见台上那些女的羊角舞跳得好，就分别赏给她们肉吃。甚至还有人走上舞台，搂抱起来。

胜利的喜悦给人们带来精神的亢奋。美酒的熏陶，使得酒鬼胆大妄为。有美人作伴的场面，更使得官兵忘乎所以。有人解甲，搂着女人跳将起来，跳累了，又坐下豪饮。有人借着酒兴，扶着女人走出祠堂，躲在黑暗中干起苟且之事。韩顺夫也不示弱，左一个右一个地搂着，颠来倒去地走向墙侧，滚到旮旯里。有亲信扯下幕布，覆在他的身上，遮掩了丑行。

天大亮，亲信们倒的倒，歪的歪，走的走，藏的藏，还剩下几个扶着桌沿，喝得是酩酊大醉。韩顺夫爬起来，嘲骂他们不胜酒力，自己衣冠不整地继续喝酒。突然，一个叫小慧的本地绝色姑娘急匆匆地来找在祠堂主事一夜未归的父亲。见父亲倒在旮旯里早已断气，满身是血，她哭得死去活来，那形态犹如春秋越国的西施。

韩顺夫眯缝着眼，看得眼馋心也馋，大步猛扑过去，抱起挣扎的小慧走向后台，撕扯她的衣服，欲行男女之事……

罗选见寨内风平浪静，派暗探去寨内探听虚实，去了很久没有回来。他心存疑虑，忙去找徐庆商量对策。徐庆没有得到韩顺夫的确切信息，晚上怕打乱仗，不敢轻举妄动，天一亮就暗地里去打听情况，得知韩顺夫攻克羊角寨后正得意扬扬地饮酒作乐。徐庆远观寨外四周，没发觉异样。凭着韩顺夫的性格，此时是不好去打搅他的，否则，会认为是有人去抢他的功劳或干涉他的内政。徐庆只好悄悄回营地，等待岳都统发号施令。恰好赶上罗选找他没找着，欲回。两人走进帐内议论开来。

一袋烟工夫，关口炮台的炮却向寨外轰出，寨内杀声一片。

韩顺夫来不及穿上铠甲，手持大刀，冲出祠堂。祠堂外官兵杀作一团。一彪形大汉冲上前来，手起刀落，劈去韩顺夫的右臂。韩顺夫怒不可遏，对杀起来。杀着杀着，血流如注，韩顺夫顿感力不从心，眼前一黑，陡然倒地……

第十九章
要塞争夺战　失地复又还

曹成生性多疑，现今心燎火烧，坐立不安，右眼皮老是跳个不停。莫邪关那边一直没有音讯，猜测张全恐怕是守不住了。杨再兴也在怀疑，公婆山那边却传来信息，平安无事；羊角寨没了音讯，派出去的人也没有回来，只怕是凶多吉少了！杨再兴带兵前去巡视，途中与张全碰个正着。果真如此，张全带着残兵败将退了回来。他告诉杨再兴，岳家军已破莫邪关和沿途各要塞，现已占领羊角寨，他是另走偏道绕回来的。羊角寨内逃出的信使也赶上来了，忙向杨再兴告急。

"那青龙苑、公婆山呢？"杨再兴疑问地对张全说，"可是，公婆山那边传来的信息是平安无事！"

"这两处我不清楚，我是绕道回来的，没有走过那两个方向！"张全补充道。

曹成获悉莫邪关已破，岳家军直扑贺州，吓出一身冷汗，立即命令杨再兴起兵攻打；勒令张全重整旗鼓，反戈一击，夺回要塞。张全兵败如山倒，大伤元气，哪里还敢和岳飞正面再战，瞒着曹成，避开岳家军，悄悄往莫邪关方向退隐山林。杨再兴一方面派人通知驻守在公婆山的廖大炮，率部攻打羊角寨；一方面亲自出马，直扑羊角寨。廖大炮复信，唯唯诺诺，实际上按兵不动。杨再兴连夜到达羊角寨外围，隐蔽起来。见廖大炮迟迟未至，针对羊角寨的特殊地形，他果断地改变作战方略，一心想巧取羊角寨。他派人进入寨内，摸敌情，知悉寨内还有零散的兵卒，要他们组建起来做内应。一切安排停当，已经大天亮。发现外围的岳家军也走进寨内打听消息，说明外围的岳家军也不知内情。幸亏内外都没有人发现自己，否则一夹击，部队就会被包饺子，危险至极，为今之计，先暗夺炮台，速攻内寨。

一切如其所愿，杨再兴一举拿下羊角寨。韩顺夫的部队除了逃出一小部分外，其余的命送黄泉。

寨内战斗一结束，杨再兴迅速清理战场，调动部队占据有利地形，加强防守。自己亲自登高观察外围动向，见外围围得水泄不通，没有战斗的迹象。廖大炮还没来，杨再兴估测，要么廖在途中受到岳家军攻击，要么廖已哗变。现在看来，自己还是处在危险之地，唯一的办法就是借助山炮的火力强攻出去，突破外围。

其时，蓬头散发、衣脚不整的小慧哭着走了过来，跪在再兴面前，大呼恩人。再兴哪有时间顾及，快速扶起小慧，话也不说、头也不回地走了。

徐庆、罗选正在帐内议事，突然炮轰军营，惊诧莫名，立即散开部队，准备迎战。逃出的士卒纷纷哭诉："曹军已占羊角寨，韩将军被杀，为首的是曹成大将杨再兴！"

杨再兴已领兵冲出关口，炮轰罗选军部，杀将过来。罗选派兵仓促应战，招架不住。徐、罗二人临时决定，两队合一，共歼匪军。

一场恶战又开始了！

杨再兴前无来兵，后无救军，下令背水一战。匪卒为了活命，个个作战骁勇，杀得徐、罗两军望而生畏。杨再兴杀开一条血路，士气反而高涨，变被动为主动，乘胜追击，大败徐、罗的部队。

岳飞还在半途，信使来报前方战况。岳飞痛惜韩顺夫鲁莽行事，不听调遣，如今徐、罗部队也已溃败，如不采取对策，定会大败。他突然灵机一动，令廖大炮打着"廖"字旗，快速朝羊角峰方向进发，假传申援杨再兴。令张宪部队继续前进，在前面设伏曹军；令王贵在途中两边设伏；再令徐、罗部队向公婆山方向假意溃逃；自己带着大军继续前进，直扑杨再兴，迷惑匪军。采取诱敌深入、关门打狗的战术，来个瓮中捉鳖，活捉杨再兴。

杨再兴杀得兴起，杀红了眼，穷追不放，杀得徐、罗部队溃不成军。当杨闻讯岳飞亲自率军前来，而廖大炮的援军已在岳飞之后，此乃天意，决定与廖夹击，杀个片甲不留。有信使来报，前面已到两边高山的大峡谷，廖军恰好进入另一端峡谷口，岳家军与徐、罗部队在峡谷中，还没接上头。杨再兴察看地形，自己正处在这端峡谷口，真是绝杀岳家军的好时机，天助我也！杨再兴一声令下，猛攻过去。岂知廖军没有动作，峡谷两边山林里突然走出许多岳家军，前面的徐、罗部队也调转头来，身后却冒出张宪部队。说时迟，那时快，杨再兴立马反应过来，从峡谷口斜侧逃了出去，官兵死伤无数。

战争瞬息万变。先前是杨再兴追杀岳家军，现在变成岳家军追杀杨再兴。杨再兴很机智，安排一小部分士卒占据退路要地，拉开打大仗的假阵势，迷惑岳家军，大部分官兵已逃入深山隐藏起来。

打了几仗，岳家军虽然获胜，但耽误了时间，没有发现杨再兴的踪影。原来杨再兴剑走偏锋，边退边藏，走了数日，见岳家军没有追上来，才放慢脚步，继而稍作休整。部队一停下来，杨再兴放心不下，前去巡山，突然发现张全的部队在深山密林之中，转忧为喜。两人一合谋，根据地形摆开隐蔽的战场，以防不测。杨再兴吃一堑长一智，发信暗告曹成，请他派兵，走张全走过的隐蔽路线，沿途设伏，火速增援，一旦开战，既可进也可退。

曹成得知，杨再兴、张全现今已占据的是要地，此仗获胜，定能夺回失地，扭转战局，于是令郝政领兵一万前去合围。

岳飞率大军展开"品"字形追打。追着，打着，杨再兴部队突然消失。岳飞立感中计。他知道杨再兴武艺高强，带兵打仗很有一套，为防中计，只好重新调整布局，派一小部分士卒四处搜寻，大军休整，以逸待劳，不敢轻举妄动。

部队休整，岳飞沉思起来。几次交战，重创曹成的西路军，如今只要快速摧毁他的东路军，则破曹指日可待！而曹的东路军有杨再兴和郝政两员大将，要想收编或消灭他们，最好的办法是擒贼先擒王。现在是灭杨再兴威风的最佳时机，唯有找到他，围困他，令他心服口服。

杨再兴在山中休整了几日，对着军用地图苦思冥想，继而爬上山顶，审视地形。他现在想的是如何利用好山地掩护，保存实力，在运动战中消灭岳家军，力挽狂澜。看到前面是开阔的田垄，垄后是连绵不断的山系，一条大道贯穿左右，杨再兴似乎有了主意。恰在这时，有下属带着信使前来报告，说郝政已在垄后山中待令。杨一拍脑袋，更加坚定了自己的想法，立派两军在大道左右入口处设伏，通知郝政随时准备应战。

岳飞在前方找不到目标，担心杨再兴偷袭后营，急令后军统制王经快速前行，配合前军沿途搜寻敌军，准备反攻。王经正在外地筹集粮草，率部装运，接令后，抄近路，直奔前军方向。浩浩荡荡地超越了前军，准备穿过田垄。

杨再兴见岳家军已进入伏击圈，传令三军左右开战，前后夹击。顿时，炮声连天，火烟滚滚，杨、郝两军似猛虎下山，黑压压的一片，围杀过来。王经猛然醒悟，中了埋伏，急忙应战，混杀起来。杨再兴杀得兴起，挥动铁枪，一枪一个。战场上像炸开了一锅粥：吆喝着挥枪猛戳的，弹跳砍杀的；惨叫着身子歪斜的，应声倒地的，应有尽有。杨再兴脑中闪出"快刀斩乱麻"的念头，挺枪猛杀，突然迎面来了一个，也使长枪，一枪过来，差点刺中咽喉。杨再兴险躲过去，侧身来了个回马枪。这可是他的杀手锏，既快又准，枪无虚使，刺中之人不死即伤，不知怎的，竟还没刺中，杨再兴警觉起来，定睛一看，面前这副模样，令他有点发笑：

　　额窄耳无颌亦短，慈眉善目嘴吞碗；

　　天生一副矮人相，巧手耍枪脚走断。

　　双方对杀起来，续战五十个回合不分输赢。杨再兴想，人不可貌相，海水不可斗量，还是要沉着应战。他边想边杀边仔细看对方，终于看出破绽，心中暗喜，猛喝一声："来者何人？杨某不杀无名之辈！"

　　"此乃你岳爷爷是也！"对方声如洪钟。

　　杨再兴一听，怒发冲冠，心想，还想冒充岳飞，岳飞的沥泉枪就不是你的这个破样，枪法也不是你这个熊样；还想冒充我爷爷，那就让你去和我爷爷做个伴吧！手随心到，一枪刺中对方要害，立时毙命。王经发觉，摆脱纠缠，冲杀过来，怒斥道："你是何人？竟敢杀死岳都统的同门兄弟①？罪该万死！看你仪表堂堂，料你是个人才，还不快快束手就擒？"杨再兴一听，脸上闪过一丝怪异的表情，见来者气势汹汹，招招直指自己要害部位，赶忙招架，无言回答。双方激战几十个回合，仍无怠意。再兴想：岳家军人人能战，恐怕再战也是如此，何不再施一计？大喝一声："老朽不和你玩了！"说罢，拖枪就走。王经也大喝起来："休想使诡计，我不吃你那套！"说话还未落音，身体就一侧一跃，到了再兴面前。再兴大骇，立即矮身，躲过一招，枪头点地，侧身一跃，拉开一大步，瞪起惊恐的眼睛盯住王经不放。

　　王经见对方眼神怪怪的，也审视起来，见对方：

　　阔额长方脸，剑眉配鹰眼；

　　翻飞舞铁枪，威武乾坤撰。

　　这一惊一乍，双方的兵器似乎不听使唤，等回过神来，都怕对方使怪招，又对攻起来。

　　那边，郝政也和岳家军杀得难舍难分。

　　岳飞听到炮声，估计前方已和匪军接上火了，速命张宪率部快速援助。一时间，张宪冲入田垄中，短兵相接，对打起来。此时，有信使来报，岳翔已被杨再兴刺死，岳飞听后，悲从中来，咬牙切齿地要报一枪之仇，迅速站在高处，看清了田垄中各部对打的情形，立即调兵遣将。令青年军直冲战场核心，换下王经；令欧阳临、罗选、王贵、徐庆、姚政等部合围杨再兴、郝政两军。杨再兴一看岳家军猛扑过来，似有千军万马，阵势不对，意欲合围，立刻和郝政接上头，边杀边退，消失在茫茫

---

　　① 指岳翔。一说刺死的是岳飞胞弟岳翻，经查，岳和生岳飞、岳翔两兄弟，无岳翻、岳翔之事。一说岳翔就是岳翻，无从考证。一说岳翻就是岳翔，或岳翔就是岳翔，与事实相违背，岳飞破曹成后岳翔还活着。一说岳翔是岳飞堂弟，无从考证。还有一说岳翔是岳飞下属，未出生在同一个地方，只是同姓同辈，算岳飞家将，经查，岳飞破曹成后就没有此人的踪影，说得过去。

森林中。岳飞本想一鼓作气，就此消灭杨、郝两军，哪知他们留有后路，未等合围，溜之大吉。岳飞很不解恨，号令三军收复失地，穷追猛打，追杀来不及逃走的匪卒，消灭有生力量，灭其威风。部队追杀几日，一直追到贺州郊外的太平场附近，直到杨再兴回到防涉森严的大本营，岳飞才下令叫停。

有一女子斜刺里飞骑而来，再兴定睛一看，是要为父亲报仇的小慧，再兴下令把她让进场内。

第二十章
奇袭太平场　计连霹雳战

掌柜和姬花妹已经回到岳营，告诉岳都统，尽管这次追杀便杨再兴损失几千人，但太平场上还有他近一万的虎贲军，曹成也增派一万之众协同坚守。杨再兴一回到军营就调兵遣将，在各个重要位置重新部署兵力，加固营栅，严阵以待，有大干一仗之态势。要想夺取太平场，务必想个万全之策，千万不可轻举妄动。

岳飞听后，马上召开军事会议，征求大家的意见。

王贵首先发言：“太平场的地势十分险要，南面紧挨富江，北面有天然屏障豹头岭①。南北之间有条大路被太平场拦腰截断。另外豹头岭后面有几条小路，杨再兴已派兵把守。由此看来，攻打太平场有两法可选：一是走大道直攻；二是抄小路偷袭。”

“我想，趁现在杨再兴元气大伤、手忙脚乱之时立即直攻，打他个措手不及，必胜！”徐庆快言快语。

“我认为偷袭好一点，既可保存实力又可以夺取胜利。只不过，要快，立马行动的把握性大一点。”王经站起来说，“近日与杨再兴交手，见他武功高强，凭着他的性格，硬攻是不行的，只有智取。”

张宪沉思良久，说道：“我看，先直接佯攻，假戏真做，大胆叫阵，扰乱其心，再巧妙智取。”

“我赞同张统制的看法。不过，要正面杀几场，等杨疏忽大意或防不胜防时再设计偷袭。”独孤侠若有所思。岳飞面带笑容地看着他。

“叫我去打头阵吧！吓唬吓唬他，骂他个狗血喷头！”岳云心直口快。

————————————
① 有的叫黄田岭。

"小伙子，不要同叔叔争打头阵的事了，我有激怒杨再兴的好办法。"徐庆拍拍胸脯，"看我的！"

岳飞听了大家的想法之后有了新的主意，号令三军安营扎寨，埋锅造饭，加紧休整，故意虚张声势，摆开架势，要和杨再兴大战一场、决一雌雄。

次日凌晨，岳飞叫来犬子岳云，把自己心爱的白龙驹牵过来让他骑，掷地有声地说："要想去叫阵，先要驯服我的这匹烈马。"

岳云接过马绳，顺手一牵，欲走。良马知道更换主子，愠怒，腾空一跃，长啸不已，欲脱缰而去。

岳云早有防备，缰绳紧收，顺势一跳一纵，挥动铁锤，跃上宝马，弓身夹紧马腹，一猛喝，怪哉！宝马立地片刻，放下前脚，乖乖地被震慑住了。

岳飞诧然，继而叮嘱道："见好就收，切记不可恋战。"

岳飞还不放心，要张宪带兵同去，把把舵，接着又把王经叫来，如此这般地吩咐，派他也一同前去。

岳云兴致益然，爹爹终于认可自己，还采纳了意见，于是暗下决心，要好好教训杨再兴一番。

片刻，岳云来到太平场外。

"杨猛子，还不出来对阵，老子在这里等候多时了！"岳云骑着白龙驹在太平场外叫阵。

寨内无人应答！

"杨再兴！你这个熊蛋，岳爷爷来了，还不快开寨门？"岳云年少气盛，暴脾气来了！

杨再兴倚在高处观望，寨门外候着一群人，为头的还是个乳臭未干的毛头小伙儿，气不打一处来，二话没说，骑着枣红色马冲出来。心想：又有人要我叫他爷爷，今天定要好好收拾这兔崽子！

岳云眼尖，斜刺里策马前去。宝马一跃，冷不防咬了冲出来的杨再兴坐骑一口。岳云顺势抡起铁锤猛砸过去。杨再兴仿若梦幻般地发现右脚挨了一锤，哇哇大叫，立即横枪过来。只见杨再兴那气势咄咄逼人，岳云哪里敢战，连忙勒马而逃。杨再兴挥鞭猛追，怒目而斥道："竟敢来偷袭我？要你死个明白！"

两匹战马一前一后狂奔起来，眼看就要追上了，站在高处的岳飞急了，大声嚷道："完了！犬子完了！"

张宪欲去搭救，被王经抢了先。

王经飞马刚到半途，那匹枣红色的马就栽倒了。杨再兴倒栽葱似的滚下马来。幸亏他反应快，来了个就地十八滚，忽然回声跃起，上挑岳云下刺白龙驹。白龙驹见状，掉头就跑。岳云丢下一句话："不和你玩了！"趾高气扬地走了。气得杨再兴牙齿咬得脆响。岳云绝尘而去，张宪带军垫后。杨再兴牵上枣红马怒不可遏地回到寨内，见马的前大腿上肿了一坨，既不是箭伤又不是镖伤，惊骇起来，看来岳家军里真有高人，不能大意！

岳云回营，大家哈哈大笑，岳飞却捏了一把冷汗。杨利索走来嗔道："老弟前去叫阵，怎不叫上我？"

"你不是来了吗？"岳云惊问，"那枣红马不是你发箭射倒的吗？"

"没有啊！"杨利索一脸疑云，"你眼见那枣红马是利箭射倒的？"

"我只管如何走脱，哪里还敢看。"

"哦！"杨利索若有所思，忽然想到一人。

走出军营，杨利索一眼看见前面那棵大树下坐着两人，走去，发现是姬花妹和蓝雪莹竟然凑在一起，还有说有笑。两人见杨利索来了，止住笑。蓝雪莹主动打招呼。姬花妹抬头望着杨利索，不言不语，但眼里充满了幽怨。时间在一刹那间凝固了，四周寂静得出奇。杨利索脸红脖子粗，欲言又止。岳云来了，打破了这种僵局。当得知枣红马啃地是姬花妹的杰作时，岳云瞠目结舌，连道谢的词儿都忘了说。

第二天，徐庆前去叫阵，"哇啦""哇啦"大叫。

杨再兴在寨内高处伸出头来，不屑一顾地发话："叫岳飞来，老子不和你们这些乌合之众对阵。"

徐庆见无动于衷，声音提高了八度："缩头乌龟：还敢出来吗？你要不出来，就是乌龟王八蛋！"

杨再兴不理不睬，昨天吃了亏，今天可不能又吃亏，回道："本大人历来光明磊落，从不和小人斗！还怕你这个丑鬼疙瘩？"

徐庆见还没有激怒杨再兴，反倒被他奚落一顿，破口大骂："我是你十八代祖宗！你爹也是乌龟王八丑鬼疙瘩！"

杨再兴一听，敢骂我爹，还当老祖宗，我就去收拾你这厮，大声回话："爷爷我来也！快叫活祖宗！"

杨再兴话出人到，二话没说，杀将过来。

徐庆挥舞狼牙棒，架、冲、扫、砸，对打起来。

杨再兴劲儿往上涌，抖动长杆铁枪，刺、挑、打、扫，运用自如。真是棋逢对手，大战一百回合未分胜负。徐庆想到岳都统讲的"不可恋战"的训诫，突然棒锋一转，打马回走，留下话儿："今天就打到这里，明天再来。"说走就走。杨再兴正打得兴起，哪里肯放，拍马直追。岳云瞅准这个空当儿，策马冲去，拦住杨再兴，对打起来。杨再兴一见这个黄毛小子，气不打一处来，欲报昨日之仇，枪尖在岳云身上点来点去。岳云哪里敢怠慢，使出浑身解数，累得喘不过气来。

岳飞站在高处，见到这个危险的场面，又惊喊起来："儿命休矣！儿命休矣！快快去救他！"

岳云急中生智，大喝："来者何人？还想两人欺负我一个？"说后故意努努嘴。

杨再兴一分神，往后看看，见没有人，回过头来，白龙驹已走出很远。岳云边走边扭头说："明日再玩！"扬长而去。杨再兴始知中计，却已追悔莫及。

岳云忽然明白爹爹给他白龙驹的用意！

是夜，有密使告知杨再兴：岳飞派人正在加紧制云梯，造鹅车，准备打大仗。杨再兴觉得奇怪，问道："怎不见岳飞亲自出面？"

"听说岳飞水土不服，每天都在调养。"来者说。杨再兴得此消息，想趁夜偷袭，候在岳营外围窥视半晚，都没找到突破口，只好悻悻而回。

第三日，王经前去叫阵。杨再兴迅即出来应战，想出口被侮辱的恶气，招招致命，猛杀起来。王经不急不忙，沉着应战。杀了一百多个回合，未定输赢。杨再兴想，今天一定要缠住他，不能让他有逃脱的机会，杀了他，鼓舞士气。杀着杀着，发觉王经露出一个破绽，杨再兴心中大喜，挥枪斜刺过去。哪知王经的战马突然一跃，后脚一踢，躲过铁枪，一溜烟儿跑了。王经在马上回头大喊："我输了！不打了！"杨再兴又怕中计，不敢尾追。

一连几日，岳飞高挂免战牌。夜里，岳飞部下捉到一个敌探，送来交与岳飞审问。正在审问时，管军粮的军吏来了，岳飞走出帐外，询问军粮情况。军需官是个大嗓门，高声说："粮食快吃完了，转运的粮食还没有调运过来，怎么办？"

"那就快催催吧！"岳飞急了，声音很大，"我身体不适，既然粮草运不来，我们马上动身，回茶陵，越快越好，免得曹成发现。"岳飞说完就进来了，脸色非常难看，强装严肃地继续审问敌探，见没有审出什么名堂，就对敌探说："审来审去，发现你是本地良民，现在放你回去，希望你守规矩，不该做的不做，不该说的不说。"说罢，准备放他走。敌探叩了三个响头，很感激地走了。

敌探走后，岳飞急忙唤来王贵、张宪、徐庆，要他们立即拔掉营寨，告诉兵卒打道回茶陵。然后，暗地里，夜深回转，分三路悄悄从豹头岭小路摸进太平场边，候机偷袭。

敌探见岳家军拔寨欲走，火速赶往太平场，找到杨再兴，述说此事。杨再兴获悉后派人核实，果今如此！杨再兴高兴得手舞足蹈，饮酒作乐，放松警惕，岗哨明显地喊少一大半。

深夜时分，天空升起三支火尾信号箭，岳家军摸进杨再兴营寨，控制各个要害部位，以迅雷不及掩耳之势展开霹雳战，奇袭太平场。杨再兴忽觉中计，带领官兵奋勇冲杀，为时已晚，费尽周折，已是徒劳，大天亮时才突围出来。

太平场失守，杨再兴被迫逃向贺州，却发现小慧骑上骏马，不顾命地追了上来。半路清点人数，曹军损失近一半，再兴长叹不已。

第二十一章
贺州大决战　再兴失颜面

　　杨再兴自从太平场失手之后，仓皇逃遁，看见曹成，失去了往日轩昂的气势，一脸愧色，看着来势汹涌的岳家军，两眼迷茫，即使绞尽脑汁，也没有想出破敌妙法。

　　各路探子来报，南郊外的山道上，出现了岳家军的旗帜，接着西郊外、东郊外都有。听说岳家军士气高昂，正在砍伐树木，打造攻城器具。曹成在屋里来回踱着步，如同困兽一般。他深知岳飞善战，更善谋。仿佛感觉到岳飞正在一圈一圈地朝他脖子上套绳索。苦思冥想，凭着自己的聪明才智，曹成突然想到岳飞先用霹雳战再用消耗战，目的是削弱自己的有生力量，好一举歼灭。我何不来个将计就计，以其人之道还击其人之心？曹成一拍脑门，有了！

　　曹成处事素来果敢，讲究兵贵神速，马上集结三万余人，在贺州城外东面二十多里处。他想依恃山势险要，闪电般地攻击岳家军。他调兵遣将，令再兴固守贺州城，以逸待劳，自己亲自出马，骑兵在前，步军殿后。一时间，其与岳家军短兵相接，拼杀起来。眼看就要杀破围军，曹成高兴不已，速派一支部队攻其南面，切断岳家军外援。岳飞闻悉，立派张宪连同青年军奋力阻击，自己率王贵等在第二道防线的寨场上亲迎曹成。

　　两军对垒，曹成停住，挑眼细看，低估了岳家军。虽然打前站的岳家军不堪一击，但此处岳家军步骑有序，列阵待令，岳飞在前，全副武装，早已候在这里了。岳飞见曹成要斗将，便一抖缰绳，横枪走到阵中，察看动静。曹成定了定神，带马上前拱拱手，大声喊话："岳贤弟，一别四载，英雄之气不减当年，真是难得呀！"岳飞还礼道："曹将军，昨日在京师，今日在广南，何故与朝廷背道而驰？"

　　"岳贤弟，朝廷无能，我等安死？俗话说得好，人各有志，倒是我要问你一句，为何追我至此，苦苦相逼？"

　　"曹成，你不要揣着明白装糊涂！咱俩相识多年，你从江南到荆湖，再到广南，一路烧杀抢掠，涂炭生灵，这可是老百姓所向？"

　　曹成虽然词穷，但还是希望岳飞能放过他此举，张了张嘴，道："岳贤弟，你我素来无冤无仇，希望看在往昔相处友善的份上，得饶人处且饶人，抬抬你的贵手，让我过去。"岳飞双目直视，大声回话："曹将军，你是不是想错了！朝廷几次宽恕，给你明路，你硬要铁心为匪，这个，百姓难容，天理不容，却让我怎么能够抬手放行呢？"

曹成面色发白，故意虚张声势地大声喊话："这么说来，你我今日非战不可了？"

岳飞收缰立马，点头称是："既然是老相识，怎不弃战受降，还要一战？我再劝你一句，苦海无边，回头是岸，放下屠刀，立地成佛，不要自作聪明，执迷不悟走绝路！"

曹成听罢，恼羞成怒，脸色大变，"岳飞，别以为朝廷重用你，其实，我听说是要你当炮灰！既然给你面子你不要，那就接招！"说罢，策马挥刀就砍。真是：

一对鼠眉高忽低，一双贼眼难停齐；

一双猿臂舞山岳，一骑连裆夹木犁。

那阵势，惊天动地威风现，呼风唤雨气逼人；那形态，犹如驰骋疆场上古莽大汉；那怪声，活像漠北昂首哭嚎之苍狼。岳飞想，来者不善，先避其锋芒，挫其锐气，速舞沥泉枪，分上、中、下三路出击，闪电般地猛刺过去，即刻拍马回转急走，瞅准机会反身一枪，再立马横枪一扫，没扫着，迅速转扫为刺，朝着对方马股戳去。只见那曹成侧马躲过三枪，发现岳飞要走，驱马前追，差点遇上回马枪，幸亏躲闪及时，可坐骑尖叫一声，猛摔狂奔，险些把自己摔下。这时，岳飞不再连环使枪，柔声道："曹兄，你的马受伤了，还不快快投降？"

曹成手不停脚不住，怒不可遏，挥动他那特制的九环夺命刀，连砍数刀，逼得岳飞连退数尺，急着抖枪化改。那伤马更是怒火万丈，见马就踢，见人就咬。战鼓隆咚，呐喊助威声此起彼伏。二人大战三百个回合，你追我赶，你来我往，双方都冒热气，但均未受伤。曹成似乎感到马力不支，猛然想到马已受伤，再这样下去，定会束手被擒。为今之计，只有快刀斩乱麻速战速决。曹成突然猛拍马股伤处，马绳一收，暴跳起来。伤马受痛挨惊，似飞龙过海，跃过岳飞坐骑头顶一侧。曹成连砍数刀，随马而去，一回头，奇了怪了，岳飞居然非死不伤。原来，岳飞那神马见势不妙，矮身旁走，躲过一劫。曹成想，我这绝招，无人能躲，岳飞那马还能像人那样矮身旁走，真乃天意！如今已斗了一上午，胜负难料，看来，今天是斗不过岳飞了，唯有择机快快逃脱。曹成速催伤马而退，边退边发号施令，退守贺州城。岳飞见曹成败退，乘胜追击，杀死匪军无数。

杨再兴见曹成败回，开城门，放吊桥，待曹成进来，立时关闭。岳飞见曹成官兵已入城内，城门紧闭，城墙上戒备森严，只好暂停，另做打算。

退回城内，曹成想：以岳家军现在的实力，莫邪关都已攻破，沿途势如破竹，贺州城又能顶上几天？尤其是眼下，我军连连受挫，队伍损伤严重，人心浮动，士气低落，死守贺州城等同守死，怎么办？三十六计，走为上计！如果要走，又走往何处？曹成两眼狐疑。南边倒是有路通往梧州，可那里是方圆几百里的荒山野岭，人烟稀少，不能养军。更何况前去的道路已被堵住，也不知道岳飞暗设了多少关卡。要是去连州，必入三险关过桂岭，尽管有一条隐秘的小路，只怕被发现，如有围追堵截，必死无疑，但要是用疑兵之计拖延时间呢？或许铤而走险，还有生还的希望。你岳飞用无粮之计诱我，我就不想用缓兵之计金蝉脱壳？想到这儿，曹成脸上浮出一丝诡笑，马上召集再兴、郝政、张全等共商大事。

第二天，曹成一方面命杨再兴约战岳飞，说自己在家静养几日再战。一方面，秘密安排郝政守好通往三险关的那条隐秘的小路。再一方面，派张全迅速去三险关会合王渊，秘密设伏，组织第二战场，自己从后门悄悄跟了出去。

第三日清早，杨再兴带兵跨上战马，冲出城外，来到岳营附近，高声大喊："岳飞，听说你一杆沥泉枪天下无敌，可敢与我杨再兴一战？今天我来挑战，就是想和你一比高低，只要你敢出战，我将一枪刺你于马下！"

话音刚落，岳飞骑马已到眼前，放眼一看，见那挑战之人阔额剑眉，身形伟岸，穿一副镔铁打造的铠甲，中间铜镜护心；头戴霸王盔，顶上飘着红缨须；腰系鎏金铜扣皮搭膊，脚蹬一双虎头战靴，手中一杆大枪，刃长过尺，胯下青骢马，四蹄亮白，看上去威风凛凛，气势如山。

岳飞开口问道："你就是杨再兴？"

杨再兴见岳飞死死地盯着自己，忙回答："在下正是，亮器开打！"再兴说着就要动手。

岳飞脸色陡然一变，正色道："你是金刀老令公的后裔？见你舞着杨家枪，难道你就不知道杨家枪是用来保家卫国的？杨家一门忠烈，代代传为美谈，令我等后辈钦慕！而你，好坏不分，甘愿听曹贼使唤，祸国殃民，岂不愧对杨姓祖宗！"

岳飞一番话说得杨再兴既羞又火，无地自容。杨再兴只好插开话题，赶忙发话："两军阵前，凭本事说话！看招！"说完，双脚磕镫，挺枪便刺。

岳飞见杨再兴死不悔改，一个快拨，挑枪并刺，紧跟着一招蟒蛇吐信，直刺对方肋下。杨再兴急忙侧身躲过，回手一摆，将沥泉枪弹开。岳飞忽觉虎口一震，暗思杨再兴果然臂力过人。两人各施武技，大战二百回合，满眼弥漫着龙争虎斗的对打场面，十分激烈，万般精彩。那岳飞的枪法本来源于杨家，加至义父周侗提炼，融进百家之长，再经岳飞实战磨炼更改，锋走五路，变幻无穷，已经达到登峰造极、炉火纯青的地步。而杨再兴的枪法是在杨家一百零八式枪法的基础上糅合苗家刀法锤炼而成，变化诡异，难觅对手。如今岳、杨缠在一起，恰如蛟龙对狻猊，麒麟遇貔貅，你来我往战不停，竟让两边的士兵看呆了。游战半晌，杨再兴想起曹成的话，意欲要走，使出苗家索命刀的绝招，先劈后扫再刺，直刺岳飞咽喉。岳飞横枪没挡住，又慢了一点，眼见铁枪直刺过来，侧身偏头躲过，惊出一身冷汗。要说武艺精妙之处，全在瞬间顺势而为，若不是岳飞谙熟武艺，实难躲过苗家绝招。情急之中，岳飞也露出了绝招，一个灵蛇出洞加上梅花三弄，纵身跃出马背，腾空再使一个天女散花，快速回落马背，整个动作一气呵成。再兴感到腹部、后背、头顶都笼罩着枪雨，忽地一脚钩住马套，侧身坠向地面，双手握枪，横扫枪雨，战马迅速前奔，带出了险境。如果稍作迟疑，再兴的命早就没了。双方领教绝招，都是险中避难，真是棋逢对手，将遇良才，相互敬佩起来，流露出切磋武艺的韵味，又打马复战，走了几十个回合，仍不分胜负。这时，有士兵惊呼，贺州城内浓烟滚滚。再兴脸上立刻露出惊慌，瞅准岳飞侧望分神的机会，一阵快枪猛刺之后，脱身逃走。郝政在小路接应，再兴带兵弃城而去，没入山林。岳飞见状，高举沥泉枪，朝前和一侧两挥，发令兵分两路，一路追杀杨再兴，一路杀进城去。时间不长，岳家军骑兵截住大股逃跑的贼寇，杀的杀，俘的俘。杨再兴只带走小部分匪徒，大败而逃，尽失颜面。原来，岳飞料定曹成会逃，暗派张宪带兵伪装，分散进城，以火焰为号，内外夹击。那杨再兴与曹成早就商量好的，城中仅留小部分人，唱空城计。杨再兴出城先与岳飞佯打一阵，然后借机逃往三险关，与曹成会合。不曾想，岳飞太狡猾，既缠住再兴不放又派人后院放火。

兵不厌诈，岳飞一举攻克了贺州城。

第二十二章

激战三险关　曹军溃逃散

贺州城内，硝烟弥漫，一片狼藉。众人清理战场，却找不到曹成的踪影。有道是擒贼先擒王，如今"王"已下落不明，宣告战争并未结束，说不定还有更大的战争等待征服。岳飞心神不安，立即派欧阳临部、罗选部坚守贺州城，自带岳家军在城外宿营，以防曹成偷袭或围歼。部队安顿下来之后，岳飞又召集各路头领议事，商量对策，同时多方暗派使卒，打听曹成下落。次日，有暗探来报，曹成已向桂岭、连州方向逃跑，据说还有几万兵卒。岳飞察看地图，从贺州到桂岭都是崇山峻岭，中有北藏岭、上梧关、蓬岭三道险关。倘若兵置于此，纯天然屏障，易守难攻，有利于伏击、围歼，是打山地战、消耗战的理想场所。

战争是残酷的，不是你死就是我亡。岳飞想，号称十万之众的曹匪经过几场战役之后，已消耗一大半，丧失了进攻的能力，只有防御或逃跑，才能保存实力。自己想灭曹，而曹想活命，基于此，就可大做文章。如今三险关之战，要么全歼，要么斩首而乱军心，才是上策。岳飞偷偷去实地察看地形，王渊在北藏岭蓄势待发，张全在上梧关跃跃欲试，郝政在蓬岭静候军令，北藏岭与上梧关之间有曹成亲自把守，上梧关与蓬岭之间有杨再兴率部盘踞。单看这阵势，有生死搏战一场之态势。且这三岭之间尽是回崖沓嶂、曲溪深涧，只有狭窄的小山路，假若人马并行都过不了。如果长驱直入，会有关门打狗、全军覆灭的危险；如果按常规打法，列阵杀仗，又怕曹成不讲信用，突然围攻；如果分散作战，曹成占天时地利，自己仅占人和，分散力量，难以取胜。现在看来，在战略上应采取攻心为主，秘密行动；在战术上采取诱敌为主，声东击西，集中优势兵力，各个击破。岳飞看得清楚、想得明白，做了充分的准备，周密部署：派张显等带着信笺去广南西路安抚司借战马；派独孤侠、姬花妹等去曹部游说，劝降；派杨利索、蓝雪莹等化装成百姓去张全营地说岳飞坏话，说他硬逼不肯打仗的士卒去打。同时，把自己驻扎在北藏岭山脚下的官兵大摇大摆地撤走。暗中命令各路人马三天后在北藏岭山下的院落里集会听候调遣。各路人马如期而回，悄无声息地汇集院落，见院落里全是官兵化装成的老百姓。甚至连田间地头辛勤劳作的农夫都是官兵所扮。是夜，岳飞令徐庆部队盯上曹成营部，隐蔽好；令张宪部队趁夜色从侧面摸上北藏岭，躲在山腰悬崖处；令王贵率领部分精兵挺进北藏岭峡谷口，消灭伏兵，换成敌装，守住谷口。翌日清晨，岳飞突然命令郭进、杨利索等组成的青壮部队骑上战马，飞也似的向北藏岭峡谷走去。王渊手下发现有几百人的骑兵队伍迎面而来，好像在赶路。王渊看清楚了，是岳飞部队，为首的还打着岳字旗。等骑兵队完全进入峡谷中伏击圈内，王渊率部似猛虎下山一般冲杀下来，亲率骑兵在前，步兵在后。郭进的骑兵队见时机成熟，迅即掉头回跑，奋勇杀敌，走进田垄，进入村庄。王渊眼见到手的肥肉快要丢了，哪里肯放，一路追杀下去。顿时，村院内、田垄里、半山腰上到处是拼杀的场面。王渊一看农夫模样的全都拿起兵器杀将起来，半山腰上也杀声连天，兵卒死的死，伤的伤，忽然明白中计了，鞭笞战马，号令三军杀开一条血路，从旁道逃命而去。曹成闻之，集合队伍，迅速出击，碰上徐庆的勇猛之师，混杀起来，难以脱身。岳飞亲率大军，从院落杀向田垄，与峡谷锁口的王贵部队围歼曹军，继而挥师上山，与张宪里应外合，追杀曹军片甲不留，一举拿下北藏岭。曹成好不容易摆脱徐庆，带兵退到上梧关，勒令张全严阵以待，不要轻易下山出关，自己率部退守蓬岭，并在沿途相隔五六十里处层层设卡。徐庆铭记岳飞吩咐，见曹成逃脱，也不追赶，配合张宪在山上杀敌，全力阻挡敌援军。

岳家军占领北藏岭，岳飞立即整合兵力，猛攻上梧关。张全早已领教岳飞的厉害，生怕上当受骗，加至曹成警告，更是谨慎从事，在险地、关口集中优势兵力奋力还击，打得岳家军血流成河，久攻不下。岳飞见久攻不下，只好退下来，安营扎寨，以图它法。

军营里，群情鼎沸，士气大增，都在清理自己的战利品。值得称颂的是挑战收获大批战马，可以成立上千人的飞马队。岳飞兴奋不已，招来郭进、杨利索、岳云，组成青年飞马队，物色人员，训练开来。演练几日，蓝雪莹突觉身体不适，伴有呕吐。姬花妹见之，只好领着蓝雪莹去营地休息，守在旁边，默不作声。杨利索走来了，傻傻地询问。蓝雪莹红着脸，紧咬牙唇不回答。杨利索急了，忙去叫军医。姬花妹嗔道："要叫什么军医！还不是你惹的祸！"

杨利索丈二和尚摸不着头脑，张口"我……我……"地哑叫。

蓝春姑来了，叽里呱啦地说个不停，告诉杨利索："要做爸爸了！"

"我？"杨利索用手指着自己，不相信似的扬起了眉，接着像小孩似的蹦跳起来，见到姬花妹异样的眼光，立刻停下来，鬼追似的逃跑了。

独孤侠在驯马场上见到一脸疑云的杨利索，关心起来。杨利索把蓝雪莹那事和盘托出。

独孤侠听了，忙说："好事！好事！"但从其脸色上看，喜忧参半。

岳云过来了，拉起杨利索就去训练烈马。

岳飞召集几人在帐前议事，意在攻取上梧关。一日被蛇咬，十年怕进山，张全见岳飞大兵压境，总是不上钩。大家议论半天，都没有好的办法。岳飞把独孤侠叫来了，认为唯有直攻硬打，别无选择。末了，独孤侠把杨利索与蓝雪莹那事悄悄告诉了岳飞。岳飞想起了蓝长老，马上飞鸽传书。第二日傍晚，岳飞把蓝雪莹叫到跟前，告诉她："你的父亲对你很关心，他暂时没有时间过来。现派人把你送到王经统制后勤部去，要好好保护并养好身体，在筹备粮草时好择机返回老家去静养。"

张宪来了，打断了岳飞说话。岳飞要他召集各路头领前来议事。接着岳飞和蔼地对蓝雪莹继续说："等打完仗，我亲自去看望你的老父亲。"

议事厅里，岳飞把蓝长老捎来的计谋告诉大家，问大家还有没有更好的办法。

大家觉得用巫术战法有失大雅，有损岳家军形象，但并不反对。当然，巫术战法只是这次攻取上梧关的一个小插曲，目的是威吓信教的匪卒，麻痹张全，伪装接近，好一举歼灭。

会后，各行其是。张宪带兵易容换服，分批趁夜色出去了。

杨利索送走蓝雪莹，急着赶回飞马队。

姬花妹待在马队，见杨利索回来，主动走到他面前，欲言欲止。

杨利索以为姬花妹儿女情长，急忙躲开。姬花妹长叹一声，鼓起勇气追上去，告诉他，近几日老是觉得心神不定，似乎预感到有什么事要发生，要他无论如何保护好自己。说话间，借着灯火，看出她眼里闪着关切的泪光。杨利索很感激地拍拍自己的胸脯，请她放心，同时叮嘱她也要保护好自己。那边，蓝春姑和郭进也在说着悄悄话。独孤侠在场中做着青年飞马队的战前动员。他告诉大家，不要认为曹成派给张全的马队如何厉害，曹成给王渊的马队照样被岳家军打败。上梧关再险，张全的兵卒能上去，我们同样可以上。岳家军一路走来，所向无敌，没有什么可怕的。岳家军战无不胜！一席话，说得青壮年们摩拳擦掌，信心百倍。

　　马队五更出发，徐庆率军紧跟其后。悄不言声地斩哨夺卡，一路走过。天亮时来到一处险地，左边是高深莫测的悬崖峭壁；右边连接山坡，时有张全骑兵从山坡隐蔽的树林里冲杀出来；前面，关卡堵塞。一场恶战拉开了序幕。郭进指挥马队，一部分右冲，一部分前冲。双方骁勇，激战两个时辰，不分胜负，兵马死伤很多。眼看曹军源源不断，前堵后杀，岳家军只减不增，掉进悬崖者不知其数。杨利索见此严峻形势，一马当先，飞射数箭，撂倒数人，冲过去，快要冲过关口时，曹军又一批骑士猛扑过来。郭进指挥马队迅速跟上、接应。姬花妹飞手走镖，也撂倒几个，冲入圈内，与杨利索、郭进合力外攻。突然，曹军中飞出一铁骑，狂啸着逢马就踢，逢人就踩。杨利索的烈马耐不住性子，冲上去撕咬起来。来者动作飞快，臂力过人，杨利索只好硬迎上去，短兵相接。郭进见之，策马前去。岂料，斜刺里冲出一匹阴尸马，跃入跟前，前踢不中，空中转身，后踢，踢中杨利索的烈马。烈马昂首欲搏，一脚踩空，坠崖而去，坐骑上的阴尸鬼顺手一枪。杨利索"啊"了一声，连人带马坠入悬崖。姬花妹策马冲上，挥巾过去，没挽住，怒火万丈，连发数镖，击中阴尸鬼。与此同时，郭进砍中猛马，挥杀阴尸鬼，猛马、阴尸马双双坠入山崖。说时迟，那时快，阴尸鬼飞出套马绳，套住姬花妹的坐骑，一拉随他而去……

　　郭进只顾夺关，顾不得那么多，一声呼喊，马队冲过关隘，岳云冲在前头，徐庆带兵也冲上来，直上山坡。山坡延伸山腰，山腰悬崖上火光冲天，杀声荡谷回响。原来，张宪见青年飞马队久攻不下，挥动招魂旗，山腰上这里一丛那里一簇，突然冒出许多厉鬼，青面獠牙，尖叫着猛扑上去，欲吃曹军匪卒。曹匪个个吓得魂不附体，弃械而逃。眼看就要攻破山寨，张全看出猫腻，忙用火攻。张宪速命官兵退至山涧溪水中，等山火过后，复又冲出。此时，郭进已夺关隘，徐庆士卒爬上山坡，岳飞、王贵部队也已赶到。漫山遍野全是岳家军冲杀的镜头。又用了一个时辰，攻克了上梧关。张全飞马而逃。曹成结集一万五千多名援军赶到时，岳飞已破关。援军反扑，想夺回失地，双方激战，打斗起来，又被岳家军彻底击溃。

　　战毕，岳云嚷着要去找三哥。大军在悬崖下搜山，郭进、岳云冲在前面，在刀山剑林的山石间找到四具尸体，惨不忍睹。姬花妹摔在石地上，脑浆迸裂，侧身伸出左手，欲拉杨利索衣角；杨利索颈侧中一箭，伏地伸手，斜掐瘦骨嶙峋的阴尸鬼脖颈；猛男伏在石尖上一命鸣呼，石尖穿破肚背，像一利剑。岳云扑上去，拔去杨利索颈上箭矢，抱哭起来。郭进也抱起痛哭，完了，冲上去，猛踢阴尸鬼，不解恨。事后听说，猛男和阴尸鬼是张全请来的民间异人，足智多谋，武功高超。

　　岳飞特意为杨利索、姬花妹举行葬礼，特许阴婚，合葬于山崖上。一时间，阴云密布，雷鸣电闪，风雨大作，天地同悲。

　　攻破上梧关之后，岳飞似乎摸透了曹成的脾性，采取夜行昼宿的办法，白天大部队隐蔽在山林中，派一小股士卒分散扮作农夫，前去摸清敌情，晚上悄然无声地围上、暗杀掉。官兵掩藏匪徒尸首，换成敌装。连续几日，如此这样，天亮时不觉已到蓬岭，迅即隐藏起来。

　　曹成只知两关之战岳飞大伤元气，损兵折将，还在休整、安抚部队，于是放松了警惕，正在做着春秋大梦。陡然，杨再兴、郝正走至帐前。杨紧急呼喊，说自己做了一个噩梦，放心不下，请曹成解梦，放探子出去了解敌情，好对症下药。曹成吩咐下去，留住杨再兴他俩，小酌起来。曹成说："杨将军，我们几次大的决战都没有打赢岳飞，十万之众只剩三万不到，我不能再等了，怕将士被岳飞零打碎敲消耗掉，想与岳飞决一雌雄！"

　　"赢了好办，固守三险关，占山为王，慢慢扩充势力；输了呢？"杨再兴反问。

　　"听说你家乡荆湖邵州①、武冈②有全国出名的六九福地，那里方圆几百里都是崇山峻岭，完全可以藏身啊！"曹成不无感慨地说。

　　"是的，那里山清水秀，地产富饶。"杨再兴回答，"而且民风淳朴，人人好客，可以养兵。"

　　"如果在这里硬是站不住脚，就躲到那里去！"曹成不无幽怨地说。

　　"听你的！"再兴回道。

　　"曹兄，不要气馁！我跟随你过五关斩六将这么多年，都没事，不要灰心丧气！"郝政在一旁说。

　　三人边喝边聊，忧心忡忡。酒后三人巡查去了，没有发觉什么。放出去的探子也没有回来。估计无事，各忙各的去了。

　　下午未时，寨外战鼓擂得震天动地，岳飞大举进攻蓬岭。王贵、张宪、徐庆三路包抄而上，一鼓作气，冲上山巅。敌军吓破了胆，四散逃窜，溃不成军。曹成急不择路，滚到岭下，抢着一匹骏马，落荒而逃。张全杀了几个回合，被张宪擒住，交给岳飞。杨再兴、郝政挺枪突围，杀开一条血路，各自逃走。杨再兴迟疑了一下，一声呼哨，唤来自己的坐骑，腾空跃马，绝尘而去……

　　蓬岭被破！各路人马乘胜追匪而去。

---

　　①　指湖南邵阳。

　　②　指湖南武冈。一说：杨再兴与岳飞同是河南汤阴老乡。去汤阴实地考证再兴年少时期生活的依据，无据可考，存有疑问。

　　二说：杨再兴祖籍河南，迁居湖南。有可能，从城步杨姓或长安营杨姓的由来上说得过去。

　　三说：杨再兴在城步所生，随外公移居新宁，那时都属武冈所辖。查武冈、城步、新宁县志，都有记载。且城步、新宁存有墓地、寺庙。当地流传至今的大戏里都是这么唱。

　　四说：历史上有两个杨再兴，抗金名将是汤阴的，难断定。

　　五说：生于城步移居新宁的杨再兴是抗金名将，城步、新宁有记载。

第二十三章

怒中思对策　再兴落山涧

　　郭进奋勇向前，穷追下去，发誓捉住杨再兴，要将他碎身粉骨。岳云心里更是堵着一股子怨气，猛追上来，恨不得生吞活剥杨再兴。张宪叹息，徐庆摩拳擦掌，众将士个个咬牙切齿，要为杨利索报仇。追去一段路程，杨再兴突然销声匿迹。大家气喘吁吁地停下来，大汗淋漓，面面相觑，不相信杨再兴一时会成为上天入地的神仙，估算躲在某个不惹人注意的旮旯里。

　　烈日高照，地上炙烤得炎热难耐。官兵们戴盔穿甲，心火外冒，热气难散，有士卒中暑。蓝春姑有点不适，郭进跑前跑后，手忙脚乱，不知所措。独孤侠来了，暗示岳飞改变追剿方法。岳飞深思，曹成兵败如山倒，只顾如何逃命、躲藏、保存实力、东山再起，那我们不能给他躲、逃的机会，如此说来，要改变策略，以围为主，围追兼用，方可达到目的。思索间，岳飞摊开军用地图，思考起来。王贵凑过去，想到了什么，指指点点。张宪心生一计，告诉岳飞。岳飞听后，点头赞许。岳飞大声说话："曹成不是想从桂岭入连州吗？杨再兴肯定往曹成身边靠。大家猜测他们逃得不远，应该还在这些地方的山里！"岳飞指着地图。大家低头细看。

　　"所以，我们要悄无声息地把这地方围起来，派一支部队明追，派另一支部队暗搜，就像捕鱼那样，料定曹成插翅难飞。"岳飞采用张宪的意见，一口气说出自己的想法。大家听后，非常赞同。于是岳飞调兵遣将：命令青年飞马队火速前进，堵住曹成的去路；命令徐庆从左侧、张宪从右侧边搜边追边围堵；命令王贵正面追击，自己殿后。一切安排妥当，大家各行其是。

　　杨再兴挥马狂逃，在山道上一口气冲出很远，为防不测，只走深山密林，曲线前行。走过一段时间，杨再兴发现自己的兵卒一个也没跟来，口干舌燥，在确认没有追兵跟来时，只好停下来找水喝。借着森林里漏映的星光虽分得清东南西北但看不清路线，侧耳细听，沿着山泉流动的响声摸索前行，找到溪水，人马共饮过够。杨再兴倒在溪边喘着粗气，歇停下来，估测出曹成的去向，盘算着自己怎么追，想着想着，不知不觉地睡觉了。马儿知人性，站在旁边打着响鼻渐渐安息下来。不知过了多久，山鸟啾啾，杨再兴从梦中惊醒，睁眼看时，天已微明，突觉饥肠辘辘，腹中空空。为寻吃的，杨再兴只得骑马出山，藏在山边窥看。四周寂静无人，眼过田垄，对面山脚下有一单户人家始冒晨烟。杨再兴把马放在目力所及的安全范围里吃着田埂边的青草，径自走向那户人家，说了一个谎。那户好心人捧出热热的早麦粑粑。虽然麦粑粗糙，但杨再兴饥不择食，狼吞虎咽起来，噎在喉咙，户主舀来一瓢水，递上，一再嘱咐杨再兴慢吃点。末了，杨再兴恳求户主再给点干粮，备着走远路用，并询问了路线，很感激地离开了。

郝政、王渊带兵追上曹成，在大山里领兵捉迷藏，分散躲藏，昼夜前行，费尽周折，摆脱岳家军追击。快到桂岭县城，曹成不敢进城，带兵在附近山林里隐蔽，四周窥察，派出暗探打前站。一队战骑飞也似的朝县城奔去，扬起一路尘烟。旋即，暗探回报，岳家军正在四面围堵。飞马队在县城打听其去向，得知还没经过，急着回转搜寻。曹成下令官兵隐蔽好，待飞马队过后思虑起来。现在走连州也不是理想的选择，唯一的办法就是快速跳出岳飞的视野。暗下清点人数，所剩官兵不足一万人！且不知勇将杨再兴死活，事先预定走连州，如果不去，杨再兴还活着，那怎么找得到？岳飞追的是自己，如果自己不在连州出现，岳飞又会怎样？况且，这么多人的吃住、粮草的筹措等等一系列的事情摆在面前，怎么办？曹成焦头烂额。郝政走来，讨教去向。曹成一股脑儿地说出这些，又想起身边助手来，王渊勇气有余，谋略不足，只能放在身边，不可远用；胞弟曹亮要负责后勤粮草，只能鞍前马后地使唤；有勇有谋的杨再兴不知下落；倒是郝政，武谋兼得，对自己忠心不二，可大用。于是召集几个头领，安排后事。派郝政领四千精兵暗中取道全州走荆湖邵州、武冈，开辟新的根据地，招贤纳士，等待大军到来；派王渊领两千士卒前行，随时在大军前面护卫，有个照应；派曹亮领一千壮士积极筹措粮草；剩下的大军殿后，向连州进发，立马就动身，越快越好。

话说飞马队速去桂岭县城，一打听，狡猾的曹成部队还未到达，估计自己已赶在他的前头，郭进下令回走，边走边搜。可恼的曹成部队就在郭进回走的时候，见缝插针，悄悄溜走了。

郭进回走至一小山处，隐隐约约听到马啸的声音，四周搜寻，没有发现什么，跳下马来细听，又没有声音，只好骑马回走。走走停停，郭进心里忐忑不安。岳云心领神会，侧耳贴地静听，听到马蹄声，高兴地惊呼起来。郭进依样画葫芦，证实真伪，断定有马前来，如此这般周密安排。

杨再兴讨吃早餐后，策马上路，边走边探寻大军去向，耽误了一些时间。或许杨再兴的坐骑喜欢群居，几日不见同伴，时不时地发出啸声，给杨再兴秘密行走带来不便。就在刚才，杨再兴好像听到远去传来尖叫声，聚神细听，又没听到，走过一阵，现在发觉坐骑似乎闻到了马味，又啸起来。

一顿饭的时间，郭进、杨再兴彼此都发现了对方。郭进带着飞马队猛追过来。杨再兴掉头就往大山里跑。郭进见杨再兴进了大山，带队守在大山口，急忙派人送信。首先获信的是张宪，之后是徐庆，两人心照不宣，快速带兵暗暗围攻，不断缩小围攻范围。岳飞知道后，马上率部前来团团围住，展开地毯式地搜山；再令王贵在圈内搜寻、假造声势，追杀开来。

杨再兴不要命似的挥鞭策马，左走右逃，走得满头大汗，不觉已到一山涧，两边突然冒出岳家军，大呼要他投降之类的话语，拉弓欲射。杨再兴头脑"嗡"的一声，两眼发黑，心知中计上当，大叫不妙！定神稳心，杨再兴听到右面山坡上有一个黑脸胡须的大汉在喊话："杨再兴，你是逃不掉了，还不快快投降？"杨再兴猜是岳飞手下大将徐庆。

左面山上，有一青壮人士也在喊话："杨再兴，我在此恭候你，快投降吧！"说得这么温文尔雅，是张宪。

王贵冲过来，准备要杀杨再兴。

杨再兴勒马回走。郭进听到合围之声，锁住山口，也围上来。

杨再兴走投无路，忽觉性命难保，想想自己英勇一时，壮志未酬身先死，心不甘，忽然灵机一动，大喊："我是好汉，我要见岳飞！"说完这话，赶忙丢掉兵器，想从山涧上来。

徐庆一听，大喊："你是狗屁好汉！专杀宋廷忠良！"说着，要下去砍杀。

杨再兴灵机一动，计上心来，连连喊话："我有重要的事要面见岳飞，你们杀不得！"

王贵一听，心生疑虑，不管怎样，先捉住再说。

张宪怕徐庆生出乱子，抢先一步，带兵下去接应。

杨再兴束手自缚，由张宪引着去见岳飞。

岳飞是惜才重义之人，见了杨再兴，二话不说，先为他松绑，知道近日疲于逃走，既没吃好又没休息好，马上命人去餐室端来好吃的，让杨再兴吃饱，然后让他去休息，没说别的。

杨再兴看起来像个粗人，其实心很细。他既重情义又懂孝道，且爱兵如子，自己不但杀了岳飞大将韩顺夫，而且还杀了岳飞的同门兄弟岳翔，如今岳飞对他这般友善，他真还有点想不过去，辗转反侧，哪里还休息得下，只好亲自去找岳飞。

岳飞说："我几次和你交手，见你是个人才，男子汉大丈夫应以国家社稷为重，顶天立地，保家卫国，不要去做盗匪，祸害百姓，遭人唾骂！"一番话说得入情入理。杨再兴见岳飞慈眉善目，忠心报国，又钦佩他的武艺，于是诚恳地跪在他面前，说："我有一腔热血，情愿归降，报效朝廷，望大人上报！"

岳飞很高兴，急忙搀扶杨再兴，开口说："你我都有一副好身板，不如结拜为兄弟，趁着年轻，共同保家卫国！"

杨再兴激动不已，慨然应允。结拜之后，岳飞立即设宴摆酒，叫来张宪等几个头领和年少时几个在一起的把兄弟，共同庆贺。席间，岳飞大谈朝廷形势："当今宋廷内忧外患，北有金人掳我二帝，屠我父母，淫我妻女，占我田园，此为国仇；南有匪患迭起，百姓生灵涂炭，剩存者无心安居乐业，这是国耻！大丈夫岂可视而无睹！当年杨令公驰骋沙场，威震一方！若他老人家现在还在世，定会率我宋廷健儿，平定内乱，歃血北上，跃马挥刀，痛杀金贼！"岳飞情绪激动，慷慨激昂，语不能续。杨再兴听后泪水不断涌出，双膝跪地大哭，"义弟不必说了，自今日起，再兴洗心革面，一心一意跟定你，南征北战，保家卫国！虽赴汤蹈火，万死不辞！"岳飞伸手扶起再兴，举起酒杯，在场人员共同起誓，齐心协力保宋廷。众将在岳飞的提议下，高兴地喝起同心酒。之后，大家一醉方休。

第二十四章

追歼曹余部　战争惊又险

岳家军休整两日。岳飞召集各头领商讨如何追歼曹余部，并邀请杨再兴参加。大家议论纷纷。岳飞首先征求杨再兴的意见。杨再兴说出曹成东山再起的最后意图，建议兵分几路追剿，以防曹成声东击西。有探子来报，曹成在连州城外的山地里安营扎寨，号令三军攻打连州城。城内官吏早已逃之夭夭。守城士卒几乎走失，只有几个守门的和站岗的。岳飞听后，火冒三丈。

张宪建议速战速结，免得给曹成留有喘息的机会，夜长梦多。

"既然曹成心不在连州，那就快去堵住其去路，把他消灭在连州城。"王贵也有同样的想法，接着说，"集中兵力，围攻连州。"

徐庆也认为兵贵神速。

唯独独孤侠觉得杨再兴的建议很有见地。

岳飞想了又想，慎重地说："曹成虽然败了，但野心不死。他的性格，大家都知道，有曹操之疑。"岳飞呷了一口茶，继续道，"我就是想让曹成在连州城享几天清福，麻痹思想，让他乐不思蜀，我们好突然围歼。初定明晚行动，以防曹贼警觉。现如今，我们还是打有准备之仗，兵分东、中、北三路：北路由徐庆统领，走道州、全州，直达邵州、武冈，开辟新的战场；东路由张宪统领，打先锋，攻连州，直追曹成，能打就打，不能打，就围堵，把机会让给中路王贵。"听了岳飞的安排，独孤侠非常赞同。杨再兴也欣喜异常，觉得义弟没有把自己当外人。

军令如山，部队如期开拔。沿途百姓怨声载道，钱粮被曹成洗劫一空。岳家军发觉曹成安营扎寨的痕迹，但连个鬼影都没看到。到达连州城时，城内更是不堪一看，烧屋焚街，哭爹喊娘，乱糟糟的。一打听，根本不知道曹成的去向。岳飞只好带兵暂驻城外，派人四处打探。

原来，曹成在连州城外扎寨，并不想攻打连州城，只想掠夺财物，筹备军粮，故意放风出去虚张声势，见机会已到，连夜掠城而走。曹成也学乖了，采取夜行为主、昼走为辅、专走山道的办法。一旦发现有院落或有人出现，就绕道或隐蔽起来。白天走山道，只要没被发现，照走不误；如果有人发现，那人必死无疑。就这样，已走三昼夜了，都无人知晓。

岳飞感到曹成在和自己捉迷藏，故意隐瞒行踪。作为行军打仗的指挥官，不知己知彼，是非常危险的，况且还不知道对方的行踪，那就不得了了！岳飞赶忙召集有关人员速开紧急会议，采取应对措施。一连几日，派出的人都回来了，没有发现曹成踪影。杨再兴想，曹成与自己已有约定，他还不知道我的近况，怎会不留下蛛丝马迹？第三日，杨再兴在城内没有找到曹成给自己留下什么，径直去他扎寨的地方，终于发现了标记。再兴立即报告给岳飞。岳飞派杨再兴带着飞马队一路追下去，大部队随后跟上。飞马队沿标记一路追到大罗岭，发现曹成的兵马，悄悄告诉给后面的岳飞。此时，曹成已走七天了！

岳飞翻看地图，一看，才知道大罗岭是连州与蓝山的界山，属永州地段。

岳飞速令飞马队藏好马匹，改为步行，详细侦察敌情，好部署兵力，准备大打一仗。为防曹成发觉，特意把再兴叫回来，留在自己身边，隐藏起来。

郭进把飞马队分成几个小组，从四面八方分散去摸敌情。

大罗岭四周山连山，山叠山，山中有岩洞，山脚有洼地。其间，溪流交错，田块弯弯，地形复杂，杳无人烟。

几个小队都没发现敌情，就是原来发觉的兵马都已销声匿迹，大家觉得奇怪，迅速向郭进靠拢。郭进发现山中有一孤山，山不高，山上驻扎着兵卒，挂着"曹"字旗。郭进前去探个究竟。独孤侠忽然看到路旁石头上画着四个歪歪扭扭的字："小心有诈！"他感觉不妙，想阻止已来不及了，忽然心生一计，学着鸟话，叫着暗语，却无回音。山中匪卒已发现郭进一行，直吹牛角。顿时，四周涌出许多官兵，人山人海。一声令下，杀将过来，把飞马队围在核心。独孤侠回头一看，曹匪似从天降，后面也走来一大批。一时间，杀作一团。独孤侠令蓝春姑朝岳飞部队方向连发三支响尾箭求救，使眼色要她防备郭进后方，自己死死地护着岳云，边杀边退边找撤退的方位。有一彪形大汉从侧面走来，与官兵不同，蓝族衣脚打扮，口叫鸟语，慢慢靠近独孤侠，试探性地接上头，用嘴撇向撤退方位，让他先撤。曹匪太多，寡不敌众，独孤侠拉着岳云就撤，并用暗语要那人保护蓝春姑她们。敌匪以多欺少，采取各个分割击杀的办法孤立飞马队。此时郭进四面是敌，无法与蓝春姑接头，分了心，混战两个时辰，援军还没到。飞马队员死的死，伤的伤，所剩无几。郭进见之，悲从中来，渐感体力不支，护刀一慢，背部挨了一枪。那边，蓝春姑大呼"救命"，刀枪架在脖子上。郭进强忍疼痛，暴喝一声，纵身飞砍，岂料一匪眼尖手快，刺中他的胯下，一世英名的大马构就这样被铁枪顶着拂去很远……

那位彪形大汉借助长竹竿，飞过去，救起蓝春姑就走。

张宪接到求救的信号，急令部队朝响尾箭发出的方位猛赶过去，途中无防备，结果也中了王渊部队的伏击圈，打得不可开交。张宪领兵突不出重围，与曹军硬拼起来，血流成河，死伤无数。王贵率大军赶来，围住曹军，大杀起来。岳飞一心想救出张宪，就往圈内冲，突然一支利箭正面射来，直取咽喉。岳飞眼疾手快，顺势举手一侧身，躲过一凶，险些丧命。战争持续几个时辰，外攻内击，终于救出张宪部队。

曹军见岳的援军赶来，凶猛异常，牛角突然响起，手执盾牌的士卒迅速列队摆成长蛇阵，人上叠人组成人墙盾牌壁，阻挡岳家军，至死护卫后军。人墙倒了，后军却瞬间没了踪影。

岳飞惊骇！

整个战斗不见曹成身影。战争结束时，张宪率部赶赴孤山，飞马队全军覆灭。奄奄一息的郭进断断续续地说完"邵州……郭家庄……郭前"就咽气了。岳云悲痛欲绝。

清扫各路战场，既没看到曹成也没听说他出现。

岳飞大骇！

独孤侠建议搜山，岳家军把周围诸山几乎翻了个底朝天，却没发现曹军。岳飞一边思索，一边召集众人议事。

素来性格沉稳的独孤侠这次抢先发言："本次曹成用兵如神，我怀疑曹军里面现有高人。"

"奇了怪了！曹贼还一直没露面！"徐庆咆哮起来，"莫非从人间蒸发？"

"我猜测曹成另有企图。"王贵说。

一语提醒了闷不作声的岳飞，捏了一把冷汗，惊骇不已。

其他人员情绪低落，一言不发。

据战后统计，这次战役岳家军大败，死伤六千多人，还死了郭进那员猛将。而曹军只死伤几百人。岳飞听后，头脑嗡嗡作响，张口"啊……啊"不断，连退几步，瘫坐在椅，口喷鲜血，一时不省人事。军医慌忙抢救起来。张宪冲出军营，号啕大哭，自责不断。王贵低着头在空坪地上走来走去。

岳飞醒来，下令休整三日，等摸清敌情再行动。

曹军去得奇怪，独孤侠百思不得其解，走向孤山，详查几次，也没发现异常。岳云来了，停在郭进牺牲过的地方，捶胸顿足，大哭不已，哭累了，呆坐在山石旁。独孤侠拿出长烟锅，吸起旱烟来。无意中，掉下的烟丝火星随风吹向干枯枝叶聚集的地方，燃起山火。岳云跳将起来，惊喊起火！独孤侠思虑过度，既没发觉也没感觉，差点被烧死。

大火随风越燃越旺，越烧越宽。山连山，火势蔓延，熊熊大火烧了三天三夜。

远看烧过的群山成了黑山。独孤侠不死心，再向山中走去，一影坐骑在前面转角处忽现不见，像是女人骑马。独孤侠纳闷，在这杳无人烟的地方还有孤女坐骑？心有疑问，独孤侠走过去，终于发现一个天大的秘密，转角的山中有岩洞，洞洞相连，弯弯曲曲通向外山、远山。独孤侠沿着山洞钻出，出口在一座大山半山腰上的悬崖边，顺着悬崖小径一路追下去。走了半天才走出山，再过一田垄，看到了前山脚下一院落，独孤侠走进院落一打听，一老人说："十多天前的一个晚上，我正好起夜亮着灯光，一支部队悄悄从这里经过，敲开门，向我打听去道州、全州的近路。几天前，又有一支部队从这里经过，那是白天，询问去九嶷山的路。今天，就在你们来之前，一女骑上赤兔马飞奔而去。"老人说着话，用手指着方向。独孤侠想起山中转角处坐骑，恍然大悟！有人在暗中指路啊！

岳飞下令追剿，沿途告知道州、永州等地的朝廷命官，注意曹军动向，加强防范；命王贵、张宪两支部队呈"一"字形整体推进，左右兼顾。连续几日车马劳顿，部队来到九嶷山，岳飞又去祭拜舜帝，祈求庇护，暗助朝廷除暴安良。这夜，岳家军宿营舜帝陵旁，岳飞从梦中惊醒，舜帝托梦，速去阳明山歼灭曹军。岳飞连夜派人化妆成百姓前去核实，确证曹军在阳明山安营扎寨。

岳家军向阳明山进发，日夜兼程。岳飞生怕陷入困境，特别谨小慎微，派遣独孤侠等化装前行，暗中探路；派遣张宪率部大张旗鼓地走大道；派遣王贵率部走山道，隐蔽其行踪。两支部队一明一暗，并肩行进，首尾相护，及时联络。有探子回报王贵，并带来一个衣衫褴褛的老乞丐。一盘问，老乞丐知道曹军行踪，愿意带路。老乞丐一路哼着古怪的山歌，带着王贵部队进入深山老林，路边似有妖魔鬼怪出现，吓得士卒胆战心惊。张宪部队进入田垄中，中间隔了一山，与王贵失去联系。岳飞正怀疑老乞丐，突然，中间山上冲出两支匪卒，一支截断王贵后路，追杀起来，迫使王贵领兵前走，越陷越深；一支从侧面袭击张宪部队。张宪的先遣部队又和另一支前来阻止前进的匪军交上火。独孤侠护着岳飞紧随王贵，不断提醒他俩，不要走入敌人的圈套，部队理应停止前进，调转身来，反戈一击。岳飞同意独孤侠的意见，一场大战。对方仍是王渊，自从桂州之战吃亏之后，打仗很有一套。针对王贵部队，巧借山地掩护，采取围而闪歼，游而巧击的方法，把个王贵搞得神魂颠倒，措手不及；针对张宪士卒直攻猛打、首尾夹击，打得张宪的部队抱残守缺、力竭声嘶。独孤侠一看，坏了！分割围歼，岳家军损失惨重，急忙请求岳飞下令，王贵率部向左方运动，冲出山林，突出重围，与张宪猛烈夹击曹军。王渊见之，马上撤走兵卒，没于山林，沿途设伏，打得岳家军防不胜防。独孤侠看在眼里，急在心里，建议岳飞不要追击，免得受骗上当，打乱王渊的如意算盘。王渊见此计不成，又施一计，旋即不见踪影。独孤侠突然想到什么，跳将起来，起用师父的挑衅方法，发出信号，两盏茶工夫，悬崖边空坪上陡见一人。来者身长八尺，红眉白须，颊陷颧高，身穿蓝色大长袍，脚蹬白底长筒靴，手执白色马尾佛，一副仙风道长打扮，最显眼的是那双三角眼左斜右睨，刻薄看人。独孤侠一见，气不打一处来，厉声问道："师弟，多年未见，可曾安好？"

"你我没有师兄师弟缘分，你走你的阳关道，我过我的独木桥！"对方回话，不屑一顾。

"师弟，何出此言？师父尚好？为何出来不报效朝廷，反而助纣为虐？"独孤侠忍不住一连问了三次。

"听说你在为朝廷效力，我特意来与你作对的，看你有多大本事！"对方心想，就凭师父那么精明强干、武功盖世的人都被我弄死了，还怕你这个在师父面前处处抢我好处的人！

原来，此师弟叫侯长林，是师父云游四海时带回来的孤儿。师父是瑶族德高望重的长老，精通奇门遁甲，善于排兵布阵，武艺高强，是远近闻名的老把式。师父带了很多徒弟，看得最起的就是他俩，平时对他俩要求很严，希望多学点真本事，今后好为国出力。侯长林心术不正，性格孤僻；独孤侠心地善良，待人和善，两人性格恰好相反。当师父发现这些后，对侯长林心存戒备，教一手留一手；对独孤侠倾其所学，还单独教他奇门遁甲术。侯长林看在眼里，恨在心里，经常和师兄闹别扭，无事生事。师父主持公道，他暗恨师父，咬牙切齿。独孤侠为了顾全大局，只好提前下山，科举及第，报效国家，因看不惯官场斗争而退隐山野。自从师兄走后，侯长林骄横跋扈，为得师父的奇门遁甲术，竟暗地里毒死师父，嫁祸他人。从此成为不可一世的掌门人。这次来助曹成，帮助王渊连胜两仗，使岳飞近一万人丧生，就是要让岳飞看看，灭灭师兄的威风！

独孤侠看出师弟来意，心想，如果不斩断恶源，铲除毒瘤，定将危害苍生，国将不国。看来今天只有挺身担大义除恶魔了。如是想，但还想挽救，不由得又说起来："师弟，还是扶正劫邪，帮朝廷一把吧！"

"看招！少啰唆！看你有多大本事！"侯长林使出一对判官笔，点、刺、劈、砍。独孤侠抽出长杆烟斗应接起来。真是翔龙遇恶虎，斗它个天翻地覆。大战五百回合，不分胜负。打了大半天，侯长林心急，使出绝招，欲取师兄性命。恰在这时岳云、张宪等四处寻找而来。为了不伤及无辜，独孤侠硬生生，舍命抱住师弟，奋力斜蹬一纵，双双坠向悬崖……

第二十五章

力挺越城岭　杨家疯人现

话说郝政接令，弄清曹大哥的意图之后，打着岳家军的旗号，带领部队逢山开新路，遇水架人桥，抄近路，昼行夜走，尽量隐蔽其行动。沿途官吏以为岳家军有要事，急着赶路，不曾打扰；百姓伸出大拇指，赞不绝口，说岳飞治军有方，保民不扰民。他们自发地筹粮送钱，慰劳兵卒。一路进展顺利，不几日，郝政跳出岳飞的思虑范围，蒙蔽所有人，神不知鬼不觉地翻过萌渚岭、越过都庞岭、挺进越城岭。走过一道道山梁，部队行进于蜿蜒的峡谷，山雾弥漫，有潺潺水流声，一股热气迎面扑来。郝政敏感地叫停部队，占据有利地形，隐蔽起来。即刻派人前去探路，途中碰上一猎户，始知这里是高山幽谷，有温泉冒出。当地居民见到地冒热水，以为是上天造化，神龙出洞，不敢造次。郝政亲自约见那猎户，只见他：

　　臂长高腿猿猩黑，面目犹如上古人。

　　弓背指弯猴瘦样，擒拿猎物赛山神。

郝政一看就喜欢，连忙和他交谈起来，又谈得来，互相称兄道弟，始知来者姓姚，是当地长老，因全身长着棕色长毛，得了个"姚棕毛"的雅号。姚棕毛听郝政说他们是为老百姓打天下的，决意挽留。郝政想，既然这里安全，部队日夜兼程，需要休整，那就暂且在此休憩。郝政要去高处察看地形，在姚棕毛的指引下登上山峰，放眼眺望，四周山峰连绵，原始森林苍翠葱茏；谷内，翠鸟飞鸣，迷雾缭绕，宛若一幅清新秀丽的山水画，暗想，这真是一块好地方！

寒暄过后，回到营地，郝政客套几句，送走姚棕毛。此时，军医慌慌张张地来报，多数兵卒奇痒无比。有的腹泻无力；有的脚磨血泡，开始溃烂；还有的甚至染上了痢疾。郝政一听，那是危险的信号，急令军医组成小队，上山采药。军医甲发现温泉始冒处的山崖险要边有很多草药，携伴攀爬上去采集，不小心双双掉入温泉里。他俩游上岸，衣服全湿透，既不敢回去换衣服又不敢声张，只好硬着头皮继续采草药，采累了，倒在温泉边闭目养神，吸着热热的雾气顿感浑身舒爽，发觉身上一粒一粒凸起的团状斑块消失了，既不红肿也不刺痒难耐，脚板烂了的血泡开始结痂。他俩回去偷偷告诉一些患疾兵卒，求生的本能促使知悉的兵卒如法炮制，身痒没有了。消息不胫而走，多数兵卒跑去泡温泉，打水仗，不亦乐乎。郝政知道后，急如热锅上的蚂蚁，来回踱着步，此举触犯了当地老百姓心中的神威，怎么向他们交代？说曹操曹操就到，姚棕毛带着一伙人前来兴师问罪，个个面露凶相。郝政灵机一动，说开了："我知道各位长老为何而来，前几天，手下兵卒患了身疾，晚上神灵托梦给我，唯有温泉可治。我想验证后再向您禀报，这不，就来了嘛！"郝政缓了一口气，察言观色，见凶相有所好转，继续说："神仙说，这温泉神水是特意为当地老百姓消灾而准备的，但您不知道用。又听说我们是为老百姓打天下而来，就送这温泉神水为咱们享受享受。事后好教导教导您。"

"真的吗？"姚棕毛半信半疑地反问道，"我们也患了这种疾病。"

"是真的！我已请了神仙。"郝政主动去拉姚棕毛的手，示意他们去军营看看。

姚棕毛到军营看后，回去设法坛，请来郝政，祭奠神灵，带着男女老少去泡温泉，享受神仙的恩赐。军民之情一下子建起来了，还有胆大的姑娘暗约官兵泡着温泉戏起水来，挤眉弄眼地吆喊山歌，兵卒们心里痒痒的……

姚棕毛心里乐开了怀，有事没事地往军营里跑，主动带着郝政去巡山察院，熟悉地形村貌；大开姚家祠堂门，接官兵去吃贡品——全州禾花鱼。高兴之余，姚棕毛讨教温泉神水的命名。这水是从山崖里冒出来，既是热的又能消炎解毒，郝政取"消炎"和"炎热"两意，叫它"炎井。"于是，百姓就将"炎井温泉"传开了。

军民融洽之后，官兵在村院走来走去，主动负责起治安来。有兵卒发现一棵大樟树，枝繁叶茂，像撑开一把天伞一样，村民闲时都去树下歇脚。郝政来了，与村民拉起家常，了解民情，别看他表面上无事，心里暗自焦急，时刻提醒自己肩负重任。他想占据要塞，扩充队伍。姚棕毛看出他的心思，开族会，为他排忧解难。恰好赶上远近十八寨寨主大会，姚棕毛在会上大谈特谈，大家听他说得眉飞色舞、头头是道，全都赞同，积极响应，部队一下扩充上万人。郝政一方面派官兵抓紧时间训练新兵，一方面随姚棕毛去县城交谈军务。未果，连夜带兵围攻，占领县城，锁住湘桂交通枢纽。郝政一不做二不休，以同样的方法夺取东安、兴安①，迅速扩大势力范围，封锁各路消息。部队分别隐驻到八步岭和舜皇山上，总部设在舜皇山，并在各个要塞陈兵把守。

好事接二连三，在山地宿营，空气格外新鲜，睡得挺香。清早起来，有信使来报，曹军分明暗两支，曹成已成功脱离岳飞视线，正向越城岭运动而来；王渊在大罗山、阳明山痛击岳家军，大获全胜。

太阳出来了，光芒万丈。郝政在山坡上远观占领的新据点，踌躇满志，翘首以盼曹大哥的到来。突然，山中冒出一个花白胡须、衣服破烂的老头，形同乞丐，手执龙头拐杖，走路矫健敏捷，口中浪唱出诗句来，声音拖得好长好长：

　　赵家天子勇杨将，离了杨家赵泡汤。

　　万里江山风骤起，烽烟熄灭斩枭狼。

　　哎哟喂，铁打的江山流水的兵，我老杨不来真不行！

---

　　① 包括现今的资源县，这里指资源县。

第二十五章　力挺越城岭　杨家疯人现

· 89 ·

来者边唱边靠近面前，仔细端详郝政，看得他有点不舒服，继而神秘兮兮地笑笑，继续唱道："查你的根源有帝缘，看你的人相似鬼脸；说你的品行尽忠愿，用你的能力通天眼。"

郝政丈二和尚摸不着头脑。虽然来者有点胡言乱语，但无恶意。于是近前问道："老者来此何事？"

"听说我晚辈回来了，他在哪里？"杨疯子左瞧右看，露出青面獠牙。

"你晚辈是谁？"郝政满脑疑云。

"我晚辈是杨再兴，从小就在溪江里、山塘中摸蟹捉虾给我佐酒吃的龟孙崽。"杨疯子认真地说道。

"他呀，正在替曹大哥打江山，在后面，过几天要来的！"郝政大声地说。

"你是谁？不是朝廷的人？"杨疯子疑惑不解地反问道，"你不是岳飞的人？岳飞和你曹大哥是一路人吗？"

"你问这个干什么？"郝政有点不耐烦了，开始警觉起来。

"不是！"杨疯子分辩道，"我只认我那龟孙崽，不管是哪一路人！我来接他回龙华寨去！"

郝政一听，悬空的心开始有底了，也问起来："龙华寨在哪里？我是替你那龟孙崽打先锋的！"郝政也不瞒，和盘托出自己的来意、打着岳飞旗号的用意、今后的心意。杨疯子脸一变，不疯了，"既然这样，你就留下一半兵力隐蔽在八步岭，等待你曹大哥来调兵遣将；你带余下的部队随我去龙华寨安营扎寨，扩充兵力，以应不择，等我那龟孙崽凯旋时再去都梁城建皇宫，去云山立兵寨。"郝政迟疑不动。杨疯子疯了，大声吼道："后面的追兵就要来了，还在这里等死！我可不愿意我那龟孙崽跟你吃亏！"说完，一把拉起郝政就走。郝政半信半疑，偷偷把一半兵力隐蔽在舜皇山而不是八步岭，自己带兵随他而去。

徐庆按照岳飞的意图，一路快追猛赶，沿途没有发现曹成部队，到达全州时，听说岳飞部队先到，根本不相信，抓来守卒审问，说是岳飞手下的张宪部队，这时，徐庆脸上疑云密布，自己从不停歇，还落在大军后面，这还了得！为今之法，只有快去云山！于是，带领队伍沿山路，从越城岭西北侧过大崀山，快马加鞭，向云山方向进发。走了几日，部队走出深山，前面来到开阔地，有小山，有田垄，还有院落，不远处有一个杨安寨，据探子回报，寨上刚到一支部队，正在埋锅造饭。徐庆本来就怀疑，粗鲁的心也细起来，又派人前去核实，确证是郝政部队冒充岳家军，大发雷霆，牙齿咬得吱吱响，立即召集各头领，敲定围攻方案。这边，有下属向郝政回报，发现逃走的可疑人员。郝政估计追踪的岳家军已到，马上把大部队撤出杨安寨，留下小部分在寨内装腔作势。鲁莽的徐庆求战心切，大军直入，中了郝政的圈套。激战几个时辰，徐庆率部奋力突围，杀开一条血路，损失惨重。天已黑，郝军突然不见踪影。徐庆情况不明，不敢轻举妄动，只好领兵退驻小山堡，严加防范，坐等天明。

第二天，徐庆派兵四处打探，还是徒劳，唯有牢记使命，继续向云山挺进。

狡猾的郝政身有重任，见好就收，一路布置凝兵迷惑他人，巧使金蝉脱壳之计，遮遮掩掩已到龙华寨。龙华寨是建造在岗背岭山顶上的一座四合院。院内，木柱青瓦，柱上伏着神龙浮雕，梁上雕着游龙戏珠；院外，四周檐角蹲着翘首欲飞的凤凰。整体看来，像一座富丽堂皇的宫殿。站在寨外，眺望，天边，青龙狂游而来；俯视，几处小小的山系如一群灵蛇各自出洞，弯弯的田畴似虾兵闹海，依山傍水的院落活像龟爬山岭，袅袅飘升的炊烟恰似一条条银龙飞腾而上，一幅绝美的天地神画跃上眼帘。看呆了所有在场人！陡然，牛角号响彻山宇，各路头领闻声而来，聚集山寨。杨疯子来了劲儿，站在高处，大声喊话："这是杨再兴的先遣部队，是来保卫家乡的！他们初来乍到，需要大家照看。有粮的出粮，有钱的出钱，想随军的年轻后生尽管来参军！"话音刚落，下面掌声热烈，大家表示欢迎。会后，各忙各的，杀猪宰羊，犒劳三军。

曹成潜伏于越城岭腹地，暗中运动，四处打探，与郝政信使接上了头，把部队秘密拉往舜皇山，等待王渊的到来。

第二十六章

大战舜皇山　曹溜似青烟

话说岳飞一路追击曹军，时遭曹军暗算，防不胜防；打了两次大败仗，吃了大亏，却还一直没有找到曹成。先遣官徐庆传来信息，没有发现曹成；追郝政过邵州至武冈，也追得无踪无影。岳飞纳闷，思虑起来，是不是追剿方案出了问题？似乎感到被曹军牵着鼻子走，看来此法是行不通了，得迅速调整方案。暗传徐庆速赶往云山，以守为攻，堵住曹成去路，派兵继续追寻郝政下落；暗传张宪跳出曹军圈子，直走邵州，围歼郝部，占据湘桂交道要塞，侧应破曹；派一股轻骑，假装商队，暗访曹成去向，自己率部紧随其后；暗传王贵想办法找到王渊部队，穷追王渊不放。一切安排就绪，反复思索，岳飞觉得万无一失时，才松了一口气，挥师欲跨桂地，直入湘西南。过了几道关口，守卒既不阻拦也不过问，岳飞虽有疑问，但追曹成要紧，也不多想。来到舜皇山脚下，岳飞想起平乱时初来湘地，经过九嶷山，在最困难的时候，是舜帝托梦解惑。舜帝与姚姓渊源深厚，家母也姓姚。传说舜皇山是舜帝南巡时歇停过的地方，建有皇院，何不前去祭拜，以表诚心？岳飞想到做到，立马行动。祭拜皇院之后，岳飞总感到心不诚，既想登高处看地形又想快速赶往武冈。突然发觉一女飞骑而过，转眼不见踪影，好像掉下什么东西。岳飞脑中忽闪钟姑娘的模样，不像！那是谁呢？沿路找找，是一个盛水的皮水袋，袋面新划有"曹成在舜皇山中"的字迹。岳飞将信将疑，找来当地贤明的猎人了解山上情况。猎人提议岳飞率部上舜皇山，既可察看地形又可查明真相，如果曹成不在山上，部队上山可直达武冈地界，既省时又达目的，还可以在山上庙宇里虔诚地祭拜舜帝，一举三得！岳飞听后高兴不已，下令照此进行。行至半山，忽有牛角声响起，带路猎人细辨音律，证实是报警传唤之声。猎人感到疑问，自从山上建庙之后，只会出现上山朝拜的信士和狩猎的人，很少看到闲杂人员或其他人上去，怕舜帝显灵，突遭横祸，如今感觉不同，猜测是曹成部队。猎人把这事及时禀报岳飞。岳飞反应极快，立即叫停行进的部队，隐蔽起来，派人前去秘密探视。真是踏破铁鞋无觅处，得来全不费功夫，真是曹成率部躲在山腰复杂的地形处。岳飞怕侦察有误，亲自前往核实。曹成获信之后，急着调动人马，去外围设伏阻击。

岳飞既兴奋又担心。兴奋的是追了这么多天，曹成终于露出狐狸尾巴；担心的是曹成有备而等，自己是无备而上。要是继续上去，无异于送死；要是立即退回，曹成必起疑心，说不定自己已经中了曹成的伏击圈了。岳飞思来想去，感觉身边好像少了一个人，原来，他想到独孤侠。一阵惋惜之后，岳飞绞尽脑汁，想出最好的办法。先派一部分兵力隐蔽在山中，占据有利地形，暂时不参与战斗；自己率部直接与曹军交火，打一阵之后佯装败走下山，择他路而逃，蒙蔽曹成，从其他方向上山设伏围攻；另派密使找到前面的商队，从侧面上山设伏，听令袭击曹匪；再要商队挑选两名轻骑追上张宪，要他率部倒戈一击，痛击曹匪。主意已定，岳家军战鼓擂得惊天响，指名道姓要曹成出来应战，兵对兵，将对将，打一场阵地硬仗。曹成哪里肯依岳飞意图，先用山炮轰击岳家军明处，再逐个分歼打游击。岳飞一看不妙，赶忙招呼大家隐蔽，边隐边退，退至山脚，在脱离曹军射程范围时大举旌旗，大喊逃命。一时间，满山脚旌旗东倒西歪，哭喊声接连不断，散开的队伍一窝蜂似的四下逃离。曹成眼睁睁地看着，不敢追下山去，心中暗赞郝政聪明，为他留下这个好山头。曹成猛然想起郝政给自己还留了一手绝活，心中窃喜，速速前去巡查。其实，曹成只知其一不知其二，各个要塞守关人员都是郝政安排的，只不过被张宪发现，杀后置换过来了，否则岳家军又被包了饺子！曹成见岳飞已逃离很远，沿路巡查三道防线上的官兵严阵以待，心想，你岳飞纵有天大的本事，也破不了我的怪阵，于是，欣慰地退回营地，放宽心思，继续当起山寨王来。岂知，岳飞当夜返回，隐藏在山中，待机反击。

张宪接到命令后，迅速组建一支部队，用树枝、山叶简易编织成柴草帽子带在头上，伪装起来。走山道，抄近路，轻装上阵，以最快的速度接近曹营。

天已破晓，各路送来信息，都已到达指定位置。唯有隐驻山林的那支特殊部队派人前来告诉岳飞，感到曹军遮遮掩掩，摸不透曹成的兵力部署，而且发现曹营外围的坑坑洼洼众多，有点奇怪，担心暗藏杀机，提醒岳都统多加小心。岳飞见时机成熟，下令发起猛攻。

曹成正在做着春秋大梦，梦里有万民在朝拜，送来山珍野味。一群仙女临空飘来，围住自己。捶背的笑声似银铃，余音一串串；宽衣的眼抛春情手颤动，脚移莲步。曹成涎着口水，说着梦话，浑身热血沸腾。郝政急匆匆地走到跟前，慌慌张张地报告，说岳飞率大军已到营前，围得水泄不通，要他启用迷魂阵快走。曹成被吓醒，猛然爬起，欲走。定眼一看，室内空无他人，方觉是梦。此时，门已擂得蹦蹦响。曹成故作镇定，开门斥问，始知岳飞果真来了，正在率部围攻。曹成认为是舜帝显灵，率部走出营前，站在一个小山包上不断转换角度大喊："岳猛子，有本事你就进来，曹爷爷我已经恭候多时了！"说毕，一阵烟似的消失得无影无踪。岳飞听到曹成的喊话，怒火万丈，下令猛攻，发誓要活捉曹成这乌龟王八！一阵猛打强攻，曹匪退至战壕里，凭借壕土掩护，这里一箭，那里一镖，伤得岳卒哇哇大叫，近不了身前。奋战半天，久攻不下，岳家军死伤无数，能打仗的已是精疲力竭。岳飞只好下令退下，重新审视曹匪阵营，也没有看出什么名堂。此刻，曹成在另一个小山包露出了头，又喊起来："岳草包，怎么不打了？劝你还是和我合作打天下吧，不要再受朝廷蒙蔽。"岳飞哪里咽得下这口恶气，狂吼起来："曹贼，你敢出山对打吗？就放在山脚田垄里，凭硬本事比拼一下。"

曹成滑似泥鳅，说完，又不见踪影。

岳飞气歪了眼鼻，额上青筋暴突。

张宪过来了，也在思寻克敌之法，感觉到曹成布了什么阵，有山包和壕坡作掩护，加上柴草树木，断断续续，看不明朗。

岳飞沉下心来，与张宪交换意见，依靠云梯，爬上一棵高树，终于看清是山地八卦阵。岳飞记起来了，曾听师父说过，八卦阵一般放在平地，按照周易八卦组成变化多端的人墙，打打杀杀，时分时合，很难攻破；用山体或山壕做人墙，摆成山地八卦阵，优点是人在暗处，虽然没有人墙那样随时变化，但找不到人，更难破，至于缺点就是容易暴露死门。况且，山地八卦阵是南方一位异人独创，此人云游四海，很难找到。山地八卦阵至今还没有人能破。岳飞硬着头皮看了半天，终于找到了突破口。

岳飞急令张宪组织精干人员，组成敢死队，瞅准斜侧那个壕口，用盾牌人墙硬逼进去，长驱直入。队伍进去一千多人，岳飞迅速派人把住壕口，满以为能破，结果是肉包子打狗——有去无回！张宪气喘吁吁地逃出来，伤了手臂，说壕道里尽是机关和猛士，进不了，开口处一段毫无阻碍，是故意诱人深入的。张宪如果不是在行进队伍后面断后，如果不是自己反应快速转回来，如果不是兵卒舍命保护，差点连命都没了。

岳飞只好鸣金收兵，围而不攻。曹成也不派兵主动出击。

王贵率部追赶王渊，追到全州时才发现王渊的部队正往舜皇山这边运动。双方交上了兵，王渊率部旋即又不见了。王贵奔过来找岳飞拿主意。岳飞正为破阵之事黔驴技穷，担心兵力被曹成蚕食，慢慢消耗殆尽，速派王贵率部前去山南薄弱环节坚守，继续围而不攻，等待时机。

后勤统制王经上来了，带来一个人。岳飞一看，奔过去拥抱起来，边抱边说边哽咽，流出汩汩热泪。来者是蓝长老，脸上的表情复杂，流着泪断断续续地回答，并伴有长长的叹息。

岳飞把蓝长老请到营部。蓝长老还没开口，岳飞就跪地三拜。蓝长老扶起岳飞，说道："岳大人是朝廷派来的大官，是为老百姓平定曹匪的，不可行此大礼，体罚自己！"

"老兄，你有所不知，你把人亲自交到我手里，我没有保护好，罚不当罪，还请为兄的宽容。"岳飞站起来回话，各自落座。

"这个不怪你！女婿早有天命，赵公自先就有预料，催我打发爱女寻夫完婚，就是想冲喜，采取补救措施。天命难违啊！至于春姑，命里有劫，倒是例外。"蓝长老分辩道。

岳飞瞪起惊讶的眼睛叹气不已，想说什么，欲言又止。

过了一会儿，岳飞低头沉思，一脸的愁容，静默不语。

蓝长老看出岳飞的心思，开口道："我来有两事想和贤弟商量，一是贤弟目前难破山地八卦阵，那就只能看天意！"

岳飞一听，惊叫道："此话怎讲？"

"我和姚长老姚棕毛同是猎人，虽然相隔很远，因为打猎远追猎物曾经有缘。两人都爱好喝酒，谈得来。曾听他说，见过一个云游四方的南方杨疯子老杨头，他与北方老顽童周侗有过一段恩怨。老杨头熟读各类兵书，懂得奇门遁甲，借鉴飞禽走兽、山河田塘自创各类阵法，无人能破。在一次喝酒闲聊时听说他的山地八卦阵只有大水能够破。"

"水？"岳飞心急，打断蓝长老的话茬儿。

"对，水！"蓝长老继续说，"别看山地八卦阵的壕坑、壕坡看似简单，其实，玄机就藏在那里。表面上看壕坡就是壕坡，没有什么特别之处，实际上壕坡内全是空的，对外坡冲上来的敌人用箭等利器射杀，对内坡壕坑里的敌军可用暗器、守卒也可以从隐门内冲出来直杀。"

岳飞听得触目惊心，忙问道："那，依兄之见呢？你说的天意是什么意思？"

"依我之见继续围攻，我观察过天象，再过两天定有一场暴雨，至于暴雨下在山上还是山下，就看天意了。"蓝长老很神秘地侧脸过去说着悄悄话。

"老天会照应的！"岳飞听后长出一口粗气，如释重负，自言自语地说道："舜帝与我有缘！会保佑的！"

"那第二件事呢？"岳飞续问。

"烈女不肯离开军营回家静养，硬要挺着肚子为夫君报仇！"蓝长老无可奈何地说。"蓝姓流着老祖宗好强的热血，春姑也同烈女一样的想法，这是我的一块心病啊！"

"既然这样，两个人仍然放在后勤部里严加保护，我向老兄保证，部队在她们就在，让她俩平安地生下小孩。"岳飞认真地说道，"我还想照看爱将的后裔呢！"

"那好！一切交给贤弟！"蓝长老说完，随岳飞走出军营。

岳飞一路吩咐下去。

时过两天，晴朗的天空一时乌云密布，果真风雨大作，山地上积水乱流。岳飞早已安排官兵在壕口暗自守着。大雨来临时快速堵住壕口，壕坑里积水没有出处，很快上漫。岳飞见壕坑里盛上大半坑水了，兵分两路，一路踏上壕顶，速进速围；一路乘上简易的竹木、树枝短排顺坑前进。坑水因壕口被堵，全部回流，送了木排上岳家军的顺水人情。壕坝内守关曹匪不是淹死就是逃命时相互挤压、踩踏而死。

走过一程，岳飞士卒拥挤在一处坝口。坝的另侧是低洼地，积水成塘，越聚越宽。塘内有曹匪穿着怪壳不断地从坝口逆水中冲出，枪杀岳家军。掉入塘内的岳家军被一个个硕大的蚌壳夹住，淹死了。形势非常危急！张宪见之，一方面令人堵住坝口水源，组织官兵在坝顶手执长矛、长枪，只要巨蚌露出水面一张口，就刺过去，阻断巨蚌沿坝前来。另一方面，用话耳传过去，派人弄开堵住的壕口，泄水，切断壕塘之间的水路。

雨越下越大，水塘洼地积水越来越多，围着大山头，像玉带缠腰，岳家军近前不了。

岳飞看到，山地八卦阵已破，但环形水塘成带，水内冒出许多巨蚌、巨螺等怪物，专门咬住士卒，拖入水中淹死。怎么办？岳飞一筹莫展。蓝长老自问道："这又是什么阵？姚棕毛没讲啊！"

陡然，雨中有一个声音时断时续地传过来："我——来——也！"众目回望，是姚棕毛。

蓝长老先声夺人："老兄，怎么不去寻杨疯子？"

"我寻了一天，找不到，突然想起他云游四海，到哪里去寻他？只好回来了。"姚棕毛喘了一口气，说道，"我曾听杨疯子说过，他有一个水雾连环阵，只有老天爷奈得何，这应该是连环阵中的蚌螺阵，适宜于水战，不要管它，只在陆地上围住，坐等风停雨住水消就是！"

岳飞一听，仔细一看，水中蚌在外围，螺在阵内，排列形态类似平地八卦阵，且每物顶上都有细细的出气筒，心想，如果冲下水去，打起来，定会全军覆灭！岳飞想着，害怕起来，不敢轻举妄动，依计坐等三天，雨才停下来，再等了两天，水带才消失殆尽。蚌螺等怪物也随之不见了。山中升起了浓浓的乳雾，分不清树木人影。张宪心急，率部搜山，突然冒出许多雾模鬼影，对打起来。岳家军又被困入迷宫一般，死伤很多。姚棕毛尖叫起来："这是迷魂阵，雾模鬼影走的是梅花步，岳大人，千万不可冒进啊！"

"那怎么办？"岳飞也怕曹匪逃走，急切地反问。

"还是天意，等！"姚棕毛大吼，"天意不可违！只有围住山腰不放，单等烈日高照雾散尽！"

岳飞只好如此，下令死死围住，不准放走一个曹匪。

久雨地湿雾浓，等到晌午，山雾才散去。围山的岳家军全部出动，整体搜山，围得水泄不通，却不见一个曹匪踪影。顺着新踩的山路追去，在悬崖处发现一个山洞。岳飞长叹：人算不如天算，又让曹成跑了！

第二十七章
建功平武冈　再兴敢为先

舜皇山之战结束之后，岳飞觉得仗打得不痛快，心愿也未还，恳请姚棕毛支持配合，按当地世俗杀三牲，好带领部队上舜皇山舜皇庙，隆重祭奠舜皇大帝。姚棕毛面有难色，突然惊问："岳大人，您和郝大人郝政不是一路人？"

"怎么是一路人呢？"岳飞觉得这话问得奇怪。

"郝大人的旗号是'岳'字。他说他是曹成手下，是专替老百姓打天下的！"姚棕毛疑惑难解，"而您也打着'岳'字旗，还说您就是岳飞，是来打曹成的。我来时，见情况危急，就没多问，真实情况到底是什么呢？！"

"姚长老有所不知，我岳飞坐不改姓行不改名，我就是我！是为朝廷平乱、为百姓谋福祉的！他们打着我的旗号，冒充我！"岳飞一字一句，说得很严肃，浑身洋溢着一股正气。

"可是，郝政他们对我们也很好，是老天派来专为我们消灾除病的大恩人！"姚棕毛说出炎井温泉的事情来。

"有道是路遥知马力，日久见人心！"岳飞说，"碰上我，也会那样做。"

"噢！原来是这样！"姚长老连连应答。他是个明事理的人，等弄清事情的原委后欣然应允。

岳飞在舜皇山舜皇庙里很虔诚地祭奠完舜帝，欲走，接到徐庆的信笺。徐庆已在武冈聚集两万多人，驻扎在城南六九福地的云山中，一边练兵一边筹集到很多粮草。他信中说郝政在武冈东南侧的岗背岭招兵买马，亦有两万之众。岳飞知悉后喜忧参半，迅速察看地图，选准行军路线，挥师走武冈，准备打大仗。

杨再兴见岳飞挥师武冈，兴奋起来，不肯再隐瞒下去，主动找岳飞请战。经过舜皇山之战，岳飞见张宪部队损伤严重，要王贵率部打先锋，张宪殿后，答应杨再兴随王贵作战。杨再兴奉命来到王贵营部，找到他，详细介绍去武冈的路径，自告奋勇地带着一支小分队打前站。部队穿过近百里山路，马不停蹄地快速前进。来到一座酷似狮子的山前，杨再兴看到田垄通往山脚的道路有新的车压印痕，感觉有点异样，速令士卒隐蔽起来，亲自前去探听虚实。碰上一个打柴的挑夫，杨再兴操一口本地方言问路。柴夫见来者打扮不同，但会说同样的话，正疑虑间，杨再兴打了一个手势，柴夫见是本家暗语手势，小心翼翼地告诉他，有一支部队刚过，正在弯弯山脚处埋锅造饭。杨再兴知道自己走在最前面，岳飞部队没有来过，推测是曹成的部队。他请示王贵，想多带些人抄小路前去，分成两拨，一部分人设伏，一部分人择机合围，等主攻时打他个措手不及，一举歼灭。王贵有点疑虑，只给他设伏的人。再兴想报岳飞的知遇之恩，只好把仅有的设伏人员一分为二，利用山地要塞的乱石、树枝，就地取材，简易制成杀伤性武器，使少量设伏人员按滚石手、射箭手、肉搏手略分开来，三者分工合作，以一当十。自己亲率小分队堵住主路。安排好后，各自行动，再兴仔细观察，发现是王渊部队。开战后，匪卒没命地逃窜，有的甚至连武器都忘了拿，往狮子山颈部凹陷处走，在遭到猛烈攻击后又朝这边狮子口窜来。再兴不慌不忙，示意先按兵不动，等曹军近前，再勇猛冲杀。只见再兴浑身是力，杨家枪舞得霍霍生威，曹军倒地一遍，近不了身前。王渊想，哪里来的这等勇夫挡我去路，前去会会，见是杨再兴，喜从心生，大声喊道："杨贤弟，是我！自己人！"

"谁和你是自己人？我现在已弃暗投明，在替朝廷打天下，还不快快投降？"杨再兴高喊。

王渊一听，怒由心来，"你这个忘恩负义的家伙，看招！"王渊一顿猛打猛杀，不敢恋战，想快刀斩乱麻，杀开一路好逃走。可哪里是再兴的对手，大战五十个回合也没冲过去。再兴边战边喊："王老兄，我是舍小义为大义，同朝廷作对就是大逆不道！我现在是手下留情。你还是缴械投降吧！"王渊心知打不过他，只得虚晃一招，退入人群，指挥士卒蜂拥而上。再兴兵少，被围在曹军之中，奋力猛杀，腾不出手来。王渊借机领着后面的士卒又往狮子山颈部冲去，匪军都是亡命之徒，连冲多次，冲上去奋力肉搏。再兴安排狙击的守卒乱石用光、箭矢用尽，寡不敌众，全部阵亡。王渊付出沉重的代价得以逃脱。再兴杀光身边匪卒赶过来时，王渊已经逃去很远。王贵赶上来，面有愧色。岳飞的大兵部队追上来了。清理战场，王渊虽已逃脱，但损失一千多人，而王贵只死伤一百多人。岳飞大喜，自连州追曹至今，损兵折将，累遭曹害，此乃第一次大胜仗！岳飞拍拍再兴肩膀，大加赞赏。王贵见此情形，悄悄走开。再兴一战成名，官兵士气高涨，跟随岳飞又追赶下去。

部队追了一天，也没见王渊踪影，但顺着路印，岳飞觉得没走错路道，或许是另一支部队走过。岳飞叫来杨再兴，继续带兵前去探路。杨再兴要经过一条大垄，见四处无人，又怕设有埋伏，想了一下，心生一计——投石问路！再兴大声喊唱当地的山歌，边走边唱，唱了一阵，田垄尽头有人应和。再兴一听，是本地山歌，大胆地走过去，见着歌者，说明来意。歌者指着附近露出几座房子的地方告诉再兴，这里是唐家大院，有好几百户人，再过去是庄上和夫夷江。前几天有大军从这里经过，到处找船只，船只少，估计官兵现在还没渡完。河对岸是全家岭，已经过河的官兵躲在那山里。再兴问："就没有别的办法过河？"

"识水性的可以游过去，还可以制作简易木排撑过去。"歌者补充道，"只因过河部队抢了唐家大院钱粮，糟蹋了族长闺女，长子也突然失踪，族长快疯了！大家都躲到院子后山上去了，恨得咬牙切齿，不给他们提供方便！"再兴一听，时不可失，机不再来，当机立断，兵分三路进行。一是要歌者带他去见族长，告诉他们，岳家军来了，就是追杀前面那支部队，替他们报仇而来的，要他们私下里组织人员，筹备船只，载岳家军过河。二是派人速去禀报岳都统，说清楚前面的情况，要后续部队火速跟上，准备打仗。三是把自己的小分队化装成老百姓，拉到河边，去摸清敌情，隐藏在敌匪中故意拖延时间，等自己与族长讲好后就去，见机行事。

歌者引领再兴在唐家祠堂里找到族长。族长是个能工巧匠，人称唐鲁班，远近公私造房都离不开他，能造木马动车等各种兵械。一见那长相，有点特别：一只眼大如牛眼，一只眼小如细线；嘴巴占据了大半个脸面；脖粗腰圆，伸手尽是老茧；配上那对像桶一样的长腿。再兴细细打量面前这个人，站着像个魁梧的蒙古大汉，坐下来活像一尊弥勒大佛。

唐鲁班知道来意之后，点头应允，嘴角咧一咧，不言语，苦笑起来。那笑声怪怪的，很是嘶哑。

再兴见族长同意，也不多想，打了招呼，径直向江边走去。江边约莫有一千多官兵在抢着渡河，好像发生了口角，起着内讧。再兴看见有一个军官模样的人在大声指挥，自己的人在协助搬运东西，也有的站在船上艄公旁，都占据有利地形。说时迟，那时快，再兴飞步过去，扣住那个军官，大声吼起来："在场的都听着，岳家军在此，不要急着渡河，愿意投降的放下武器，不愿意的拿命交换！"大家一听，懵了！有少数反应过来的匪头意欲反抗，被再兴的人当场结果了。再兴扣住的那个军官也想反抗，被再兴抛向空中，用杨家枪顶刺而死。全场骇然。再兴迅速控制了局面。此时，三面喊杀声突起，岳家军蜂拥而来，走在最前面的是张宪和岳云。

再兴见着岳飞，无暇寒暄，用手指指俘虏的曹匪，示意张宪安排人处理，自己带着小分队飞也似的抢渡过河。岳飞会意，派张宪、岳云带兵追跟再兴而去；派王贵整编曹匪，自己和唐族长商量大部队如何快速过河。

再兴一行过河之后，沿途追杀、收编曹匪。曹匪只顾逃命，根本没有反抗。一直追到全家岭附近，再兴才停下来，追问俘虏。俘虏为了活命，一五一十地说出：曹成主力部队渡河是想去岗背岭与郝政会合，占山为王；现在，曹成正在全家岭集结兵力。再兴追随曹成，谙熟他的用兵之道，马上和张宪商量。因曹成现有五千多人，张宪只有两千多人，由再兴带岳云等骑马绕过全家岭，堵住曹成出路。张宪带领主力部队暗中围住曹成营地，若曹成不走，围而不攻，等待岳飞大军；若曹成欲走，只有围歼之法。两人商量已定，各自行动。

有匪徒逃脱追杀，告知曹成后面情况。曹成立马起营，急欲逃走。张宪见势不妙，大喊大追大杀，制造声势，杀曹匪于措手不及。曹成已快逃出险地，前面突然冒出一骑士横枪立马，大喊起来："曹大哥，快投降吧！你已被包围了！"曹成定睛一看，是杨再兴，心中暗喜，忙回话："杨贤弟，自从三险关之后，我一直在等你！你怎么说出这等话语？"

"我现在弃暗投明，在替朝廷做事，一切与宋廷作对的都是大逆不道！我不能做对不住天地良心的事，请你投降！"杨再兴正气凛然。

曹成见杨再兴没有放过自己的意思，驰马杀来，杨再兴素来讲义气，杨家枪法使得娴熟精妙，枪枪不离对方要害，如今杀气好像弱了一点，只有逼他一逼，然后择机逃走，想我这等英明，不能就此毁掉！曹成猛杀过去，边杀边喊："再兴啊！是你忘恩负义，别怪为兄的手黑！"再兴想，咱们兄弟一场，只要拖延时间，消耗对方体力，到时擒住就是，没必要搞得你死我活，见曹成下黑手，迟疑了一下，欲使杨家枪。可就在这当口，曹成快速退下，士卒一拥而上。再兴猛冲过去，离开了要塞。岳云见情况有变，跃马拦截，一对铁锤飞砸过去。曹成力大如牛，何等机灵，横臂一挡，侧马一跃，发现要塞成了空的，飞奔而去，夺路而逃。整个战场形势就在一刹那迅速扭转，再兴由主动与曹成攻杀变成被动和曹匪绞杀。曹成已逃脱。再兴追悔莫及，越杀越烦，越烦越追，杀红了眼，和后面追上来的张宪一路杀去，杀得曹匪残余上千人，还不解恨。

第二十八章

三山布疑阵　张宪战杨宪

　　岳飞率大军赶上来了，了解战况，替再兴喝彩，凭狮子山、夫夷江两战告捷，要为再兴开庆功会，被再兴回绝了。再兴为这次没能擒住曹成而懊恼。岳飞理解再兴心情，要他不要心急，等待时机。如今战争已有转机，曹成已成惊弓之鸟，还怕捉他不住？岳飞现在想的是如何全歼曹匪，这一下就提起了再兴的兴趣。再兴建议商量商量，重新部署兵力，围歼曹匪，活捉曹成。岳飞依允。会开得很热烈，内容集中起来有两项，新增一路军，由杨再兴统领，其下重组青年飞马队，命岳云为队长；原则上按原来的追歼方案不变，略有调整，视具体情况灵活变动。岳飞令徐庆调遣一半兵力过来补充兵源，在江背岭附近选择有利地形，驻扎下来，想办法摸清敌情，等候大军到来，余下人员与王经衔接，兼顾后方守卫和粮草筹运。

　　部队沿着人、车复杂的路印追寻，按倒"品"字形行进。张宪、杨再兴为左右先锋官，继续率部打前站。杨再兴下定决心亲自擒拿曹成，带领岳云等快速绕道前行，部队已到匡家塝。再兴熟悉地形，趁夜色亲自去岗背岭附近摸敌情。

　　郝政已走下岗背岭，率部在石毛岭迎接曹成。凭借岗背岭天险，郝政把曹成部队安插上去，自己亲率大部队在石毛岭设伏，阻挡岳家军前进。团鱼山、四方山、白鸡岭都驻扎了曹成的部队，与岗背岭互相呼应，挺像一只大鹏带着三个雕儿。三山周围似乎布上疑阵，借着月色，再兴只了解个大概，曹军守卫很严，看不明白。回到营地，天已大亮了，再兴立即派人把这消息传递给岳飞，自己想着破敌之策，辗转反侧睡不下。再兴想直打岗背岭，务必切断三山援军，或者，先攻三山，孤立岗背岭，再围攻岗背岭，但这需要四路部队同时各攻一山，整体作战，相互牵制敌军才行，单凭哪一路都会被包饺子或打草惊蛇，欲速则不达。如今大部队还在后面，再兴怕有险失，不敢任性冒进。再兴想到一人——杨疯子杨老头！放出去的信迟迟得不到回音，这个老疯子总是云游四海，现今究竟在哪里呢？动用亲戚关系，派人前去联络，犹如肉包子打狗——有去无回！听说郝政四处蛊惑人心，严密封锁，圈内人员断绝与外界接连。怎么办呢？就是暂且按兵不动，也要与寨内取得联系，使老部下知道真相、老百姓明白事理，才能里应外合，一举歼灭曹军。杨再兴苦思冥想，也没有理清头绪，只好派人再去打探，等待机会。

　　张宪率部与再兴本来是同时前行的，盖因不熟悉地形，稍微迟了点。部队经过田垄和几口远近不等的大塘，兵卒口渴，想喝口清幽幽的山塘水。张宪怕塘水有染或曹军人为投毒，严令禁止，诱导大家望梅止渴。部队不敢走寨院，怕遭埋伏，沿山边空阔地行进。前面突然耸立一块灰白色的巨石，像守住大山的猛虎。石虎之后是山涧，涧旁有条小路。张宪警觉起来，急令部队停止前进，翻开地图一查，始知这里是石毛岭。张宪看得仔细，周围诸山乱石林立，像一根根竹笋，又像倒竖的利剑，更像迷魂阵中的梅花桩。正在察看之时，石虎后面冲出一大股匪卒，下山欲截张宪后路，打了一阵，山上曹军黑压压的一片，似猛虎下山，混战起来。有一黑鬼，臂力过人，面目狰狞，像凶神恶煞那样，直冲张宪，对打起来。张宪见来者：

> 三角尖形脸，须髭不分明。

> 眼珠如厉鬼，十话九难清。

　　张宪心里捉摸，来者不善，凭气势略占自己上风。张宪想激怒他，诱他分心，大骂："大胆狂徒，真敢与朝廷作对！本人不杀无名厉鬼，速速报上名来！"

　　"问我？你姑爷爷！你是哪厮？竟敢骂我？"郝政手起刀落，把张宪身边的一个兵卒一破两开。张宪见之，瞪起惊恐的眼睛连连后退。心想，别人力气再大，只能砍伤或砍死，哪能破开？手段之残忍，无与伦比！无形之中增加自己的警惕性，加倍小心起来。打了近半个时辰，那厮没有丝毫退却之意，越战越勇，且一边战斗一边吆喝："合龙！合龙！"曹军得令，猛扑过来，切断岳家军后路，边打边围，范围越来越小，只有山涧还未围上，有一缺口。粗略一看，曹军有五六千之众，岳家军只有两千多人。张宪眉心紧锁，额冒虚汗，心想，岳大人还没赶到，我命休矣！岳家军抵不过曹军人多势众，纷纷向山涧撤逃。张宪也没有它法，只好随波逐流。部队已全部进入山涧，依靠柴草树木掩护，向纵深处急走，看到了出口。张宪冒出一丝念想："天不绝我也！"号令大家快速过涧，免受追杀。话未落音，前头山上乱石如雨点般砸下，砸得岳家军哭天抹泪。后退，后方已锁口，见一青年跨一赤兔马从斜侧冲出，一边策马一边大喊："郝大哥，岳家军已成坛中之鳖，别急，看我杀杀那头领傲气！"丑鬼那厮收住长刀，爽快地答应他。说话间，那青年已到张宪身前，挥动斧头枪，问道："你是岳军的头领？报上名来。"张宪见来者和自己年龄差不多，挥着和自己一样的斧头枪，那面容几乎和自己一模一样，甚至连身材、声音都相似。张宪以为看错了眼，再看，没错！对方也发现了什么，惊愕起来！张宪斥问："来者何人？怎敢冒充我的形象？"对方答道："形象乃父母塑造，怎能冒充？我乃杨宪，替郝政郝大哥来收拾你！"张宪一听，气不打一起出，你不但冒充我的形象，还冒充我的名字，挥动斧头枪就刺。杨宪不慌不忙，只轻轻一侧身，就躲过了，反手一枪，斜刺张宪咽喉。张宪冒出一身冷汗，这枪法如此利索，不知从哪里偷学来的！想归想，急忙飞马拆招，你一枪我一枪，对杀起来。岳家军腹背受敌，情况非常紧急，弄不好有全军覆灭的危险，张宪想速战速决，趁早脱离险境，一阵猛攻，因心急，露出一个破绽。杨宪招招拆开，瞅准那个破绽，一招夺命锁阴，猛刺过来。幸亏张宪那马机灵，腾空一跃，躲开杨宪那枪，否则，张宪再也见不到岳飞了！真是棋逢对手，张宪占不了上风，眼看自己的兵卒躲在柴丛树后，不敢动弹，更是心急。此时，曹军只围不攻，在旁观阵。张宪急中生智，连刺三枪，飞马向林立的山石中冲去，并大呼："兄弟们，冲啊！"士卒跟着冲去。曹军还没有反应过来，岳家军已冲进山石中。张宪想，前有滚石阵，后有敌兵堵杀，横竖都是死，哪怕山石中更危险，也要搏它一搏，说不定以它做掩护，还有一线生还的机会逃出去。张宪果真又中一计，那是利用山中自然石林而设的山石阵。张宪眼见士卒死了很多，也管不了那么多了，狭路相逢勇者胜，冒死杀去。石林中犹如迷宫，张宪时而跃上石峰走梅花桩，时而落入石隙间勇破八卦阵。士卒跟着他跳上落下，左钻右出，真还化险为夷。灵性的坐骑脱离主人，跨出石林，躲到一边吃草去了。

岳飞接到消息时，张宪部队已和郝政交上手了。岳飞命王贵快速挺进，接应张宪，围攻郝政。部队赶到石毛岭时，郝政挡住去路，张宪的部队被围困在山涧，命在旦夕，情况十万火急！有道是擒贼先擒王，岳飞直冲郝政，猛攻起来，一手岳家枪使得出神入化，枪枪直逼郝政要害。郝政也不是吃素的，上砍下封，前刺中横，大刀舞得呼呼生风。

王贵见岳飞拖住郝政，急忙领兵向山涧靠近，雁翎刀舞得娴熟，刀刀见血，大开杀戒，边杀边喊："张宪！我来也！张宪！我来也！"

张宪隐隐约约听到有人在喊他，也不敢细听，估计是援军到了。自己虽已破了一个山石阵，但已精疲力竭，倚靠巨石，清点士卒，只有四五百人了。山中还有几处山石阵，睁眼看着，已无力回天，只有坚守眼前已破的阵地，保存实力，不作无谓的牺牲。曹军有令在先：各自守好山石阵，不得贪功或无组织纪律擅自离开岗位，避免上当受骗。

杨宪见张宪进了一处山石阵，既不追赶也不围歼，回到自己的岗位上，等待张宪自取灭亡。

张宪赢得片刻的宁静，恢复体力，不禁悲从中来。自从跟定岳大人为朝廷打江山，从来没有如此狼狈，命悬一线，眼看自己亲手教练出来的虎将雄兵就这么命丧黄泉，于心不甘！此仗力量悬殊，又不得地利，仓促应战，吃了大亏！如有出头之日，还需周密安排，不可草率！张宪想得痴了，泪如雨下。

王贵猜想张宪，要么是不听见喊话，要么是已逃离险境，或是……王贵不敢再想下去。现在张宪生死不明，涧内机关重重，不可冒进，岳大人与郝政斗得个不分胜负，再拖延下去，恐怕凶多吉少！王贵陷入沉思，进退两难。有人提议王贵用火攻。王贵觉得目前只有用此法解围困，人不能进火能进，况且，如果张宪在涧内还活着，他应该懂得求生之道。

王贵看大风已起，天助我也！当机立断，速令下属点火烧山！一场山火随风燃起，火光冲天！郝政见之，杀开一路，直冲山涧，边走边喊，下令曹军快速撤走。

大火烧了一整天！葱郁郁的森林变成黑色鬼魅。大火过去，岳家军随后就去寻找张宪下落。

曹军得到命令，丢掉山石阵，早已逃走。

张宪凭借山石挡住大火，命令剩存士卒蹲伏在石地上，用备存的水或者自己的尿液浇湿衣袖，横袖捂嘴，躲过大火。火过之时，空气稀薄，若非张宪下令及时，早已性命难保！

岳飞找到张宪，热泪纵横。王贵冲上去抱住张宪，呜呜地哭了起来……

第二十九章
血战白鸡岭　渊败人不见

石毛岭一战，岳家军损失近两千人，张宪部队仅剩四百多，几乎全军覆灭。曹军在岳飞大部队赶来时才伤亡一千多人。

岳飞复盘战况，反省自己，发现是一心灭曹、求战心切害了自己，差点误了大事！而曹成，有备而逃，在运动战中消耗对方的力量，不断扭转战局。岳飞猛然想到，曹成在战术上打心理战，胜我一筹，这很危险！岳飞痛定思痛，重新调整心态，召开专题研讨会，整顿军容军貌，鼓舞士气，做到知彼方行，不知彼决不贸然行进，处处小心谨慎起来。

部队来到岗背岭附近，岳飞根据徐庆的信息派人暗中详摸情况，把部队驻扎在善于隐蔽的有利地形中按兵不同。打探人员陆续回报，曹成又在摆迷魂阵，料定岳飞是冲他来的，务必先打岗背岭。岗背岭虽在高处，俯瞰下面，一目了然，但如果从后面偷袭，前面的部队上岭来保护，赶不上，会有危险；如果把岗背岭变成一只保护母鹰带着雕儿的雄鹰，那就万无一失了！狡诈的曹成略作调整，把自己的部队驻扎在团鱼山；前面有王渊在白鸡岭挡着；右边有曹亮在四方山把持交通要塞，兼运粮草；左边是高瞰的岗背岭凌空保护，派郝政驻扎；后面是岭天险，且有重兵暗护。岂知岳飞这次没有上当。他首先想到的是白鸡岭，离曹成总部较远，江背岭也不能完全把持到，只要派一支部队堵住四方山即可。岳飞主意已定，立即说出其想法。王渊滑似泥鳅，几次较量之后，王贵占不了上风，恨之入骨，主动请战，欲灭王渊威风，以解心头之恨。杨再兴也主动请缨。他谙熟曹亮冲劲儿不足、稳定有余的脾性，一心想激怒他，断其粮草，迫使曹成后院起火，扰乱其军心。此时，王经想打通运粮路径，摸摸曹亮底牌，也有同样的想法。岳飞担心牵一处而动全身，想以迅雷不及掩耳之势痛击曹军，同意王经前去设伏，以守为主，断绝王渊外援。

白鸡岭，远看像一只翘首鸣唤的大公鸡，因山上有一半以上是灰白色的石头且裸露不长草木而得名。山中有一口好山泉，清凉可口，滋养肌肤，专养美女，当地老百姓管它叫凤凰泉。远近村民都争着来此挑水食用。妇女们背着要洗的衣服结伴去洗，漂洗家事。几姓人家互相争夺此泉，曾经大动干戈，后因争持不下，不了了之，现如今大家公用，讲究个先来后到。

部队依照岳飞意图，悄悄潜入山脚。当地多年以来形成一种习惯，女人们常常提着竹篮背着圆竹筛来到山脚溪泉码头边漂洗衣服。通常是早来的占着位置，忙手忙脚，后来的等候再洗。士卒们见着一拨一拨的少女美妇朝这边走来，起初不知道是来做什么的，一打听才晓得是洗衣服的。那些后来的女人们见无缝可插，干脆唱出本地山歌，跳起舞来。那歌声音质尖脆，婉转悠扬。士卒们久日不见秀色可餐的女人唱起动听的歌，跳起迷人的舞，被感染了。有士卒听得入迷，摇头晃脑，真有三月不知肉味之感；有的开了小差，跃跃欲试；有人干脆走过去，意欲舞起来。女人们见有陌生人走来，还穿着军服，一时手忙脚乱，吓得尖叫起来。山上的匪卒发现了，连忙禀报给王渊。王渊见之，以手抚须，心有所思，不时地点头微笑。

王贵发现这些，大呼不妙，忙把此事汇报给岳飞。岳飞也感到不好，思索对策，与王贵交头接耳。

王贵当机立断，赶走洗衣的女人们，向山上发起猛攻。王渊利用山体掩护，这里滚石，那里射箭，就不下山，打得岳家军晕头转向。观战的岳飞看出点点道道来，令旗一指，岳家军猛攻上去，然而，上一个死一个。岳飞却不慌不忙，令旗又一指，士卒退下来，不顾命地逃跑。聪明的王渊见岳家军逃跑，马上想到岳飞意欲调虎离山，责令士卒不要追赶。岳飞想，可能是药饵下得不重，重新安排几批人，一批接一批地接连攻山，前仆后继。以百人为基准，每批人数逐一增加，把暴露的那一千多人全部按批次派上去。

王渊早已看得个清清楚楚，你岳飞小看我了，拿一千多人来攻山，我要你肉包子打狗——有去无回，号令手下将士全歼。

攻山的岳家军前四批全部阵亡，岳飞大声怒吼，勒令第五批上。第五批与匪卒一交上手就退逃。岳飞大呼第六批上，半路截住第五批一齐上。王渊想，岳飞想孤注一掷，我就让他心想事成，并还留了一手。岳家军第五、六批刚与王渊部队接上火就溃逃而散。王渊军令一下，曹军满山满坡冲下山来。岳家军越过山脚堑道，向田垄逃去。曹军快追下山时，突然赶出一群衣不蔽体的女人越堑道，过田垄，走头阵，当炮灰。堑道里全是死去的岳家军，几乎填满堑道。岳飞看在眼里，想在心里，暂不下命令，脸上有点失意，像对此战心灰意冷的样子，等待曹军来田垄中收拾似的。王渊深知岳飞惯用使诈，战前获悉岳家军喜好美色，又怕岳飞用调虎离山之计，故也来了个万全之策，先用美人计打头阵，你岳飞素来爱民如家人，能忍心把这些女人当炮灰？王渊放心大胆地指挥大军越过山脚堑道，追向田垄，绞杀起来。岳飞突然令旗一展，暴喝起来。山脚堑道里陡然冒出满坑活人，冲下山去，为头的是王贵，把曹军围在田垄中，急令女人趴在地上，就势滚出，另派一支部队救走。王渊一见，捶胸顿足，大呼中计，急令垄中的匪卒奋力杀出重围，山上的官兵准备接应，再也不敢轻易下山。岳飞速令杨再兴率部增援。一场恶战打得难舍难分。岳家军全歼下山匪军，救出女人。山上的王渊痛彻心扉。

曹成早也看出些名目，动用曹亮率部前去支援，被王经挡个正着，又怕后勤失控，只得以稳加防。曹成眼睁睁地看着岳飞用反间计，诱敌深入，将计就计，但也不敢轻举妄动。事后，速令王渊筑牢工事，使用老杨头的阵地战法，以守为攻，以静制动，严禁轻易下山。

战斗结束后，岳飞并不乐观，他也失去了一千多官兵。岳飞现在想的是如何快速消灭王渊部队，免得曹成夜长梦多。计策用了之后不能立马重复使用，一旦识破，定会死无葬身之地。他找来杨再兴，依据当地民俗，想寻找突破口。再兴也有同感，一直在打听前辈老杨头的下落。听说当地老百姓已被郝政愚弄了，老杨头威望极高，已发过话，现在不管是什么人，都听不进。解铃还需系铃人！再兴想到夜里偷袭，但并无大的把握。岳飞却赞成，想试一试。这一夜，岳飞彻夜难眠，快天亮时，号令王贵上山偷袭，却无功而返。清晨，突然发现山上各种兽类随炮声冲下山来，碰上的士卒当场毙命。再兴一看，是老杨头的怪阵战——猛兽战。立马请示岳飞传令下去，避而远之。猛兽战就是把猪牛羊等各种兽类动物集中在一起，在其头上、角上绑着匕首、刀刺、戟剑等，并在其屁股上固定一个小火药桶，有的还绑着连珠小鞭炮，一旦开战，点燃火药或鞭炮。兽类惊吓或疼痛，拼命前冲，遇者非死即伤，失去战斗力。岳飞知道后，担心得不得了，深知民间高人辈出，不可小觑，急忙讨教对策。再兴和岳飞又耳语起来，说得眉飞色舞，天机不可泄露。岳飞听后点头赞许。

王渊见岳飞夜里偷袭不成，奉曹成指令，用猛兽战投石问路，想打岳飞个措手不及。看到岳家军避而远之，只好接二连三地派人下山骚扰、叫阵，激怒岳家军。岳飞与再兴碰头之后，一同前去察看地形，询问当地老农，了解山上的具体情况，老农满腹狐疑，见而不答。再兴用当地土话与他对上了。老农说道："半山腰上有一套院落，你们可以到那里打听。"岳飞决心一试，为安全起见，再兴不同意。再兴打发岳飞回营地，独自带着两个兵卒化装成老百姓随这个老农抄山道秘密前去，一边走一边打听详细情况。

"长辈，这个半山院落的人不是十年前一场瘟疫被逼走了吗？据说半山院落旁的那口好井水也断流了！"再兴问道。

"听说有一晚半夜，月色溶溶，白鸡岭顷刻间变成一只硕大的白公鸡，连叫三声，断流的井水又冒了出来。院前那口大池塘迅速聚集流来的井水，涨满了。半山院落里留下的那些老弱病残走不动的人喝了井水，身体好了。家禽家兽饮过池塘里的水，也奇迹般地好了起来。逃出去的人知道后又回来了。现在那里人丁兴旺。"老农详细介绍着。说着说着，走过一段险路，已到半山院落。老农找到院中那个德高望重的老熟人，暗说来意。此人姓戴，非常精明，用本地方言问了再兴三个当地典故。再兴对答如流。戴老又问及再兴根脉及亲戚姓名，听后放下心来。再兴打听老杨头的下落，并问及他的兽阵战法为何又在曹军中出现。戴老也很怀疑。他有一年没和老杨头见面了。以前，只要老杨头不外去云游，经常到他这里来切磋棋艺，炫耀他的独门阵法。前几天，驻扎到山上的曹军来到半山院落找其借牲口，说是老杨头要他们来布阵找人的，还说他云游去了，要一段时间才能回来。再兴明白了，又是打着岳家军的旗号！再兴带着岳飞的问候与戴老商量破敌之策。那个引路的老农也在旁边帮着说好话。戴老会意，单独与再兴耳语一番，各自离开了。

王渊用猛兽战，岳飞只避不见，估计还没有破阵之法。用兵贵在神速，战机稍纵即逝，等岳飞有了破阵之法，自己不是吃大亏了！王渊想尽千方百计激怒岳飞，见他没有丝毫反应，干脆趁热打铁，用猛兽阵在前，大军殿后，以排山倒海之势发起猛攻。

再兴回到营地，急着去见岳飞。岳飞令王贵应战。王渊见鱼儿已上钩，庆幸还没有在兽类屁股上点火，马上用特殊信号调动阵式，调转头来，兽仍在前，军在后，只不过转了前进的方向，往山上撤，走走打打，边撤边套牢鱼钩。王贵边追边停，有极不情愿之态。王渊故意落下三三两两的士卒，逗岳家军追杀。岳家军士气一下提了上来，部队越过山脚堑道、半山院落堑道，眼看就要追到曹军大部队了，倏然，一声特殊号令，曹军阵式突变成大军调头让道、兽类调头前冲，鞭炮陡然响起。就在曹军调头让道的当日，岳家军接令，紧随曹军，也依葫芦画瓢，让开兽道，反迎曹军。来不及躲过猛兽阵的，撑长枪、长棍飞过兽类，与曹军厮打起来。兽类屁股顿感火烧火燎，时有炮火炸响。兽群以为身后有人猛追猛打，求生的本能促使它们朝山下冲出，逃命要紧。半山院落堑道突然涨起大半坑水，逃不过或不识水性的不是被踩死就是被淹死，飞过剩存的因精疲力竭惨死在涨水的山脚堑道。可怜的兽群就这么夭折了！岳飞见时机已到，马上调动大部队，火速上山，支援王贵。

曹成得知，急调郝政率部下山，前去解王渊之危，却被岳家军挡在半路。

奋战半晌，岳家军占领白鸡岭。王渊惨败，带着部分匪卒从岭背险崖处夺路逃走，不知去向……

第三十章
运粮正吃紧　大战四方山

曹成失去王渊，等于断了一只手臂，心焦起来，召集郝政、曹亮商量对策。郝政想，自己保主帅，曹亮保后勤，岳飞下一步肯定会从主帅身上或是后勤上打主意，这样一来，曹军存亡岌岌可危，为今之计，只有自己引诱岳飞上钩，把战场拉上岗背岭，凭山势和鸟阵战消灭岳家军。主意已定，郝政献计于曹成。曹成想了很久，依郝政之法，在四处布上疑兵。

岳飞毁了曹成的一个帮手，接下来是想断掉曹军粮草。王经走来禀报岳飞，说曹亮负责曹军后勤，占据四方山交通要塞，徐庆筹集的粮草运不过来，岳家军后勤吃紧。王经想打四方山，夺粮占道，正合岳飞心意。岳飞立令杨再兴挡住岗背岭匪卒下山之道；命令王贵主动攻打团鱼山，截断与四方山的联系；命令徐庆火速前来协助王经围打四方山。

郝政已按曹成意图沿路施放药饵，见岳家军前来，设计骚扰，断断续续地攻杀。岳家军老是不上钩，只守不攻。郝政纳闷，还没想出个道道来，就发现山下的岳家军大举进攻团鱼山，直指主帅曹成，这还了得！郝政大兵出动，闪电出击，前去保驾。无奈！杨再兴不吃那一套，不和他当面鼓对面锣，却与他打起游击来。气得郝政瞪大眼珠子骂娘。

曹成确认岳家军来打自己，赶忙应战，急令曹亮策应、郝政保驾。

郝政与杨再兴正在游战，双方相持不下。郝政急了，像猫捉老鼠那样追着再兴打。再兴时现时隐，瞅准机会痛击曹军，打得郝政部下哇啦哇啦乱叫。

徐庆接令，率部前往，到达四方山附近，迅速察看地形。

四方山和笔架山、团鱼山三山构成三足鼎立，与地势险要的笔架山相连。从高处俯视，四方山就像一枚硬塞、塞在群山和田垄之间，挡住去路，地理位置极为重要。王经调运粮草，诸多不便，几次想攻山，盖因条件不成熟，搁置至今。

岳飞见徐庆已到，暗令王经攻打四方山。曹成丈二和尚摸不着头脑，不知岳飞是何用意。郝政猜测岳飞心思，要么是围曹打援，要么是阻援打曹，但不管怎么样，自己在外围作战，务必猛攻进去解围。想到这里，郝政似恶狗扑食，咬着再兴不放，一阵猛打猛冲。

曹成闻讯三军都与岳家军交上了兵，猜测岳飞意图：想一口吃个大胖子，全歼自己经营多年的部队？没门！曹成想，只要各自固守，量他岳飞也奈何不了！倘若郝政攻进来，内外夹击，还怕他岳飞不成？曹成脸上忽然浮出一丝笑意，冷笑起来，急令曹亮固守山头、郝进猛前护驾。

四方山中突然传出一阵怪声，嗡嗡作响。顺着声音用眼搜寻，看到空中飞着各色彩蝶，由远及近。怪哉！蝴蝶飞蹿，哪来声音？大家心生疑窦，忽然闻到一股特殊的香味。有士卒心不由己地嗅着香味，追上彩蝶，向山中柴草间走去。一个个傻笑，尖叫，全都倒地而亡，一去不复返。王经攻山要紧，无心过问，与曹军打杀起来。曹军旋即不见了。岳家军猛追，追上的是彩蝶，根本看不到曹军的踪影。后续追蝶士卒也无故倒地。就在这当日，猛然见到曹军从柴草丛中窜出，瞄准地上的岳家军枪刺刀砍。王经似乎感到意外，但又想不出名堂，只有下令猛打。打了一阵，岳家军倒的倒，疯的疯，失去了战斗力。王经急忙把部队撤出山来，禀报岳飞。岳飞也不知道其中奥妙，忙派人去找杨再兴。杨再兴正与郝政打游击，打得是心烦气躁。

曹成暗自欢喜，成功阻挡岳家军，看到岳家军攻打四方山久攻不下，自鸣得意地吹嘘胞弟曹亮能干。想到郝政，曹成心有不悦，素来作战骁勇的郝政现今怎么了？老是攻不进。曹成担心岳家军发起猛攻，怕支撑不了多久。

王贵见曹成只守不攻，目的已达到，继续守在团鱼山与四方山之间，严密监视。有探子来报，王经在四方山打了一阵，全部撤出。王贵思索起来，既然没有接到岳兄的命令就撤兵，不是什么好兆头，莫非是遇到了麻烦事？倘若这样，曹成、曹亮都发起反攻，自己岂不腹背受敌？王贵急了，派三路人，一路探视曹亮动静；一路入王经军营，探明内情；一路找岳飞问策，希望步调一致，打有准备之仗。

岳飞下令，按初定方案不变，各自坚守。

再兴死死咬住郝政，怕有变故，抽不开身，派得力干将前去找戴老请教。

岳飞得不到回音，行也不是，坐也不是，焦急难安。恰在这时，有几个陌生人挑着箩筐走来，为首的是戴老。

戴老见岳飞，似曾相识，感着面好熟。想到自己前来是有重任的，不容分心，暂且搁置不想了。

戴老曾听老杨头说过，这是疯蝶阵，人追彩蝶闻到那股香味，立即中毒，疯疯癫癫，四肢无力，倒地难受。他把采来的三种草药用水煨汤，分给中毒士卒喝下，看是否有所好转。他也只是听老杨头吹牛时说，没试过！大约过了一盏茶工夫，喝了药汤的士卒不疯了！两盏茶工夫，体力恢复。戴老喜出望外，并嘱咐岳飞，下次攻山时，要士卒口含他带来的另一种草药茎叶，可以抵抗。岳飞感激得不得了，他挽留戴老于军营，以防意外。戴老很仗义，答应留下。

官兵已恢复，岳飞下令再次攻山。士卒们心生仇恨，攻击得更加猛烈。曹亮又放出彩蝶，岳家军泰然自若。曹亮慌了，组织强大的队伍抵抗。眼看抵不住了，狡黠的曹亮下令大部队迅速撤退，安排一支阻击部队边打边撤。王经也想报上次之仇，号令士卒一鼓作气，追打不放，意欲端掉曹亮老巢。

部队顺风顺水，一路挺进，转了几个大弯，行至半山腰，突现开阔地，隐约可见曹营粮仓。王经精神大振，站在高处，用树叶伪装，指挥大军猛杀过去。士卒快要接近粮库时，曹军突然隐去，似乎听到嗡嗡响声。片刻，有士卒尖叫，倒地。王经猛然醒悟，曹亮与他哥哥一样，狡诈刁横，是不是又要耍诡计，诱我深入？速速派人前去探听虚实，去者亦倒地，哭喊着回不来！王经弄不清情况，只好下令士卒就地隐蔽不动，等查清情况再说。前方隐蔽的士卒耳传过来，空中突然来了一群黑褐色的大毒蜂，见人就叮咬。被叮的人全身浮肿，火烧般疼痛，疼得人神志不清，倒地打滚，无法作战，严重的一命呜呼，见了阎王。

王经想，这又是曹亮的阴谋诡计。大凡蜂随风走，顺风叮人，只要不吹风，人不动，蜂就找不到攻击的目标。王经想着，有了主意，按兵不动。一群大蜂遮天蔽日地飞了过来，没有碰上目标，无功而返。又来了一群，照样而回。曹亮见无动静，率部走过来。王经看准机会，一声令下，突然袭击，打得曹匪鬼哭狼嚎。曹亮破口大骂："王狗仔，还想顽抗到底，有你好受的！"边说边退。王经担心曹亮又施鬼伎俩，调整作战方案，派一支尖锐部队在前面应战，自己率大部队在后面远远地观望，并告诉士兵，如遇不测，立即耳传，一个一个地传过来。

曹亮又发起攻击，传出了怪怪的声音。这次来的人数更多，山坡上杀声震天动地。王经的尖锐部队打了一阵，哭喊过后又没了声响。传回来的情况是曹亮用怪音召唤蜂群，携蜂群同时前来作战。蜂群四处乱咬。曹匪挨叮后平安无事，岳家军深受其害。曹亮也担心有诈，正在试探性地进攻。王经趁曹匪尚未发觉毒蜂离自己的大部队还有一段距离，当机立断，毅然决然地撤退。退回驻扎地，保存实力，火速禀报岳飞，另做打算。

岳飞问戴老。戴老也没听老杨头说过解决的办法，想了一下，想起养蜂人在蜂窝采撷蜜糖时用能透视的麻帐裹缠自己的脸面手脚，不裸露皮肤，不给蜜蜂可乘之机。戴老把此法说给岳飞听。岳飞说："这个办法好是好，可到哪里去找这么多麻帐？"

"有了！"戴老一拍脑袋，告诉岳飞，此事包在他身上。

岳飞飞鸽传书，询问徐庆那边情况。徐庆复信，起初，偷袭成功，快到曹匪仓库时，被曹亮发现，用毒蜂阵退却，现正在暗中等待时机。岳飞复信，把戴老的做法传给徐庆。

戴老连夜赶往远近能去的院落发动群众，鼓动各家各户把用来睡觉时抵袭蚊虫叮咬的麻帐集中起来，制成小袋子，并用一些烂布衣服拼凑成布手套，送到岳部，示范性地套上给岳飞看。岳飞把王经叫来，挑选精兵强将，组建防护部队，把有限的套袋用上。

再一次开仗，岳飞命王经和徐庆同时进攻，前后夹击。王经选了几处能隐蔽且位高的地方大造声势，战鼓擂得急促而猛烈，鼓声宏大，荡谷回响，似有千军万马奔腾而来，势不可挡。徐庆也不示弱，进攻的号角响个不停，冲杀的士卒现出虎虎锐气。曹亮四面楚歌，匆忙应战，死伤一大片。曹亮的蜂蝶战作用不大，能叮中的是少数。曹亮见腹背受敌，一时不知所措。

曹成、郝政发觉粮仓危险，与岳家军打得不可开交，妄图内外夹击，或是声东击西，牵制对方。处处成了战场；处处相互钳制，打得胜负难分。曹成知道，此时不是你死，就是我亡，成败在此一举。暗令曹亮使用美人计，勒令女人们脱光衣服，赶赴第一线。进攻的岳家军见女人们赤身裸体走在前面，哭喊哀求，略一迟疑，难以下手，进退两难。曹军抢机猛打，岳家军倒退下去。徐庆快要和王经合围了，却被曹亮亮出意想不到的杀手锏。眼看战机又要转向，徐庆急中生智，忙传信于王经，要他立即带兵撤退，说自有妙法。心里烦躁的徐庆想到飞蛾扑火，顾不了那么多了，用火攻。岳飞想速战速决，却看到战况越来越激烈，久久拿不下，独自思虑，再拖延下去，危险！有什么办法呢？他又想起独孤侠来。就在这时，山中浓烟滚滚，火光冲天。岳飞明白了，既惋惜又无可奈何。曹成见之，大呼不妙，急令郝政向自己靠拢……

第三十一章

恨战团鱼山　曹成戏重演

徐庆先斩后奏，先发制人，烧了曹军的后勤粮库，烧得围困在大火中的曹军死的死伤的伤，不堪一击。

王贵见大火熊熊，预测胜利在望。稍有松弛，曹亮带出小部分兵卒突破重围，冲向团鱼山，与兄台曹成会合，粮草烧毁殆尽。王贵自责大意失荆州，让曹亮逃脱，但世上哪有后悔药呢？

岳飞不想给曹成留有喘息的机会，号令王贵、徐庆紧跟自己猛打团鱼山，并要杨再兴死死缠住郝政不放。

曹成接应胞弟之后，边打边退，进入团鱼山。

岳飞一边指挥三军猛烈攻击，一边思索曹成的死穴在哪里。

团鱼山山形像乌龟，龟头昂着，朝向岗背岭，几只龟脚处有山溪、小径、田垄和院落。

岳飞料定曹成是想和郝政连为一体，最近的地方在那个龟头小岭。那里有重兵把守，是曹成兵力最强的地方。在此一战，无异于以卵击石，不死也得重伤。岳飞推测加分析，死穴应该在前后龟脚之间的院落处。不妨试战一下便知分晓。

多次交战，熟知曹成阴险狡猾，想试战，也得想个瞒天过海的办法。岳飞派兵猛打龟头小岭，暗下安排一支部队化装进了院落，悄悄肃清院落匪卒，扼杀进山岗哨。部队神不知鬼不觉地进入树木繁茂的团鱼山。山上惊鸟骤飞。曹成何等精明，马上派人前去核查。核查人员有去无回，曹成明白了什么，派一支熟悉情况的士卒化装成岳家军进了院落。双方在龟头小岭激战一整天，伤亡都很大，晚上偃旗息鼓，各自休整。半夜，院落里突然火光明亮，杀声不断。岳飞发觉时为时已晚，曹军已占领院落，大开杀戒，血流成河。岳飞咆哮如雷，出动大军猛攻，意在夺回阵地，解救入山官兵。战火延续到天亮，岳家军以失败而告终，真是偷鸡不成蚀把米。岳飞坐立不安，院落里牺牲了一千多士卒，山地里还有一千多人生死未明，战况危急！

戴老见岳飞愁眉不展，告诉岳飞，曹成现在防备森严，硬拼不行，只有智取。进而献了一计，再过三日，院落里姑父杨大户娶媳妇，大宴宾客。婚前准备，可派人分次乔装打扮而入。婚日当晚，可趁机偷袭。岳飞听了，转忧为喜，如是安排去了。

近日进出院落的人，盘查很严。这难不倒戴老。他安排进去的人都拿着姑父的请帖，说上曹军的口令，顺利过关。婚日送亲，敲锣打鼓，唢呐声声，去了很多人。

姑父既是远近闻名的儒生又是发财有道的大财主，德高望重。四邻八院，前来贺亲的络绎不绝。曹成也依靠姑父捐粮赠物，派官兵道贺兼管公共秩序。大喜的日子，大家豪饮起来，边饮边看大戏。等戏，已是半夜三更，个个酩酊大醉。岳飞一举拿下了院落，并吸取上次的教训，截断与曹成的所有联系，派重兵把守各个交通要道。迅速走后院，进山门，趁天未亮，与山中扮成曹军的部队接上头。山中先遣部队完好无缺，只是进入山中如同入了迷宫，分不清东南西北，只好隐而未动，没有暴露身份，保存了实力。

先遣部队静观多日，发现山中有许多乌龟形小山堡，堡口有鬼影出没，看得不大清楚。山中小道像灵异的眼镜蛇，随雾霭披上迷人的色彩。还有类似蟒蛇的小长山丘，似乎在蠕动，更加令人迷惑。流动哨兵一队队，不时地在小道上游走。队队相遇时还说着口令。岳飞听到这些之后，竟出了一身大汗，猛然想到什么，采取果断措施，山中仅留先遣部队待令，不可轻举妄动，其他人员退出山门，驻扎在院落。院落重新布置，摆开天门阵。院落四周一明一暗，重兵把守，其外围增加徐庆、张宪流动作战部队，把徐庆带来的一万多人分一半给张宪。

自从上次岳家军偷袭院落之后，曹成增加了许多防范措施。像加岗加哨，加部队驻守；一天一报平安；进出院落凭通行证，并上报口令；遇紧急情况说特殊口令，等等。今天怎么不见院落里派专人来报平安？曹成在龟头岭上坐立不安。是不是昨天院落办喜事，大家都喝醉了？我已下令适可而止，不能违背军令。曹成急了，似乎预感事情不妙，派人再去院落探明情况，迟迟没有见人回来复命。启用特殊信号，在龟岭上点燃三堆篝火，院落无回应；再派一伪装的分队前去套说特殊口令，分队人员回来汇报，无人能应答得上。在后山曹军发现了神秘部队。曹成没有任何反应。不多时，后山爬出许多背纹奇特的山龟，士卒好奇，前去逗玩。山龟见人就咬，伤口处发黑、溃烂，流出黑血。所伤之人畏寒畏冷，全身发抖，不几时就死去了。岳飞急得团团转，没有解决的好办法。大家都束手无策。问及山民，此事实属罕见，他们也无可奈何。岳飞想，只要不接触，就不会被咬，也不会中毒而亡。于是下令，百姓见而避之，毕竟人龟竞跑龟逊色；兵卒见之，用长枪刺杀。死后的山龟化作一摊污血，不见踪影，人踩之，皮肤烂而人亡。岳飞骇然，再令兵卒把刺杀后的山龟迅速投入大火烧之，这才解决了问题。岳飞整日为山龟事件磨得脱不开身，勒令官兵小心，加强防守。

曹成也怪，不攻不打不骚扰，也许是龟头岭之战伤了元气，部队仍在休整。

过了几天安稳日子，岳飞正准备发令攻山，山中隐蔽的先遣部队中走出几人，慌慌张张地告诉岳飞，昨天夜里，山中群蛇出动，爬进先遣部队宿营地，见人就咬，人被咬后没走五步就倒地身亡。剩存这几个人是站岗人员，见情况不妙，拔腿就跑，逃出山门。山中先遣部队全军覆灭！岳飞听后号啕大哭。戴老说，这是曹成运用毒龟、五步蛇杀人的龟蛇战，如果排成阵势，就叫龟蛇阵，可惜老杨头不在，无药可解！

岳飞悲伤过后，想了个土办法，在院落和后山之间挖一道长长的深沟，用干柴蘸上桐油放入堑内，只要龟蛇敢来，必落深沟，然后用火烧之。此法好是好，暂时的，只保不攻，怎么能够消灭曹成呢？岳飞又苦苦思索起来。

官兵们恨曹成恨得咬牙切齿，恨不得生吞活剥。也有人恨老杨头，助纣为虐。岳飞真想踏平团鱼山，活捉曹成，凌迟处死，祭奠亡灵，以解心头之恨。

张宪也在想破敌之策，听到王经和徐庆商量运粮等有关事宜，脑筋一转，似乎想到什么，匆匆向岳飞营地走去。岳飞问他何事？他笑而不答。

"可有破敌之策？"岳飞急切地问。

"曹成后院起火，粮草被烧。郝政被堵在外围，运不进粮草。曹军支撑不了几日了。"张宪斩钉截铁地说

"可有破敌之策？"岳飞追问，原话重提。

"围而不打，困死曹成这只猛兽！"张宪傲慢地说。

岳飞想着也是，只要曹成不下山就不怕，怕就怕他用那防不胜防的鬼阵法，奈何不了！

"可有破他那鬼阵法之策？"岳飞满心疑惑。

"暂且还没有，会有转机的，等逼疯曹成再说吧！"张宪说。

"此话怎讲？"岳飞疑点更多。

"您知道曹成的本性！日久见人心！"张宪接着说，"曹成现在凭借的是郝政愚弄百姓、以假乱真和老杨头的怪阵战这两个优势，如今从没看到老杨头露面，您不觉得事有蹊跷吗？"

"啊！"岳飞似乎茅塞顿开，"那依你之见呢？"

"说穿了，曹成在利用老杨头的能力和影响力！现在被围困，他不急？郝政不急？况且老杨头那边存有疑问！"张宪分析得条条是道。

岳飞心里亮堂起来。

果真，曹成被围，郝政急如热锅上的蚂蚁，立改游击战为阵地战，主攻杨再兴，大打出手。然而，事情并不是想象的那么简单，杨再兴也不是吃素的！郝政久攻不进，奈何不了杨再兴。

这边，曹成看情势不对，在显眼处不断挑衅，招惹岳飞上钩。岳飞心里有准备，视而不见，围而不攻，气得曹成瞪眼歪脖要杀人。又过了几日，曹成实在支撑不住了，带兵夜袭戴家湾里大院，洗劫一空，抢了女人，还掳走了老杨头如花似玉的外孙女。

戴家湾里大院的村民哭哭啼啼地找到岳飞，恳请为民申冤、伸张正义。岳飞义愤填膺，大呼报仇，群情激昂！

徐庆主动请战，岳飞问他有何妙法。他说自有攻山法宝，能破龟蛇阵，只需带一百多人。

岳飞惊叫起来："你是不是闭着眼睛说瞎话？"

"没病，看我的！"徐庆拍着胸脯高喊起来。

此时，老杨头的女儿拄着拐杖哭着走来，跪在地上不肯起来，求岳大人开恩，救她女儿。

"你是——"岳飞问来者。

"抢走的是我的女儿，老杨头的外孙女。"跪地女人断断续续地说开了："夫……君……被他们叫……叫……去，帮……帮助制作解药……父……父亲至今下……下落不明……如……如今……女……女儿又被抢……抢了去……我……我……不……不想……活……活了！"

跪地女人抽泣不已，昏厥倒地！

岳飞一边叫来军医，火速救治；一边按徐庆说的去布置，冒死一试！

徐庆得令，带着一百二十人的精兵强将，全副武装，冲进山门，杀将过去。

龟蛇出洞，以排山之势爬了过来，密密麻麻地插不进脚。蛇在前，起伏昂头，专攻人上三路；龟在后，专攻人下三路。有人畏怯。徐庆大喊："别怕，它们咬不进我们缴获的长统钢靴，也奈何不了我们的铠甲头盔和面具，更咬不住我们特制的手套！"

说话间，一条长蛇起伏冲过来，头一扬，吐出长长的信子，快如闪电，欲咬徐庆面颊。徐庆一侧身，反手一狼牙棒掷去。长蛇"啪"的一声落了地，翻了白。一只巨龟咬住徐庆钢靴不放。徐庆顺势一抬脚，猛力踢出，抖落大龟，趁龟落地翻倒之时，猛踩龟的肚腹，"咔嚓"一声，大龟伸脖蹬腿见了阎王！众士卒依随徐庆之法如法炮制，大战龟蛇阵。其实，此时的龟蛇根本咬不住岳家军，他们全身裹得严严实实，就连面颊都戴了面具。

类似龟状的小山堡口爬出许多匪卒，配合龟蛇阵大打起来。徐庆人少，被围在核心，渐渐体力不支。徐庆想起那个跪地女人的话，大喊密语，并瞄准那个为头的，挥舞狼牙棒，暴喝起来。那人一惊一吓，稍有迟疑，被徐庆当头一棒，打昏，擒住。外围有一人冲进来，举手喊起密语，死死盯着徐庆。

"来者可是戴药师？"徐庆一边擒住打昏的那个人不放，一边试探性地问话，"是你老婆要我进来告诉你的！你女儿被曹成抢上山啦！"

来者一听，忙用密语喊话，示意大家停手。

徐庆带着戴药师等人火速离开，走出山门，迎见岳飞。岳飞把跪地女人亲自交给戴药师。戴药师核实真相之后，咬牙怒喊，发誓灭了曹贼！

岳飞依戴药师之法吩咐下去。

曹成看情况不对，调集大军往山门涌。阻挡半日，岳飞号令放开山门。曹军似潮水般涌向院落，攻杀起来。

岳飞调兵遣将，全力围攻。岳家军疾恶如仇，疾风迅雷，打得曹军哭爹喊娘。时已天黑，曹成见自己的军队处于劣势，人越来越少，下令撤兵回山。岳家军哪里肯放，猛追狂打，杀了一个遍。岳飞吸取上次教训，令王贵、张宪、徐庆三军呈"一"字形摆开，共同前进，互成掎角之势，共歼敌匪。

山雾又弥漫开来，岳家军步步为营，迎战的曹军稀稀拉拉，最后不见人来。

人在深山老林，晚上作战不便，岳飞又怕曹成使诈，号令大军撤出山来。

翌日，岳家军大部队搜山，又不见曹成踪影。

第三十二章

少年抡金锤　招招致命圈

曹成去了哪里？岳家军把团鱼山搜了个底朝天，都没见着！岳飞下令把搜山范围再扩大一点，还是没搜到。岳飞想，曹成去了江背岭？不可能！四处有重兵把守，他过不了深深的堑坑。他可能躲在某个地方，手下应该没有多少兵力了。王渊逃走，曹成也不见了，祸患不除不放心，现在在明处的还有郝政，为今之策先除掉郝政，不给曹军喘息的机会。岳飞主意已定，立即派兵守住四面八方的要道，由杨再兴、岳云负责清理曹匪，希望找到曹成活捉他，由王贵、张宪、徐庆组成联合大军，自己亲自率领，主攻郝政。

郝政看到岳家军占领团鱼山，马上撤兵回江背岭，固守山寨，等着曹成过来。谁知左等右等，也没见到曹成的影子。郝政推测其凶多吉少，号令官兵头裹白巾，发誓要为曹成报仇！

杨再兴接令带领岳云率部展开全面排查。查了几日，除了一些打散的残兵败将外，另无他人。再兴找来戴老、戴药师等人，要他们放手发动群众，组成搜寻大军，展开拉网式排查，决不放过任何蛛丝马迹。

几个猎户，担着几大担烧黑的野物前来犒劳岳家军。再兴看看，全是一些山珍野味，虽然烧焦了皮，但油香四溢，能吃！岳云心痛起来，说徐叔是这些野物的罪魁祸首。此时，猎户禀报，笔架山上有小股曹匪，从他们每天看视的形态上看，好像在等什么人？

再兴马上意识到笔架山山连山，山势险峻，驻有曹匪，将有硬仗要打。再兴依据地形，采用迂回进山的办法，从山脊侧面的小道进去。岳云请缨，主动领队搜进。再兴还是不放心，在进山的主道口布置大量的疑兵。

有曹匪报告小头目，岳家军在进山主道口停驻，窥视山内动静，准备搜山。小头目哈哈大笑，笑得很阴森，像厉鬼拖长的声音。

再兴也不敢轻易进山，大军守在山门口，派了一个小分队进去，边走边喊："曹成已自取灭亡，山上的兄弟们快下来投奔杨再兴大哥吧！"

小头目感到疑惑：四方山被烧，曹二哥没来；团鱼山被破，曹大哥也没来，郝政那边飞鸽传信，也没接到曹兄。难道曹兄真的被消灭了？这是不是岳家军的诱降之计？但是，不管怎么样，曹二哥有恩于我，我不能忘恩负义，只有坚守阵地，静观其变，如果不是曹大哥、曹二哥亲自来说或留有亲笔信，我们不能相信。于是，他朝山下大喊，回话，要见曹二哥。再兴明白，交不出曹二哥，只能用口语交流，也大喊起来："我是龙华寨的杨再兴杨大哥，专程来接你们下山的，曹兄顽固不化，已经战死，来不了啦！"

山上之人一听说"曹兄已战死"之类的话语，叫嚷起来："你骗人！曹二哥说了，等几天过来！"话音未落，三支木羽弩箭分上、中、下三路连射过来，幸亏闻声躲避及时，差点要了再兴性命。

有道是：行家伸伸手，知道有没有。练过功夫的人一听就知道，喊话之人是用气功纳音传话，离这里还很远。不难推测，此人耳聪目明。他能听到山下的各种声音，辨别哪个方向什么鸟叫，而你全然不知。

再兴意识到山中有高人，不可小觑，开始警觉起来，思忖攻山之法。再兴派人马上暗告岳云，隐蔽在山的侧面，不要急于进攻，等主道声势造成大举进攻之时才可声东击西。

山上又喊起来："停止前进！否则，别怪我手下无情！"

再兴听到这话，觉得有文章可做，至少说明对方比较理性。但是，不入虎穴焉得虎子，再兴当作耳边风，小分队继续行进。走过一段小路，踏上了弯弯曲曲的青石板坡路。路侧，不知何方，"嗖嗖"射来几支木羽弩箭，士卒应声倒地。分队乱了，四处逃窜，周围的飞镖似乎长了眼，百发百中。小分队全军覆没。再兴隐入侧面高处，见之，痛心疾首，悔不当初！看来，硬碰是不行了，只有文斗，动点脑筋，但是不知道对方是谁，什么模样，怎么称呼。

对方又在发话："不要再打歪主意了，听我的，趁早休手！"

"你姓甚名谁，怎么称呼？"再兴灵机一动，赶忙问话。

"我坐不改名行不改姓，姓马，名字中有一个'钅'字旁，你就叫我'马金头'，习惯于用木羽弩箭。"

"好！暂且听你的！"再兴强压住怒火，打道回府，和戴老商量对策。

岳云见迟迟没有动静，等得心急，从侧面直上。前面探路的士卒不断倒地。岳云环顾四周，没有发现什么，近前细看，是暗镖所杀，刀刀钉在咽喉处。岳云大怒，吼道："何方小人？专施暗器，却不敢直面相见？"山脊下拐角处突然冒出一少年，头带凤翎栗叶帽，身穿貂皮武士服，脚蹬平顶黑虎靴，手舞一对大金锤；看貌相，与自己一模无二样；论身材，高矮胖瘦如一人。岳云先是一惊，继而怒喝："大胆狂徒，竟敢冒充本爷形象，还不快快受死？"

对方一呆，然后挥舞双锤对打起来，边打边退边喊："本祖公不伤无名之辈，还不报上名来？"说话间，退至一块平坦的草坪地。

"我姓岳，单名'云'字。你这厮呢？"岳云舞起铁锤，舞得虎虎生风。

"我还以为姓马，单名'儿'字呢！本人姓马名匀。"马匀口不停，手脚也不含糊，锤锤砸向对方要害。

"什么！什么？竟敢冒充你爷爷！"岳云腾空一跃，飞身使出岳家枪法中的凌空刺鬼怪招，只不过把枪变为锤，直朝马匀头顶砸下。马匀何等敏捷，闻风声立矮身速侧身，就地十八滚，接连鲤鱼打挺，飞鹰点地一纵，跳起鬼影步，朝岳云周身雨点般砸去。岳云大呼不妙，哪里躲得开，只好现买现卖，一手反锤护背，一手挥锤点地侧跃，就地十八滚，逃出金锤的致命圈。但还是慢了一步，被马匀的扫堂腿扫出很远。岳云就势爬起，口里嘟囔着说："来者是客，你不礼貌地招待客人，不懂规矩！不和你玩了！"说罢，飞身下山。马匀心想，能躲过我鬼影锤法的人还很少，看他和我长得一模一样，就饶他不死，暂时放了他。

岳云带队回到军营，见不到杨再兴，哭丧着脸，样子很狼狈。再兴故意嘲讽起来："昔日威风凛凛的大少爷今日何故这等模样？俗话说，军令如山违者斩，饶你不死，算是看在岳兄份上，让你吃一堑长一智，也是好事嘛！"岳云自知理亏，低头不语。

再兴也觉得奇怪，能使少爷服服帖帖的肯定不是等闲之辈，劝导岳云，不要灰心，咱们自有妙法。岳云嚷着闹着要报一锤之仇。

戴老在忙着写什么。两炷香左右，把写好的东西交给杨再兴。再兴皱着眉头，看得很慢。岳云凑近一看，是一封劝降信，写得很长。信的大意是：马氏源于战国大将赵奢，赵马本是一家。始祖英明，德高望重，一直辅佐朝廷，为赵国立下汗马功劳。如今天子姓赵，为赵氏大宋天下，难道要与天子作对、与自家作对，违背祖训？拿着宋廷的箭射杀宋廷的子民？现岳飞接诏平定曹成，还望兄台三思……

再兴忙要戴老带着随从上山送信，自己也亲自随去，以表诚心。再兴获悉山上暗器较多，来到上次到过的地方对山上大喊："马兄，快派人下来接我，我们是来送信的！"

马金头听到有人唤他，仔细观察之后派人下去接应，只允许再兴和戴老两人随去上山。

戴老上通天文，下知地理，且与奇才老杨头相交多年，熟悉各条道道。凭着戴老的三寸不烂之舌仅只说得马金头将信将疑，答应再兴等几个头目约日进山，待比试比试之后，他们认同了再说。真是榆木脑壳。

再兴回来精挑七八个人，特意叫上岳云，按时赴约。马金头已派人在山门口等候，见再兴一行前来，用黑巾蒙上眼睛，拿一根绳索牵着，引向深山。凭感觉，再兴猜测过了三道关口越过两个阵地。到了一个四处山围着的山中小盆地，引路人取下蒙眼黑巾，依次拾级上山。再兴左右观望，山道上三步一岗五步一哨，防备极其森严。

登上石级路，始见开阔地。军营帐篷，呈梅花桩般点缀山中，连成环形。篷前是砂石训练场。篷后是山脊，传来木器打架的声音。

小头目模样的早已候在训练场，个不高，健步如飞；语不多，震天动地；浓眉大眼，目光如炬；腰别一对流星锤，满有戒备心。

再兴走至跟前，客套起来："终于见到马兄了，还望马兄多多赐教！"

马金头见来者身材魁梧，相貌奇俊，猜测不是恶人本性，眼光柔和了许多，放低声音仅说了两个字："看招！"话毕，一对流星锤舞得霍霍生风。

再兴退去一大步，倒吸了一口闷气，连忙亮起铁枪，应付起来。马金头把流星锤舞成活动的大网，朝再兴罩去。一套杨家枪法使再兴刺破大网，化险为夷。马金头想试杨再兴能耐，用砸、缠、钩、刺和点穴等战法把一对流星锤使得出神入化。杨再兴不慌不忙，用挡、挑、扫、砸和拦等动作一一化解，继而一矮身，白蛇吐信；一旋身，横扫千军；一纵身，天女散花。使出杨家枪绝技，转守为攻，枪枪直戳对方要害。马金头手脚也不含糊，纵、腾、飞步远滚等一连串动作躲过杨家枪，分上、中、下连发三只梅花镖。就在再兴侧身、矮身躲镖，挥枪拦镖，稍作迟疑的一刻，马金头的流星锤已至，缠住杨家枪向场外飞去。杨再兴何等利索，飞步一擒拿，把脱离流星锤缠绕的杨家枪硬生生地拉了回来，倒戈一掷，枪当流星使，猛刺马金头咽喉。马金头一个飞鹰腾飞躲开枪刺，吓出一身冷汗。杨再兴急中生智，使出苗人枪法，收回枪杆，大喊："马兄使诈！"

"兵不厌诈！"马金头回应，恶鹰扑食般地猛扑过来。两人你来我往，各施绝技，毫不留情。

大战六百个回合，未分输赢。太阳已偏西。场内观战一少年大喝一声："爹爹，我来也！"人随声到，跃入圈内。

岳云定睛一看，正是上次使金锤的那厮，报仇的欲火呼地腾升起来，"杨叔，别急！我来拿住这厮！"岳云也跃入圈内，一对铁锤飞砸过去。

马金头让到一边，看起热闹来，眼里射出惊芒，口中啊啊不断。试想，世上哪有这等巧事，两少年风度翩翩，形同孪生兄弟，就连锤法也大致相同。唯一不同的是一个使金锤，一个用铁锤；一个融合侗家锤法，一个兼容岳家枪法。

杨再兴也让到一边惊奇起来，两人简直是相互的替身了！难怪上次岳少侠回来老不高兴，要报一锤之仇，确是遇上了对手！

有了上次经验，这次岳云特别小心，把在岳营中苦练擒拿的特技派上用场，以攻为守，猛砸猛打，欲解心头之恨。马匀双手挥舞，心里暗想，你猛我柔，以柔克刚，待你精力消耗完了我再收拾你。马匀成竹在胸，见砸就化，见招就拆，游刃有余。岳云发现对方不是疲于应付，而是在打消耗战，如此这样，不是又中了他的奸计？意念一转，用师父教的方法投石问路，非关键时刻不拿出自创的独门锤法。

再兴见岳云沉下心来沉着应战，脸上露出一丝笑意。

马金头见儿子的金锤舞出了花环，转守为攻，心里乐呵呵的。

双方大战三百回合，旗鼓相当。马匀用话激岳云："少侠，今天怎么不逃走了？"

"上了狗当，必走狼道！现如今我是专门来取你这厮性命的！"岳云怒气冲冲。

马匀见对方出言不逊，使了一个侗家绝招，闪跃到了岳云身后，猛砸过来。

岳云突觉身后生风，矮身举锤过头拦截，侧声跳开。这也是岳家枪法奥妙的灵活运用。躲过一凶，岳云侧身飞来，使了个岳家枪中的梅花五点，只不过打出去的是锤，闪电出击。马匀犹如蛟龙翻腾，锤锤相撞。两人震开很远，虎口震得生痛，眼冒金花。岳云怒由心生，跳将过去，使出自创的绝招——猕猴探海。看似探海，实则近身诡变，不上不下，雨点般猛击腰腹。一般人会被迷惑，很难躲开。说变就变，马匀见势用了侗家绝技，踩起鬼影步。岳云突觉满眼是人，周身是影，正在迟疑之时，两道金弧猛烈相撞，马匀的春风贯牛耳快如电闪。岳云突觉两耳夹风，幻现脑浆迸出，顿感生命垂危……

第三十三章

蛮子挡去路　屡战喜结缘

　　花开几朵，各表一枝。话说岳飞三路大军从北面、西面、南面三个方向直扑江背岭。岳飞随王贵从南面进攻，来到一处与院落相连的山脚。偌大的院落座落在四面环山的空旷地一角。院落的另一端连接岗背岭余脉。有一建筑凸露在余脉山脚，似金銮宝殿，金碧辉煌。纵观远眺，整个院落就像匍匐在硕大金樽的酒樽口。那金銮宝殿恰在翘嘴流酒的尖口端。鬼斧神工，天造的一处美景。岳家军若要攻取岗背岭，院落就成了后院。如果抄近路，院落又挡住岳家军的去路。岳飞找来戴老，想详细了解情况。戴老侃侃而谈，说得眉飞色舞。此院落叫大院里，居住的人都姓戴。自从戴家千胜①从袁州万载迁出，几经周折，排行老二的后裔落脉于武冈仓底湾，人丁兴旺，住所不断扩张，移建大院里。祖母还是醉翁②堂姐，葬于仓底湾后山里。戴老正说在兴头上，有一山民在外闹嚷嚷的，急着要见戴神通。岳飞走出帐外，询问"戴神通"是谁？山民指指岳飞身后的戴老说："我有要事要请教长辈。"戴老一见是族孙儿来了，忙问什么事。族孙连忙说："长辈，您神通广大，大家都尊称您为'戴神通'。听说岳飞带兵前来攻打岗背岭，要毁我大院里，那是在干断子绝孙的大坏事，要不得！现在我大院里全民皆兵，誓死捍卫！"戴老一听，又是郝政在掀阴风点鬼火，扰乱民心，赶忙说："贤孙，大可放心！我戴神通一生只做好事，不做坏事。这是岗背岭的贼匪在挑拨离间。"戴老指着岳飞告诉他："这就是朝廷命官岳大人，是来专替老百姓荡平贼寇的，从来没有说过要毁掉大院里！"岳飞听后，明白了一切，把那山民请入议事厅，共商安民一事。

　　山民紧紧盯着岳飞，看傻了眼，天下真有这等巧事，岳大人和戴家外甥汪蛮子极像一个模子造出来一样！岳飞见他盯着自己发窘，转转视线问起戴老："刚才那话说到哪里了？"

　　"说到戴家人丁兴旺，移建大院里。"戴神通叹息道，"戴家人多心难齐啊！"接着话锋一转，也问起族孙："你有何要事要说？"

① 据戴家族谱记载为袁州万载戴姓迁往荆湖的一支始祖。

② 指北宋政治家、文学家、唐宋八大家之一的欧阳修，字永叔，号醉翁。

山民呆呆的，似乎旁若无人。

"我问你，怎不回答？"戴神通把声音提高了八度。

山民回过神来，说道："如今大院里全副武装，要使大家没有敌意，务必请几个头领前去说清楚。"

"我正有此意！"戴神通接过话头。

"长辈中老三反意最强！"山民补充道，"他怕有险失，带领族人组成御敌大军，安排其外孙汪蛮子守住祠堂。"

戴神通一听"汪蛮子"这名，头脑"嗡"了一下，即刻回神。汪蛮子秉承外公戴老三的脾性，认死理，头撞南墙也不回。早在七八岁那年，汪蛮子随母回娘家省亲，他一下就成了戴家所有小孩的童子军头领，吃百家饭，不肯回家。在一次岩底人前来大院里打人①时，他率领童子军赤膊光身、掮着大砍刀站在院前，逢人便砍，无理可讲，霸气冲天。岩底人见其小小年纪，如此神力，以为他姓戴，预测戴家人要出大人物了，不宜结仇，要求讲和。汪蛮子二话没说，要他们先赔礼道歉之后再讲，否则，免谈！岩底人执拗不过，认命从之。从此，汪蛮子的绰号不胫而走。

岳飞安排戴神通携族孙前去大院里找为头的消除疑虑。老二、老四没说话，老三喋喋不休。他提出三点要求：一是要求岳家军暂且不准进大院里，等讲清之后再说；二是要求岳飞亲自去会会汪蛮子，看他答不答应；三是请岳飞去拜戴族码头。岳飞本来就体贴民心，安顿好岳家军，带几个人由戴神通引路，穿过大院，直奔戴家祠堂。大院里由一条弯弯的青石板长街一分为二。街两边刀枪林立，站满了村民。行进街中，如同皇上早朝。转过大大的街弯，登上几级石阶，方见前侧高高的金銮宝殿耸立在多级石阶的上方，显得格外引人注目。岳飞想，此处还有这等豪华的建筑，显示村民富裕，戴氏家族在此势力显赫，威震八方，定要好好诱导他们为朝廷出力才行。岳飞想到这里，有了新的想法。突然一声暴喝传来，惊住所有行人。岳飞觉得声音好熟，快速镇定下来，手搭凉篷，抬头一望，殿前，石阶尽头，站立一人，手握直立于地的长枪，正朝这边张望。岳飞灵机一动，一个大鹏展翅，飞了上去。四目相视，各自惊退几步，相互打量起来。二话没说，自亮长枪，对杀起来。步法枪法，大致相同；身态形态，没有两样。杀了一阵，双方同时喝问："你是谁！"声音也相同，只不过一个带有北方口音，音较柔；一个夹杂南方方言，音凝重。戴神通赶上来了，看看这个，瞧瞧那个，终于找到前次疑虑的答案，分不清哪个姓岳，哪个姓汪。一个边打边问话："你怎么穿了官服？"一个一边应对一边回话："郝大哥说，有人打着朝廷的旗号，还冒充我要去杀他，原来是你这厮！看招！"一招万枪穿心猛戳过去。那个，枪尖点地，一招苍龙飞越，飞奔离去。即刻，返身一跃，似蛟龙出海，梅花五点，猛刺过来。这个，横枪上下一扫。突觉虎口生痛，双方退去老远。这个，枪当流星使；那个，枪做盾牌用。打得不亦乐乎！

① 当地世俗，因事搬动族人前来兴师问罪，争上风，打群架。

时间过得飞快，不知不觉过去了几个时辰。就连观看的都看得眼花缭乱，昏头昏脑。

两个战神宛如游龙，你来我往，斗战犹酣。各自用尽绝招，大战八百回合，未见输赢。双方脸上始流汗滴，有点气喘。戴神通何等精明，大声喊道："停！停！"做了一个制止的手势，接着喊："天色不早了！请双方坐下说话。"

双方你望我，我望你，都不肯停手。岳飞心里盘算，人人都说他是蛮子，犟脾气，我今天不拗赢他，恐怕收拾不了！蛮子想，你到我这里来，还逞强，我不杀了你，就算你幸运了！两人又斗将起来。岳飞展开了攻心术，朝戴神通努努嘴道："蛮子，你大外公是我兄弟，你冒犯长辈，就是大义不道！"

"你骗人！"汪蛮子大声吼道，"你怎么知道我的雅名？"

戴神通马上接话："外孙，是真的！"

汪蛮子边打边说："杨大哥追随曹大哥，是好人！郝大哥追随曹大哥，也是好人！你来杀好人，还想骗人？"

"你杨大哥现在改邪归正，跟我了，正在追剿曹成，等几天会来的。前几天，曹成不是抢了戴家人的钱物和女人吗？这几件事你都不知道？还不信？你问你大外公吧！"

"郝大哥说，是你岳飞干的，加害于他！"汪蛮子分辩道。

"我已把受害者父亲救出来了，要不，你去问问他本人！"岳飞慢慢诱导，扫视周围，这次来时忘了叫上戴药师。

汪蛮子见岳飞说得很诚恳，大外公也证实，半信半疑，手脚开始慢了起来，没有了前面那股杀气了，好像是在和对方切磋武艺。

戴神通借机叫人抬来祠堂内供奉的祖先，趁他俩转身之时，搁置在他俩之间。双方见之，愕然停手。

两人刚落座，后堂厨子看够了他俩的斗打，想敬英雄，前来询问吃点什么。汪蛮子很有戒备心，坐在岳飞对面，时不时地拿眼看看岳飞又看看戴神通。戴神通心明似镜，立即发话："你俩不打不相识，喝杯米酒，交个朋友！"汪蛮子一听喝酒，立马接话："既然这样，那就每人喝一坛，以示心诚！"

岳飞一听喝一坛，想辩驳，一想到客随主便，欲言又止。

开席了！戴神通点香上酒，祭奠先人，之后，入席与汪蛮子同凳落座。按当地世俗，同饮三杯，再各自找对手敞怀畅饮。

岳飞三杯下肚，顿感满鼻醇香，口中生津，脸上发胀，心中撞鹿，情不自禁地大嚷起来："好酒！"

"这是我们这里招待贵客的特制土酒，能不好吗？"汪蛮子的蛮劲儿又上来了，起身端来两坛酒，拿眼看岳飞。岳飞知道，这是较劲儿的时候，二话没说，猛然站起，大吸一口气，端起酒坛喝起来。汪蛮子哪敢示弱，如法炮制，一饮而尽，倒坛亮底。岳飞侧眼看时，心里嘀咕，遇上这等蛮子只有豁出老命了，想毕，也一饮而尽。席间掌声响起，同赞两位英雄。

　　酒下肚，汪蛮子又叫嚷起来，要猜拳行令。岳飞不懂，担心喝醉，不肯干。汪蛮子的脸说变就变，立马拉下来。戴神通见机行事，爽快地替岳飞答应下来。岳飞想说什么。戴神通扬手制止，并对汪蛮子说："我没有征求岳大人的意见，替他答应了！外孙，这样吧，咱俩猜拳行令，我输了，岳大人喝酒；你输了，甘愿自受！行不？"汪蛮子一听，占了便宜，点头应允。

　　席间热闹起来，喝酒的，看热闹的，卖香瓜子的，应有尽有。戴神通何等精明，一顿饭的工夫，岳飞只喝了两杯酒，汪蛮子已酒醉醺醺。蛮子就是蛮子，眼睛半闭半开拉起岳飞趔趔趄趄地就往堂外空坪上走，口吐酒沫子："听说你师从周侗，功夫了得，今天咱俩就在场上比试比试拳脚功夫。"不容岳飞分说，就拉开了架势。岳飞见他颠颠倒倒，勉强应付，哪知汪蛮子使的是醉拳，越打越清醒。岳飞不敢急慢，沉着应战，见对方来了个就地十八滚，迅即施展大鹏展翅。汪蛮子见一招不成，连用醉酒碰杯和醉汉掏心两招。岳飞吓了一跳，醉翁之意不在酒，想要掏我的心！急忙冲出铁拳碎杯和横扫千军两招解手，继而一纵一跃，来了个蜻蜓点水和螳螂捕蝉予以反击。汪蛮子见之，借助酒劲儿暴跳起来，把个形意门的鹰爪功夫施得出神入化，腾、扑、抓、啄等一应俱全。岳飞只有招架之功，没有还手之力，急中生智，顺势来了个猕猴偷桃和侧身扫膛，把醉酒蛮子扫倒。汪蛮子哇啦哇啦大叫，飞身欲抓岳飞天灵盖。岳飞突感性命休矣！

　　在旁观斗的戴神通也急了！一挥手，不知何时来的一对雄狮冲了上去，把两人隔开，跳起狮舞。场上喝彩声此起彼伏。

　　戴神通拿眼示意岳飞。岳飞来到戴老身边观起雄狮舞来。戴药师来了，正在招引双狮踩绣球。他老婆拉着汪蛮子的手来到大叔跟前，叽叽喳喳地说开了。戴族人很讲道理，听说岳大人与汪蛮子握手言欢，就敲锣打鼓，舞起一对狮子前来祝贺。汪蛮子一把抱住岳飞，久久不放。两人分开后相互审视，眼内闪出爱慕之光。鉴于岳、汪两人相貌如此相似，又是同庚生，且两人的外祖母都姓杨，戴神通举荐他俩结为兄弟，岳飞大半岁，为兄长。众人皆大欢喜。

　　事后，两人执意同床共枕，彻夜未眠，说了很多心里话。

　　第二天，两人又比试弓箭射飞鸟，拜别了戴氏各位长老。汪蛮子恳请岳飞同意，与他一道去破曹关——灯心坳。

第三十四章

入庙祭周侗　险丧连环箭

灯芯坳是南上岗背岭第一关。其地形复杂，呈扁圆形，四面环山，中间一山坳，类似祈福点灯时常用的香油灯盏。靠边灯芯处是坳口，与大院里相连通，是曹军重兵把守的入口。后山设有点灯台，百姓祈福所用。曹军来了之后，惩罚不听话的顽固分子，用来祭山神，点天灯。司神官就是郝政手下最阴毒的将领黑老虎，依仗手中黑虎鞭和惯用的黑虎拳而出名。

岳飞了解情况之后，想用疑兵之计，在坳口处布置重兵佯攻，源奇兵从侧面翻山暗取。汪蛮子主动请战，对岳飞大谈其理由："我与郝政有交情，我去交谈，他会卖我的面子。实在不行，就去叫阵，为侧攻拖延时间，再杀杀他的威风。先软后硬，软硬兼施，最好！"岳飞同意，派王贵侧攻，自己带汪老弟等前去坳口。

黑老虎本是杨再兴手下一员猛将，再兴归顺曹成之后，要他等几人坚守山寨，听从老杨头调遣。自从郝政来了之后，那天到山寨开会，亲耳听见老杨头说过，是杨大哥的部队回来了。从此，他对郝政敬若神明。

帐外传报，坳口有熟人前来。黑老虎出外观看，是汪蛮子带着岳家军来了。近期郝政有言在先，非老杨头下令不可，其他任何人所说他都不听。于是，黑老虎传话："蛮子老弟，不是我老黑心黑，军令如山，坳口不准放进任何人！打着岳家军的旗号吓唬不了我！"

"嘿嘿！老黑就是翻脸不认人！前些日子还称兄道弟，今天就趾高气扬了！"汪蛮子嚷开了，"你是这样待老弟的？"

"你一个人进来可以！其他人不行！"黑老虎回答。

汪蛮子用征求的目光看看岳飞。岳飞与他嘀咕一阵，让他进去了。

黑老虎引汪蛮子入室落座。两人客套几句，谈入正题。蛮子用了蛮力，大谈朝廷如何体恤百姓、杨大哥改邪归正、岳飞接诏平曹乱等等。黑老虎里外不进油盐[①]，并说："就是杨大哥亲自来了，没有老杨头的指令，还是不行！"汪蛮子见和谈无望，强压怒火，悻悻而去。

王贵派兵已偷袭进寨，对打起来。黑老虎发觉，立即组织人员合围，一条霸王鞭抽倒一大片。岳飞获知，从坳口处猛攻进来。一场混战，杀得个人仰马翻，天昏地暗。

---

① 当地方言，就是：好话丑话都听不进去。

　　杀了一阵，岳飞感觉不对，快速观望四周，发现灯芯坳的地形类似天门阵。此时，有凝雾从点灯台方向飘来，似乎听到周围山中有哗哗的水声流来。岳飞再看看自己的官兵都处劣势，死伤不少，突见一人影从坳口飞出，像师父周侗。岳飞纳闷，师父死了十多年了，怎么还会在这里出现？再定睛一看，坳口处快要被曹军锁住了！岳飞大叫不妙，急令王贵、汪蛮子带兵从坳口杀出，自己亲自殿后，迅速撤出。幸亏发觉及时，撤退得快，否则全军覆没。

　　岳飞退驻戴家祠堂，想着那危险境地之事，惶恐不安。忙派人打听各路战况。信使回报：杨再兴大战笔架山，阵战正酣，发现流动木马。徐庆游战菜家坳、湾里，双方对峙，胜负难料。死伤的兵卒堆停堑坑，伤亡很大。张宪那边，碰上了石毛岭之战的老对手杨宪。双方血战杨家桥，血洗太平寺，现僵持在太平寺附近，前进太难，并带话，发现了周侗庙！

　　"难道师父真的到过这里？"岳飞想，一下子来了兴致，准备前去看个究竟，戴神通建议再等一下。

　　岳飞不敢轻易进攻，却也没有万全之策，与戴神通聊起计谋，不知不觉地聊到师父周侗。戴神通也来了兴致，道出一个惊天秘密——

　　周侗爱国，在朝政上主张镇辽抗金，得罪了少数当朝的主和派，遭打压。其后专攻武学，传师授徒。曾云游四海，挖掘人才。发现祖国河山秀美，滋养贤能。顺山脉行至荆湖，顿感龙势活跃。追至邵州、武冈，发觉一山似天子坐朝。久停，探视。半夜，虎啸龙吟，电闪雷鸣。运法力神驰，纵观天象，发现一路乘高船飞渡赧水，走五指石，过秦皇桥，隐于狮子寨；一路走都梁府，乘龙过桥入云山，斜经勒石进岗背岭，亦落狮子寨。寨内气势恢宏，四周熠熠生辉。周侗大骇，叹惋宋廷休矣！天明，看到村民权争此山，斗殴解决不了，浇桐油淋之。去高船岭，碰上村夫垒石阻隔，心稍安。改日至岗背岭，见生气蓬勃，似有千军万马下山之势。用周易预测，近期必出反将。用平生所学，在山脚建太平寺以镇之，在垅中建家庙收迁徙至石井坳的周姓后生为徒以护之。周深得师父弓法真传，且轻功如此了得，无人能比，箭追不及。

　　岳飞听后兴奋不已，打断戴神通的话语，执意要去祭拜周侗庙。

　　戴神通神秘兮兮地说："莫急，若去，还得请一个人！"

　　"谁？"岳飞急不可耐。

　　"许家垄里的许三犟。"戴神通慎重地说

　　"为何？"岳飞追问。

　　"到时候你会知道的！"戴神通故作神秘，也许有难言之隐。

　　"谁人去请？"岳飞缓和语气，诚心请教。

　　"汪蛮子外公也！"戴神通笑吟吟地说。

　　"我兄弟不行？"岳飞反问。

"辈分不够，人家不买账！"戴神通直答。

"那怎么行？犟子找犟子！"岳飞担心道。

"正中下怀！"戴神通还是一脸笑容，若有所思。

汪蛮子知道此事，性子急起来，拉着岳兄就去找外公。戴神通叫住，在蛮子耳边嘀咕了一阵，然后打发他俩去了。

见着外公，蛮子撒了个谎，说母亲传话，两口子在家发生口角，父亲想不开，怕出问题，请外公和许家垅里表舅爷同去汪家坪解决此事。恰好也想带上新结识的义兄回去给父母看看，顺路。戴老三听说贵气女婿在家生闷气，许是女儿好强，立马同意前去解围。

许家垅里与汪家坪同在一条垅中，只不过一个在东南面，一个在东北面。戴老三一行骑马坐轿，浩浩荡荡地穿过几座山，绕过几道弯，来到许家院落。沿途，挨家挨户伸头侧脑看稀奇。小孩追着闹着，在后面跟了一串串。见到戴老三，许三犟不怀好气地拉长腔道："我还以为是哪位达官贵人！你这厮，来干什么？"

"无事不登三宝殿！"戴老三语气傲慢。

"有屁快放！别耽误我的时间！"许三犟的犟劲儿上来了。

"不是我有事，是你那宝贝内侄欲寻短见！"戴老三不屑一顾。

"哪个想寻短见？"汪氏一听到外边说话，忙从内房冲出来，啰唆起来，"哦，表弟，你带着这么多人来做什么？"

"表嫂，你们离汪家坪这么近，怎么没听说？"戴老三冷言冷语道。

静默。表嫂面露惊讶。许三犟眉毛紧锁，心想："难怪有一段时间没有看见内侄了！他虽然会持家，就是人太老实！还是自己做的媒呢！"脑中突然闪现不敢想的一幕，马上大叫起来："死鬼，别在这里磨蹭了，快去收拾东西回娘家！"把汪氏推得东倒西歪。

来到许家，岳飞走进堂屋，惊异地看着人龛上的家先，顺手拿上三支香，点燃，跪拜起来，行上大礼，却不言语。

众人见之，大惊，问其缘由。岳飞跪拜完了才说，其奶奶是许家人，家先辈份相同，同出一脉。

汪蛮子惊说："义兄，真是前世早定的缘分，我们真是一家啊！"

岳飞看着义弟不说，片刻，转身听戴老三和许三犟斗嘴。

汪蛮子心领神会，屁颠屁颠地走到一边去。

许三犟拿眼问戴老三，眼越瞪越大。

戴老三故意避开许三犟火辣辣的眼光，拖着不走。

许三犟咆哮起来："你要死了！好像没吃饭似的！还不快走？"

戴老三嘟囔起来："走就走！当初不依你最好！老实人和泼妇怎能扯到一起？"

表嫂用行动解了围，主动走出院门。

大家你一言我一语地往汪家坪赶。快到院槽门，蛮子经长辈们允许，自先回去探听虚实，带着岳飞飞也似的朝前走去。

蛮子回到家，恰好父亲生病在床，母亲一边唠叨一边服侍。母亲见蛮子回来，很惊讶。蛮子悄说回家之事，并把义兄介绍给父母。岳飞行大礼。父亲欠了欠身，扬手制止，命犬子去槽门口接亲。

父亲虽老实，但明事理，懂大道，正义感特强，口碑最好，是闻名遐迩的大好人！

一顿规劝絮叨之后，母亲留客吃饭，杀鸡宰羊，手脚麻利得很！蛮子见父母配合得如此默契，一蹦三跳地帮着做饭菜。岳飞也不听大家的劝阻，帮着打下手。

开饭了！父亲拿出珍藏的重阳米酒。几杯下肚，平时寡言少语的父亲干咳几声，说起话来。他说自己已想开了，不会被家庭琐事所困扰，请各位长辈放心！但有一事，还望大家费心。他把岳飞之事和大家说了。许三犟即刻表态，亲自去找周侗庙里的周闷棍老表，以国家大事为重。戴老三也不含糊，决意鼎力相助。岳飞心如明镜，汪伯说话多有分量，连长辈们都言听计从，这说明人品是多么的重要！

饭后，大家一致认为兵贵神速，一路人马不停蹄地赶往周侗庙。

岳飞很想瞻仰师父的容颜，下马徒步，走在最前面。"嗖嗖嗖"三支利箭分上中下直奔岳飞而来。岳飞挺枪上下一扫一旋转，随枪一送，脱口而出："着！"三箭钉在半掩的庙门下角处。庙门"咣"的一声开了。许三犟迅速冲上前去，大喊："老表，是我！"庙内寂静无声，空无一人。

"周闷棍，你给我出来！"许三犟恶声恶气地发话。

庙内还是没有回音。

戴老三也粗言粗语地吼了开来："狗日的周闷棍，你搞什么玩意？装神弄鬼的，还不快快出来见老表？"

庙内除了周侗等一排神像，各类兵器，祭台和几只高柜外，别无他物，更没有发现有人！

岳飞顾不了那么多，扑通跪地，跪在中央高高的师父神像面前痛哭流涕，痛诉别后心事。众人跟着跪拜起来。

半晌，一语似乎从地底下传出，像师父的声音，宛如气若游丝的悄言细语：

神鹏保国走荆湖，斩浪披波靠稽夫。

若要真情心语道，师前亮现护身符。

良久，没有回应。突觉四周密箭如雨，直朝岳飞射来。岳飞陡地腾空直跃，近梁，枪头后顶，借力而去，在空中翻了两个跟头，纵出庙外，几乎同时，呼喊不断："大家伏地！全都伏地！有暗箭！"

躲过箭雨之后，许三犟、戴老三暴跳如雷，要揪出周闷棍，翻天覆地找不到。

岳飞惊恐万状，叹言师父教出这等心术不正之徒。转念一想，莫非是自己搞错了？一时半刻又想不起来。

许三犟走出来，拽着岳飞就往庙里去，喊着朝天话："周闷棍，你有本事就明着来，不要干那些偷鸡摸狗的事！"

岳飞又听到那怪声，要他在师父面前脱光衣服转一圈。岳飞二话没说，照做了！众人见到岳飞背上刺的"尽忠报国"四个字，旁边还有一个小烙印。

那怪音传来了师父的口头禅。岳飞终于明白，对答上来。

突然，横梁上似蝙蝠般飞下一人，酷似周侗。

岳飞疑问，声音放低："你是谁？"以为看走了眼，复眼再看。

"我就是周董（'董''侗'谐音）！"对方咧嘴一笑。

"什么？你还冒充我师父！"岳飞发现对方的两颗虎牙很长，似厉鬼獠牙，不像师父的。

岳飞心中窜出一股无名火，几欲挥枪教训。

许三犟豪喊起来："丑鬼！只知道装神弄鬼，还不快快拜见岳大人？"

对方理也不理，蜻蜓点水般地飞出室外。留下那怪音，要和岳飞比弓箭、棍法。

两人在庙外空坪上打斗起来。周闷棍挥舞长棍，招招致命。岳飞以枪当棍，见招拆招，犹如师徒传教，应接不暇。

庙门前，人越聚越多，喝彩声接连不断。

场地上只见挥舞的怪环，根本看不清是棍是枪。那怪音又响起："用五步十三式！"话音刚落，两人的招式突变，变成同一套路，极像两个卖艺人在表演江湖节目。招式要完，怪音续响："长棍一百零八式！实战棍法二十二式！盘龙棍法七十二式……"

这才叫作棍法之精品！两人身若游龙腾飞，手似猿猴猎物，棍如灵蛇出洞，你来我往，大战一场。真叫人看得眼花缭乱，惊心动魄！就在人们不断喝彩的声浪中，周闷棍一改棍法，纵身一跃，猛戳下去，来了个天女散花，快如闪电。接着，棍棒点地一撑，飞出几丈外，手指拨棍圈成圆，一收，夹入腋下。一手反抽，数箭齐发，反复几次，连环箭矢如雨点般地向岳飞射去……

第三十五章

智上岗背岭　巧夺岭天险

　　练武之人讲究眼观六路，耳听八方。就在周闷棍天女散花、棍当镖使的时候，岳飞发觉不妙，以枪点地，飞身跃出棍雨覆盖区。还没回过神来，周闷棍的连环箭雨又齐射过来。岳飞轰然倒地！

　　一女影腾空飞舞飘带，收走所有箭雨，眨眼不知去向。

　　众人瞪起惊恐的眼睛，不知是谁！

　　俄顷，岳飞机敏，就地十八滚后倏然跃起，迅速搭箭拉弓，以牙还牙。周闷棍享受同样的箭雨待遇。但，这难不倒他，陡然摔脱外衣，既当幕布收箭雨，又当流星成利器，还当飞饼旋杀人。许三犟看得犟劲儿直往上涌，尖叫，跳起来大吼："大水冲倒龙王庙，一家人打着一家人了！快停手，谁不听，开谁的火！"说完，煽动观众跃跃欲试。

　　双方顾全大局，停下来，你看看我，我看看你。旋即，走近身，眼内的敌意渐渐消失，友好地拥抱起来。

　　岳飞猛然想起师父曾给他一块铜牌，从戎后弄丢了，曾为此痛心疾首，问周闷棍是否也有。

　　周闷棍说道："就是因为这个，才验证你的身背刺字和实战功夫！"说完，当场拿出自己的护身铜牌。岳飞见之，与自己丢失的那块一个样，牌上刻有师父的简易像，像下刻有"侗徒·陆"等字样。只不过自己的那块牌下刻的为"侗徒·柒"。

　　周闷棍说："你是师父的关门弟子！师父收徒很挑剔，定要爱国护民、品德端正之人。曾为错收老三①而懊恼，狠心把他清出了师门。"

　　"我从来没有听师父说过，南方还有一个师兄！"岳飞心疑，直言不讳。

　　"师父在云游时发现南方乱象，怕朝廷乱令、百姓乱心，不敢声张，偷偷在此建庙收徒，以备后用。实际上只收我一个徒弟。要我做隐士。曾给我一句'鹏鲲若飞岳，扶帮需占巢'的话，还说天机不可泄露，难倒我周董，琢磨很久，也没有悟出个道道来。现在明白了！"周闷棍说道。

　　"那你为什么取上师父的名讳？"岳飞追问。

　　──────────

　　① 指教师爷史文恭。民间传说，周侗一生收徒七人：老大，玉麒麟卢俊义；老二，豹子头林冲；老三，教师爷史文恭；老四，病尉迟孙立；老五，武都头武松；老六，闷棍王周董；老七，岳武穆岳飞。

"我自少天资聪慧，看什么都懂，学什么都会，父亲给我取名'周懂'，但过后就忘了，健忘！四邻八舍的人说我无心，成了'周董'。就是因为我名和长相，师父才肯收我做徒弟。"周董不无感慨地说。

　　岳飞想起自己拜师学艺时与此雷同，开始相信起来，讨教怎样破曹。

　　周董反问："难道你在灯芯坳坳口没有看到我？"

　　"我当时还以为师父显灵呢！"岳飞直言。

　　"那叫'诱破天门阵'，用上'三十六计，走为上计'之策。"周董得意扬扬地说。

　　"那我们现在'走为上计'，不破了？"岳飞纳闷道。

　　"非也！兵书上说，知己知彼，百战不殆，你知'彼'吗？"周董见岳飞哑口无言，续道，"人家用计，摆好天门阵等你去钻，你就不晓得用反间计？黑老虎最讲义气，你就不晓得凭着这一点大做文章？你不知彼！如今，曹成手下又有一员猛将杨宪誓死捍卫太平寺，你要张宪去硬拼！岂不是肉包子打狗——有去无回？"

　　岳飞听师兄一点破，冷汗直流道："那，依兄之见呢？"

　　"我没空长半百，想师父收我为徒时才二十岁，除了传我武艺外，还教我谋略，那时你还没生呢！你知道我的绰号是怎么来的吗？"周董又问。岳飞一脸迷茫。

　　"我的绰号是师父取的！师父教我'高跷飞渡，当头一棒'棍中绝招，也就是用谋略看准时机，当头一记闷棍，打他个措手不及。"周董喝了口自制的清茶，看看岳飞。岳飞还是疑云重重。周董解释道："'高跷飞渡'就是以棍点地，借力在空中飞蹿，像踩高跷那样。但，'高跷飞渡'要走梅花桩，迷惑敌人，这就是技巧。对方抬头一看，不知从何而来，满上空都是飞人，低头一看，四处是人影。'当头一棒'中也含有技巧，要搞得对方昏头涨脑、摸不清方向时凌空一记闷棍。意在'凌空'棒打，重在狠狠地一记'闷棍'，使对方无反抗之力。此招练成，师父高兴得不得了，抛下那句'鹏鲲若飞岳，扶帮需占巢'，就走了，不准我泄露天机。周董不慌不忙地说开了。岳飞见与破曹无关，急了，忙说："师兄还没有说出破敌之策啊！"

　　"破岗背岭要智取，我已知老杨头下落了，再等一人！"周董神秘起来。

　　"谁？"岳飞迫不及待地追问。周董补充道："我还忘记说，不管遇到多大的事，要耐得住性子！要像我这个闷葫芦一样。'闷'者，性疲，蕴藏杀机也！"岳飞听了这话，不好再问，唯有干瞪眼。过了片刻，岳飞想打发难熬的等待，讨教师兄"闷棍"绝招，试练起来。凌空使招能行，又狠又准难得。岳飞正在琢磨，杨再兴凯旋而来。周董说："等曹操，曹操到！"在岳飞耳边说了几句。岳飞听后大惊失色。周董连忙稳住岳飞，要他叫杨再兴前来。三人单独待在一间房里许久。起初，听到里面的杨再兴暴跳如雷，继而，号啕大哭，再接着，鸦雀无声。恰在这时，北面侧攻的徐庆派人告急，说郝政亲临战场拼杀，久攻不破，现遭围堵。岳飞看向周董。周董胸有成竹，视而不答。岳飞不解，急着要去解围。周董制止，说道："声东能击西，围魏能救赵。"说来也怪，一刻钟不到，主攻的张宪也派人告急。周董如此这般要岳飞带杨再兴前去解救，自带戴神通和王贵部队前去灯芯坳。

岳飞临近杨家桥水库，兵分四路。一路隐蔽于院落；二路悄悄下水库，隐于水中；三路穿上工兵服，从侧面进入太平寺；四路大举"岳"字旗，呐喊声援张宪，攻打岗背岭，捉拿郝政。

张宪连续几日发起攻击，损兵折将，徒劳无获。这次见援军快到，又猛攻起来。突然听到许多乌鸦的哀鸣，张宪心紧了一下，还是义无反顾。怪就怪在有上万只乌鸦在叫，黑压压一片，盘旋而来，叫得人心惊肉跳，乱了分寸。接着，岩鹰飞掠，遇人就啄，直啄眼珠。岳家军乱成一锅粥。曹军如猛虎下山，打得岳家军无还手之力。岳飞刚到，发现为时已晚，躲在水库旁边看了个清清楚楚。

岳飞下令撤退，高挂免战牌。过了一段时间，夜幕降临，岳家军突然吹起进军的号角。曹军的鸦鹰阵没了，几次大胜，匪徒穷凶极恶。岳家军兵败如山倒，一退再退，退过桥，退进院落。杨宪乘胜前进，想一举歼灭岳家军，追杀下山，行至水库坝中，突觉岳家军号角响起，四周人影窜出，全是岳家军。尤其是太平寺那路截断曹军后援，围攻上来。坝上打仗，如同独木桥上作战，狭路相逢勇者胜。岳家军早有防备，越打越勇，把杨宪等赶下水库。水里突然冒出许多岳家军，岳、曹两军打起水仗，打得惨烈。曹军四分五裂，杨宪虽勇但力单，寡不敌众，被岳家军擒获。连夜突击审查，杨宪死不相信自己曾经的头领杨再兴说的，除非老杨头收回上次的话。岳飞暗令张宪率部换成曹服，控制局面，不走漏丁点儿消息。山上机关重重，下令不要轻举妄动。岳飞按自先预约的带上杨宪、再兴去戴家祠堂见师兄。

周董也在赶回戴家祠堂的路上。起初，他要王贵部队先隐藏起来，独自来到坳口，射杀守卒，并要王贵带兵换成匪装，把守关隘。然后，他带来一个绝美的女艺人，由戴神通引着，随化装成戏班子的岳家军大摇大摆地去坳内热闹处卖艺。坳内全是曹匪，以阵为据点驻守，正在丢械吃饭。铜锣一响，戏班开演。曹匪看新奇，蜂拥而来。王贵一听预约的锣声，指使伪装的士卒速进，占领天门阵要塞。一部分随曹军看热闹，混合起来。服装全是一样，根本分不清敌我。

黑老虎边喊边疏散兵卒，要他们抓紧时间吃饭，各自坚守岗位。他来到戏班处，正要盘问详情，见如此仙女从天而降，周身燥热起来，伸手拉过仙女，抱着欲走。仙女就势搂着他的脖颈娇嗔。就在这时，一人飞跃而来，在黑老虎身后点了几处。黑老虎还没喊出声，就被五花大绑，用马驮着，送出坳口。王贵迅速控制坳内局面，封锁消息。

回到戴家祠堂，岳飞已在等候，暗赞师兄料事如神。周董把大家召集在一起，解开黑老虎的穴位，宣布老杨头被害于石洞的惊天秘密。杨宪和黑老虎面面相觑，不肯相信，担心有诈。周董理解大家的心意，好话说了一箩筐。他对杨、黑二人重申，你们二人现已被控制，同意悔改，少死兵卒；不同意，也无妨，仗要打，如今岗背岭两路被控制，照样会被攻破，无非是多安排些人破除进山要道各处机关，破山只是迟早的问题。他俩觉得也是，认为眼见为实，看了再说吧！双方达成一致意见。岳飞安排，周闷棍带上戴药师、杨再兴、黑老虎、杨宪等人连夜上山去见老杨头。

一路上，杨宪同守路士卒喊着不同的口令，绕开不同的弯道，蹬石级时也有讲究，只踩颜色浅的。杨再兴想，这与自己占山为王时两个样，口令朝令夕改，暗地里还修了多处机关，如果贸然行动，后果不堪设想。想着想着，不知已达山顶，站在别后多日的龙华寨面前。借着星光，伴着晚风，俯视山北下面，火光冲天，激战不断。

杨宪心切，与守寨士卒说了几句后也不多停，带着大家来到寨后，杨再兴在土坑处石隙间戳了几处，隐蔽在柴草内的石门洞开。大家借光进去，走过几弯巷道，来到一宽处，见老杨头端坐在石椅上，眼微闭，气微弱。戴药师一见岳父是中了奇毒，且中毒已久，只好采取临时应急措施，看能否稳住。周董留下戴药师和几个帮手，速带杨、黑等下山去见岳飞。到达戴家祠堂时天已亮了！

黑老虎、杨宪见到岳飞，双双跪地，哭着道歉，要求将功补过，带兵上山消灭郝政。杨再兴咬牙切齿，发誓要将郝政碎尸万段。

岳飞见黑、杨两人非常诚恳，要他们先行上山，拆卸机关，清除路障，大军随后就到。打发他俩之后，岳飞号令杨再兴前去山北救徐庆，命张宪随主道西进上山，命王贵守好山南、山东。一个时辰左右，大军已智取并占领了江背岭！岳飞续令张宪向北，下山主攻郝政；续令王贵从山东围歼而去，与张宪、徐庆、杨再兴形成合围之势，关门打狗。郝政发觉不妙，一声长叹，赶在王贵之前逃出岳飞布置的天罗地网，一路向北，发誓东山再起，替曹大哥报仇！

第三十六章

郝逃曹不见　凤岭擒王渊

大战结束，岳飞并不高兴，郝政跑了，曹成、王渊下落不明。虽已大破曹军，但是最担心的还是害怕曹成东山再起、卷土重来。岳飞思虑再三，决意继续追曹剿曹，不挖出祸根，绝不罢休。

岗背岭一战，郝政大败，顺随山势一路向北，藏匿、撤退，一直在崇山峻岭间周旋，不敢走大道。张宪已有经验，谨防郝政逃匿，穷追不放。

岳飞下令召开追曹会议，除了追郝的张宪之外，各路头领都已到场。大家各抒己见，设计各种追剿方案。岳飞想，曹匪已成惊弓之鸟，四处躲藏，不敢见人，势必依托山系掩护。要想寻找漏网之鱼，务必重新铺开一张大网。一方面，岳飞走官路，拜请武冈路头领，放手发动群众，全面清剿。顺延至邵州，扩大搜索范围。另一方面，岳飞在大家的基础上稍有调整，令王贵率部向东，往永州等来时方向追剿，重点防备曹成走回头路；徐庆以云山为依托，一路向西，往靖州方向搜索；杨再兴率部向南，往全州、桂州方向搜寻，重在曹成到过的地方；张宪向北，继续追剿郝政；王经及时与徐庆衔接，负责粮草筹运；自己坐镇岗背岭，清理战场，全面布控，不放过任何蛛丝马迹。一切安排就绪，岳飞心里稍安了些。但还是放心不下，心中预感有漏洞，却又不知在何处。师兄来了，说岗背岭各处机关已毁，得重新改装，以备后患。岳飞猛然想到，自己手下各将都已派出清剿，要是曹成躲在附近没走多远呢？一旦识破空城计，岂不酿成大祸？岳飞非常赞同师兄的想法，讨教如何防备？

周冈棍说："我去唐家大院找唐鲁班。笔架山上的流动木马运粮车就是他造的。虽然岗背岭上的机关不是他设，但他懂这方面的设计，可以另设一套，以防曹匪偷袭。"岳飞听后高兴得合不拢嘴，大加赞赏师兄想得周到。

师兄走后，岳飞找来义弟汪蛮子，要他带人四处巡查，以防不测。岳飞重新布局，把身边留下的官兵全部派上用场，严阵以待，以防突发事件发生。

戴神通似乎踩着岳飞的心思而来。听说曹成惯钻山洞，建议岳飞派兵搜寻周围山洞。岳飞有了主意，令王经分一些兵力，配合搜山寻洞。

搜山兵卒来报，岗背岭北面有崆洞岩。郝政兵败是朝这个方向逃走的，莫非他是进了此岩洞？岳飞急令，进洞寻人。

崆洞岩位于岗背岭旁的堑坑水库之上的崆洞山内。整座山下全是空的，内有石屋石山石城，还有地下河流。河流出口在堑坑水库上手边，水注入库。顺着水口弯腰侧进，随地下窄路蜿蜒至空阔地冲积坪地。坪地上可容纳千军聚集。借火映照，寻路通幽，始见怪石林立，似虎类猴，像屋若城。岩城内小路弯弯，纵横交错，遂成地下迷宫。顺路走进，时有怪声凄凄，蝙蝠飞蹿而来。全神细看，冷雾弥漫，有蟒蛇蠕动前来。壮着胆儿蹲下再看，是蛇形长石，空吓一跳。抬头望岩，吊物横生，活像女娲补天。倒挂的石钟乳像依依不舍的情人，快要和地面的意中人牵手相迎。一道细细的亮光从高空折射下来。顺着亮光的方向一步步地蹭上去，走了半天，仿佛凌空而上，寻到了上洞的出口。出口也向北方，仔细辨识各种踪迹，没发现大军路过。看来，郝政没有走此山洞。

有猎人在红猪岭上狩猎，发现曹匪踪迹，进了红猪岭。岳飞获悉，速派人前往。行至红猪岭附近，见院落依山而建，居住李姓人家，供奉老子塑像，人丁兴旺。前去打听，这里山若青龙腾跃，院如凤鸟落巢，繁衍着老子的后裔，人杰地灵，个个知书达理。问及是否有兵匪走过。一老头说，几日前，夜半时分，起夜时发现，一队官兵，估计有六七百人，朝红猪岭方向去了。躲着偷听，队伍中有人叫领头的为"曹大哥"。岳飞当机立断，命岳家军迅速围上红猪岭，搜山。只见山上路草被踩倒，有七彩野鸡翎、红色野猪毛等残留物。估计匪卒既怕惊动山民、暴露行踪又无食粮，靠野物充饥。搜寻中，山柴突然摇伏，不停作响。有一动物，形似猪样，全身披着棕红色的长毛，嘴尖而长，拱土特别厉害。士卒见之，惊叫起来。此物闻声，恶叫着直面冲来，用长嘴做利器，遇人就拱，四脚飞跃，旋即而逃。士卒回神，速作镇定，尾随而去。红毛怪物见有人围追堵截，急进山隙，钻入岩洞。士卒顺岩洞小心追去，上走下钻，十绕九弯，发现了水流，沿水流走了一段，来到岔路口。一方随水流前去，在一山路边岩石间走出。一方远离水流，上爬很久，走出山洞。洞口仍在山中，四周茶树呈伞状撑开，青幽幽的，摘几片叶尖送入口中，清凉爽口，精神大振。猎人来了，说此处是茶树岭，追逐的是红毛野猪，跑掉了。官兵叹惜，到手的野味跑了，也不知曹成逃向何方。

岳飞追曹，朝思暮想。派出去的各路人马还没找到。难熬的等待，心急如焚。难道曹成是孙大圣，会七十二变？正疑虑间，搜山士卒在老祖山附近发现一年轻妹子，蓬头垢面，一丝不挂，见女的，就去摸其乳头，比着大小，傻傻地笑；见男的，尖声狂叫，疯疯癫癫地飞跑而走。村民们认定是戴药师家被曹成抢去污过的女子。其妻见之，受不了如此打击，一根麻绳套上脖颈，悬梁自尽了。岳飞闻之，痛苦万分。赶忙召集戴神通前去稳住戴药师。戴药师正在潜心调理岳父，用了十多种方法，未见好转。岳父中的是自己独创的断命散之毒。此药首先伤的是肠胃，接着是全身神经，继而是流遍周身的血管，最后是各个器官溃烂而死。服药在一个时辰之后药性开始发作。如果在一个时辰中清洗肠胃，平安无事。或许在两个时辰之内放血入药，能保性命，但已成疯人，无法挽回。中了此毒之人，除非是特殊材料制成的，否则非疯即死，没有选择的余地。戴药师师从岳父，也许是岳父经常熬药闻药，才坚持这么久，否则，早就归天了！

师兄找到唐鲁班，上山来了，正在察看地形。岳飞出来陪同，说着自己的想法。唐鲁班走了一天，开始营造各种机关。岗背岭上各种关口和龙华寨密室的机关都是老杨头自造的，除了唐鲁班之外，无人能破。本来密室之门只有老杨头和杨再兴两人能开。周闷棍为追查老杨头的下落，偷偷请来唐鲁班，暗中在密室之门处套了一夜，才套开此门，发现老杨头的行踪。

据寨内厨师回忆，自从郝政和老杨头相识之后，两人相处极好，整天人影不离。千里难觅一知音，老杨头以为遇上了忘年交，喝酒吃饭，猜拳施药，无话不谈。曹成来了，老杨头生性贪玩，大献殷勤，寨内诸事，无论大小，不管秘密与否，和盘托出，全都交予曹成。召开众山各头领会议之后，老杨头陪同曹成在山上视察了一天，在密室里长谈两日，然后，闭门落锁，不见踪影。偶尔问及，曹成说老杨头把山寨全权交予他管理，独自下山云游去了。这也不怪，老杨头经常外出云游。每次外出之前，都会把寨内之事交代好，还要去老友戴神通那里喝几杯，求他帮助关照寨内之事。上次外出不知何时回来，这次听说又外出了，没有到戴神通那里，本来就感到意外。戴神通也觉得奇怪，曾经把这事告诉周闷棍。周闷棍听后，觉得事情有蹊跷，暗查一番，结果发现了天大的秘密！

戴药师慌慌张张地走出密室，说岳父已经驾鹤西游！可怜一代药王、阵战宗师，就这样惨离人世！

杨再兴奉命向南搜寻多日，没有发现曹成踪迹，觉得曹成逃去不远，或许躲在某处不动，再兴只好带兵返回。见长辈如此惨绝人寰，痛不欲生，意志消沉，整日萎靡不振，嗜酒如命，喝了个疯疯癫癫。

王贵千里寻曹，既没有发现曹成，也没有看到王渊。突然想到岳兄一心追曹，忘了身边留将，唱了空城之计，一旦被人识破，后果非常严重，速令兵卒无功而返。

徐庆遭遇同样的事情，一无所获。刚回到云山，意欲禀告岳都统，听说有股匪徒，约千人，躲在四季岩，饿慌了，出来抢食，躲躲藏藏地奔枫木山而来。被当地村民发现，对打起来。由于人多，洗劫了几家院落。现已恢复了作战能力，悄悄隐扎在凤凰山，正在打听曹成下落，选择去向，对外谎称岳飞平曹部队。

岳飞急令徐庆、王贵前去围攻。

凤凰山属云山余脉，依托云山，犹如一只展翅欲飞的凤凰。山内小山众多，岭连岭，山迭山。其间堑道交错，溪流横溢，时有山狐追野鸡、山鹰叼野鸭。有一岩洞，山猫经常出没其中。有猎农狩猎，曾去过，内宽而阔，可容纳上千人，当地人取名猫儿岩。岩内伴有山水流出成溪，常有山蛇游玩。岩鹰栖落溪边觅水找食，见山蛇，搏击起来。鹰蛇大战，引来无数放牛娃，凑看热闹。结果，不是遭蛇毒，就是被鹰啄。难医治，九死一生。猎农齐心封山封岩口，免受其难。长期以来，山中草木成林，大树成伞，郁郁葱葱，平常人不敢单独进山。

徐庆近水楼台先得月，一到凤凰山脚，直奔入山口，率军打头阵。部队绕过水库，进到山中，突然发现曹军稍纵即逝，左寻右找找不到。徐庆以为曹军上了山，猛追过去，仍然不见。稍停片刻，思考追剿方案。还没想清，突见四周山上冲出匪卒，喊杀声一浪高过一浪。徐庆自知中计，急着往回赶，来路已被曹军锁住。

王贵率部赶到时，徐庆已被围困山中，与王渊匪卒激战不断。王贵从侧面登高观看，徐庆四面楚歌，损失惨重，再持续下去，会被包了饺子。王贵瞅准了王渊的薄弱环节，急忙调兵遣将，并不断发出救援徐庆的信息。

徐庆正急如热锅上的蚂蚁，一听，外面喊杀声迭起，估计援军一到，立马擂鼓冲杀，背水一战。

王渊腹背受敌，况且，岳家军人数远远超过自己的部队，急令撤退，保存实力要紧。

徐庆和王贵迅速连通，内外夹击。一眨眼，曹匪销声匿迹。徐庆吃了一次大亏，不敢再吃第二次亏，生怕有诈，与王贵商量妙策。王贵想，王渊现在不过千人，咱俩合军就有一万多人，硬打能胜，但地形复杂，敌明我暗，即使取胜，也会损失很大。如果合力围而不攻，王渊无粮，围他十天半月，还怕他不低头求饶不成？对！此计最好，不战而屈人之兵！两人一拍即合，把整个凤凰山围得水泄不通。

一天两天不见动静！

三天四天不见人踪！

第五天，山中王渊率部试着出逃，徒劳无获！

第六天，有人发现受伤匪卒滚出山来，伏地求饶！王、徐两人会心一笑！

第七天，山中传出话来，王渊甘愿受降！

第三十七章

驻扎岳飞洞　造寨筑护栏

王贵、徐庆活捉王渊的消息传来，岳飞非常高兴。这么多天来，终于抓到曹成的一员大将，等于剁了他一只手。岳飞亲自下山迎接凯旋的王贵、徐庆。事毕，岳飞找来王渊，询问曹成去向。王渊一脸难色，他也不知道。据说，最初，曹成本想驻扎在福地云山，后因徐庆占领，随郝政占据岗背岭，意欲占山为王，逐渐扩大，准备东山再起。未曾想，岳家军穷追不放，曹成无栖身之所，心无定数，没有说过兵撤何处。上次，听百姓传言，曹成在红猪岭出现，估计现在还没走多远。经王渊这一提，岳飞决定，亲自前去察看。

一提到曹成，杨再兴不疯了，杨宪也来请战，都想报仇雪恨。岳飞安排王贵把守岗背岭，徐庆继续回云山，自带张宪、杨再兴、岳云、杨宪等率部前去红猪岭。

岳飞在红猪岭广泛了解，找不到曹成的蛛丝马迹。想起戴神通曾经说过，曹成惯钻山洞，岳飞再次详查附近是否还有没有岩洞。一村民说司马冲岩洞有两处，一处与红猪岩出口消水岩相连；一处在洪峰半山腰，只是听说以前有人丢失耕牛，找寻时见着隐蔽的岩口，没敢进去。岳飞一听，来了兴趣，大胆猜测，曹成是从消水岩过往司马冲岩洞的，说不定还在那里。立即叫上村民，带上部队，前往消水岩。

消水岩与司马冲相隔一段距离，山上大都是裸露的石林，其树木屈指可数。岩口有水从石隙流出。岳飞命人砸烂岩口挡石，见有一洞在出水口上方，刚好能容下一人弯腰进去。走过一阵，到了岔道。一方随水流逆上，一方是背道而驰的岩洞。经推测，是司马冲方向。择道行进几公里，洞成缝隙，进不了。侧耳细听，水流淙淙；用光射照，黑洞深深。出来告知岳大人，断定司马冲有流水岩洞，可能是没走对路径。一路人马浩浩荡荡地向司马冲进发。

司马冲，真是一条狭长的山冲。两边山系连绵，挟持一山洞，流水成溪。宛如两条长长的青龙游戏溪水，或是双龙合戏一水龙。其间鸟语花香，山清水秀。单个看山头，有的像雄狮盘座，猛虎下山；有的像麒麟跃溪，马食青草；更有一座山，非常特别，极像司马官帽。曾传说，一司马官人骑马经过，见这龙腾神地而不下马。马失前蹄，倒栽山洞，官帽飞飘成山。这里的院落依山脚而建，人气旺盛，自成集贸闹区。

岳飞见之，翻身下马，叹赏大自然的鬼斧神工。有胆大村民走来，询问缘由。岳飞告之，请求协助。村民好客，找来王氏族长，把官兵让进院落，安顿在王家祠堂。岳飞逆水寻洞，水源都不在本地。随村民伐木取道，遍踩山石，在大院背后找到一矗立的山石，似官人佩枪守山。岳飞左看右看，越看越像自己。难道是天意？岳飞思索起来，忽然想起，有奇石必有奇洞。仔细搜寻，在石人后侧石岩下，有草木遮蔽的岩口。岳飞为之大振，速派人员下去。一进洞门，看到一具顶天立地的石佛或是石将军把守。其后是各种形状的官兵和石兽石器。整个洞形呈扁圆状，可容纳四五百人，另有通气口，需吊绳可上。其上是山中空旷地，似练兵场或衙门公堂，左右有一排石人站立护持，前面似龙凤游来，好一处人间仙境！

岳飞好奇，蹲在洞外石人前平视，前有麒麟山，似麒麟回头观望；左有连绵不断的山岭像游龙侧至；右有狮虎山如猛虎下山觅食而来。岳飞双眼微闭，口中喃喃自语，沉浸在大自然的恩赐中。一会儿，张宪来了，说洞后另有更大的空地，可做练兵场。岳飞一听，立即去看，高兴得手舞足蹈。

族长带村民来了，说前几晚梦中总现神仙洞，果真如此。他们齐拜岳飞，三呼大贵人，并把此洞命名为"岳飞洞"。

岳飞见洞内仅容纳四五百人，心里并不满足，暗下想，既然老天照应，肯定还有更大的惊喜，说不定洞中有洞，曹成就藏在那里面。想到这里，岳飞闲不住，又派人下去探寻。过了一个多时辰，有士卒满身是泥，尖叫而出，发现了一个天大的秘密！

正在这时候，王族长来了，按当地世俗，人人出面，户户献粮筹钱，杀猪宰羊，祭祀山神、岩神，要发现者岳飞举持，顶礼膜拜。入乡随俗，岳飞从之。祭供之后，院人大摆筵席，犒劳三军。岳飞最善注重民意，这是联络感情、赢得民心的最好时机。于是，就坡下驴，暂停手头工作，率部毅然前往，参加村民的盛宴。宴会盛大，家家户户都参加。以祠堂为中心，沿路摆上餐桌，长长的，一直摆到大院尽头。族长带村民代表前来敬酒。酒过三巡，族长邀请岳飞讲话。岳飞依之，站在高处用喇叭筒喊起来。喊话的大意是：天降大幸于我们，务必军民惜缘，万民齐心，拥护朝廷，清除曹贼，乐享国泰民安。

大家欢天喜地，赞同的呼声一浪高过一浪。有人提议，酒后雇请戏班子唱大戏，推崇族长表态发话。

族长心随民意，接着喊起来，同意大家的想法。

岳飞想，曹成要是远逃，早就逃走了；若在近处，总得吃喝拉撒，一时半刻也逃不出。只要放手发动群众，总有他现身露面求生存的时刻。想到这里，也顺从老百姓的心意，带领部队前来助兴，自觉担任防护的责任。

大戏开场了。一对人耍的雄狮从台内纵到台边缘，点头行礼。然后，绕场一周，腾跳起来，跃上两人单手平举的四方桌，耍桌耍椅耍凳，欲登其叠加七层之上、呈金字塔式的最高峰，挂牌，亮相。紧接着，悬空表演各种动作，飞落地面就地十八滚，踩上绣球四处行礼。那种民间式的险、奇之绝技，真叫人叹为观止。

长龙飞舞着紧随其后，也不示弱。滚龙、盘龙、飞龙，双龙抢宝，呈现各种形态。伴着龙的叫声，仿佛两条活灵活现的真龙来到现场。一对金童玉女飞跃龙背，随龙腾而舞，在两龙背上跃过来纵过去，长枪对长钯，戏杀起来，从龙尾杀到龙头。还取上龙嘴下的金须挂在自己的下巴上，扮作鬼脸，轻功如此了得！

台下，掌声接连不断，尖叫声此起彼伏，混杂着卖土特产的叫卖声。什么金丝薯条、爆花薯糖、红圆米花、玉雪发糕、黄金空饼、尖嘴葵籽、卵子香豆……应有尽有。有一俊女挤过来，挨在族长和岳飞身边坐下，不时地替岳飞递茶送吃货，眼内闪着金光。岳飞迟疑，欲接不接。族长爽朗大笑，告诉岳飞，是其爱女，雅称"小白兔"。岳飞听后，接过米花尝吃，赞赏她给的米花油亮亮的，既香又脆，好吃得很！暗中保护岳飞的钟雅静醋意大发，选择戏中空当，飞身上台，紧身取下腰带，挥砍成刀，猛抽似鞭，乱掷若流星，抛掷如乱麻，舞上了十八般武艺的绝技。那身影，腾如大鹏展翅，落如轻燕着地，真叫人喝彩不断！岳飞转神，目如闪电，随台上身影飞舞，不觉一声长叹！陡然，台上身影燕子翻身，四个流星珠分上下左右直向小白兔而来。全场哑然！岳飞眼疾手快，手似刀砍，袖如布挡，还是扑了个空。流星珠飞速而回，钟雅静碎步弯腰行施诡礼，吓得小白兔尖哭起来。岳飞欲怒想喊，一青年飞入台上，似蛟龙出海，与钟雅静游战起来。一个是腾龙长吟，一个是飞鹰盘旋；一个是恐龙缠身，一个是螳螂避险，打得不分胜负。岳飞纳闷，侧问族长，此男是谁？族长摇头，一脸惊疑。台上，拳脚不断替换，精彩不断，突现鹰爪抓蟒蛇，蛇尾狂抽，蛇头翻转高昂似钉，飞摆欲吐信。观其形，似有纳音，旋即，双双飞流台面。一曲曲古装大戏应声而出，填补了空缺——《卧薪尝胆》《围魏救赵》《金屋藏娇》《辕门斩子》……地方戏也闪亮登场武冈丝弦，傩戏，阳戏，走马灯，渔鼓筒，板凳龙……纷至沓来。戏后，兴致未尽。族长请岳飞再喝夜酒。钟雅静和小白兔争着替岳飞倒酒，不知喝了多久，酩酊大醉的岳飞被人扶上了床……

次日中午，房门擂得"咚咚"直响。酒醉未全醒的岳飞翻身坐起，脑中浮现李氏抱着两岁的霖儿笑吟吟地走来。睁眼看时，房内空空。反复回忆昨晚情景，脑中空荡荡的，总是想不起来。开门，张宪急着进来，差点朝前倾倒。岳飞询问何事，张宪禀报洞内之事。

岳飞随张宪来到洞前。张宪用手比画，述说洞内构造。此洞很特别，呈立式暂分四层。越往下，一层比一层空阔，至第四层，可听到下面的水流声。层与层之间是悬空的石隙，仅容一人跻身，攀石才能过去。走几百米至尽头，躬身顺随不规则石阶而下，第四层之下去不了了。从洞内迹象分析，曹成没有来过。岳飞听后，有一个大胆的构想，在此驻军练兵，既可进，又可退，还可以入洞驻扎避风雨。真乃天赐我也！岳飞雷厉风行，找来族长商量。族长十分赞同，发动村民筹粮捐钱伐树木，帮助建军寨。

岳飞请来唐鲁班，依地形建寨，凭地势筑护栏，一个像样的军事基地一蹴而就。

第三十八章

军民鱼水情　官兵解民难

寂静的山村随着清脆的鸟语而苏醒，日出而作的山民们开始躁动起来。事农的，做手艺的，吆喝着卖早点的，各种声音交织在一起，构成了放牛娃们朗声喊山歌的完美伴奏。田垄里，菜地边，花枝招展的村姑们一边割着猪草一边应和，沉浸在欢悦的心情中。小白兔早早地起来了，梳妆打扮一番，头一扭，长辫一摔，急匆匆地前往军营外，透过护栏，窥视营内动静。

新的一天开始，岳飞感觉空气特别新鲜，站在训练场一角，习惯性地操练起岳家枪来，不时地飞舞出更新鲜的动作。突然传来喝彩的声音。循声望去，小白兔红着脸，正朝这边张望。岳飞"唰"的一下脸红耳热，停下手中的活儿，不知所措。小白兔捂着嘴巴傻笑。岳飞强迫自己镇定下来，假装没看见，侧身偷视，仿佛看到西施来了，头上还插着醒目的大红花，忽然变成沉鱼落雁的一群美女，挑逗自己的欲火。作为二十九岁的岳飞来说，正值青春年华，心中"腾"地撞上小鹿，全身燥热，身不由己地向护栏走去……

张宪、杨再兴各自带着自己的队伍操练开来。各种操练，步调一致。擒拿格斗，独树一旗。军容军貌，整齐划一。不时地传出口令，喊杀声响彻天宇。

有哨兵走来，说有人在护栏外偷看。杨再兴一下警觉起来，速去。见一女子在栏外不停地向军营张望，似曾相识。岳大人或许发现了，正朝她走去。却又不像，走至半途的岳大人看见有人走过来，接脚就回转。杨再兴大声喝问那女子。女的也一溜儿烟似的跑掉了。杨再兴懵了，一时搞不清是何缘故。

岳飞随机喊话询问："什么事？士卒训练得怎么样？"

杨再兴突然觉察到什么，随口答道："没事！士兵正在训练。我想请教您一件事。"

"何事？请讲！"岳飞示意道。

"现在，武冈全面发动，正在搜寻曹成。关键是不知曹成下落。也不知道他手里还有多少兵。朝廷命令铲除曹害，现曹乱还未平定，一时半会，不会撤军。我们还要在这里待上一段时间——"杨再兴说着，话还未说完，岳飞就把话打断了："这正是我的想法！所以才安营扎寨，继续追曹！"

"关键不是这个！后勤告急，现在正是老百姓青黄不接的时刻！"杨再兴继续说，"一日无粮千军散！"

开早餐的军号声已经响起。岳飞也感到事态的严重，说道："上午再好好议论一下！"说后，各自回营部去了。

早餐后，王族长来了，正和岳飞在帐内说着话。张宪、杨再兴等几个头领早就候在帐外。岳飞出来，接着开会研究。

会议形成一致意见，军民联谊，开荒种地，开展大生产运动。男女老幼都发动起来了，漫山遍野都是种庄稼的身影。

官兵度荒月，后勤加派人手，每日主粮中掺和野菜充饥。日子虽然过得紧巴巴的，但村民省吃俭用，经常送些家禽、蛋类补给，军民如一家，精神上蛮愉快的。村民们还通过亲戚的亲戚串通信息，如期发现残匪，及时告知头领，捉拿或收拾到位。

族长有一位远房亲戚在百步岭下的岩冲，发觉小股匪徒下了百步岭，在院子里抢了粮食钱物躲进人字岩。岳飞获悉，摊开地图一看，人字岩在武冈东北的杨柳地带。立派杨再兴带兵前去追剿。

人字岩处在百步岭下，岩口是整块巨石呈拱形生成，口上吊生藤叶，既像门帘又像男人的唇须。口中顶立一巨石，像桥墩更像双手反撑举起的大男人。当地有一个传说，秦始皇一统天下，号令手下遍寻长生不老药。武冈云山是全国出名的六九福地，始皇派卢、侯二将率部前来。卢、侯二将来到武冈，直上云山，安排下属寻访武冈各山。刘姓头领带兵来到岩冲，因贪恋其山水和院落里一位欧姓美女，赖着不走，终成上门女婿，结婚生子。但，安居不乐业，常常夜半惊醒，梦里总见始皇派人来追剿。泰山大人知之，告诉其院后岩洞中半夜出神龙，有人见了，据说此龙白天在洞里睡觉，半夜才出来觅食。谁要是得其龙珠食之，定可长生不老。而且，在它睡觉时才能偷得到龙珠。刘头领别无他法，只有冒死一试。一日清早，听人说神龙已进洞，刘头领命守卒把守洞口，自带兵卒进洞取珠。进洞时，脱掉一位老和尚送给他的用来镇定洞内妖气的神鞋，放在洞口做镇定器。并告诉守卒，一旦发现神鞋摇动，立即通知洞内人员撤出。

刘头领进去一天了，还没出来。守卒的肚子饿得呱呱叫，见神龙纹丝不动，就去院落找吃的。吃饭回来之后，发现神龙抖动厉害，急忙向洞内大喊。洞内无光，路径崎岖不平。刘头领摸索进去。也不知过了多久，龙珠没找到，突然听到前面神龙长吟，估计神龙睡醒要出洞了，刘头领只好带兵撤退。刚到洞口，其摇晃得快要崩塌了。刘头领眼见有些士卒在后面还没走出来，担心神龙出洞后不再回来。在这紧急关头，刘头领用手反撑岩口。走出岩口的士卒得救了，刘头领却成了顶岩石人，龙珠也没取到。后人说，神龙从此在岩内消失，不知去向。来不及走出岩口的士卒走了几十里山洞，找到另一出口，走进出口处的院落，挨家挨户搜查，也没发现什么。大家不敢回去复命，叫出口处的院落为"查家桥"，安顿下来。刘氏后人为了纪念先祖，把此岩叫作"人字岩"。

杨再兴来到人字岩，了解详细情况后，兵分两路。一路把守查家桥出口，一路由自己亲自带领进洞。通过喊话等精神攻击和正面冲突，活捉洞内百多号匪卒。带回岳飞洞一审，是打散的曹成的嫡系部队，他们想归队，也在找寻曹成下落。猜测曹成还在近处躲藏。

岳飞继续撒网，捉拿曹成。

天越晴越高，天气十分炎热。司马冲地段有很久没下雨了。每天，冲内有限的水井口排成长龙。挑水人员因争抢而发生争执，甚至打架斗殴，闹出矛盾来。族长找到岳飞，到现场察看地形。二人一合计，军民出力围溪筑坝建水库，用来灌溉和人畜饮用。

劳动的号子响起来了，劳作的场面热闹非凡。军民互助，有说有笑，融为一体，亲如一家。

有了付出，暂显收获。大坝一天天长高，贮水一天天增多，终于修成长塘水库。

院落里的青壮年们钦羡军旅生涯，推举族长出面说情，主动要求参军。岳飞欣然接受，壮大了队伍，并隔三岔五地举行军民联谊活动，把欢乐的气氛搞得更加热闹。

近日钟雅静也有些许变化，时不时地在岳飞面前冒出，装束变成喜气的艳红，皎洁的脸上偶尔点缀着一两颗调皮的青春痘，会说话的眼睛在岳飞身上逡巡，遇上岳飞的眼光就躲避。岳飞对钟姑娘是挺感激的，几次在危难之中暗中保护，化险为夷，心中也藏有爱慕之情，就是觉得自己是有妇之人，亏欠太多，对不住人家姑娘家。每次遇上，想弄明白那次醉酒之后是否有出格行为，话到嘴边又搪塞回去，梦中还时不时地想起她。

　　曹成没被捉住，岳飞心里还是放心不下，时有失眠现象。想起曹成，又失眠。今早起了个大早，去晨练。未曾想，小白兔早早地在栏外守候。岳飞干咳两下，假装一本正经，练起独创的枪法来。栏外响起了赞赏声。恰在这时，空中飞舞出流星珠。岳飞眼疾手快，一手倚枪点地腾空，一手脱去外衣飞扫拦珠。钟雅静陡然冒出，凌空尖叫着娇嗔起来。小白兔吓得逃之夭夭。岳飞腾空呐喊制止。钟雅静二话没说，白了他一眼，也走了……

　　晨练一如既往，岳飞有几个早晨没见小白兔了，心里像丢了什么似的，空荡荡的。栏外聚集了很多人，闹哄哄的，王族长也来了。岳飞以为小白兔吓出问题，族长前来兴师问罪。小白兔病了是真，但院落里还有很多人也病了。有个老人生命垂危。院内传出，岳家军惊怒岩神娘娘，天要收人了！责成岳飞顶罪，祭岩神！岳飞带着军医速去院落诊断病人。此病很怪，患者类似感冒先发烧，严重的休克、五官充血。军医断定是患了什么传染病，不是老百姓所说的岩神动怒要收人。见着小白兔，卧床不起，全身赤热，气息微弱，岳飞心疼起来。忙命军医采取临时措施，隔离病人，熬喝汤药，用草药烟熏，然后再寻良法。时间一分一秒地过去，患病的人越来越多，连士卒也有人感染了。村民怨声载道，要拿人出气谢罪。岳飞急得跳起来，坐立不安。难道真的是修长塘水库得罪了山神？心里想着，脚不由自主地走向水库。见到钟姑娘坐在水库边的石头上，双手撑下巴，发出喃喃细语声，好像在自责。岳飞吆喝一声，心事重重地走向库边回水弯，发现水上浮着许多死老鼠。岳飞警觉起来，脑中旋闪出一个问题。莫非是人喝了死鼠污染的水而生病？如果是，又有什么办法医治呢！他静静地想着，好像听到轻微的响声。顺声悄悄寻去，在水库上手边发现几只活老鼠正在啃草叶，从形态上看，像病鼠！岳飞突然冒出一个想法，忙向钟姑娘挥手示意。钟雅静踮起脚尖，怯怯地走过来，看到病鼠啃草叶那一幕。岳飞在她耳旁说了几句悄悄话，打发钟姑娘走了，然后躬身守护。钟雅静找来军医，见证之后，发动士卒上山采此草药给病人熬服，先从士卒开始，死马当作活马医，并处处消毒，尤其是水源。几天工夫下来，病情有所好转。岳飞亲自去院落找族长，行至半途，被村民堵住。村民抬着那个死去的老人直往军营送，嚷着闹着要岳飞赔人！岳飞忍无可忍，号令官兵采取果断措施，控制局面。岳飞脱开身，飞也似的找到族长。族长夫人守在奄奄一息的女儿病床旁，哭天喊地。族长待在一边，六神无主，见岳飞来了，也不搭理。岳飞二话没说，端起军医带来的汤药一匙一匙地喂给小白兔。喂后，要求族长给他三天时间，并要族长组织患者喝汤药。

　　岳飞天天来看小白兔。小白兔脸上开始有了红晕，气势明显好转。一个星期之后，病疫得到控制；半月之后，患者全部痊愈。

　　族长带着村民敲锣打鼓，来感谢大恩人岳飞。邀请岳飞去他家做客。盛情难却，岳飞带上杨再兴和钟姑娘等如约而去。

族长老远老远出来迎接，族长夫人笑语连连，小白兔笑容可掬。酒席上，小白兔似旋转的陀螺，绕桌筛酒，添酒不停。同干三杯后，族长先拿酒敬岳飞。小白兔胆子大了起来，走到岳飞身边，端起酒杯敬起来。在这热闹的场面上，再兴、雅静也不失礼节，敬了族长之后也同小白兔互敬起来。嘻嘻哈哈，如同一大家子亲人。正在觥筹交错的时候，突见一个五六岁的小女孩端上茶杯慢慢走向餐桌，操着童音，要替小姨敬大英雄！一双猫眼圆而有神，一张巧嘴说得动听，一口白牙细而好看，一张圆脸上跳出一对惹人喜爱的小酒窝。岳飞赶忙拿起酒杯站起，俯身碰杯回敬。女孩摆着小手大声嚷道："哪有大英雄敬小孩的？"惹得众人笑得前仰后合。

岳飞兴奋，和族长说上悄悄话。族长告诉岳飞，是其外孙女，绰号小花猫，今年五岁。岳飞想起次子雷儿比她大一岁，哪有她这么乖巧！敬了酒后，小美人扯着小姨的衣角，站在她的前面。岳飞高兴得不得了，端起酒杯再次走向小花猫……

第三十九章

追郝沅州边　　捉曹豹子岩

岳飞有一段时间没有见着张宪了，张宪率部一直追着残匪郝政。岗背岭一战，郝政败退，起初慌不择路，且战且退，失去很多士卒。退至一山冲，郝政躲起来。张宪一时半刻找不到。郝政利用这个机会，迅速察看地形，边看边喜形于色。两边是高山，中间一条长长的小山道，天生一处打伏击的好去处。郝政布了一个局，在两边山上埋伏着许多兵卒，然后率部大张旗鼓地从狭口进入。张宪寻了一阵，终于发现郝政进入峡谷，一阵猛追狂打，企图一举歼灭。未曾想，中了郝政的诱敌深入之计。等发现时，为时已晚。狭口堵，岳家军被包围在峡谷中。

前无帮手，后无援军，岳家军只有殊死一战。好在岳家军比曹军多了一倍，且个个英勇善战。虽然杀出血路，退出峡谷，但岳家军死伤无数，此战吃了大亏。郝政聪明，也不敢反追。双方处于相持状态。张宪沉下心来，查找问题，调整心态，改变作战方略。派一部分兵力绕山而过打前站，自己在后面寻找战机。真乃天助我也！一群放牛娃进山玩火烤野味，失火，火随风势蔓延，燃起熊熊大火。匪卒为活命，四处逃蹿，上山的被烧死，后撤的被岳家军打死。郝政急令，加速前进，冲出狭口，脱离火海，正想喘口粗气，却遭到打前站的岳家军的伏击。郝政当机立断，调兵遣将，跳出岳家军的伏击圈，朝田垄大道火速前进。行动迟缓的，成了岳家军的刀下鬼箭下魂。张宪感到战略方案对头，赶忙摊开军用地图，预测郝政去向，断定他不敢走大道。郝政在八十里天平山周转了很久，现在雪峰山腹地周旋。张宪想到这里，有了新的主意，发出了求援的信号。

经此一战，郝政胆战心惊，觉得张宪料事如神，得改变撤走的方式方法。郝政想着，数点手中的兵员，又失去一千多，只剩下三千多人了，再这样下去，会耗光的。拿出地图一看，有两处很特别：一处是雪峰山腹地，寥无人烟；另一处是沅洲城，山水相护，既可水战，也可陆战，再加上那里商贸繁荣，粮草不成问题。思量之后，郝政叫来手下得力干将马称，周密部署。

岳飞得到张宪的求援信之后，急派杨再兴率部前往。岳云向马勺告别。马勺一听郝政率部逃往雪峰山腹地，拉着岳云去找杨再兴，要求参战，样子很神秘。杨再兴同意，即刻启程，向雪峰山进军。突然发现一支马队，却是渔民装束，走在前面，时隐时现。但是，从没伤害过岳家军。难道是岳大人故意安排的开路先锋？管他三七二十一，赶路要紧，杨再兴想罢，策马扬鞭，挥师而去。

张宪马不停蹄，一心灭郝，一路追赶。队伍来到一处山坳口。张宪有了上次经验，不敢贸然行进，把队伍隐蔽在外，从侧面攀岩上去察看地形。整个山形呈漏斗状，坳口极像盛茶的器具的翘嘴。坳底仍是山地空坪。山腰处有军营扎寨。从扎寨的范围看，营房可以容纳三四千人，"曹"字旗高插，猎猎飞扬。张宪想，要么是曹成的巢穴，要么是郝政主力所在。莫非是想依托山势安营扎寨、卷土重来？得想个办法打击打击。直接攻打，占不了地利优势，最好是诱出坳口，再设伏围歼。这样想着，张宪率部从坳口直冲。曹军在坳口把守很严。士卒冲了三次，也没冲进去。张宪在坳口叫阵："曹贼，你这秃驴，有本事就冲出来试试钢火，别像缩头乌龟那样不敢出来。"

"张哈宝[①]，别耀武扬威！冲进来算你狠！"里面传出了话语，既不是曹成的声音，也不是郝政的。

张宪心里掠过一丝疑云，继续喊道："秃驴，你已完蛋啦！还指使二狗仔装腔作势？"

里面一片寂静，没有回应。看来曹成负隅顽抗，想垂死挣扎，只有赶着鸭子上架！就从刚才那悬崖边攀爬而上，那上面岗哨不多，防守不严。张宪雷厉风行，派一支精干部队悄悄攀上悬崖，神不知鬼不觉地干掉岗哨，占领一处岗哨。张宪命令一部分士卒继续攀岩上去，接应前支队员；自带一部分士卒守伏在坳口。攀岩部队似猛虎下山，成功夺取坳口，开门迎接张宪。部队合二为一，直取营寨。一青年率兵跨马，在坳内空坪上挡住岳家军，杀将起来。一对虎头铁钩舞得娴熟，舞出多种兵器的功效，士卒不敢近身。张宪见之，挥鞭猛跃过去。他的斧头枪也不是吃素的，凭着杆长的优势，主动发起进攻，猛刺数枪，犹如万箭穿心，兼顾斧砍棍扫之能耐，

---

① 当地方言，是傻瓜的意思。

杀得个水泄不通。青年不慌不忙，缰绳一勒，立马飞钩，直取张宪颈项。张宪急忙策马回转，拖枪反刺。青年不但不追，反而策马绕转，侧身近地，举钩从侧面钩扫张宪马脚。前腿飞跃躲过，后腿慢了一点，被钩住。马虽然后踢逃脱，但脚被钩器所伤，跃过两下，歪邪而倒。青年瞅准时机，挥钩直钩张宪腰身。张宪顺势用枪点地，撑过险地，跃入旁人护军之马，匆忙逃遁，惊出一身冷汗。岳家军速速撤出坳口，差一点儿就被包了饺子。青年见没围住，号令士卒收兵回营，也不追赶。张宪的诱敌之策没有成功。张宪既恐又烦，此人功夫如此了得，硬拼不行，又不上当，怎么办？看那山形，虽像漏斗，也像酒杯，更像口袋，心想，只要守住袋口，量他十天半月也撑不过。守了几天，再上悬崖被挡，无高处观察坳内动静。张宪只好在坳口连夜造四方木架塔，天明观坳内，匪卒操练有序，无慌乱迹象。看来，还有隐蔽的出口筹运粮草。从外围核查，根本找不出。张宪绞尽脑汁，无计可施。心中疑云密布，既没看见曹成又没发现郝政，就连他手下的人都打不过。还有，以前，他们假以岳家军旗号，如今怎么公开高悬"曹"字旗，是不是故意蒙骗或诱敌入瓮？张宪想弄清楚内幕，择日又去叫阵，指明要和曹成或郝政对阵，说小屁孩使诈，不和他一般见识。那青年一听叫骂，把自己当"小屁孩"，年轻气盛，暴跳如雷，率兵飞来坳口，见昔日手下败将挥钩就打，一言不发。张宪今日见他，盛气凌人，有点轻敌，心生一计，猛攻过去，随时提防对方使诈。二人大战两百个回合，攻守相应，未见破绽。青年想，此人前后判若两人，来者不善，再消耗他一阵，择机杀之。两人又周旋了一百多个回合，都无机可乘。张宪盗用青年上次之法，没奏效，反而激怒他，越战越勇。张宪露出一个破绽，佯装体力不支。对方立马俯身，挥钩过来。张宪策马而逃，速用回马枪。对方眼见手快，勒马回走。张宪利用枪长之优势，速刺对方马后股。马痛狂走，青年在马上纵跳，钩当流星使，直冲过来。张宪策马逃出坳口很远，回头看时，青年似鹰影，轻功上乘，转瞬无踪影。

二人各自回营，都不敢贸然进犯。

张宪觉得还是从外围入手，遍查各处，发现山背面一院落，农人可疑，常与外界商人联络，粮食一进院落就无影无踪。仔细盘查，也没有问出什么名堂。张宪正要下手，忽见一陌生人飞马而至，渔民装束，丢下一信笺就走了。张宪看后，大惊失色，半信半疑，主意未定。恰在这时，杨再兴率援军追到，并带来内部机密。张宪依令，把此地交给杨再兴，即刻启程，直奔沅州城而去。

沅州城依山势而建，顺沅水而扩，属黔巫要塞，历来是兵家必争之地。这里水陆两通，商贾云集，人员混杂，南来北往的流寇也比较多。经常发生斗殴流血事件，治安条件较差。自从郝政来了之后，屠城清理，山上设卡，城里置岗，水边布哨，水中暗藏杀机。把个沅州城整理得井然有序。郝政想，如果曹大哥还在，就把沅州城作为今后的皇城，把雪峰山作为后花园，兼顾粮草筹运，练兵场所和护国长城之用；如果曹大哥遇难，就把这里作为报仇雪恨的据点，它日东山再起。曹军个个精神警觉，防范严厉；人人头扎白巾，满眼喷火，同仇敌忾。

张宪来了，迅速查明情况，暗派士卒装扮成商人想混进城，因不懂新近进城的口令，被挡了回来。

智取不行，只有硬攻。张宪发动全军，制兵车，造云梯，封锁外援，禁止通行，准备攻城。

昔日热闹的沅州城一下成了一座孤城。郝政非常警惕，加派岗哨，日夜巡查，严阵以待。

攻城开始。岳家军土炮轰隆，走卒遍地，驱战车，架云梯，攻城门，爬城墙，前仆后继。城墙上，曹军英勇无比。连续几日，岳家军多次攻城，无功而返。

沅州城墙是用四方体大青石黏上特制的三合土①混胶而成，固若金汤。

张宪久攻不下，只有围城断粮。围城数日，未见城内有异样现象。突见沅江上多了许多货船，接近城郊，就不见了。张宪觉得有问题，正在思考如何下手，忽见一土行僧打扮的人来了，把他引向后山。山中聚集了一伙人，为首的就是钟黑塔。张宪惊问：“怎么是你？你不是在青龙苑守粮仓？”

“我已追寻多日！前段时间，听说岳家军四处追曹，查无下落，我就感到奇怪。猜测曹成随了郝政，曹明郝暗，一般人很难发觉。我安排人守仓库，暗自带来十多人追郝至此。郝在沅州城层层设卡，四门紧闭，须凭通行证，对上暗语方可进去。非内部之人，根本进不了！再者，城墙上守卒轮番交替，硬攻是不行的！”钟黑塔说得条条是道。

“那，依你之见呢？”张宪迫不及待地问。

“我已找到城内向外排水的下水道。为隐蔽起见，我在这里挖道连通，通过下水道可到城内。在道中依我标记可到城西居民区。那里不容易被发现。”钟黑塔用手指指山中道口，继续说，“我带人化装成当地居民顺道进城，排除城西障碍。你兵分三路，一路随我后进，固守城西，开西门。一路从城外入西门猛进，人要多，大造声势。还有一路从下水道西出上城墙，等西门一开，大军猛入城时，痛杀城墙上守卒。智取沅州城！”

张宪觉得此法可行，依此行进。

一时间，城西突然冒出许多岳家军，西门大开。外面的岳家军直入西门。城内喊杀声一片。岳家军冲上了城墙，大杀起来。

曹军仓促应战，慌了手脚，乱作一团。岳家军乘虚而入，杀了个片甲不留。

城南告急！

城北告急！

城东曹军失去战斗力，顿时土崩瓦解，不知去向！

———————————

① 特制的三合土是在土、砂和石灰合成的三合土中加入红糖、蛋清、熟糯米、树胶等制成，坚硬如铁，几百年甚至上千年都不变脆，比现在的水泥混凝土还厉害。

清扫战场，找不到郝政！

到处搜查，也找不到郝政的人迹！

钟黑塔犯疑。他曾暗自进城，亲眼看到郝政查岗、督阵。

张宪登上城墙高处的岗亭，四下搜望，发现沅江上有名堂。用长镜筒瞭望。只见江上有几艘小船上有一群人，临水飞舞，似蜻蜓点水。水里微露黑点连成的八卦阵。张宪一下明白了，留一部分人守城，亲率大军直扑江边，围堵河岸。

近距离终于看清了，水里忽见大贝壳与河螺组成的八卦阵。水上渔民打扮的人是阮小成他们，飞水掐脱贝螺之上的通气洞，打起水仗。破了水阵。这是郝政的歹毒之招，倘若碰上完全不知情的张宪部队，定会全军覆灭。

水战已接近尾声。剩存的贝螺兵逆水沿岸而上，向雪峰山方向逃去。张宪率军猛追。迎面碰上前来助战的杨再兴大军。两军夹击，曹军腹背受敌，乖乖投降，为首的是郝政！

张宪、杨再兴一路押着曹军往回走，听着郝政说出沅州城地下的奥妙和雪峰山的神秘。如果不是钟黑塔挖地道进城，如果不是阮小成水上破阵，岳家军根本赢不了！沅州城可通过地下水道进入沅江，还可上到对面的山上。遇上两军夹击，是天命！至于雪峰山坳地，如果不是马称亲哥马勾来打，也根本奈何不了！天命难违！

郝政丢下白色头巾，边走边叹息。

此时，信使飞报，饿疯了的曹成躲在武冈东北方向的豹子岩[1]，出来进院落找吃食时，被前来征讨的韩世忠部队碰个正着，现已招安！

郝政无不叹息地重复那句原话："天意啊！"

第四十章

挥师汪家坪　惊赏岳字山

岳飞惊闻郝政被活捉，欣喜若狂！作为曹军的强硬派，发誓要为曹成报仇雪恨的郝政被拿下，真不容易！岳飞在岳飞洞练兵场设宴迎接凯旋的官兵。

马金头闻讯，从笔架山赶过来，专程来看自己的两个宝贝儿子。杨再兴把马勾马称兄弟推到岳飞跟前，大表其功。两兄弟有点腼腆，钉在那里一动不动，傻傻地看着岳飞。岳飞见兄弟俩一白一黑，面相一善一恶，心叹：一母生九子，九子各不

---

[1]　现今武冈晏田乡石门村。

同！马金头见两儿傻乎乎的，立即呵斥起来："犬子，还不快快拜见岳大人？"两兄弟依声而拜。岳飞惜才，赶忙请起，眼睛紧盯马匀，好像看不够一般。

王族长来了，同来道贺，顺便送来些兽禽、粮食，为庆功之宴添加食料。一见到岳飞，大叫不已："女儿的恩人在上，受小民一拜！"

岳飞慌了，随喊："折煞我也，请起，请起！"

众人进到厅堂。马金头兴奋，大加赞赏岳飞选择此处做练兵之用的眼光。末了，隆重推出汪家坪的龙势，山中闲养，仿若神仙居住，是一块未曾开垦的处女宝地。

岳飞一听"汪家坪"三字，立马想起义父，不知他的病好了没有？上次多亏他穿针引线，才拿下岗背岭。前段时间，战事吃紧，无暇顾及，现在曹乱已基本平息，很想去看望他。

开餐了！士卒们在场上依桌入席，吃起来。厅堂里，大家客套，相互谦让。岳飞让族长坐正位。族长推给马金头。马金头二话没说，拉过岳飞，按在正位。他和族长在岳飞左右。张宪、杨再兴、岳云、马匀兄弟等依次入席。岳飞把郝政请来，同桌共餐。郝政感激涕零，端起酒杯先敬岳飞。马金头见岳飞如此看重俘虏，也站起身来，要和岳飞喝杯交心酒。王族长凑热闹，极力要求来做陪。岳云和马匀，不打不相识，也主动干起来。餐桌上有几盘菜，都是黑褐色的，样子很特别，吃起来如同嚼着神仙也未曾尝过的美味，香而酥脆，油而不腻，咸辣可口，进口生津，入口相融。族长见岳飞喜而生疑，用竹筷点着盘子，介绍起来。这是血浆鸭，就是用炒香炒熟的鸭肉浆上鸭血而成。看似简单，要想好吃，非常讲究烹调技艺。

"那，怎么煮？"岳飞想讨教。

族长说："首先，把鸭剁成碎块，越小越好。其次，用菜籽油或芝麻油炸香烊脆。再次，掺和盐、辣椒、姜、蒜叶和山椒或新鲜的柑橘皮。最后，把鸭血调匀，温火搅和于肉中即可。如果要求还要高，就用武冈丝鸭①做主料。"族长边讲边荐菜给大家。一盘血浆鸭一下被吃光。岳飞的眼睛移向另一盘。族长又说起来："这是一盘血饼炒腊肉。你们看：黄澄澄的腊肉油爆爆的，吃起来爽口；薄圆圆的血饼咸辣辣的，吃起来爽心。真是色香味俱全！"

"那血饼是怎样做成的？"岳飞不耻下问。

"血饼是用猪血加作料揉进鲜豆腐，制成大一点的丸子，蒸煮烘干熏腊而成。"族长说着话，一盘血饼炒腊肉转眼只剩空盘。众人的目光又盯上了土鸡炖板栗、腊猪耳炒葱嘴、猪脏三鲜汤……吃得大家打着饱嗝还想吃。岳飞坦言："想不到武冈吃成这等高水准，要是皇上知道了，定会上贡！"

"您还没吃到武冈的卤菜和铜鹅宴呢！那种口味独一无二，包您吃了一辈子想吃且不会忘记！"马金头补充道。

---

① 武冈丝鸭又称武冈石鸭。传说是天鹅遗落武冈的异类。又说是石缝里长、爬出来的丑货。食五谷杂粮长大，体积少，重量每只一两斤，肉质好。

x

x

x

"哪里有？"岳飞被钓上了胃口，望梅止不了渴！

"去汪家坪吃！"马金头拍拍自己的胸脯，说道，"就是我的包衣地①那里！天鹅来到人间繁洐第一代②就在那里的烟木冲。"

岳飞听得心里痒痒的，要徐庆派姚二爹带兵过来接管岳飞洞。自己挥师汪家坪。

杨再兴见曹成已降，战事暂告一段落，也想起家人，和义弟耳语起来。岳飞非常赞同，点头应允。杨再兴立刻派人去接妻儿，来汪家坪一聚。

汪家坪大院落，坐落在三面环山的山脚下。传说是犀牛下山饮水的地方。近看，真还有点像！一头母犀跪在潭边饮水，嘴前是潭，两眼冒井水，两侧小土堆似小牛。院落就建在母牛肩背上。左前，狮虎石山守门，其后，大鹏展翅，欲飞而来。右前，群兽聚会，百鸟云集山中。身后，天边，似双龙抢宝而来。山中，时有烟雾弥漫，似有仙人走出。好一处人间仙境！看得岳飞辍步呆望良久，示意大军悄悄进入，不要惊动神仙。

义父早早地站在大院门口迎接。岳飞一见到义父，立行大礼。士卒跟着同拜。初见这么大的跪拜场面，义父既兴奋又惊恐，连忙喊起嘶哑的话语，频频回礼，把大家请进院落广场。岳飞径直朝广场后的汪家大祠堂走去。翻阅堂内族谱，汪氏一脉源远流长，贵胄之后，悠久异常，喜隐居，多出护国大将。自从先祖隐居至此，励精图治，严育后裔；广交天下，厚德于人。一时成了名门望族。岳飞心有所思，踌躇满志地四下观望。醒目的两副柱联映入眼帘。一副是龙飞凤舞的行书体——龙骧世泽，童子春风；另一副是刚劲有力的隶书字——平阳世润，越国家声。道出了东汉龙骧将军汪文和的为民景仰之声，唐朝大臣汪华被文武百官效仿之言，当朝神童汪洙为各姓后裔仿学之举。有道是：一方山水养一方人，汪氏流传着正义的血脉，造就了刚正不阿的倔强性格，像犀牛，有犟性；像狼豹，有血性；像狮虎，有威性；像家犬，懂人性，效忠主子，保护家园。义弟汪蛮子就是此例，懂大道，担大义，虽然性子有点犟，但那满身正气值得学习，铮铮铁骨的锤炼值得效仿，人品值得信赖。想着义弟，义弟就从后山带着一帮人抬着一头野猪和一些野鸡、野兔、麂子走出来了。两人寒暄一阵，向家中走出。母亲早去祠堂帮忙去了。两人回走，来到祠堂，帮着母亲切菜。

马金头亲自操刀，正在备着铜鹅宴，见岳飞前来，迎上去，很客气地不要他动手，不让他弄脏衣服。岳飞哪里肯依，厨房活干得利索得很。马金头一边做一边说出武冈铜鹅的来历——

相传，很久以前，一群美丽的天鹅飞临武冈，突见下面山清水秀，嫩草茵茵，因嘴馋落于山间吃嫩草，顿感气候适宜，浑身舒爽。众天鹅决定安栖下来。当地人民见到如此美丽的鸟儿在此安居，想饱眼福，经常去看。久而久之，山以鸟命名为

---

① 方言，是指出生的地方。

② 民间传说，无从考究。

天鹅山。天鹅嗜水，喜群栖，生性贪玩，但忠于情爱，崇尚一雌一雄。天鹅们生活了一段时间，觉得有了吃的没有好玩之处，心里不爽！再者，发现母鹅都不下蛋繁衍子孙，心里也很不满足！自行商量，分三路遍寻武冈山川，看哪一路能找到理想的栖息地，繁育出子嗣，日后再汇于天鹅山集会。一路飞寻山塘、水库；一路顺寻河流、山川；还有一路，走进千家万户，讨教人间良方。每到一处认为可宜的地方，就安排几对留下。于是武冈就多了鹅公塘、鹅眉塘、鹅家塘、鹅姻塘、鹅公山①等地名。首先产卵育子的是鹅姻塘那几对，子嗣叫声最响的是没底江，繁育最快的是赧水河，乐于报恩的是千家万户，最后繁育的是天鹅山守家的。几年之后，各路带上子嗣如约赴会，发现叫声由尖脆变得圆顺，似打铜锣；喙、蹼等的颜色由橙红变成橙黄或青黄，似铜色。大家有了子嗣，感觉叫声越来越响亮，相聚一笑。当地人看它们入乡随俗，就叫武冈铜鹅。

岳飞听着武冈铜鹅的故事，很入迷。义弟拽上他的衣角，示意外面有人找他。岳飞走出厨房，见是再兴一家老小。义嫂牵着小孩在后面大步走来，后面还有一个边走边跳的男童。岳飞高兴得合不拢嘴，打量义嫂：

手脚纤长如怪物，声洪气壮袴腰粗。

俨然伟岸蛮男子，却是天生一妇姑。

未开口，粗犷的问声就来了："这就是义弟岳大人吗？"义嫂问着，拿眼看着再兴。

"在下岳飞，拜见义嫂。"岳飞说着，躬身而拜。

义嫂向后一看，大声说："还不快快拜见义父？"只见身后不远处一男童左跳右纵，像弓着背的跳虾那样即刻来到岳飞跟前，充满稚气地喊道："侄儿拜见义父！"岳飞闻声，伸手拉着快快请起，仔细端详起义儿来：

浓眉大眼露门牙，单瘦身材似豆芽。

侠义稚童豪气壮，一腔热血四方家。

岳飞心生爱意，逗着义子嬉笑起来。

大家欢聚一团，侃侃而谈，似乎有说不完的话语。

宴席在大家的欢乐声中准备就绪，宣布开餐。义父笑容满面地拿出自酿、窖藏多年的重阳土酒，各家各户跟着拿出舍不得吃的自制美酒，招待贵宾。一缸缸家酒列队摆了许多，好像酒馆开张或是瓦罐窑开业，一下聚集了很多罐罐缸缸。酒缸一开，醇香扑鼻，一股沁人肺腑的舒适感迅速涌遍全身，酣畅淋漓。官兵一下又被激活了，品着山珍野味，豪饮起来。餐桌上摆上黄焖、爆炒、红烧、纯蒸、混煮等各种煮法的野味，色香味一应俱全。士卒吃着细腻爽口的麂子肉，不停地叫着好。岳

---

① 鹅公塘在现今的荆竹镇。鹅眉塘又名鹅鸣塘，在秦桥镇。鹅家塘在龙溪镇。鹅姻塘又叫姻（烟）木塘或烟木冲水库，在司马冲镇。鹅公山在邓元泰镇。

飞一边品酒一边嚼着皮脆肉紧的野猪肉，满嘴胀鼓鼓的，越嚼越有味。马匀兴奋了，来一段快板。杨宪好动，在旁舞枪助兴。马金头在众人的喝彩声中大喊："铜鹅全席开始！"

各种做法的铜鹅菜端上来了，琳琅满目，人人看得目瞪口呆。马金头口若悬河，一一介绍：一味酱香鹅头，二炸皮包鹅颈，三烧脆皮鹅翅，四煎金钱鹅蛋，五炒酸辣鹅什，六泡醉仙赤鹅，七焖浓汁黄鹅，八浆血辣碎鹅，九煨肉骨汤鹅，十蒸昂首全鹅。说得人心里痒痒的，眼馋手馋，嘴馋心里更馋，争着抢食，好不热闹！

酒足饭饱之后，岳飞醉眼蒙眬，看着侧面的山势出神好半天。群山仿佛一只硕大的鹏鸟正朝自己飞来。旁边的山峦叠叠相连，弥漫起暮霭，恰似朦胧中若隐若现的"岳"字。岳飞欣喜若狂，脚随眼去，越过田垄，走向迷山。义父来了，也不言语，紧随其后，生怕义子迷了路。后面跟来一群人。马金头在其中打着手势，示意大家不要打乱这宁静的世界。前面露出一口大大的山塘，像水库，塘中有一小山，在烟雾中活像盘踞的山虎。虎山边栖落一对对铜鹅，有白的、钨的、钨白混杂的，正在水边嬉戏，叫声连连，宛若天鹅临池，在仙雾里娇态万分。虎山上翠鸟啾啾，似有仙女细语欲出。绕过山塘，眼见一座座小山围着山塘，仿若众星捧月。山态各异，似人像物，似豹类虎，把个"岳"字肢解成横堆竖坐的形态，站成一种特殊的山阵。山上传来虎啸龙吟，伴有蟋蟀叶响。择道上山，迷雾缭绕，似烟非烟，极像意动的乳纱帐，或是悬浮的乳汁，轻拭人身，浸润人体。透过树隙，抬头望天，星星眨巴着眼睛，月亮从云中走出来了，柔情万分。停驻小憩，静享其乐，偶尔闭目，仿似天宫闲游，身飘心悦，陡增无限遐思。思虑入迷，小盹起来。梦中仙人引路，部队随影遁隐山中，静时护家，战时卫国，曰耕曰战，过起神仙般的生活……

好梦连连，梦境里，贤妻李氏憨笑而来，身后儿女成群，衍生一段又一段传奇。

第四十一章

重拜周侗庙　义赴凶菜宴

岳飞看上了汪家坪的地理位置——南征，顺水；北上，顺路。天作之处，符合自己的心意。当即决定，把汪家坪作为另一处练兵之所，部队顿驻岳字山。

周闷棍来了，找到岳飞，很想了却师父生前的一桩心事。

岳飞请来了唐鲁班，重新修造龙华寨。精雕老杨头塑像。周闷棍请来李天师。

依据师父生前吩咐，把老杨头的神灵请进龙华寨，让老杨头塑像坐进龙华寨正殿中央，在阴曹地府接管龙华寨，镇压牛鬼蛇神。周闷棍命人杀三牲，携师徒众亲，顶礼膜拜。杨再兴痛哭流涕，杨宪痛心疾首，戴药师更是痛不欲生。李天师挥动乳扇，颠来倒去，大收冤魂。

天，突然阴沉下来，连响几声干雷，惊天动地，似乎在喧嚷老杨头的冤屈。

一场法事之后，周闷棍觉得还不完全尽心，又把老杨头的魂灵请进周侗庙，好让他和师父在天国说上悄悄话，共同庇护朝廷社稷，安邦兴国。

岳飞在室外场上清点人员，意欲隆重祭奠师父周侗。

周闷棍和岳飞着装杖枪，肩并肩地走进周侗庙，双双跪拜在师父灵像前，点香焚纸，朝拜起来。紧接着是岳飞与杨再兴、岳飞与汪蛮子、张宪与杨宪、岳云与马匀等几个相貌相似的人儿在义父、戴神通等老一辈的监护下结为异性兄弟，发誓同生死共患难。义父、戴老三、许三犟三个老表也走上前，双眼微闭，口中念念有词，继而长跪不起。周闷棍催着没有祭拜的人。钟黑塔与岳云，汪蛮子与戴药师，黑老虎与马称等依次拜望。

王族长听说岳飞等重拜周侗庙，带着小白兔也赶过来了，想促成女儿与钟雅静结为姊妹之花。在戴神通的提议下，戴神通、唐鲁班与王族长三人也走到周侗塑像前，共同起誓，力保一方平安。

钟雅静与小白兔在塑像前抱头痛哭……

钟黑塔想起广南结拜的四兄弟只剩下两个，也许受到了感染，和岳云也紧抱着，泪诉别后的情形。张宪想起沅洲之战，有惊无险，关键是靠了阮小成、钟黑塔两个功臣，三人也久久地抱在一起。武冈城的陈八卦陈大师[①] 来了，是来找杨再兴的，得知老杨头的噩耗，和再兴立在塑像前，痛哭流涕……

岳飞心慈，呆立一边，默默流泪，痛惜老杨头的冤死。

过了许久，周闷棍施令，军民同祭周侗。一阵锣鼓喧响之后，戴神通朗声读起祭文……

祭奠完毕，陈大师拿出武冈卤菜品尝大赛、武冈路头领邀请功臣岳都统等参加的卤菜大宴信笺。岳飞看后，欣然应允，带领各路头领和士卒代表毅然前往。杨再兴和陈大师走在最前面，聊着别后的情谊。

杨再兴和陈大师是多年的老朋友。记得那一年，杨再兴率苦难民众打土豪、惩恶官，闹得风生水起。为避官府追杀，杨再兴躲进岗背岭，占山为王，建造龙华寨。朝廷派官兵协同地方势力一同前来镇压，遇上山路机关重重，久攻不破。找来都梁府城市建设改造的设计大师陈八卦协助破关。陈八卦知道杨再兴率苗瑶起义是为劳苦大众，借故攻而难破，私下里留下一段深厚友谊。朝廷如鲠在喉，时有征讨。岂知再兴骁勇善战，用兵如神，势力越来越大。绍兴元年夏秋之交，朝廷派重兵来攻，

① 是指负责武冈城市建造的一位官员，其老祖宗是晋代移造都梁侯国城池的设计大师。

游战两月，再兴因武器装备不精，危在旦夕，恰被进入荆湖的曹大哥曹成所救。随部南战，杨、陈二人从此分开。两人今日一见，似有说不完的话语。

岳飞赶上来了，询问陈八卦，打听武冈路头领的为人，本次卤菜大赛的目的何在？

陈八卦接过话头，滔滔不绝地讲起来。武冈路新任头领雅称"好好先生"，为人慈善，八面玲珑，主政稳中有余，一贯主和不主战，若非朝廷力主扫平障碍，他会主动求和，绝非伐寇。为讨皇上欢心，繁荣地方经济，保一方平安，好好先生特意举办武冈卤菜品尝大赛。一来促进卤艺的发展；二来选出上成卤品进贡皇上；三来庆贺岳都统南征大胜；四来昭示天下，百姓安居乐业。

岳飞侧面了解好好先生心意之后，非常高兴，号令加速前进。

徐庆已在五里牌恭候多时了！接到岳飞后，徐庆领兵在前面带路。沿途人流不断涌向古城，道旁树木列队林立，都成撑开的大伞，遮天蔽日。偶有说书的人在树下卖弄口舌，时有少男花姑三五成群、四六成堆，前来凑看热闹。有三三两两的人儿乐在其中，贩卖凉粉、凉茶。岳飞急着赶路，无暇顾及。前面来到一座南北走向的石木结构的长桥前，清幽幽的河水缓缓而流，在石墩处涌起微微波浪。桥上雕龙画凤，古色古香。两边护栏上伏着许多人，有悄悄约会的，有伏栏看风景的，有吆喝着卖零食的，更有伸臂垂钓的……各色人等，应有尽有。见有官兵前来，立马躲边上道。由此进东门，旁过香火旺盛的化龙桥，走过柳山书院，从川流不息的上山桥右侧直进官衙。

好好先生笑容满面地走出官府衙门，亲自迎接。进得官衙，岳飞看得目瞪口呆。衙内张灯结彩，富丽堂皇，一派祥和的气氛。只见好好先生长袖一挥，一队宫娥彩女手托秀盘碎步走来，娇声娇气地递茶献媚，弄得官兵热烘烘的，浑身不自在。有彩女掩口而笑，笑傻了在场各位，随笑附和起来。好好先生把大家请进宫内戏场，看彩女演奏武冈丝弦，品尝武冈特有的精致食品。

次日清晨，在好好先生的陪同下，岳飞前去观看武冈卤菜品尝大赛。路上，陡见缕缕晨阳穿透云裳，似利箭，直射欲倒的花塔。岳飞惊叫起来，忙要好好先生派人前去保护。好好先生顺着岳飞手指的方向一瞧，爽朗大笑起来。他告诉岳飞，这是一座斜塔，书名泗洲塔①，始建于宋元丰元年②。塔有七层八面，各层尺出短檐、翼角高翘，檐口构形图案各异。塔面用白泥涂漫，瑰丽多彩的壁画绘饰其上。有飞鸟走兽、楼台亭阁、草木花卉、菩萨天仙等图案，栩栩如生，精妙绝伦。远远望去，欲倒非倒，好似缠上了色彩斑斓的七条彩练，武冈人把它叫作花塔。与河畔的东塔（凌云塔）、河对岸的南塔相呼应，好看极了！岳飞听后，叹为观止，意欲前往探视。好好先生答应赛后再去。

① 武冈泗洲塔，是当时世界上唯一一座最斜的斜塔。武冈人称花塔或武冈斜塔。

② 宋元丰元年，即公元 1078 年。

观摩比赛设在云台岭旁边的河滩坪上，搭棚筑台。台下竖起各家现场制卤的门号。卤品全是统一购买，只等一声令下，操办正事。围观的人很多，坪上空地全都摆上桌凳，供人观赏、品尝。赧水①河上，停靠着很多花船，不时传来敲锣打鼓、呐喊助威的声音。岳飞等人被安排在台上正面就坐。台上两边坐的是来自全国各地知名的品卤大师。主持人宣读比赛规则，好好先生发令，比赛开始。一股卤香随细烟飘飞，熏得鼻儿痒痒的、嘴馋馋的。

一阵瓢盆撞击的声音响过之后，手忙脚乱的人儿开始端起自己精心制成的卤品走上台去。第一个上台的端着一只黄褐色的坐着孵蛋的铜鹅，其头微昂，似乎正在和主考官打招呼。看其招牌，是陈氏卤铜鹅。用小刀切开，慢慢品尝，香中微咸辣，细腻又顺滑，嚼而脆生津，满口油香花。此乃卤中极品，品尝的人无不叫口称奇！第二个端上来的是杨氏卤豆腐，一条条方形褐黑褐黑的豆腐块摆成"囍"字，其内四个"口"中堆着切成小块的卤豆片，褐白相间，像四座小金山。"囍"字下面有一根豆条连缀而成的卤棒托着，一只由卤豆腐做成的麻褐色飞鸟含着卤棒极像前来报喜。品卤师看着赏着，真不忍心破坏这活灵活现的图案。杨氏会意，用小竹签刺着小金山上的小卤片送进考官口中，一股脆、滑、香、辣等的味道从口中蔓延开来。喉中似乎生出许多小手，急急地把口中卤物拉入饿胃中，滋养起来。有人叫嚷再来一点！第三个端上来的是唐氏卤猪肝，把褐黑色的卤肝切成条块、摆成心脏的形态，其内填满微凸的卤肝，整个看来，就是一颗鲜活的心脏。尝尝，粉中带脆，香中含辣，咸中蓄油，油中生津。真叫人赞不绝口！人们吃着，品着，场面再次热闹起来。继而是肖氏卤蛋、刘氏卤翅、华氏卤耳朵、顾氏卤鸭脖、曹氏卤鹅翅、张氏卤鹅掌……最后端上来的是姚氏卤菜大拼盘，内有卤猪心、卤鸡爪、卤鹅肠、卤牛舌、卤葱嘴、卤羊肉、卤凤冠、卤鹅颈、卤鸭翅、卤猪肺、卤鲜鱼、卤血饼这十二项菜，台上的人们看着，情不自禁，争抢起来，边抢边叫着："妙！妙！好吃！"。

好好先生站起来大喊："大家别急！让你们吃个饱，吃个够！"

大家哪里听得进，继续哄抢！

好好先生双手一抬一合击，举手接连击掌，绕台一周。场外敲起锣鼓声，两条长龙绕场飞腾起来；一对雄狮跃上台中，显现出各种形态。台上台下全都傻了眼，但手不闲，继续往嘴里送卤物。

好好先生见缝插针，组织众人评选。争论许久，才出结果，宣读评选结果：一等奖，陈氏卤铜鹅；二等奖，杨氏卤豆腐和唐氏卤猪肝；三等奖，肖氏卤蛋、刘氏卤翅和华氏卤耳朵。另设综合奖，获奖得主是——卤菜拼盘之姚氏！

评选结果宣布之后，好好先生接着安排，各获奖门号取长补短，派人合制武冈卤铜鹅和武冈卤菜拼盘这两道菜系，制好后由官衙派专人送往宫廷，供皇上和大臣们品尝。

---

① 赧水，就是现今武冈的资江水。

好好先生把台上的人全部请到武冈城内最豪华的都梁钟厨，招待酒饭。

钟厨坐落在"五龙不出城"①之间的内河②旁，斜对衙门。门庭装饰豪华，古色古香，大红灯笼高挂，一对石狮雄踞大门两侧，龙飞凤舞的"都梁钟厨"四个大字高悬大门口上，一幅"圣汤笋味招来千年客，湘霸鱼香消去万古愁"的门联诠释百年老店精巧的烹艺。店内人来人往，生意火爆。幸亏好好先生早已预订在楼上既安静又敞亮的大房里，要不然腾不出空位。好在店侍人美嘴甜，打发难熬的等待时光。否则，闻着菜香酒味，真还有点按捺不住。热热的清茶端过来了，根根"都梁毛尖"③在杯内茶水中竖立，宛如针剑倒刺水布上，好看极了！呷一口，味道特别，清香四溢。店侍边筛茶边介绍武冈名酒，什么都梁土酒、武冈特曲、地瓜烧酒、荞粮神酒。大家被店侍说得咽口水，想尝口味，问店侍。店侍不答话，换杯按茶壶，筛出四种酒。各杯尝尝，味道各异，口感舒爽。众人盯上那把会变酒的青铜酒壶，询问店侍奥妙。店侍神秘起来，说此酒壶是鳌山街收藏家刘古董家传的镇宅之宝，西汉置都梁侯国时皇上钦赐的国宝。钟刘两家是世交。前几天听衙官说有贵人要来本店品酒，专程从刘家借来的。岳飞听后，仔细端详起来。此壶真有点特别，比一般的酒壶要高要大，且壶嘴管细而长，手提处有按动的机关，铜色青亮。岳飞想去探访刘古董。好好先生说刘古董性格古怪，酒后借机送壶时随去即可。

谈笑间，酒菜都端上来了。岳飞指定喝荞粮神酒。桌上全是上午获奖的卤味名菜。几杯下肚，满嘴留香，大家感觉到从口里爽到心尖上，有点飘飘然。好好先生真会找机会，找来武冈祁剧戏班子，伴酒唱将起来。大家酒足饭饱之后坐在原位懒得动，看着祁剧傻了眼。突然闻到一股特殊的菜香，食欲又上来了。钟厨老板满头大汗，亲自带店侍走来，带来"湘霸鱼"和"圣汤笋"两道菜来助兴。说这两道菜一能调味开胃，二能嚼喝醒酒。大家禁不住诱惑，一边看戏一边又吃起来，吃了个天昏地暗。

夜深戏停，岳飞还是有点醉意，嚷着要去拜见刘古董。好好先生满足了他的心愿。

刘古董提着精制的桐油灯，领着岳飞看了几间房的古玩收藏。岳飞盯上了活灵活现的千年神石龟、闪着光亮的汉代青铜剑、百鸟云集的福贵双全格窗、雕龙刻凤镶满宝珠的太师椅……

不知过了多久，岳飞脑幻叠影，被匠心独具的民间文化艺术所陶醉，睡不下。一直陪在身边的陈八卦带他走入都梁城的地下迷宫……

---

① 此"五龙不出城"是指晋代移造都梁古城，引雪峰山溪水穿城成河，在河上建造带有"龙"字的五座古桥，即兴龙桥（武陵桥）、骧龙桥（化雨桥）、化龙桥（义济桥）、攀龙桥（回龙桥）、游龙桥。至明代，传说与开国皇帝朱元璋第十八子朱楩有关，那是后话。

② 此"内河"是指都梁古城内的穿城河，叫渠水。是雪峰山馈赠武冈人的礼物。

③ 指武冈有名的都梁毛尖茶。还有一种很出名的"云山云雾"茶。

第四十二章

皇令急召回　泪别岳字山

　　都梁城下，一座地宫迷城①。城内，有山无树，有水无人；四通八达，灯火辉煌。模糊中，岳飞惊奇，街上鬼气森森。走过几条街巷，绕过几堵城墙，走来走去又回到原点。似有鬼哭狼嚎之声，岳飞纳闷，莫非走入地下鬼城？回头看看陈八卦等人，在鬼光的照耀下，个个青面獠牙，成了鬼人。岳飞惊骇，不敢前行，倚靠河边石墩，不停地跺脚，突见前方"嗖嗖嗖"射来三支冷箭。岳飞本能地一低身，躲过凶险。突闻一声轰响，斜刺里石破墙开，陡露一条新巷，张开血盆大口，似乎欲吞人。岳飞更加不敢动弹，只是盯着陈八卦。说时迟，那时快，陈八卦飞步拉起岳飞一拽，离开石墩。石墩飞速旋转起来，那条新巷旋即就不见了，好像听到什么利器撞击石墙的声音。陈八卦额上冒出了冷汗，牵着岳飞走入另一条街，在拐角处的石壁上点了三下，石门洞开。进去不远，又在石壁上点了几下，突见一厅六室的套房卧室。室内露出柔和的灯光，散发出一股特殊的馨香。慢慢地，人人成了哑巴，不敢作声。有倒地大睡的，有爬床而卧的……

　　不知睡了多久，全都醒了，焦急地看着岳飞。岳飞拿眼去看陈八卦。陈八卦也不吱声，挥手打着哑谜，意思是随便走走。岳飞想弄清楚这里的门道，几个一组，把人分成七八组，号令四处探索，自己紧随陈八卦不放。陈八卦扬手示意，示范性地走了几步梅花步，然后带着岳飞走了。奇怪，路道上每处拐弯的石壁缝隙里隐隐约约地现出路标。顺着标记走下去，岳飞在高高的青石城墙上见到了太阳。有两组人，一组从前，一组从后，向他走来。等了好大一阵，又有四组人员分别从法相岩与同保岩的岩口里、大炮台和云台岭隐蔽的山中沿标记走来了。岳飞瞄上了陈八卦，生出几分敬意。还有两组人员未到，岳飞左等右等。陈八卦若无其事，眯起眼睛偷笑，似乎在炫耀自己的杰作。

　　有信使来报，皇令急召回朝！岳飞在城墙上走来走去，急如热锅上的蚂蚁。陈八卦知趣，留下一个精明的人等待迟来者，自己随信使和岳飞一同去往官府衙门。

　　好好先生在衙门等候，见着岳飞，寒暄几句，让进衙内，进入正题。岳飞把皇

---

　　① 指都梁城地下城。设计大师陈八卦在都梁城下又建造一座城池，可供地下生活、防卫、出逃等用。

上的急令告诉好好先生，对武冈的布防心里有了几分保障，但还是不能麻痹大意。他要好好先生训练一支部队，总部驻扎在云山，负责城防和辖区安全。要他通过陈八卦联系周闷棍，利用岗背岭有利的地形和现成的自卫队员，组建一支强有力的队伍，扼守岳字山、红猪岩、岳飞洞，作为战时急用。特别指出要保护好地下迷城，作为在城官兵隐退之用。说话间，落后的两组人员各自从马家桥、五里牌走出迷城，回来了。岳飞非常慎重地拉着陈八卦的手，交给好好先生。本打算带他走的，考虑到武冈的安危，只好忍痛割爱。

岳飞走了，带着赴宴人员回岳字山。好好先生送出很远。

岳飞沿途发信，速来汪家坪集会。

师兄周闷棍先来。岳飞和他谈了很久，要他谨记师父教诲，把握大局，性急时多问问戴神通。

岳飞找来阮小成和钟黑塔，要他们速回原籍坚守岗位。他俩刚走出厅堂，岳飞又把钟黑塔叫回来，嘱咐他把姐姐钟雅静带回去。

人员都到齐了，在议事厅等候。

岳飞走进议事厅，宣读皇令。而后，安排留守人员：令杨宪、黑老虎把守岗背岭；汪蛮子父子把守岳字山；马勺兄弟把守岳飞洞；周闷棍暗地里把总关，平时，以周侗庙做掩护，继续在庙内行事；其他人员，就近下据点。会议结束时，岳飞特意找来两拨人：一是义父、许三犟、戴老三、王族长等，请他们以长辈的身份掌好舵。二是戴神通和戴药师，要戴神通当好周闷棍的军师，不能乱了阵脚；要戴药师带徒弟，培养帮手，负责各处的防疫。

会议结束，各自回营收拾东西，准备启程。杨再兴告别妻儿，整装待发。

王族长找到岳飞，欲言欲止，最后，一声不吭地回去了。

岳飞很想再一次看看岳字山，欲去。钟黑塔慌慌张张地走来了，说姐姐负气出走，突然不见了。岳飞急令手下，四处寻人。过了一段时间，寻找人员回来报告，很使岳飞失望。岳飞心内翻江倒海，自己听从皇令，一心剿灭曹成，建功立业，根本没有顾及周围人的感受。自古道，英雄爱美女，美女敬英雄，难道自己就没有一点想法？英雄是人，美女更是人，是人就有七情六欲，何况自己三十岁都还未到！为了惩恶扬善，没有分心，但总得顾及他人的感受啊！想到这里，岳飞心焦起来，眼看天将欲黑，倘若钟雅静有个三长两短，怎么能对得起钟长老呢？之前，杨利索、姬花妹阵亡之事就很对不起姜大侠，更对不起蓝长老了！怎么办呢？岳飞心急火燎。室外传来乌鸦的哀鸣，似乎伴有狼嚎鬼哭之音，远远的，听得不大清楚。岳飞突然想到什么，警觉起来，箭一般地冲出室外，发疯似的朝岳字山奔去。

进入岳字山，岳飞边走边喊钟雅静的芳名，除了山风和惊鸟的叫声，没有其他回音。随从追上来了，喘着粗气不敢吱声。茫茫山林，黑幕拉起，到哪里去找人？岳飞左思右想，想到钟雅静常用树叶吹唱的那支情歌，摘片树叶试试，虽然不是很熟，但也能断断续续地吹起来。信号已发出，岳飞在等待，按捺心思渴望回音！等到的是天上的星星眨巴着眼睛，四周却没有任何动静。盲目找寻，难遂心愿，唯有再次传出信号，以静制动。岳飞席地而坐，拼命地吹起来。随从也不闲着，除了警戒就是搜寻。过了一阵，有随从来报，山那边小山堡周围似乎看到鬼火。岳飞不信鬼神，猜测那是狼眼的反光，预感到有事、危险，快速走去。

小山堡上时断时续地传出低低的树叶情歌之声，充满悲伤，衍生愁怨。四周围了几圈幽光，隐约可见。岳飞很敏感，叫随从快速找来枯枝树叶，用树藤缠成简易的火把，点燃，举着向小山堡冲去，边走边喊，令人不要乱动，四周有狼。山堡上是人，音源闻声渐停，似乎看到身边虎视眈眈的东西，旋即传出求救的声音。幽灵随火散开，岳飞拔腿而上。是钟雅静！她主动扑过来，抱头痛哭。伤心过后，钟雅静不肯随岳飞下山。岳飞只好让随从燃起一堆篝火。随从很知趣，在外围警戒。岳、钟两人围着篝火说道起来。钟雅静边说边倒出自己心中累积的苦水。她不责怪岳飞，知道他重任在身，对自己时冷时热，热得虽然有点勉强，但也不至于有时冷得令人生寒！岳飞觉得很冤，根本没有把心思放在儿女情场上，何来时冷时热？只是重任在肩，无暇顾及，没有敞开心扉及时沟通，产生误解罢了！何况还有贤惠的李氏在家养老育小，为自己付出那么多！

异性相吸，是人性的本能。自从那次在舅舅家见到大英雄后，钟雅静就心中暗许，念念不忘。她很信奉缘分，既然能够再次重逢，那就说明缘分不浅。况且每次相逢时，那痴情的眼光，真叫她一辈子难忘！钟雅静早已下死决心，抓住机会不放，不管是明是暗，紧随大英雄，甘愿舍身保护。

见到美女，不多看几眼，那是虚伪男人自欺欺人的表现。扪心自问，岳飞也曾动过心，但更多的是理智，讲究的是天人合一。如今国难当头，岂容儿女情长？唯有快刀斩乱麻，一心报国！

钟雅静想的，恰恰相反。既然老天有意，多次撮合在一起，那就是缘分，格外珍惜。如今崇尚一夫多妻，钟雅静不介意，哪怕是做妾也行，只要侍奉在大英雄身边。

岳飞更加重情重义，面对黄花闺女，对一个有妇之夫如此衷情，内心确实难却。但情感替代不了现实，千万不能耽搁姑娘的大好前程。岳飞一推再推。

钟雅静又生气了，朝山下飞奔。快近山脚，发光的幽灵猛扑过来。钟雅静拉弓飞箭射倒几只，取出随身携带的马鞭挥打起来。岳飞和随从追过来了，拿着火把当利器，飞舞不断。狼群被赶走，钟雅静却走了。岳飞在后面边追边喊："注意保护身体！如果有缘，它日再来这里相会——"

白天鹅早已跑得无影无踪……

岳飞心里堵得慌，越跑心里越乱，有气无处出。快过烟木冲水库时，脚底如同灌铅，走不动了，见着水库已经泄洪，能步行去小虎山，索性去那里坐一会儿，一个人静一静。

皓月当空，大地裹上了银妆。远离群山，视野开阔，四周万籁俱寂。岳飞猛然扑倒在小虎山的草坪上，号啕大哭起来。一个英雄，有苦无处诉，祈求上苍指点迷津。一阵歇斯底里之后，似乎感到轻松许多。放眼凝望，月华如水，祖国的大好河山如此娇美！脑中突然冒出一个念头，到这个地方来养老，倒是一桩好事！这里民风淳朴，山美水美人更美，适合休养生息。岳飞想着想着，真不想离开。继续静坐，闭目贪恋自然灵气，猛吸新鲜空气。感到身体慢慢飘将起来，心境开阔多了。模糊中，好像听到有人在哭泣。屏气凝神，小虎山那头，真有孤独人影。岳飞惊想，这么晚了，还有人在？蹑手蹑脚地走过去，一看，吓了一大跳，是小白兔！

"你怎么在这里？一个人就不怕豺狼虎豹？"岳飞故意把声音放低。

对方不搭理，发出嘤嘤地哭声。

岳飞急了，蹲下身来，声音提高了八度："谁欺负你了？我替你做主！"

对方声音越哭越大，还是不回话。

岳飞最怕女人哭泣，乱了心神，吼起来："说呀！"

小白兔"哇"的一声大哭起来，扭身扑在岳飞肩上，颤抖不已。

联想钟雅静，岳飞终于悟出一个道道来，赶忙劝慰。好说歹说，小白兔就是听不进，今生今世，只认准恩人这一个，求他带走，非他不嫁。

岳飞无奈，只得用同样的方法答复："你和钟雅静都是好姑娘。如今皇上召我回去，许是北方边境不安。男儿志在四方，评定北方，估计还要三五年。如果真的有缘，那就只能等待！"

"等一辈子都行！"小白兔收住哭声，认真地说。

岳飞闻言，热泪潸潸，但又不想伤得太深，只好静静地抱起小白兔，岔开话题，同看天上的牛郎织女星……

第四十三章

日行夜兼程　班师江州见

　　岳飞泪别岳字山，告慰父老乡亲，动身返程。义兄义弟和义父等长辈送出很远。他们千叮咛万嘱咐，路上注意安全，记得回来看望乡亲们。岳飞一步三回头，恋恋不舍。又有信使飞报，催岳速回。岳飞率部，飞马而去。

　　天，突然阴沉下来，狂风大作，暴雨倾盆。雨水模糊了双眼，阻挠前行的队伍，似乎代表老百姓的心愿，挽留岳家军。岳飞心情沉重，边走边喊，要队伍跟上，加快行军速度。尽管如此，队伍还是明显地慢了许多。沿途百姓闻至，冒雨前来送行，送物馈赠。岳家军纪律严明，秋毫不犯，真是"兵不犯令，民不厌兵"，呈现出军民一家亲的热闹景象。

　　部队风雨无阻，日夜兼程，走过几日，快近祁山。风已停，雨已住，太阳钻出云层。队伍暂停，准备埋锅造饭。有路使前来，禀告岳飞，说荆湖南路零陵郡头领在大营驿迎接官兵。岳飞挥师前去。

　　走了一段路，来到大营驿。零陵头领笑容满面地跨出驿站门口，前来迎接。岳飞合手举过头顶，连连作揖。客套几句之后，零陵头领见岳飞归心似箭，不再多言，下令开席，为岳家军接风洗尘。官兵依次落座，看着一盘盘吃的东西似黑色小石子累成小山，眼馋起来。用拇指和食指夹一颗送入口中，轻嚼，酸甜可口，口中生津。店侍说，此为祁阳乌梅，是将未成熟的青梅混合杉木炭灰烘干而成。它有止渴、解热、镇吐、止咳、生津、驱虫等多种功能。因为好吃，大家你一颗我一颗，疯抢起来，迅即，一扫而光。又端来一盘盘黄澄澄的油炸粑粑，取一些送入口中，外酥内软，油而不腻，咀嚼有味，口齿生香。大家吃后，举起油手招呼，似乎还想吃。一股特殊的醇香扑鼻而来，有人大呼："祁阳压酒来也！"循声望去，一队送酒人员两人一抬，送来一坛坛美酒，芳香甘甜，余味无穷，陡增"风吹柳花满店香，吴姬压酒唤客尝"[①]之感。岳飞来了兴致，与头领喝起来。几杯下肚，血脉贲张，周身燥热。头领很会察言观色，手一挥，招来几个犹抱琵琶半遮面的秀女，弹起祁阳小调。那曲调婉转悠扬，缠绵人心。官兵陡然激情四射，豪喝起来。酒过三巡，菜过五味，大家乘着酒兴高谈阔论。朦胧中，一盘盘褐白色的酷似小笔头形状的东西聚合在一起，紧挨着，似乎有点交头接耳的迹象。红红的辣椒片也来凑热闹，点缀其间。有人大胆地夹着往嘴里送，咸辣脆香，大喊"好菜"。众人随之，你夹我抢，大吃起

---

　　① 此为李白《金陵酒肆留别》中的诗句。

来。此乃祁阳笔鱼①，属于地方特色菜肴，吃得大家窝着红红的圆嘴喝起风来，继而拼酒，觥筹交错。岳飞微醉，猛然站起，身子歪了几歪，手撑桌边，摇摇晃晃地走向墙壁，呼叫随从拿笔，借着酒劲儿，在壁上龙飞凤舞起来："……被旨讨贼曹成，自桂岭平荡巢穴，二广、湖湘悉皆安妥。痛念二圣远狩沙漠，天下靡宁，誓竭忠孝。赖社稷威灵，君相贤圣，他日扫清胡虏，复归故国，迎两宫还朝，宽天子宵旰之忧，此所志也。顾蜂蚁之群，岂足为功……"② 写毕，道别零陵头领，挥师而去……

一个熟悉的背影在山道上一闪而过。岳飞感到似曾相识，却一时又想不起来，莫非是钟雅静？

煦丽的阳光裹着行军的队伍，一路向前。部队逢山开路，逢水搭桥。队伍边，时而傍站一人，来一段快板；时而挥手打拍，高歌猛进。队伍士气高涨，直挺犀城③、茶陵、武功山。

姜大侠、姬万洋夫妇获悉，带着他们的猎队在武功山静候。见着率部前来的岳飞，姜大侠快步前去拥抱，详述别后情形，叹惜杨利索英年早逝。姬万洋埋怨姬花妹死得可惜，哭得死去活来，想着一把屎一把尿地带大，伤心至极。众人不言语，流着泪，饭不香，水不甜，呆若木鸡。部队就地留宿。岳飞找来王贵、徐庆，如此这般安排。然后，与姜大侠耳语几句，带着张宪、岳云悄悄出去了。三人走了很久，来到赣江边，借着月色，沿江搜寻，在原处找到垂钓的那个渔翁。问及晚上不侍老母，还有这份闲情？渔翁告诉岳飞，征得老母同意才来，老母已睡熟，刚来不久。两人谈了许久，岳飞赞赏渔翁，如同神仙，能掐会算，一一应验。渔翁一手托腮捻须，笑笑；一手紧握钓竿，手感突觉，说道："有了！"手起一挑一脱，估计鱼已吞饵，钩已挂牢，放出长线，时收时放，慢慢周旋。一条大鱼被他搞得精疲力竭，钩拖上岸，偶尔摆跳尾巴。渔翁乐呵呵的，心想，老母又有补身之肴了。岳飞协助擒获，放入网袋中。继续垂钓，岳飞问及破金之策。渔翁说了很多带兵打仗之话，大说谋略胜于战争。渔翁有意提及师侄独孤侠的谋略和武功。岳飞始知独孤侠与渔翁是师侄关系，惊讶不断，长叹不已，叹息独孤侠死得太早！渔翁轻描淡写，说是为国捐躯，死得其所，说不定死而复生。岳飞惊疑，询问缘由。渔翁故作神秘，笑而不答。他要岳飞用好张宪、再兴等人；谨防身边小人；牢记"将在外，军令有所不受"的古训，抢战机，一鼓作气，千万不要坐失良机，收复祖国大好河山。

只要岳飞想问，渔翁好像成竹在胸，问什么答什么，说得很详细，说了一大堆。最后给岳飞一个锦囊，告诉他，非生死攸关之时不可看。

① 祁阳笔鱼，与苏东坡留宿祁阳饮酒有关。有"天意东坡不留字，神笔化作席上珍"为证。

② 此《题记》写于1132年7月初7日。见《金佗粹编》卷十九。此时，岳飞还不能称帅。岳珂编《家集》卷十中称"帅"，实为笔误。1135年，岳飞32岁时，朝廷才命其挂帅。

③ 今衡南县。

天快亮时，岳飞拿出一些银两给渔翁，依依不舍地走了。渔翁再三推辞，好意难违，只好收下岳飞的谢意，末了，追上去再三叮嘱，要记住他所说的话……

　　岳飞一边走一边想着渔翁的话，尚未理出个头绪。回到营地，立即下令启程。部队沿溪河而进，不觉已到芦溪。岳飞顿觉腹痛难忍，继而上吐下泻，干咳不已，感觉双眼生痛，视力有点模糊。随从传话，芦溪头领邀请凯旋的大英雄岳飞一聚。岳飞脸色苍白，扬手勉强答应。休息几个时辰，岳飞渐感体力回升，气色有所好转，但眼痛依旧。军医说，长期劳心，缺少睡眠，忍饥受饿，常吃凉东西，积劳成疾，需要休息静养。芦溪头领来了，见状，不再言语。岳飞说话算数，答应的事情绝不食言，见头领一脸窘态，挤出笑来，挽上他的手就走。头领派人驾上马车，领岳飞参观理学鼻祖周敦颐简陋的濂溪书院，重温《爱莲说》，为花之君子出污泥不染而骄傲。接着又去瞻仰山谷道人①的墨宝，见之一振，境界一新。头领很会处事，了解岳飞的志趣，引他去参拜三国甘卓将军祠、唐代欧阳琮墓。岳飞看后，表情复杂，刚刚活乏的心情又沉重起来。头领感觉弄巧成拙，只好带他去看傩舞。遇上戴神通和戴药师两人，岳飞感到奇怪，一问才知，两人应邀骑马抄近路到戴氏祖籍万载，抢救那里的族长生病的女儿。回转时路过，特来闹区看热闹。双方一别数日，他乡偶遇，格外惊喜。头领要了楼上一房，既可看傩舞又可饮酒吃饭。戴药师见岳飞一脸窘色，把脉问之，取来几味中草药熬服，其中一种就是当地盛产的千年黑牡荆。岳飞以药代酒，边喝边聊边看。生龙活虎的傩舞让众人看得眼花缭乱，喝彩不断。傩舞之后，有人舞着彩灯上台替代。灯舞翩跹，伴有嘹亮的山歌。岳飞的兴致又开始上涨。接踵而至的铜管乐把他的兴致提高到极点。岳飞双眼紧盯台上的靓女献乐，似乎想到了什么，但，不溢于言表。这一夜，岳飞又睡得挺香，梦中见到了两张熟悉的面孔……

　　一觉醒来，太阳已透过窗格探进来。岳飞动动筋骨，翻身而起，甩甩胳膊踢踢腿，灵活自如。已知自身已康复，气足力大，浑身舒爽。传唤随从，欲邀两戴共餐。随从说，那个族长女儿的病又犯了，他俩已被族长派人追回去了。临走时，戴药师留下在匡庐②悬崖上采到的千年灵芝和人参，要岳大人平素泡茶喝。岳飞连一句感激的话都没说上，有点怅然若失。正在这时，城内有一贵妇人模样的人手抱肩背两个生病的小孩哭哭啼啼地走来，听说岳家军中有神医，欲求岳飞开恩救治。岳飞见之，小的不足一岁，大的与两岁的霖儿差不多，且红脸哭闹，病得不轻，速命军医立即抢救。岳飞只好稍做停留，挨着心借空去军营走走，倾听士卒的心声。

　　贵妇人是山谷道人的后裔。两婴得到救治之后，贵妇人千恩万谢，执意要留岳飞去府上坐坐。岳飞想着多日未见的子女们，归心似箭。

　　部队又开始回程，一路浩浩荡荡。走了数日，已至匡庐。先遣部队派员请示岳

---

　　① 北宋著名的文学家、书法家黄庭坚。

　　② 今庐山。

飞，需不需要在匡庐停留。他也很想去"飞流直下三千尺，疑是银河落九天"的地方住上几日，陶冶性情，欣赏佳景，放松放松心情，但有要务在身，容不得分身，只得继续前进。

已近江州，沿途百姓敲锣打鼓，夹道欢迎。岳飞好生欢喜，频频挥手。江州安抚使早已摆开筵席，为岳飞接风洗尘。

酒足饭饱之后，众人皆大欢喜。岳飞号令三军，暂且休整，加紧操练，等待朝廷发令。

忙完公事，岳飞终于可以回家了。未进家门，母亲姚氏，妻子李娃携儿女早已在外迎候。懂事的雷儿在李氏的诱使下飞步前来，抱着父亲的大腿不放，嚷着要拿枪试玩。霖儿躲在李氏身后，时而偷眼窥视。李氏捧着热茶，笑着走来，眼角处明显多了几道细纹。只有老母，精神抖擞，声若洪钟，站在那里，慈祥地笑着，一动不动。一家人团聚，别提有多高兴！岳飞心疼起来，忙着做这做那。李娃嗔怪起来："男子主外，你远道而回，挺累的，好好休息休息，家务事就交给我吧！"说完，手脚麻利地干起来。云儿跟着回来了，经此一战，懂事多了，正在逗着小弟耍笑，大弟围着他，扬起渴望的目光，央求着要他表演。一顿丰盛的团圆饭在李娃的操持下快速做成。大家你一言我一语地吃起来，吃得非常开心。

刚吃过饭，朝廷命官快马飞奔而来，宣读任命诏书。岳飞升迁中卫大武安军承宣使神武副军都统制。一家人为他高兴。

送走差官，岳飞来到军营，召集各路头领议事，按照朝廷吩咐，普提一级。众人欢呼雀跃，操练劲头猛进，校场上喊杀声如雷贯耳……

第四十四章

抗金如破竹　再兴勇闯前

部队边休整边加紧操练。岳飞抗金的愿望越燃越旺，整个冬季，都在备战中紧张地度过。

再兴来了，试问义弟有何打算。岳飞有直捣黄龙府的决心。说话间，再兴眼角的余光似乎看到小慧在院外稍纵即逝。出门找寻，又没看见！

绍兴二年晚秋，好好先生因岳飞在武冈平曹大胜，想巴结朝廷，精制武冈卤品，朝贡。宋高宗美美地品上武冈卤味，经能说会道的差使游说，有点神往，津津乐道。

秦桧投其所好，挤眉弄眼，怂恿生性贪玩的宋高宗去游历武冈的自然风光。宋高宗应允，随秦桧等一干人马暗来武冈，待在武冈地下迷宫里享玩几天，有点乐不思蜀。秦桧看出皇上心思，继而进言，去富地云山看仙景。十六抬大轿抬着皇上优哉游哉地踏上秦人古道。一路红枫相迎，小鸟相随，皇上即兴哼上了小调，东瞧瞧，西看看，忽然叫停轿子，走出轿外，迎着暖阳，右手搭凉棚，左手翘指左边远处的山景，叹问是什么？好好先生赶忙告诉他，是卢、侯二生登仙处仙人桥。皇上嚷着要去看个究竟，无奈山险路不通，只好望山兴叹！皇上一行来到竹林，稍息片刻，前往云山堂。山上弥漫烟雾，身裹乳烟中，心浮瑞雾上，真有飘升仙景之雅味。不久，来到云山堂，堂内寺院古雅，香火鼎盛，皇上心悟一联，却被秦桧的叫声卡住了。皇上随声来到精炼长生不老仙药而成卤味的地方，惊叹不已。是夜，皇上被禅声所动，被鸟语迷住，寝住云山。半夜，皇上被美梦惊醒，梦见一仙女在眼前喂食长长乳条，好吃极了！秦桧叫来好好先生，询问缘由。好好先生随口回答："小民该死，来不及向皇上禀报。您所梦见的是武冈有名的小吃——南门口米粉！"第二日凌晨，皇上急不可待地催下山来，轿过赧水河，来到米粉店，正赶上府衙赶走店内客人，一队穿旗袍的姑娘从眼前走过，美若天仙。秦桧心领神会，附耳好好先生如此这般。皇上美美地享受武冈南门口的米粉，走出店门，回头三望，想起一门联，吟上来："卢侯①迷恋云山上，西陶②情倾汤粉中——南门口米粉"。众人拍手称好，随从速记下来，递与好好先生。好好先生连忙引路，带着皇上一行走进武岗大酒店。店内旗袍一族穿金戴银，轻移莲步，笑吟吟地迎了上来，一股女人的体香直钻鼻孔。皇上迷住了，倚靠在一旗袍女身旁。旗袍女灵慧，两女迅即挽扶，众女簇拥，把皇上涌进温柔乡……

在武岗酒店过了几天，皇上喜不胜收。秦桧猜出皇上心思，欲带他去天鹅下凡衍生美味铜鹅的地方赏玩。皇上走出酒店，又吟出一幅门联："武媚旗袍秀，岗楼卤味佳——乐在其中"。秦桧马上吹捧："好联！好联！武岗乐！武岗乐！"

皇上兴致勃勃，一连几日，游玩了群鹅游弋的屈原渡、西施逗留和柳宗元写记的铜宝岩、韩愈留诗的法相洞天、天鹅下凡的休憩地天鹅山和烟木冲水库，去岗背岭、岳字山看龙势，去旺家坪吃铜鹅宴。得知岳飞威震天下，功高盖主，心有不悦。但脑中还是对岳飞有了概念，保江山非他莫属。

皇上几日劳顿，回到都梁府，下榻皇城苑，寝于皇冠店，有美女佳肴的陪侍，其乐融融。皇上又来了兴致，写下一联，赐予身边最宠爱的侍女，暗约他日再来同乐。侍女展开一看，惊羡皇上的墨宝"皇恩浩荡小城乐，冠盖如云大屋满——世纪佳苑"。

又过了几日，皇上接到大臣快马密报，依依不舍地离开武岗……

---

① 指秦始皇为炼长生不老药，下派官员四处寻找，躲在武冈云山的卢、侯二将。

② 指中国四大美女之一的西施和西晋武岗县令陶侃。

绍兴三年，岳飞接旨镇压吉州①、虔州②的农民起义。四月，岳飞所部行至吉州，分遣统领王贵、张宪进兵，生擒彭友、李满等农民领袖。杨再兴也不示弱，一马当先，所向无敌。吉州平定之后，岳飞率部乘胜进攻虔州，分兵攻打叛军的几百座山寨，让杨再兴等打头阵。勇猛的杨再兴只顾飞马前冲，山寨里冲出一队人马把他围在核心，斗将起来。就在再兴叹念性命休矣之时，身后一条长长神鞭舞得霍霍生风，解了再兴的危难。再兴回头欲谢，见是小慧，急着想问。小慧脸挂红润，扬手示礼，策马而去。再兴虽有疑问，但大敌当前，不容多想，杀将过去。兵卒紧随而上，打得敌军鬼哭狼嚎。岳家军全面出击，敌军各处山寨纷纷陷落，首领陈颙也被活捉，虔州得已平定。平定义军，安抚国内，是为抗金做好充分的准备。九月，杨再兴以平定吉、虔之功，受到诏书褒赏。

绍兴四年，金与伪齐联军大举南侵，来势汹汹。平定吉、虔之后，岳飞满怀信心，上书收复襄阳六郡的想法，得到朝廷的采纳。命其为黄州③、复州④、汉阳军、德安府制置使，率军自江州溯江西进。岳飞一举克复汉水重镇郢州⑤。继而，派人化装深入敌群，摸清情况，分兵北进，连克随州⑥、襄阳⑦、邓州⑧，大败金与伪齐军。并趁势收复唐州、信阳⑨军，打开与川、陕的通路，从而控制长江中游广大地区。岳飞打得金伪联军连连败退，六郡随之归宋。这是宋廷移都临安府以来，八年中第一次局部反攻金伪夺取的大胜利。岳飞并不为此满足，营田积粮，训练军伍，积极为收复中原做准备。朝廷闻讯，授予岳飞清远军节度使之职。同年冬，岳飞出兵救援庐，打得金与伪齐军溃不成军，纷纷逃遁。

绍兴五年，岳飞晋升镇宁、崇信军两军节度使，神武令军都统制，奉命镇压洞庭湖一带的杨幺起义军，继续安内，为抗金创造更有利的条件。岳飞采用政治诱降为主、军事镇压为辅的策略，瓦解了起义军。朝廷令功行赏，又提升岳飞，从制置使升招讨使。自此，岳家军正式跻身宋廷四大军之列。

绍兴六年，岳飞迁任湖北、京西路宣抚副使，见国内基本安定，屯驻襄阳以图谋恢复中原，一反宋军秋季防御常法，兴兵北伐。恰逢当年陕西解州神稷山抗金义

---

① 今江西吉安。

② 今江西赣州。

③ 今湖北黄冈。

④ 今湖北仙桃市一带。

⑤ 今湖北钟祥。

⑥ 今属湖北。

⑦ 今属湖北襄樊。

⑧ 今属河南。

⑨ 今河南唐河、信阳市。

军首领邵兴为避宋高宗年号，改名为邵隆，上奏宋廷，说商州①是要害之地，只有力取商州，才能经营关中。宋廷命他为商州知州，令他和金州②守将郭浩共同负责收复商州。商州、虢州③并非岳家军战区，隶属陕西路。岳飞摊开军用地图，确证商、虢两州是军事要冲，北可控扼黄河，与北方抗金义军直接联系，东可夺据西京河南府，西能进攻关中，几乎将伪齐的统治区一劈两开。岳飞瞅准这几个地方，确定为主攻方向，采取声东击西的战术，以左军统制牛皋为先锋，佯攻伪齐新设的镇汝军，掩蔽大军往西北方向进击。牛皋深知岳飞用意，大造声势，一路猛攻猛杀，杀得性起。时下伪齐守将薛亨，素称悍勇善战。左军以雷霆万钧之力，很快击破镇汝军的防卫。牛皋生擒薛亨，当押解到宣抚司时，连岳飞也颇感惊讶。牛皋踌躇满志，继续挥兵东向，扫荡颍昌府④，焚烧伪齐军积聚的粮草、器械，直至蔡州⑤。

八月初，岳飞主力在左军掩盖之下迅速出击。王贵、董先、郝政等将攻占虢州州治卢氏县，歼灭伪齐守军，缴获粮食十五万石。伪齐武义郎、监卢氏县酒税杨茂挺身归附宋廷。接着，岳家军又分兵夺取虢略、朱阳和栾川三县。王贵在虢州得手后，继续统军西向，克复了包括上洛、商洛、洛南、丰阳、上津等五县在内的商州全境。

岳家军攻克商州后，岳飞便催促邵隆尽快赴任，以减轻本部人马的戍守负担。

收复商州的岳家军折转向东，击破伪齐军的抵抗，取道栾川县，进据原翟兴的基地西碧潭与太和镇，直取伪顺州⑥州治伊阳县。

王贵命令第四副将杨再兴统军由卢氏县向长水县进发。八月十三，伪齐顺州安抚司孙都统与后军统制满在在长水县界的业阳率部迎战。杨再兴采取诱敌深入的计策，设计围攻。先派一支部队前去挑战伪齐，沿途暗设埋伏。双方一开战，伪齐军作战骁勇，宋军节节败退。伪齐军一路猛追狂打，乘胜前进。走过一片森林，来到开阔地，突见四周岳家军涌来，欲退，为时已晚。杨再兴挥令，迅即截断伪齐军退路。骑马挺枪，带着一队官兵猛攻过去。四周之兵，边打边合围。顿时，一片混杀，激战不断。伪齐军防不胜防，将领孙都统被杀死。杨再兴令兵一鼓作气，杀得敌兵鬼哭狼嚎，将几千敌军打得落花流水，斩杀五百多人，生擒敌统制满在，俘虏官兵一百多人，剩下的四下逃命去了。次日，伪齐军组织兵力反扑。杨再兴抵达孙洪涧，又与伪齐军展开战斗。伪齐顺州安抚使张某率领二千多人隔涧列阵。两军隔水互相对射。杨再兴指挥军队猛烈冲锋，击溃敌军二千多人。在十五夜间二更时分，岳家

① 今陕西商县。

② 今陕西安康。

③ 今河南卢氏。

④ 今河南许昌一带。

⑤ 今河南汝南。

⑥ 顺州是指伪齐所设的伊阳、长水、永宁和福昌四县。

军进而夺取县城，缴获粮食两万石，杨再兴当即下令，把粮食分配给军士和当地百姓食用，并收复长水县。

是夜，有官兵向杨再兴报告，幸亏一奇女暗中帮助，打开城门，不知是谁！再兴隐约感觉到是小慧，就是不见她的踪影。

此次北伐，岳家军还夺取一个伪齐马监，缴获了上万匹战马，粮草数十万，大大地充实了岳家军的骑兵部队。

岳家军接连告捷，宋廷为此下诏嘉奖说："遂复商於之地，尽收虢略之城。""长驱将入于三川，震响傍惊于五路①"。

这是宋廷全面反攻金伪联军的大好时光。

面对如此丰厚的战果，岳飞毫不满足，抢抓战机，号令岳家军一路清扫占领的地方，革除敌军残余，巩固收复的地区，密切洞察敌清，暂且以守为攻，告一段落，留一部分人等待朝廷派官员接交并主政收复之地。岳飞亲率主力军返回鄂州。

伪齐惊慌失措，速速召集高层商讨对策。经过多日筹谋，组织几万人，决定骚扰岳家军后方，攻击德安府应山县，劫掠邓州高安镇，力求夺回失地，图保顺州。

岳飞刚回鄂州，就收到前沿各地的警报。突然觉得头晕目眩，眼痛加重，心力不支，顺势依靠房壁，勉强站起，拿枪当拐杖使，颠来倒去地走出室外，在阳光的刺激下，泪流不止。

"怎么啦！怎么啦！"一个女音尖叫起来，既熟悉又遥远，感觉一阵疾风迎面扑来。一个身影从对面的屋顶上疾落下来。岳飞强行睁开眼睛，是钟雅静来了！

岳飞微闭眼睛，惊问："你怎么来了？"

对方没有问答。

片刻沉默。对方嗔怪起来："舍命为了国家，打下的江山谁来保护？您现在是国家的人，国家正需要身强力壮的人来巩固！您要爱惜自己，身体是革命的本钱啊！"一番话说得得体在行，岳飞突感血脉贲张，心里暖乎乎的。

自从岳字山一别，钟雅静负气出走，并未随兄回去，暗地里一直游移在岳飞身前马后，确保他的人身安全。

岳飞怕耽误她的前程，虽然心里热乎乎的，嘴里却坚硬起来："男大当婚，女大当嫁！我的事不用你管！你还是管好自己的事吧！"说完，转身就走，不小心，差点趔趄而倒，幸亏钟雅静出手较快，搀扶及时。

钟雅静也不急于回答，凭着她那犟脾气，打心眼里认定的大英雄，哪怕海枯石烂也不会更改！

侍卒来了，钟雅静把岳飞交给他们，一声不吭地离开了。

岳飞心里涌起一股莫名的苦楚，心思一时难以平息。

① 三川指秦朝设三川郡的古地。此指河、洛、伊三川。五路是指宋朝在陕所设的秦凤、泾原、环庆、鄜延和熙河五路。

下属前来询问岳飞，欲去何方。

岳飞心想："目疾虽昏痛愈甚，深惟国事之重，义当忘身。"当即号令大军于十一月十五日星夜急渡大江，前去措置贼马。

在虔州，寇成得到援军后，重振军威，击败敌人。为解心恨，他将俘获的五百多名敌军官兵全部杀掉。为此，岳飞非常气愤，上奏弹劾，搞得他狼狈不堪。

在伪齐西京留守司统制郭德、魏汝弼、施富、任安中等人的指挥下，敌军浩浩荡荡地进犯邓州。张宪率一万兵卒迎战。双方在内乡县相持两天。张宪召唤郝政、杨再兴等将商议退敌之法。郝政咆哮起来："来了几万人就怕了？来的都是脓包，凑数的，怕他个鸟！老子杀过去就是了！杀他个片甲不留。"

来者不善，为避其锐气，杨再兴想起上次的退敌之策，建议张宪不妨试试。此策正合张宪心意。他说："伪齐大军来势汹涌，锐不可当，我们不能硬碰硬，得想办法诱骗他们，假装战败逃走。敌军见之，必来追我，我就将计就计，设伏兵伏击，必胜！"只不过，他制造了一个猛攻一阵因寡不敌众才败走的假象，诱其上当。大家赞同此计，各自准备去了。第三天会战，敌军果然中计，见岳家军败退，乘胜追赶，遭到岳家军的伏兵和奇兵的前后夹攻。郭德、施富等一千人当了俘虏，魏汝弼等收集残兵逃回西京河南府。岳家军夺得战马五百多匹，粮草若干。

牛皋也不是吃素的，带领王刚等将官率步兵八千，在唐州方城县东北的昭福痛击敌军，打得敌军狼奔豕突，四下逃走。牛皋一直追到和尚寨，斩伪齐将官马汝翼，降敌军一千人，得马三百多匹。

早在岳飞渡江前五天，王贵已率军在离何家寨不远的大标木，与刘复主力军展开了激烈的战斗。

刘复，号称伪齐五大王之一，"务聚敛""乏远图""无他才能"不懂用兵打仗之道，凭借与刘豫的裙带亲属关系，充当一军主将。他的兵力几乎是王贵的十倍，却不堪一击，被杀得尸横遍野。刘复早已乘马而逃。

当岳飞率援军到达前沿阵地时，王贵带兵已追到魏齐控制的蔡州地界。

岳飞考虑到大举深入敌后的准备还不充分，统兵两万，准备十日口粮，决定先取蔡州，如能随愿，边打边进边巩固；见好就收，不把战线拉得过长，以防顾此失彼，因小失大。

队伍从夜间二更部署，三更出发，进逼蔡州城。强攻几日，无法攻下。显然，蔡州城是一座守备坚固的要塞。由于所带粮食无法维持旷日持久的战斗，岳飞当机立断，下令撤军。杨再兴还想猛攻一番，分个高低，无奈军令如山，只好收兵。

第四十五章

岳摆庆功宴　再兴吐真言

岳飞见机行事，自有他的道理。如今朝廷，国力并不雄厚，输不起。连年征战，百姓流离失所，更是输不起。在淮西战场上有刘光世、张俊和杨沂中三支部队共同作战。而从商州到信阳军，地域辽阔，却只有岳家军单独作战。虽然岳家军作战英勇，但也害怕百战一失。朝廷上下，同情的，暗暗捏把汗；心怀他意的，却幸灾乐祸起来。倘若岳飞没有十拿九稳的把握，飘然冒进，能行吗？

朝廷看到了岳家军这支雄师的威力，在嘉奖岳飞的制诏中言之凿凿："……加兵宛、叶之间，夺险松柏之寒……牛蹄之役，尤嘉虎斗之强，积获齐山，俘累载道……"对"掩杀逆贼五大王刘复、李成等，累立奇功"，大加赞赏，特别奖赏王贵和牛皋，封官晋职，分别升为正任的棣州防御使、龙、神卫四厢都指挥使和建州观察使。

文韬武略的岳飞，极具儒将风范。为了激发斗志，再度提高士气，大摆庆功宴，犒赏三军。把奖赏分给官兵、士卒，自己却从来不取一文。他既与士卒同食，不搞特殊化，又很讲究方法，分批安排部队的宴会时间。他亲自查看岗哨，加派人手，指挥踏白军流动巡查。整个宴席都在秘密中进行。论功行赏，他也把握分寸。严谨的治军，分明的赏罚，赢得官兵的一致赞许。

有道是人逢知己千杯少，私下庆贺时，杨再兴主动和岳飞对饮起来。酒至半酣，再兴反反复复地说起来回话，要舞枪弄剑，口说归顺时的初次较量不尽兴，要学岳家枪的绝技，心里却还是有点不服气，自己独创的杨氏枪法至今还没有遇到对手，那股蛮劲激起岳飞的雅兴，跟着豪爽起来。又端起大碗酒，与再兴同饮三大碗，紧接着，挥手往嘴上一抹，大喝一声："走起！"两人骑马挥枪来到校场，二话没说，对攻起来。四周围观的官兵黑压压的一片，激烈的掌声时响不断，呐喊助威之音此伏彼起。有女声尖叫，声音耳熟。杨再兴眼角扫视，像是小慧在鼓掌，一时劲头大增，一路猛攻，毫不留情。岳飞何等精明，护杀并用，一杆沥泉枪舞得出神入化，应接自如。一看，就知是高手！杨再兴的铁枪也是舞得好看的，进刺横扫，上打下挑，霍霍生风，枪法中明显添加了许多诡异的招式。行家明白，杨家枪法中融合了苗家刀法、达摩剑法，快似疾风闪电，慢如落叶飘飞，步步诡异，招招致命。只见那枪在杨再兴手中变化多端，似蛟龙出海，若猛虎下山，鹰扑狮吼，暗藏杀机。再兴占了上风，大打出手，岳飞不慌不忙，枪挑暗语，示意再兴把绝招全都使出来。

再兴心想，还敢小看我，一招霸王枪法兼顾东汉姚期的精髓、三国张飞的猛劲、唐代敬德的狠劲、蜀汉赵云的快劲、隋唐罗成的巧劲、盛唐郭子仪的冲劲、带上达摩剑法的诡异猛刺过来，刚近咽喉，变刺为挑，空中旋起小花，直奔下三路，欲取岳飞命门。此乃再兴独创的杨式夺命枪法，万无一失。起初，岳飞还以为再兴耍的杨家枪还是老一套，想"勾引"他上当，乘虚夺命。岳飞胸有成竹，退步避开，顺势一枪挑起五朵梅花圈，分上、中、下三路使出独创的绝招猛刺过来。哪知，再兴一反西楚霸王项羽的手法、杨家枪鼻祖杨衮的妙法，专走邪道，枪如灵蛇，一招两式，先横扫马后跟，堵其退路，再如白蛇昂首吐信，在空中圈了一个枪花，顺沿马背，直走对方防不胜防的下三路。岳飞惊骇，策马傍跃，一个空中翻身枪尖点地，手脚并用，大鹤亮翅，脚似鹰爪象蹄，先抓后踢再踏过去，勉勉强强化改此招。再兴斜眼一笑道："得罪了！"勒马侧身，单手移向枪杆中，旋起梅花招，既像盾牌又像少林棍，硬生生地把岳飞荡了开去。一招横扫千军，眼看要扫着岳飞。岳飞勒马，腾挪纵飞，避开枪棍，突然不见再兴的枪走何处，顿感头顶有响声，急忙用右脚顺势钩上马套，倒入马边，用飞踢的左脚顶上自抛的枪杆，似飞速旋转的陀螺，圈成圆盘，抵挡来枪，化解再兴独创的"空降枪雨"。再兴见两招被拆，连施"神龙探海""猿臂缠身""探囊取物"三支变化的新招。岳飞定眼一瞧，从未见过，估计又是独创，只好以牙还牙，也用自己最近独创的"铁蓬化雨""金蝉脱壳""隐形针罩"一一化解。再兴想，近几年来，破敌杀敌全凭这几手绝招，无人能躲，今天却被岳老弟化解，打心眼里佩服，本想停枪讨教，但自己的脚不听使唤，忽然腾空，一招掺和苗人刀法的"力劈华山"施将出来。听风声，看招式，诡异多端。岳飞心里暗自庆幸，幸亏自创岳家枪法，否则，难以抵挡。想罢，也施出独创的绝招"暴风推雨"挡开。接着，反戈一击，连施"千钉斜钉""风吹刺毯""万枪追逃"三招。再兴陡然发现，身侧的枪点梅花，似有千万个钉子斜钉过来，赶忙勒马腾跃，飞过险处。马欲着地，突觉地上像刺毯那样抖出密密的枪尖。神马哀号着快要扑上去，再兴猛用铁枪戳地，来了个"金鸡独立""多杆超度"，硬生生地把人和马悬在空中擎起，像撑船起航那样硬撑过去。发现身后有枪矢追来，再兴一手挥鞭策马，一手擎枪飞离马鞍，旁擎而去。看得众人惊叫起来。岳飞暗想，能躲过自己这夺命三招的还只有你再兴一人！前一招在马背上，后两招融合鹤的快、鹰的狠和地趟拳的奇而连用，鬼见都哭，何况人呢？足矣！足矣！人生得此有勇有谋的健将心满意足了！就是用自创的枪法以不变应万变，还只能是化险为夷。寻思间，再兴有点愠怒，又以枪戳地，回身飞擎上马，变枪为刀，追着岳飞，直劈过去。岳飞一边走一边回头笑喊："不要生气嘛！"话虽这么说，手脚也不停，依样飞上马背，从侧面挺枪猛戳，一招自创的"横穿日月"追风顶住。空中出现一副罕见的画面，两个武士一正一侧，枪尖顶住枪片，暗暗较起劲来。有女子飘来，尖叫。定睛一看，是钟雅静！大家屏气凝神，一声不响，经这么一叫，回过神，也喝起彩来，叹为观止。

片刻，双方随喝彩声交汇眼神，腾空离马，飞落地面，停下手来，发出惊魂的啸音。

岳、杨斗战了两个多时辰，八百多个回合，都已大汗淋漓。

气息刚定，再兴转怒为喜，礼貌起来："谢岳弟枪下留情！"再兴心知，最后这招，自己全力使出，劲道一时难以收回。岳兄枪顶之后，完全可以乘虚而入，枪挑梅花，直刺身来。倘若这样，自己横身暴露，必死无疑。

真是英雄识英雄，岳飞难得一知己，何来下阴手？爱惜都还来不及呢！细瞧再兴，容光焕发，俊美异常，岳飞更加倾爱。

再兴主动走上前来，挽起岳飞的手臂，又要去喝酒，口中嚷道："不醉不休！"

经过几个时辰的拼杀，差不多已醒醉意。岳飞惜才，很久也没有这样开怀畅饮了，正有此意，双双同去。

两人变着戏法斗酒。起初，岳飞引经据典，说出上句，要再兴填上下句。再兴答不上来，连连罚喝数杯。接着，再兴开了窍，大谈医道，论起民间偏方之妙用。岳飞卡了壳，答不上来，猛喝起来。窗外，有人走来走去，投来关切的目光。再兴用眼角的余光凝视，发现是钟雅静，顿生一计，喊人进来。钟雅静怕人见笑，早有防备，见被叫住，只好拿着茶壶腼腆地走进来。再兴来了兴趣，故意找碴儿，约说三人对对子，各出一上联，抢答，先对上者胜，后对上者罚喝一杯酒，对不上或不对者罚喝两杯。顺便喊出对子的上联："室内四目相对，煮酒论英雄"。钟雅静脱口而出："窗外一人独醒，送茶话人生。"岳飞望着钟雅静，瞠目结舌，忘了作对。再兴顺势酌满两杯酒，要岳飞喝下。钟雅静边给两人筛茶边吟道："湖中鸳鸯戏水，成双结对。"说完，拿眼看岳飞。岳飞脸颊霎地染红了，又陷入窘地，无言应对。杨再兴抢答："岸上鲲鹏展翅，比翼双飞。"钟雅静虽然不说，心却怅然若失。再兴爽朗大笑，再给岳飞酌满两杯。轮到岳飞出对时，想难倒他俩，朗声唱道："正值柳梢青，乍三叠歌来，劝君更进一杯酒"。再兴真的被难倒了，嚷着出对子要俗套，不能卖弄文采，深奥难懂。可谁能想到，钟雅静应对起来："如逢李太白，便百篇和去，与尔同销万古愁。"真是妙对，既对仗工整，又抒发情感。岳飞罚了再兴两杯酒，又举杯敬了钟雅静一杯。酒对一轮接一轮，高潮迭起。弄得岳、杨两人酒醉醺醺。钟雅静只喝了几杯，面若桃红，更加娇美。再兴见之，为钟雅静鸣不平，话说历朝历代，都是一夫多妻，何况她一路追随，忠贞不贰；责怪岳老弟不懂人情，还装清高，要罚他喝酒。

岳飞今日见钟雅静文才，先惊奇后仰慕，激动不已，只是君子一言快马一鞭，一心报国，壮志未酬，再加上李氏在家赡养老人，眷顾子女，任劳任怨，对她的情感也越来越深，生怕愧见于她。

经再兴一折腾，岳飞自觉也有一点不近人情，自罚三杯。上次吴阶①花二千贯买

---

① 吴阶（1093—1139），字晋卿，德顺军陇干（今甘肃静宁）人，华夏志士，三代守蜀，南宋抗金名将，与同时期的岳飞齐名。

了一名读书人家的千金送来，也是自己不顾他的情面，顶住部将谏阻，硬是遣人送回。弄得吴大人不好意思。再兴也为此恼怒，骂其愚蠢、迂腐，冷酷无情。

面临此境，钟雅静无语，为了打破这种僵局，只好悻悻离去，坚守在岳字山时的那句诺言，寄希望于遥远的等待。望着钟雅静离去的背影，岳飞心情既复杂又矛盾，自酌自饮起来。再兴重情，硬撑，陪喝，你来我往，喝了个天昏地暗。

再兴心中藏不住话语，酒后吐了许多真言。说自己从小敬仰英雄，非常爱国。长大后才发现朝廷软弱，不敢抗拒金贼，一路逃亡，连自己的皇帝老子都被跳梁小丑捉去了，且寄希望于和议，泱泱大国甘愿俯首称臣，闹出天大的笑话。老百姓处于水深火热之中，我们只得揭竿而起。朝廷对外妥协，对我们却要镇压。曹大哥来了，救了我。我是一个很记情的人，一心报效他。您来了，代表国家，且一直抗金，抵抗外族入侵。二者比较，对曹大哥而言，是小义；对您来说，是大义。舍小义求大义，我崇拜您这个大英雄，所以从了您。虽然您比我年少一点，但我认定您就是我的再生父母，既然最初咱俩已结拜为兄弟，您的事就是我的事。我为您鞍前马后，肝脑涂地……

岳飞听了这段肺腑之言，激动得热泪盈眶。他想起了小慧，没有得到义兄的允许，私下跟随，暗中保护，躲躲藏藏，不敢光明正大地追随左右，劝再兴择机回家一趟，和老婆说清楚，小慧是个好姑娘，不要枉费了她的一番心意。同是性情中人，两人说着说，抱头痛哭起来……

窗外，似乎有一个人影，像小慧，好像正在拭眼泪。岳飞无意中看到，大喊，无应答，只听到低低的抽泣声，接着，人离开了。岳飞猛然回神，想促成义兄好事，急步开门，却找不到人影……

杨再兴一动不动，死死地盯着窗外，发出长长的叹息。

是夜，岳、杨两人同榻而睡，说话说到大天亮。

第四十六章

金贼施暗计　再兴赴黄泉

经过几月休整，军人总是闲不住，岳飞也不例外。分析战争形势，自从宋金几次大的战役之后，战争局面发生改变，宋军由昔日的敌强我弱转化为今日的可以反攻。岳飞看准时机，上书朝廷，请求再次北伐。

绍兴七年，岳飞升任宣抚使，计划并统刘光世等军，意欲大举北伐，并提议宋高宗建储，遭到高宗、秦桧等人的猜忌。一心想求和的秦桧借机在皇上那里参了岳飞一本，挑拨离间。宋廷取消了北伐计划。岳飞无奈，想起母亲仙逝，因战争耽搁，还没尽孝，只得告假回去守孝。

金廷内部掌握实权的完颜昌面临对金不利的战争形势，主张与宋廷议和，意想把伪齐管辖的河南、陕西划归于宋，以此换取宋的臣服。这个消息传到宋廷，高宗喜出望外。

绍兴八年，宋高宗任命秦桧为右相，前往金国，专办议和之事。

绍兴九年正月，高宗权衡利弊，和秦桧沆瀣一气，同金廷订立了和议，俯首向金称臣纳贡。宋廷为此还举办庆祝活动，文武百官纷纷上表庆贺。岳飞没有敬献贺表，反而上表高宗："……愿定谋于全胜，期收地于两河、唾手燕云……"表明自己抗金的观点和决心。高宗不悦。秦桧知道之后，恨岳飞恨得咬牙切齿。岳飞从此被高宗和秦桧视为眼中钉。

绍兴九年七八月间，金廷内讧。主战的金兀术掌了军权，处死主和的完颜昌，撕毁宋金和议，积极备战，意欲侵犯。

绍兴十年五月，金军兵分两路向陕西、河南大举进攻。高宗慌了手脚，急令辞职在家守母丧的岳飞从襄阳出击，牵制向淮南和陕西进攻的金兵，以达"图复京师①"之目的。

进攻淮南的金兵在顺昌②遭到刘祐的"八字军"的沉重打击。金兀术不得不撤回开封。高宗见金兵对淮南的威胁已解除，立令岳飞"兵不可轻动，宜且班师"。岳飞看到了战机，没有听令，率部大举北上，挺进中原。

六月初，张宪和姚政率前军与游弈军直抵光州。因顺昌府已解围，挥兵折向西北，击破敌军，袭取蔡州。岳飞当即委派马羽镇守蔡州。突然，岳家军发现两个相互追杀的人，相貌奇丑，形迹可疑，转眼就不见了。张宪追去，没有抓到。

六月十三，牛皋的左军在京西路大败金军，兵锋直指汝州。攻克其故乡鲁山等县后又挥师东向，同大军会合。

六月二十三日，统领孙显在蔡州和淮宁府之间，大破金朝裴满千夫长的部队，对淮宁府作了一次试探性的军事侦察。

闰六月，岳家军经过集结和准备，发起更猛烈的攻势。

当月十五，同提举一行事务，中军统制王贵派将官杨成等率兵前往郑州。金军万夫长漫独化带五千余骑出城迎战。岳家军英勇杀敌，一鼓作气，攻克郑州。漫独化率部潜逃。

当月十九，前军统制张宪指挥傅选等将，在离颍昌府四十里的地方，同金朝韩

① 指开封。
② 今安徽阜阳。

常军对阵。杀他个落花流水，溃不成军。次日夺取颍昌府城。在战争白热化的时候，张宪似乎又看到两个相貌奇丑的人，轻功了得，迅速飞离城邑，转瞬不见踪影。因战事吃紧，张宪无暇顾及。

当月二十五，金酋镇国大王、韩常和邪也孛堇率六千余骑从长葛县①出发，企图夺回颍昌府城，在城北的七里店摆开军阵。踏白军统制董先和游奕军统制姚政出城迎敌，分头直捣敌阵。双方激战一个时辰，大败金军。岳家军追杀三十几里路，方才收兵。其时，张宪收复开封以南地区；王贵挥师向开封府以西地区进军。

当月二十九，刘政率兵突入开封府中牟县②，夜袭漫独化的营寨。岳家军杀敌无数，夺得三百五十多匹战马，一百多头骡、驴，还有大量衣物器甲，漫独化本人生死不明。

七月初一，中军副统制郝政领兵直指西京，在离河南府城六十里外扎营。金廷河南知府李成率领几千骑兵前来挑战。郝政命将官张应和韩清指挥马军迎头痛击，追杀到西京河南府城下。郝政鼓率全军为后继，于翌日光复了西京河南府。

短短半月，岳家军凯歌猛进，席卷京西，兵临大河，胜利地完成了扫清开封府外围的作战计划。

岳飞瞅准时机，早已派遣梁兴等深入黄河以北，组织游击军，袭扰金军后方。

连日来，岳飞突感不妙，却又找不到问题的症结。各路进攻的喜讯接二连三，战事顺利得意想不到。这说明两个问题：要么金军不堪一击；要么金军佯装败退，另有所图。岳飞想到张宪上报的那两个形迹可疑的人，扪心自问，他俩到底是何方派来的高人？岳飞察看地图，发现各路人马处在敌军瓜分之中，没有互相连通，况且，郾城指挥中心凸显兵力薄弱，此乃兵家之大忌！正欲运兵弥补，有探事来报，那两个形迹可疑的人进了金营。

七月初，休整半月的金都元帅完颜宗弼（金兀术）率领主力部队增添龙虎大王完颜突合速的援军后，倾巢而出，直扑郾城。

八日，金兀术督着完颜突合速、完颜赛里（汉名宗贤）和韩常等将，兵分两路，同时作战。一路由自己带着韩常亲率精锐马军一万五千多骑，披挂鲜明的衣甲，离郾城只有二十多里。显然，这是金兀术十几万大军的前锋，是最强悍的先遣军。另一路由完颜突合速、完颜赛里统领三万多骑兵，直奔颍昌府。时下，郾城岳飞的施令部只有背嵬军和一部分游奕军。另一部分游奕军则随统制姚政驻守颍昌府，一时半刻还抽不回来。岳飞只好调集身边兵卒，全力迎击。双方持续交锋几十个回合，发现女真骑兵擅长的弓箭射程不远，穿透力不强，赶不上宋军。岳飞暗喜，速命轻骑猛射猛打。勇将杨再兴一马当先，突入敌阵，杀金兵数百人，打算活捉金兀术。金兀术突感不妙，速命"铁浮屠"（女真重装骑兵的别称）阻挡，自己退后躲避，

① 今河南长葛市。

② 今河南中牟县。

又令左、右翼骑兵（宋称"拐子马"）迂回侧击。岳飞亲自上阵搏杀，得知金军的白刃近战又不行！他心里有了主意，巧妙地运用战术，对付敌人两翼的拐子马。他察觉敌骑主战的"铁浮屠"三马并行，铁钩相连，前后马队鱼贯而上，行动不便。速令步兵手持麻扎刀、提刀、大斧等兵器以步击骑，专劈敌骑马足。只见一马被砍扑地，另外两匹无法奔驰，后骑被挡受阻，"铁浮屠"军乱作一团，不能发挥其优势。岳家军见岳飞亲自上阵，越战越勇，"趁机杀得敌军尸横遍野。双方从下午激战到天黑，金军大败。杨再兴杀红了眼，全身是血，成了血人。

几天之后，金兀术不甘心郾城之败，集中十二万兵力，进到郾城和颍昌之间的临颍，妄图切断岳飞和王贵两军的联系。

七月十三，张宪率领亲卫军、游奕军、前军和其他军组成的联军，进到临颍，寻机要和金兀术大军决一死战。杨再兴率领三百骑兵为前哨，董后紧随左右，向着前方冒烟的地方纵马而去。

一个金人打扮的女子追着那两个丑人绝尘而去，面相好眼熟！再兴无暇顾及，马不停蹄，眼前，来到一个不大的院落。院内屋倒人哭，乌烟瘴气。金军见人就掳，见东西就抢，见房子就拆，拆不走的就放火烧掉。再兴看在眼里，恨在心里，提枪跃马，冲进院去，举枪便刺，撂倒数人。众骑随后，一路飞杀。董后飞箭射倒一片。金人边打边退，向院北后山逃散。再兴还不解恨，尾追而去。追到小商河，遇见一队官兵四员金将。再兴窃喜，挺枪纵马，连挑带戳，杀了个痛快。四员金将本是一家兄弟，见宋兵杀来，号令士卒，仓促迎战。四兄弟围住再兴，手使镋的那个先中枪捽下马去，被杨再兴一枪戳死在地。杀了一阵，见不是对手。年岁大的那个大金荣王雪里花跳出圈外喊话，示意其他两个兄弟逃跑。再兴岂容中计，一枪紧接一枪，枪枪枪挑梅花，先刺那个使金铁抓的咽喉，再撩拨那个使五股叉的，斜刺其软肋。雪里花见四兄弟已死三个，舞起狼牙棒，哇哇大叫着冲向杨再兴，砸、戳、扫、撩，一招接一招。再兴连连挡、拆，择机一招云枪接搅枪，把枪尖送进他的胸膛。雪里花当场毙命。再兴连杀金贼四将，觉得还没过瘾，勒马越过高坎。宋军见头领在前，一路紧随。再兴队伍陷入一面临河、三面是高坎的险地，与金军拼杀起来。奋杀两千多人，杀得前来的金军所剩无几。正要越坎上去。三坎之后金鼓雷鸣，突然冒出成千上万的金兀术大军，把再兴一军团团围住。顿时万箭齐发，众骑应声掉下马去。再兴抵挡不及，突感眼冒金星，全身火辣辣的，箭羽齐来，周身刺满箭矢，眉心也中了一箭。可怜一代豪杰，死于金贼诡计之中！董后身中几箭，举起"杨"字旗，硬撑着爬向那座箭羽和人马搭成的山，在旁插上先锋旗，跪着，从腰间抽出再兴赠的宝刀，自刎而去……

天，突然电闪雷鸣，风雨大作……

第四十七章

托梦岳元帅　魂回岗背山

连日来，因战事劳神，岳飞多日没合眼了，坐在军用室里打起盹来。刚入睡，却被噩梦惊醒。梦见一条大河横亘面前，敌我水战，勇将杨再兴被金兀术击死河中。岳飞惊骇不已，赶忙查看军用地图，张宪和杨再兴正在临颍小商河附近。急令张宪多加提防，询问杨再兴现处何处？几经岳飞提醒，张宪预感金兀术诡计多端，担心杨再兴勇而无防，忙率大军追去。等到张宪追上时，再兴已亡，地盘全被金军占领。张宪怒发冲冠，挥师和金兵攻杀起来……

岳飞心里不安，再次询问，得讯再兴真亡！岳飞几声干号，瘫坐椅上，顿时口吐鲜血，不省人事……

军医被搞得手忙脚乱，好不容易才把岳飞弄醒。

醒来后，岳飞呆若木鸡，一声不响，泪如泉涌。一连几日，不听官兵劝阻，亲自走上战场，大开杀戒，杀得金军鬼哭狼嚎。部队虽然接连取胜，却也不见岳飞脸上有何笑容。一闭上眼睛，全是义兄杨再兴的身影。

张宪活捉一金将，找到再兴尸体，焚化时，得箭镞两千多。张宪守着再兴尸骨，哭得死去活来。

再兴也许显灵，复又托梦给岳元帅，要求魂回岗背山。

岳飞找到张宪，捧着再兴尸骨，大哭不已。

张宪按岳飞吩咐，拿些再兴骨骸，用遗甲包裹，找来再兴指挥打仗时用过的两面铜锣，派亲信一并带上，一路护送回武冈。其余骨尸葬于河岸南边小商桥旁，以示纪念英雄落难之处。

话说岗背山上，近日总是阴云密布，老鹰盘旋。龙华寨屋顶正中的鳌头[①]突然倒碎，散落在屋顶面上。戴神通预感不妙，找到周闷棍，议论此事。周闷棍掐指一算，大叫不好！

周闷棍不敢肯定，托人打听寨内近来有何异样。守寨士卒回应，白天，寨院附近，老鸦成群，啼叫不已；晚上，哭鬼头[②]叫个不停。夜半时分，有怪音惨叫，真像有人惨死前的尖叫，阴森恐怖，很多夜起的人都曾听到。行人都不敢走夜路。周闷棍连连长叹："天意！"。众人不解其意。

---

①　指斜面顶房屋顶正脊中间矗立的脊头。

②　指猫头鹰。

忽一日，有信使来报，杨再兴战死小商河，正在回归途中。

得此噩耗，天地同悲，族人同哀，家人几欲寻死觅活。

族人自发，族长组织，准备料理再兴后事。

周闷棍和戴神通商量，找来唐鲁班，修葺龙华寨，赶紧塑造杨再兴大像。

沿途百姓，听说再兴遇难，纷纷摆出供品，祭供再兴魂灵，痛恨金贼，恨得咬牙切齿。

杨宪、汪蛮子等自发组成接丧队伍，披麻戴孝，在半途中接到再兴尸骨、遗物。

一路唢呐长音，哀乐齐鸣……

灵车已近杨家大院，四周人山人海，自发地聚集起很多人，都来迎接。在长辈的带领下，儿女们顶着孝帽，穿着孝服，跪拜在大槽门口，个个哭成泪人。

长子极像杨再兴，长得魁梧英俊，浓眉大眼。看那形态，跪着，阴着脸，以泪洗面，眉宇间透着一股杀气，牙齿咬得咯吱咯吱地响，意欲报仇雪恨。

灵车来了，孩子们扑上去，团团围住，长跪不起。哭声惊天地，泣鬼神。其时，老天似乎有了灵性，连响闷雷，雷霆万钧。抬头望天，仿若电闪出一个挺枪跃马的人儿，随电流跃向天边山宇，稍纵即逝。开路道士倏然明白什么，举起招魂幡绕车一周，口中念着只有他自己才懂的咒词，然后，顿足不前，跺脚大喊："大将军只管放心西去，后来人定会报仇雪恨！"接着，道士又念了一段咒符，陡然大喊："启程回家！"儿女们退拜，灵车进了杨家大院暂设的灵堂。

骨尸和遗物摆在灵堂的桌子上，四周堆上许多供品。多日未见的妻子来了，披头散发，跪在桌旁，攀着桌沿，擂着桌边，大呼夫君，既是号啕，又是哽咽，长哭不已，哀声震天。片刻，妻子昏厥过去。旁人掐她的人中，大喊其名。儿女们哭爹喊娘，好不凄惨！

妻子醒来了。她拖着长长的哭腔，一面啼哭，一面声诉，缠缠绵绵的哭词像颗颗弹丸击中人们的心坎儿；断断续续的语句像把把利剑刺入人们的胸膛，疼痛难忍。妻子哀痛到了极点，几欲随夫君去了！

孩儿们守着母亲，大哭不已。母亲见着最小的孩子才几岁，突然感到夫君遗留的担子很重，感染夫君那种大丈夫敢于担当的气魄，毅然决然地坚强起来。只见她用手把长发往脑后一梳一拢，头往后一摔，猛然站起，擦干眼泪，走到主事的身前，做出一个大胆的抉择，要雕一个活灵活现的再兴人模，身穿遗甲，怀揣遗骨，一同入棺、下葬。

主事的找到族长。族长马上同周闷棍、戴神通通气，找来唐鲁班，立马行动起来。

长年云游在外的再兴的师父偶然得信，赶回来了，那大步流星的威严气势、精神矍铄的光辉形态，陡然显露出来。只见他嘴角颤动，抖动雪白的长须，用长袖拭揩眼泪，把再兴小时候学艺时最喜欢的关云长小雕塑放入灵前桌上，喃喃自语："徒儿，师父来看你了！"又一阵电闪雷鸣，刺花了灵堂上观众的眼睛。恍惚间，似乎看到师徒俩在神交。外面瞬间下起了大雨……

几日后，族人打造好了一口又大又长的金丝楠的上等棺木，送至灵堂。

经过唐鲁班精心雕琢，再兴人模雕成，高矮、大小对等，涂上肤色颜料，仿若真人一样！师父亲自给再兴人模沐浴。主事替他更衣。妻子给夫君披甲，用长长的腰带布缠裹尸骨捆在其腰间，准备入棺封钉。飞山蛮新任酋长来了，提出要在再兴的胞衣地安葬衣冠冢。众人敬仰大英雄，匀出几块尸骨，用再兴在家时留存的旧衣服裹着带走。

盖棺合龙，哀乐齐奏，哭声恸天。室外又暴雨倾盆，似乎在喟叹英雄悲壮的场景。

以唢呐声充当引子的小班锣伴着哀乐敲打起来。前来祭拜的人们熙来攘往。

小小女儿披麻戴孝，跪在棺木前，点香跪拜，揉着冥纸焚起来，拖长声音，大哭不止。那凄婉的叫喊声真让人几欲肝肠寸断。几个哥弟绕棺哭行，时快时慢，似乎在追赶父亲，唤他回来。母亲坐上旁凳，观望一阵，痛哭起来，又昏厥过去……

再兴出殡那天，下起大雨。前来送行的夹道跪拜，人山人海。一个个哭得踉踉跄跄，几近跌倒。哭声、炮声夹着雨声、哀乐声，响彻云霄。

灵柩后面，有一个身着长衫且身材修长的老人拄着拐杖，远远地追着，恨不得立马飞上来。那形态，头抬着，背微弓，身子向前倾，差不多要跌倒，一看就知脚和手杖不协调。身后跟着一个年龄相仿的老太婆，上前去搀扶，硬被老头甩开。两个老人，就这么一前一后地追着。帽子掉了，可怜的老人全然不顾。雨打在雪白的头上，顺沿凹凸不平的面颊直往下流。凄怆的哭喊声拖着长长的颤音，时断时续。老人不相信这残忍的事实，鞋子也被追掉了，袜底磨烂，烂袜缩皱，露出长趾。脚板开始生痛起来。老人拖着沉重的双脚，渐渐慢下来。旁人惊愕，生怕老人滑倒，掉到污泥里，又去扶持。倔强的老人甩手拒绝，远跟灵柩，蹒跚着一路追随，直到路拐急角，看不到灵柩，才停下来。大家都为这对孤苦的老人而担心，为这白发人送黑发人而痛惜。路人长叹起来：可怜天下父母心！

灵柩渐行渐远，呈现在群山面前。群山怀抱一山，类似大虎盘踞，浓荫蔽日。峰顶，盘旋许多老鹰，斜飞而来。山腰，白鹤亮翅，白鹭尖叫着飞扑追逐。侧看其山，活像一顶大战帽。再兴就安葬在此山腰上老虎的咽喉处。墓穴周围凸有小山堡，很像老虎身上的肉纹团和脖颈上的淋肉团子。

天放晴了，太阳钻出云层，光芒万丈，熠熠生辉，把穿在人身上且被雨水淋湿的衣服全都晒干了。人们的额上冒出豆大的汗珠。真是胀水日头晒死人！

墓穴四周围立人群，头裹白巾，手挽黑套，面目陌生，据说是从四面八方赶过来崇拜英雄、前来送行的人。他们围着墓穴，献上花簇，准备帮着下葬。

穴中突然聚集许多蟾蜍，昂着方向一致的头，暴突眼珠望着棺材来的方向，鼓着满满的腮子，咕咕哀叫。

灵柩已抬来，停放墓穴旁。

一只山猫倏然而来，跃入墓穴，转了一圈，陡然跃上来，快速爬上棺材顶，在那上面蹲了一会儿，叫了几声，朝山上走去，消失于树林中。

罕见！神奇！众人见之，纷纷跪拜下来。

锣鼓响得急切，比打仗时吹响的冲锋号还急，鞭炮放个不停。

地仙绕着墓穴转圈，摺着粮米，喃喃自语。儿女们逐个跪拜扶柩的人和送行的亲戚、长辈，哭成泪人。

过了一段时间，一切声响停下，众人齐动手，垒起一个高高长长的坟堆，盖上青草坪。孝子跪拜后，恋恋不舍地原路返回，边走边喊着父亲随回……

岗背山上，龙华寨里，立起了杨再兴的塑像，道士正在做着法事，招魂呐喊。那悠长的声音令人毛骨悚然。

山寨的徒子徒孙们全都跪拜寨前，擂上战鼓，吹起犀角号。

漫山遍野都是手执长矛弓箭的喽啰兵。

随着一声长啸，宣告杨再兴魂回岗背山！

一只白鹭尖叫着在龙华寨顶盘旋几周，停落在寨中屋顶偏角的鳌头上，翘望北方。

众人望之，又跪拜起来……

第四十八章

族人建庙殿　痛祭再兴难

自从杨再兴葬回武冈大绢峒虎形山后，多日来阴云密布，暴雨接连下个不停。当地爆发山洪，似乎在喧嚷再兴壮志未酬，死得太早，死得太冤！

英雄故里的人们过于悲伤，脸总是阴沉沉的，很难看到笑容。人们的心也过于烦躁，常常为一点小事，动不动就斗红眼睛，大打出手。朝廷对英雄殉难既没有惋惜的片言只语，又没有树碑立传的任何举动。百姓没有奔头儿，也没有拧成一股绳，一盘散沙，更没有奋发向上的斗志。人们变得麻木起来，毫无精神寄托。

有道是：人死如灯灭。这是人性使然的自然规律。随着时间的推移，人们开始淡忘，淡忘英雄可歌可泣的事迹，淡忘英雄大义凛然的豪迈气节。

忽一日，一个名叫小慧的姑娘千里寻英雄，远道而来。寻到英雄墓地，哭得死去活来，之后撞石而死，以身殉之。

此举震撼人心。英雄故里的人们三五成群，四六成堆，议论开来。千年来的封建世俗与现实情况发生炽热的碰撞，复燃了人们崇拜英雄的欲火，爱国的热潮一浪高过一浪。然而，再兴的妻子却醋意大发，坚决不同意把小慧姑娘葬在再兴旁边，认为这是玷污夫君的英名。

杨氏族人斟酌再三，尊崇再兴遗孀的意愿，把小慧葬在山的背面，不立碑记。久而久之，人们记得小慧的故事，却找不到她的墓地。

英雄故里的人们自发聚合，决定兴建英雄庙宇，重塑英雄形象，流传英雄事迹，祭奠英雄魂灵。几个头目挑灯夜战，暗派李天师寻找风水宝地，由杨族长出面，兴建杨再兴专祠宗庙。

大绢峒虎形山和杨家大院之间有几座小山丘，几处沟壑汇成一条蜿蜒的小溪随诸山而下，吸纳细流，遂成小江，流进宽阔的田垄，佛若蛟龙出海。站在杨家大院一侧，眯眼细瞧，仿佛看到再兴披甲杖枪、过关斩将、乘龙而来。李天师左看右看，前看后看，架上罗盘观测，选定吉位。众人会意，组织劳力，在江上建一座仿古石拱桥，取名复兴桥，并在桥畔选址修建再兴专祠宗庙。

四邻八舍慷慨解囊，捐钱捐物；远近十寨踊跃报名，出人出力。同为修祠而来，一起加班加点。一时间，聚合了许多人。挖基脚的挖基脚，填石方的填石方，运材料的运材料，干得热火朝天。

挖至前后堂横梁时发现有石有洞。为稳基脚，继续开挖下去，地盘越起越开，结果发现一个天大的秘密：一条石河，虽小，但貌似小商河。河内有缓流之水，水内有一条直挺挺的石鳝，鳝头极像枪头，鳝尾与河边石相连。河边石类似跃河欲过的石虎。石虎周身似乎刺满石样的箭矢。现场施工人员瞪起惊恐的大眼，不敢再挖。李天师来了，连喊"天意"，焚香烧纸，毕恭毕敬地跪拜。多次跺脚丢卦，大喊师父显灵，才占卜成功。李天师要工友们原封不动，只是在其基础上需要填石砌脚的才砌，把整个迹象湮没在地宫。工友谨小慎微，生怕弄坏现状，照天师吩咐的去做。

基础完工那天，李天师要杨族长号令族人杀三牲，拿来三牲四果，在填挖好的基础上摆开作为供品，面朝再兴墓穴方向，做起法事来。司工人员全都自发地跪拜起来，口中念念有词，祈祷再兴保护。

天空突现惊雷，在红霞里发出电闪，似把把带血的利剑，直刺乌云。极像再兴挺枪血战疆场，杀得兴起，显出英雄本色。人们似乎感觉到再兴的允诺，满怀信心地大干起来。

连续半月，天越晴越高，南风拂面，给劳作的人们提供了极好的机会。人们挥汗如雨，喊起欢快的号子干上了。再兴家属主动烧水送茶，族人也跟着忙这忙那，服务十分周到。一座再兴专祠初具规模。

杨族长找来唐鲁班，再塑再兴神像，使其倾全力加班，赶上黄道吉日。

专祠完工那天，喜鹊群飞而来，胆大不怕人，在宗庙周围叽叽喳喳地欢叫不停。杨族添生六个后裔，周围百姓的牲口也添生十几头。人畜兴旺，大家笑得合不拢嘴。

捏制专祠鳌头时，万里晴空又响惊雷，也许是再兴暗谢大家的回音。

再兴塑像雕成，为了赶上落座时间，众人抬着一路小跑，行至复兴桥时，突然电闪雷鸣，大雨直下。一抬夫因路滑失控崴了脚，疼痛难行。大家只好把再兴塑像置放在桥上。李天师闻讯，赶忙前来祭桥，祈求上苍开恩，让再兴顺顺当当地过桥。

再兴塑像被请进专祠。富丽堂皇的专祠一时热闹起来，自发前来顶礼膜拜的络绎不绝。族人开会，准备选择黄道吉日，痛祭杨再兴。

周闷棍查看易经；戴神通翻着老黄历；李天师依次占卜吉凶。三人合一，好日子定在下月的十三日，也就是再兴的遇难日。

当日，阳光灿烂，人流如潮。庙前殿外全都聚着密密麻麻的祭祀之人，连复兴桥上也挤得水泄不通。人们担心桥被压垮，赶紧疏散人员，可是，谁也不听使唤。

杨族长拿起喇叭筒喊起话来。先亲属后族人再外人，从殿内到殿外依次按顺序排列，长跪不起。牛角号吹起来了，招魂幡挥舞不断。李天师大做法事，超度亡灵。一时间，香烟缭绕，呼喊不断。凄楚的喊声在上空回荡，给人一种凄凉阴森、痛泣不已的感觉。法事完毕，杨族长对着话筒拖长声音，叙述再兴生平。天空阴了下来，动着风，接着落下雨点。也许是天也同情，风雨同悲。刚好给众人解凉，但不湿衣服。族长说得泪水涟涟，声音嘶哑。殿内外哭声一片，痛惜英雄早逝。族长说不下去了，师父接过话筒，述说再兴拜师学艺的情形，吃得苦，耐得劳，肯学习，勤操练，尤其是尊师重道，难能可贵的人品值得后生学习。殿内外呼声高涨，同喊口号，要把英雄的美德流传下去。

沉默，片刻的沉默。

再兴遗孀哭诉起来，述说着两口子共同生活的历程，赞同他那为生活所迫、揭竿而起、为穷苦大众谋幸福的壮举，赞美他那尊老爱幼、睦邻友好的行为。特别是对妻子忠贞不贰，情爱有加，常常捎信回来，一再嘱咐其照顾好子女……妻子诉说着，哽咽着，哭成泪人。全场感染，哭声不断。发自内心的哭喊声响彻云霄……

话筒里传出再兴长子童音未脱的轰声，发誓要替父亲报仇！场外随声附和，呼喊报仇声接二连三。

再兴生前起兵的几处山寨剩存的兵卒陆续赶来。人们让道，让兵卒代表走进庙祠，跪在塑像跟前，焚香作揖，大呼英雄一路走好，早登极乐世界，庇护他们继续保家卫国，再立新功。

天地间似乎得到了回应。天上的云忽成一人跃马横枪之状，带领一队士卒朝前杀去。地上流过复兴桥的小河里群鱼跃出水面，尤其是水中那些大小黄鳝也飞腾起来，似把把长枪直冲上空。李天师找来管土地的法师划符念咒、定事安神。戴神通赶忙叫来龙灯班子，沿江两岸各舞长龙，时儿遨游，时儿盘踞。锣鼓响起来了，惊得水族不见踪影。殿前空坪上，一对雄狮也不逊色，踩绣球，滚地龙，腾空飞跃，悬在桌凳上挂牌夺珠，搞得热火朝天。避邪的鞭炮声时响不停。凑看热闹的人们忽东忽西，走个没停没歇。

没过多久，虎形山上几声长啸。旋即走出一只色彩斑斓的猛虎，对着再兴墓地方向走去。

有人惊呼，继而躲避，逃之夭夭。再兴墓地上也突然冲出两只威猛异常的大老虎，直奔田垄，后面追着三只小老虎。初看，以为是三只小老虎围攻两只大老虎。其实是连为一起的五虎下山，冲出田垄，飞跨复兴桥，奔向殿前空坪。

沿途人员吓得魂飞魄散，狂逃的，跳河的……

天下奇观，假狮与真虎同舞起来。狮内人员不敢露出庐山真面目，只有拼命地舞着。两虎戏一狮，你来我往，只见虎啸，不见狮吼。老虎纳闷，咧嘴长啸，露出吓人的獠牙，试探着纵向狮子，欲舔狮腮。狮子连连退却，就地滚到一边。

近处的人吓得尖叫，全都跑光。

狮子假装累了，盘踞一旁，一动不动。

大老虎在空坪地上走了几圈，跃上桌凳，在高处左看看右瞧瞧，昂首向前，又发出骇人的啸声。三只小虎在桌旁应和，蔑视四周，不可一世。

猛虎见狮子不和它们耍，就走进厅堂，绕堂一周，盯着再兴塑像狂啸三声，盘坐下来，逗着小虎玩耍。李天师、戴神通、周闷棍在旁，看得目瞪口呆。李天师不停地用龙头拐杖绕三人画上大圆圈。拿眼示意，三人同退出去，飞也似的奔向沿江而舞的长龙。速叫舞龙头的人带领大家溯江而上，直至再兴坟地，并绕虎形山、田垄舞一大圈，然后汇合于再兴祠。李天师带上族人和三牲，敲锣打鼓紧随其后。当两龙环绕于祠庙时，李天师跪地吹起牛角号。陡然，天空炸响一声闷雷，接着，风雨大作。祠内之虎闻声冲出，走入雨中，越走越远，消失于虎形山。

一切的一切都在无法解释中归于平静。

人们觉得神奇，常来再兴祠祭拜。

杨族人丁兴旺，朝拜者众多，常等多时，有时还轮不到。为解玄机，众人起早贪黑，担心坐失良机。忽一日，再兴托梦于杨族长。族人商议，在千秋寨、螺丝寨两处再建专祠，分别供人朝拜，暗解谜团。

第四十九章

重扬英雄威　治军金人叹

话说岳飞，听说再兴遭人暗算，急忙调兵遣将，恨不得立即捉拿金兀术，将其碎尸万段。

张宪一路猛杀，杀得金军连连退却。

众将士义愤填膺，冲向敌阵，誓将金贼杀个片甲不留。

金兀术意在夺取颖昌府，决定佯攻张宪部，留下八千金兵应付，把大军撤往颖昌城郊外，离临颖有一段距离，暂时回避张宪的锋芒。

张宪派人探明情况，亲率大军一举击败留守金兵，轻而易举地占领临颖县。张宪并不满足小小的胜利，立派部将徐庆、李山向临颖东北方向进发，一路追歼敌军。

岳飞看出金兀术意图，急令岳云率部增援颖昌的王贵。

十四当日，金兀术不顾张宪追兵，亲率三万骑兵，十万步兵攻打颖昌。宋军五个军驻守颖昌城。王贵再三权衡，速命少量精兵守城，和姚政、岳云等率中军、游奕军、亲卫军突然出城，闪电出击，欲与金兀术决一死战。二十二岁的虎将岳云抢锤纵马，率领八百多名背嵬骑士，首先冲入敌阵，驰击敌军，先后十多次冲进杀出，杀得金军血喷战场。岳云也身受百余处创伤。紧接着，岳家军步兵列队挺进，与金军左、右拐子马展开肉搏战。士兵越杀越勇，战争愈打愈烈。两军对垒，苦战良久，难分胜负。士卒"人为血人，马为血马"。岳云率部坚守阵地，毫无退却之意。两军作战，比的是毅力，是韧劲儿。双方僵持一上午，只要一方松懈，就会被打败。岳云看在眼里，记在心里，不断鼓舞士气，坚守阵地。时至正午，守城的董先和胡清分别率踏白军和选锋军出城增援，战局才得以扭转。金兀术全军溃败。

颖昌大捷，岳家军杀敌五千多人。金兀术的女婿当场被杀死，副统军粘汗孛堇身受重伤，抬到开封府后死去。岳家军还杀死金军千夫长五人，俘敌两千多人，其中活捉王松寿、张来孙、阿黎不、田瑾等七十八名敌将。得战马三千多匹，金、鼓、旗、枪、器甲之类更是多得不计其数。在收拾战场的时候，官兵找到那两个相貌奇丑的人扭成一团，死在一起，掰也掰不开。从其衣内密信得知，其一是毁了容的独孤狭，奉叔之命，追杀毁了容的师弟侯长林——金人的奸细……

岳飞闻讯，始释疑窦，叹惋不已！

金兀术攻取颖昌失利之后，自知身陷囹圄，前有王贵颖昌守城大军，后有张宪临颖追兵，腹背受敌，连忙带兵急欲冲出险境。张宪瞅准时机，死死钳住，哪里肯放，把金兀术围困在临颍地段。

想起张宪，金兀术不寒而栗，曾经吃过他的大亏，耳朵被削，差点送命，如今又要对战，不知如何是好！金兀术急令众将会合，商讨对策。恰在这时，下属禀报金兀术："殿下陆文龙已到！"金兀术示意让他进来。众将闻声望去，只见陆文龙年方十五六岁，步履矫健，眉清目秀，神态英武异常。寒暄几句，陆文龙自告奋勇地要替父王雪耻，领兵前去宋营讨战。呼天庆、呼天保兄弟俩主动请战。岳飞吩咐两人不可轻敌，倍加小心。

战场上，一员小将手提双枪，威风凛凛。双方互通姓名后，呼天保先上。陆文龙眼明手快，几招就刺中对方心窝，跌马而死。呼天庆见弟已亡，冲上去举刀便砍，交战不上十个回合，也被陆文龙一枪挑下马来，补枪刺死。观阵的岳飞见来人武功高强，忙派岳云、张宪、严成方、何元庆采用"车轮战法"，连续应战。余化龙也跟着去了。轮番大战几百个回合，五将都打不赢陆文龙。眼看天要黑了，金兀术怕孩儿吃亏，急令众将一齐出马，混杀起来，直到天色昏暗，各自才鸣金收兵。

次日，岳飞高挂"免战牌"，暗想计谋降服陆文龙。统制王佐见岳飞满脸愁容，心念他的仁慈，断己右臂，用苦肉计迷惑金兀术，前往敌营，择机谋反。

王佐深得金兀术信赖，被封官"苦人儿"，并同意其在军营内四处走动。

机会终于来了。王佐去找陆文龙，没找着，在军营里遇见他奶妈，得其身世，劝其回宋。

陆文龙听了王佐"越鸟归南"的故事和自己一家悲惨命运的事情之后，禁不住凄然泪下，下决心伺机谋反。两人正在商量行动计划时，有亲兵来报，从黄龙府前来支援金兀术的猛将曹宁来到，刚去宋营挑战，连杀徐庆、金彪两员大将，英勇无比。王佐得知，对症下药，便将"越鸟归南"和"骅骝向北"两个故事及时讲给曹宁听。曹宁听后，同意归宋。于是，王佐修书一封，交他带去宋营。曹宁归宋，杀父殉国。金兀术知之，心有不悦，突闻本国元帅完木陀赤，完木陀泽兄弟训练几年的"连环马"大功告成，带来并于帐前等候发令。金兀术转怒为喜，命其出征，擒拿岳飞。岳飞命董先领兵五千率陶进等四将出战。完木陀赤抢先舞枪杀过来，根本不是董先的对手。眼看哥哥招架不住，完木陀泽提着浑铁镋飞马来助战。陶进等四将见了，各举大刀，跃马冲上，七人杀成一团。完木陀赤兄弟斗败往回走。董先等哪里肯放，带兵猛追过去。快要追到金营，听到一声炮响，金营里冲出三千人马。马分三十匹一排，一排骑手拿弓弩，一排骑手持长枪，排成一百排。马身上披着生驼皮甲，马头之间钩链相连，马上士卒全副武装，仅仅露出两眼。一支庞大的队伍前后照应，浑然一体，牢不可破。

董先傻了眼，急令迎战。队伍却被一排排连环马分散围住，弓弩射杀。除董先[1]

---

[1] 有些书上说，此战全军覆没，连董先等都已战死。经查史料，董先于绍兴二十六年（公元1156年）才死。

等少数几个冲出重围外，几乎全军覆没。

岳飞得知，满眼垂泪，急令孟邦杰、张显去组建"钩镰枪"队和"藤牌"队，用以攻敌"连环马"。

金兀术打了胜仗后沾沾自喜，想尽快击败宋廷，速与军师商量。军师见岳飞兵精将强，难以取胜，采取诱敌深入和调虎离山的办法，派一支精锐部队暗渡夹江，直取宋都临安。人算不如天算，被率队催粮的牛皋撞个正着，大战二十多个回合，取其头领首级，灭其队伍。

岳飞见围攻金兀术的时机已到，忙命牛皋、王贵、姚政、张宪、岳云等率部包抄金兀术大军，企望一举歼灭之。正逢金人又运送"铁浮陀"已到。金兀术一面准备火药，一面暗点人马，只等天黑炮轰宋营，一举消灭宋军。此事被陆文龙发觉，忙与王佐商议，趁天将黑，策马密射箭书，速报岳飞。岳飞获悉，大吃一惊，连忙设了空城计，把人马迁往凤凰山。暗命张宪、岳云埋伏在半路上，待金兵打完炮回去复命、留下笨重的"铁浮陀"时，废其炮眼，全部推入小商河。连夜围攻金营，大开杀戒，张宪一马当先。战争持续到七月十八，金军大败，岳家军取得临颍大捷。"苦人儿"带着陆文龙和其奶娘投奔宋营。金兀术带兵向朱仙镇方向狼狈逃窜。

金兀术逃到朱仙镇，派人打探，见后无追兵，赶忙选择有利地形，安营扎寨，企图反攻。苦于无计可使，金兀术一脸愁容。军师哈迷蚩道："狼主不必担心，待我摆下'金龙绞尾阵'，引诱岳飞前来攻打，可以擒他。"金兀术忙令哈迷蚩领兵操练。

岳飞悄悄带上张保①，来到凤凰山茂林深处，爬上一棵大树，察看地形，偷看金营。只见金兵正在操练什么阵，好像两条头尾照应、变化多端的"长蛇"，又像拉开、合上的"剪刀"。岳飞正在全神观察，忽然身后射来一箭，正中肩膀，不由得大叫一声，连忙回头，只见放箭之人悄悄溜走，看其背影有点眼熟。

张保帮岳飞拔出箭头，扯下战袍包扎伤口，急送他回营。

岳飞服下牛皋疗治刀剑伤的灵药，顿时疼痛减轻了许多。他叫来诸将，议论金兀术那阵，探讨破阵之法。

大家根据岳飞、张保的描述，一致认为是金龙绞尾阵。此阵妙在"绞尾"，稍不注意，就会被其"剪掉"。经众人提醒，岳飞似乎有了主意，想趁敌人练得还不太熟透，攻其不备。

第二天，岳飞派人擂响战鼓，率部直扑朱仙镇。

金兀术闻讯，急忙摆开阵势，专等岳飞陷入阵中。

岳飞带人从左边杀入，张宪挺枪直冲右方，岳云从中路杀去，来势凶猛，势不可挡。哈迷蚩站在高处，挥动令字旗，忽左忽右，忽前忽后。战鼓擂得惊天响。金兀术眯缝眼睛，在旁观阵。只见那摆开的金龙绞尾阵形如剪刀，两片剪柄不停地开

---

① 岳飞的两名贴身侍卫之一，有"马前张保，马后王横"之说。

合，四面八方的金兵团团围来。岳家军毫无畏惧，三路同进，各自搏杀，却被金军分而包围。金兵多如牛毛，打不完，杀不散，杀了一层又一层。岳飞一路狠杀，杀了个天昏地暗。岳云杀红了眼，狂攻起来，杀了个日月无光。张宪也不示弱，枪到人倒，杀了个血流成河。远远看去，三支队伍犹如三条蚂蟥，紧叮两条长龙不放。"蚂蟥"短小轻快，时而钻前，时而叮后，变化无常。"长龙"不时痉挛，极像受伤的巨蛇慢慢翻转。

拼杀几个时辰，人的精力终归有限，金兵不断涌入，实在太多，岳飞等人渐觉体力不支，生死胜败难以预料。岳飞想，再这样下去，后果严重，唯有快刀斩乱麻，陡然高呼："杀光金贼，直捣黄龙府！"众人一听"黄龙府"三字，精神大振，喊杀声惊天动地。金兵心魂被惊，连连退却，有点乱阵。金兀术抢过军师手中的令旗，大挥起来，边挥边喊，渐渐稳住阵脚。此时，阵外一阵骚动，突见三个少年冲杀进来，乱了阵容。那气势，挥铁斩钉，游刃有余；那形态，似猴类猿，所向披靡。碰上的金兵惨叫连声，节节溃退。岳飞边杀边看，见是前来助阵的帮手，突然大喊："左一中一右，中一前一后，左左！右右！"来者心领神会，三人分合自如，杀乱了金阵。岳云见来者之一是结拜兄弟关铃，劲儿往上涌，一对金锤舞得霍霍生风，遇者脑袋开花，脑浆迸出。张宪见金门镇的先行官狄雷和孟邦杰的小舅子樊成前来助阵，高兴得合不拢嘴，忙喊："快往里边冲！"一场恶阵战杀得不可开交，金兀术看到阵容大乱，吓了一大跳，忙把号旗交给军师指挥，独自跨马冲入阵来，与三个少年碰个正着。关铃趁机戏谑："哪来的毛贼，胆敢战我三少！"金兀术见三人相貌堂堂，威风凛凛，心生爱恋，报了姓名，劝其归顺。关铃笑道："原来你就是金贼头子，今天，我们就是来取你狗头的！"说罢，挥起青龙偃月刀就砍。金兀术一听大怒，躲过砍刀，抢斧就剁。两人战了十多个回合，在旁观看的狄雷、樊成也忍不住，冲上来助阵。金兀术哪里敌得住三只血气方刚的小老虎，被杀得顾此失彼，心惊肉跳，汗流如注，渐感体力大减，手脚不听使唤，只好转马败走。三人年少气盛，穷追不放。金兵见之，怕误伤主帅，退开让道，结果大乱阵脚。岳飞瞅准这个机会，速令岳家军猛攻上去。金人无法恢复阵势，一时乱了手脚，遭砍的，挨杀的，被踩死的数不胜数。金兀术抱头鼠窜，带着残兵败将一路北退。

一宋将赶在兀术即将逃走之时突然带兵离开。岳飞死盯眼前战事，无暇顾及。

金兀术逃走，岳家军乘胜追击。快近金牛岭，金兀术中了宋军的埋伏。岳飞恍然大悟，当机立断，率军夹击。金军大败，金牛岭下尸体堆积成山，血流成河。

侥幸逃脱的金兀术清点人数，仅剩六七千人，想想来时的几十万大军如今化为乌有，一时伤感，仰天长叹："撼山易，撼岳家军难！"一气之下，拔剑自刎……

第四十九章　重扬英雄威　治军金人叹

第五十章

道道催命符　复命见龙颜

哈迷蚩见主帅要自尽，赶忙制止，说有妙法退敌。

金兀术听说有退敌之法，忽然回过神来，转怒为喜，勉强挤出一点笑容，与军师耳语起来。

经军师提醒，金兀术想起了姘头王氏，脸色突然又转阴了，开始怒骂起秦桧来。骂够之后，修书一封，藏于蜡丸之内，急派军师携带，快马加鞭悄悄前往临安。

朱仙镇大捷，金军一败涂地，宋军彻底扭转了战争局面。

岳飞"联结河朔"，发出"直抵黄龙府，与诸君痛饮尔"的呼喊。

岳家军摩拳擦掌，士气高涨。

各地军民积极响应，抗金斗争风起云涌。

金兀术暂时没有征战的能力了，只好带兵回逃，寄希望于密使，企图他日东山再起。

话说哈迷蚩扮成汴京人，日夜兼程，暗中打听秦桧行踪。得知秦桧夫妇在苏堤边的船上饮酒观景，装作卖蜡丸之人大声叫卖，故意引起他们的注意。王氏闻声向岸上一看，见是金人哈迷蚩，速告夫君，命家人唤来，欲买蜡丸。秦桧猜透金人来意，假意买蜡丸，私下里剖开蜡丸查看，知是狼主金兀术要自己谋害岳飞的密信，心里盘算开来，左思右想，找不到理想的答案。

王氏见夫君一脸愁容，问及详情，心想：如今岳飞位高权重，威风八面，单靠夫君一己之力想搬倒他绝非易事，突然想到当今皇帝，点破夫君，何不借助皇上的力量！秦桧想起上次岳飞建议立储，皇上就不高兴。琢磨皇帝的心思，偏安江南，不想征战，只想过安逸的生活。这与岳飞直捣黄龙府，恢复宋廷疆域，迎回徽、钦二帝的想法大相径庭。秦桧一拍脑袋，有了！假借皇帝之手，召回岳飞，先消兵权，再作打算。主意已定，秦桧笑逐颜开，打算上朝时设法奏请。

近日，皇上忙于战事，正在批阅奏折。自从前天[①]收到郾城大捷的奏折后，还不知道前方近况如何。皇上估算，从前方到都城，一般要八至十天才能得到信笺，快则五六天，就是加急的也要一两天，如今有十多天不知战况了！是胜是败，朝廷未知。皇上最担心的是战争失败，当今国力承受不起。

次日早朝，秦桧奏请，传出密道消息，说岳飞连败几仗。

① 指邵兴十年七月十八日。

皇上一听，瘫坐龙椅，不知如何是好！

众大臣怀疑消息有假，奏请皇上核实之后再作打算。

皇上听不进大臣的言论，怒形于色，埋怨岳飞不听调度，几天前就要他班师，就是不听。

秦桧见时机成熟，力排众议，再次建议皇上撤军，以和为贵，保宋廷江山社稷要紧！

皇上连发十二道金牌①，全是措辞严峻，不容反驳的急令，命令岳家军必须班师回鄂州。

话说岳飞，总感到朝廷指挥不妥。有道是：将在外，军令有所不受！岳飞左右为难，如果接受，就会失去战机；如果不接受，又怕违抗君令。思量本次北伐，战果丰硕，皇上难道不知晓吗？岳飞摊开白纸，写写画画，帮助理清头绪：

闰六月二十，岳家军克复颍昌，已上奏。

七月初二，宋廷回复岳的上奏。同日，岳家军收复西京，已上奏。

初八，郾城大捷。已上奏。

十四，颍昌大捷。已上奏。

十七，岳飞收到高宗七号所发出的"措置班师"诏。

十八，岳飞收到高宗十一号所发出的班师诏，发怒上奏，陈述其利弊，言辞激烈。同日，临颍大捷，并上奏。

十九，岳飞知高宗于十二日收到岳家军收复西京的奏报。

二十，朱仙镇大捷。已上奏。岳飞陈述己见：意欲乘胜追击，收复失地；一鼓作气，直捣黄龙府。恳请同意。

二十三，岳飞知高宗于十八日收到郾城大捷的奏报，给岳家军予以重奖。

二十四，岳飞收到皇上的十二道金牌，急令其班师回鄂州。岳飞得令，愤懑泣下，长叹："十年之功，废于一旦。"然而，察看友军，早已撤退，岳家军孤军难支，孤舟难行，不得不下令班师。百姓闻讯，哭诉着前来劝阻，害怕金兵反攻倒算。岳飞无奈，含泪取出诏书示众，答应军队暂留几日，以便百姓南迁。

十二道金牌似道道催命的鬼符，迫使岳飞听从。但是，岳飞内心还是不死心，决意亲赴临安一趟。

二十六，岳飞知高宗于二十四日收到颍昌大捷的奏报，开始改变态度。

二十七，岳飞带两千骑兵从顺昌去临安，上报临颍大捷和朱仙镇大捷，分析战争形势，陈述其想法，意在宋廷同意其联军发兵的想法，反攻金军。皇上听了岳飞

① 有些书上说皇上连发十二道金牌的时间是邵兴十年七月十日左右。据史料考证推测，应是七月二十二日，或者说，皇上就根本没有连发十二道金牌。但，关于战况的奏请不能及时送达，宋高宗害怕吃败仗，难保江山，发了几道班师令是实。其他各军得令班师，岳飞依据实际战况，没有听令。

的报请，悉知军情，本来有所心动。恰在这时，秦桧捧着刚送到的岳飞那份言辞激烈的抗金倡议书来了，并参了一本，直说粮草不足，调兵协同反攻的时机不成熟，只能按言出必从的皇令执行。

皇上看了那封倡议书，加至秦桧巧言，龙颜大怒。岳飞只得打道回鄂州。

岳飞带兵回到鄂州，整日闷闷不乐，按着性子等待，常常借酒浇愁。

一切，都在难熬的等待中度过。

八月，秦桧力主和议，罢黜反对和议的喻樗、陈刚中等七人。

九月，高宗派起居舍人李易晓谕韩世忠罢兵，诸路将帅皆被召回，蔡州、郑州、淮宁府等地再次落入金人之手。

眼见用鲜血换回的失地复又失去，岳飞心如刀割；看到百姓流离失所，岳飞痛苦不堪。面对主和的呼声越来越高，岳飞预测，暂无仗可打，长叹壮志未酬，心里烦躁，时察其变，连喝闷酒。

钟雅静突现于面前，主动陪酒，以解岳大人心闷。酒至半酣，岳飞再次敞开心扉，喟叹前途渺茫，枉费姑娘等候，愧对钟老厚望。

钟雅静借酒壮胆，再吐誓言，不管结果如何，愿等候他一辈子，话虽这么说，人已泣不成声。

岳飞感同身受，陪泪安慰，复又长叹起来……

邵兴十年底，金兀术瞅上淮西军变[①] 后宋军的薄弱处，积极备战，扬言消灭江南[②]。

邵兴十一年一月，金兀术率军南下，大肆侵略淮西。

高宗发觉，淮西之战决定南宋生死存亡。时下，刘锜、杨沂中率兵五万屯驻淮北，张俊率部八万驻扎淮西。高宗发诏：命张俊、刘锜、杨沂中迅速合兵，正面迎战；命韩世忠率部前往楚州，岳飞出兵江州，二者从后面和侧面闪电合围，突然袭击，使金兵腹背受敌，一举歼灭。高宗看中军队中唯一实力雄厚的岳家军三万精骑，诏使岳飞奇袭。岳飞想，金兀术、韩常领兵入侵不足十万，连同其他杂牌军也只有十多万；张俊等正面战场上的官兵就有十三万，加上韩世忠三万之众，足足可以消灭来犯之敌。如今金人率部南侵，国内空虚，何不长驱京洛，驻蔡州，监视陈州、汴梁之敌，既可围魏救赵，又可长驱直入，攻打金国，岂不一箭双雕！岳飞想到这里，满心欢喜，立马出兵并回奏。可他误解了高宗全歼南侵金兵于境内的用意。

---

① 邵兴七年八月，宋高宗想要岳飞并统主帅无能的刘光世大军，后听信秦桧、张浚削岳兵权的谗言。刘光世被罢官之后，其军无主帅，致使统制官郦琼等发动叛乱，带领四万官兵，并裹胁百姓十多万人投降伪齐刘豫，成为金人傀儡。

② 指南宋朝廷。金人一直不承认南宋朝廷，把其称之为江南。

金军占寿春①，攻庐州②，窥和州③，采用运动战术，一路南侵，施压宋廷。宋廷突感岌岌可危，连连发诏。

二月初五，高宗发诏重申原来的作战方案不变。一方面，急令正面战场的张俊等，组织退敌战役，大打出手。另一方面，急令韩、岳两军速速赶到指定地点，围歼金军。

张俊、杨沂中部先后渡江，击败金军，会师和州。随后刘、杨、张三军分路进击，收复清溪④、含山等地。金军败退柘皋⑤。

二月十七，刘锜率兵追至石梁河⑥。金军毁桥，阻止宋军前行，时逢大雨，河水暴涨。刘命士兵积薪为桥，准备渡河。次日，刘、杨、张三军齐集，分三路渡河攻打。杨沂中挥师从上游渡河，遭金军左右两翼夹阵双攻，进击不利。其时，张俊部勇将王德见金军右翼为劲骑，即挥军过桥，向其猛攻，乘金军阵势混乱之机，大呼冲杀。杨沂中再令万余士卒手持长斧，缠住金军两翼的"拐子马"，奋力砍杀，乱马破阵。金军败逃柘皋西北的紫金山，后又在店埠⑦与宋军激战，落败而逃。宋军乘胜收复庐州。高宗连诏询问韩、岳是否到达，是否围堵、全歼金军？而此时，韩、岳两军正在途中。张俊贪功，复命高宗，去信韩、岳，说"敌以渡淮"，"前途乏粮，不可行师"。刚抵庐州的岳家军只好退兵舒州，以奏朝廷。

接下来的近半月时间，张俊入庐州，未曾前移半步；岳飞因张误导未再北进；韩世忠收到命令后也无大的行动。坐等金军逃走，皇上知之，暴跳如雷，重提："违令者斩！延误战机者斩！"三月初一，令岳、张会合庐洲，联韩一道追歼金军。三月初三，韩见金兵真的后撤，动身追歼。三月初五，张俊命令撤军的刘锜回兵和州，自己同杨沂中率部淮上。

事实上，金兀术在愚弄宋军，北退的只是金军的少部分，而大多数人马仍然埋伏在濠州⑧四郊，待机勇夺濠州，大战宋军后方。

三月初六，张俊得闻金兀术用意，惊慌失色，一方面急奏朝廷；一方面率部和刘锜一起去围攻。

九日，朝廷获悉，急令岳飞援濠。

初十，岳飞得线人报告军情（皇上援濠的急令还未至），一边上奏朝廷，一边

① 今安徽寿县。

② 今安徽合肥。

③ 今安徽和县。

④ 今安徽含山西南。

⑤ 今安徽巢湖市西北。

⑥ 今安徽柘皋河。

⑦ 今安徽肥东。

⑧ 今安徽凤阳。

前去救援。赶到濠州时，金军已走。始知濠州城已于初八被金军攻陷，张、杨、刘联军于初九才到距濠州六十里的黄连埠，望尘莫及。

自此，皇上的十五道急诏，似道道催命的废符，成了一纸空文。

淮西之战后，虽然宋金两军都已回撤，但此战宋军先胜后败，没有达到预期的目的，金军依然强大。秦桧传谕张俊、杨沂中、刘锜班师。

四月，秦桧密奏高宗"论功行赏"，明升暗降，收回诸将兵权。韩世忠，张俊，岳飞相继回朝，分别被任命为枢密使和枢密副使。高宗撤掉三个宣抚司。

六月，秦桧晋封为庆国公，七月升为少保，加封冀国公，成为一人之下万人之上人人不可轻视的大人物。

九月，金兀术有求和之意，秦桧上奏朝廷。派刘光远、曹勋出使金国，商议以淮水为界，宋割唐、邓二州。随后又派何铸回访，答应金人议和的前提条件。

宋廷朝野突然传出岳飞谋反的言论，一传十，十传百。闻者虽已不信，但已大骇。

十月，秦桧让谏官万俟卨弹劾岳飞。同时，张俊告发张宪替岳谋反，岳云随之。岳飞、张宪、岳云陆续被扣押，送往大理寺，银铛入狱……

第五十一章

愕闻定奇罪　结伴往京赶

周闷棍近日无心坐禅。年轻的刘寡妇不小心掉入悬崖，被他救起。伤好了之后，很想报恩，有事无事地来庙里博取他的关心，诱他破了色戒，刘寡妇有了身孕。他晚上老是做噩梦，梦见寡妇的丈夫在阎王那里告他的恶状。阎王派黑白无常前来索取性命。昨晚的梦却大有不同，梦见师弟岳飞与金人大战，被小人出卖，遇难，死得惨烈。戴神通来了，满腹牢骚。听说岳飞以谋反罪被押入牢狱，等待处死。周闷棍突感梦意如此吻合，顿足捶胸，但他不相信传言和梦境。两人烦闷一阵之后，静坐下来思量，准备派人前往京城探个究竟，趁机救人。

自愿报名去救岳飞的人有很多。周闷棍左瞧瞧右看看，来回踱着步，突然连拍脑袋，大呼"天意"。

汪蛮子主动走上前来，再三要求要去，马勺、杨宪紧随其后。此事正合周闷棍和戴神通的心意。为救英雄，戴神通想到上、中、下三策。上策是得到朝廷宽恕，伺机放人；中策是戴罪立功，勇战疆场；下策是勇当替身，暗中调包救人。这就需要舍身精神。为慎重起见，周闷棍不厌其烦地征求意见。绰号叫"精灵""古怪"的两个年轻后生站出来也要去。他俩仰慕英雄已久，想为大英雄出点力。最后，敲定由戴神通带队；戴医生发挥自己的特长，沿途行医保护，以防不测；汪蛮子、马匀、杨宪、许精灵、张古怪和几个武功高强的人骑马同去。

一队人马绝尘而去。

马队抄近路，快马加鞭，直往京城奔去。行走几日，干粮已经吃完，下马寻水喝，顺便打听岳飞蒙冤之事。所遇到的人全都瞪起惊愕的眼睛，不作回答，有的甚至还头也不回地拼命逃离。随之招来不三不四的人借机窥视。大家觉得奇怪，幸亏戴神通及时找到答案，立即让汪蛮子、马匀、杨宪三人化装易容，才敢前行。但，马队后面还是追来几股人，有猎人打扮的，也有官兵模样的，远远地观望。戴神通心生一计，带队直往深山里冲，忽东忽西，忽南忽北，迂回多次，才摆脱尾追。

马队行走多日，来到一座破庙前，已是精疲力竭，准备下马小憩，突听庙内几个要饭的议论开来。一个说："如今这世道，要做什么官，岳元帅一心保国抗金，却成了阶下囚，还不如我们要饭的快活自在！"一个说："世上还是好人多！秦桧安排大理寺正卿周三畏提审岳元帅。周正卿知道是冤案后，辞官举家外逃，不肯审理岳元帅。"另一个说："隔墙有耳，如果外人听到，大家都活不成了！听说秦桧已升万俟卨、罗汝楫等人的官职，正在加紧逼迫岳飞就范。"

汪蛮子偷听了一会儿，接着一个箭步冲进庙门，一脚踢开。几个叫花子吓了一大跳，颤颤巍巍地躲到菩萨像后，有一个还吓尿淋了裤子。杨宪再三追问，叫花子们只好把听来的关于秦桧骗岳云、张宪进京，欲害岳元帅的事说了一遍。马匀听后，惊得半天作不得声。戴神通急忙打听去大理寺牢狱的路子。叫花子见来者不是坏人，用树枝在地上画着简图。画好之后，他指着简图告诉大家，现在所在的位置是香草坪，这是茶安岭，是武功山的延伸部分；这是万洋山余脉；东面与茶陵接壤。如果是抄近来，要这么走。大家随他指点后记牢路线。戴神通拿些银子给叫花子，带着同来的马队继续赶路。刚走不远，就被一队官兵围追堵杀。好不容易突出重围，戴神通领队只好走偏僻的山道，选择一个适合的地方暂歇。之后决定把汪蛮子、马匀、杨宪三人分开，分成三组，分头行走，并规定会面的时间和地点，各自寻路去了。

话说岳飞，正在承受轮番审讯。这次来了两个狱吏，简单地交代了几句，给了笔和纸，就匆匆走了，态度还算和善。岳飞向看守人员一打听，才知上次审理的周三畏已辞职出逃，今天是临时指派的两个人。据说，秦桧正在安排候审人员。岳飞想，自己心底无私坦荡荡，不管谁来审，都一样。过了一天，来了一个横眉立目、尖嘴猴腮的人，见面就大喊："你可知罪？"

岳飞被当头一棒，真还丈二和尚摸不着头脑。

"看来，你反思几天，毫无诚心！那我点破你，皇恩浩荡，你为何要起兵谋反？"审理者声音提高了八度，一副贼头贼脑的模样。

岳飞懵了，一时转不过弯来，瞪大眼睛看着审问之人。

"你还瞪眼，看打！"审者露出狰狞的面孔，把手一挥，几个随从拳打脚踢，猛打过来，打得岳飞鼻青脸肿，口吐鲜血。

岳飞咆哮起来："你们怎么随便打人？"

"打你，是看得起你！等会儿还有你更好受的！我罗汝楫还从来没有被人瞪过眼！"审者再露凶相，"招不招？"

一阵沉默。

"不招是吗？用刑！"罗汝楫发号施令。

几个打手用上了酷刑。

岳飞昏厥过去……

不知过了多久，冷水浇醒了岳飞，那张熟悉的面孔陡现面前，是秦桧，说话慢条斯理："你我同朝为官，替皇上做事，都有难处，你部下都招了，还硬挺干什么？"说话时，面颊扭动得极不自然，眼里透着阴森的光，两颗虎牙暴露出来，似乎要吃人。

岳飞满腔怒火倏然升起，大骂卖国贼残害忠良，恶人先告状。秦桧不置可否，扬扬手，哼了一声，转身走了。听到后面又是一阵猛打。

岳飞突感肩膀被什么扎进去了①，顿时闭上了眼，失去知觉……

有一个声音，来自遥远的地方，呼唤着：不能死，不能死啊……

岳飞坚强地熬过来了。有牢头端上饭来，劝他吃点。岳飞满肚冤屈，毫无食欲，只求包青天再世，大喊着要面见圣上。

又来了一个大腹便便、满脸横肉的人，大吼："还想见皇上，去见阎王吧！"说完，命令打手挟着岳飞上了老虎钳。又是一阵严刑逼供。

岳飞只字不提，也没有什么可说的。

审理者恼羞成怒，"我是万俟卨，你记着，经我审理过的人，还没有不招供的！"说着，他拿起铁刷子，一步一步地走近岳飞，"你想尝遍我大宋七十六道刑具的厉害吗？今天就让你梳洗梳洗，舒服舒服！"说完，撕去岳飞身上已磨烂的衣服，用铁刷子一下一下地刷去他身上的皮肉。

岳飞被整得死去活来，还是一言不发。

万俟卨下令：用夹棍……

连日来，岳飞醒而又昏，昏而又醒，不吃不喝，被折磨得奄奄一息。他想起了国家的命运，百姓的疾苦，想挣扎着活下来，试图暗运内力，动动筋骨，无奈全身散架，手脚不听使唤。狱卒送来牢饭，劝说着让他吃。甚至还有狱卒偷偷为他流泪，要他保住性命要紧。他吃力地张开嘴，咬了一口馒头，嚼嚼，咽不下，喝水灌下。

---

① 指宋代的一种酷刑，肩膀被钢针扎进去。牢狱戏称：肩吃金条。

他想见亲人，让狱卒传话，左等右等，等到的是无休无止的审讯。

今天来审问的是御史中丞何铸，岳飞见他慈眉善目，勉强同他搭上话。何铸再三问岳飞，作为国家的栋梁为何要谋反？岳飞无言以答，示意让他看看自己背上的烙印。何铸看到了深入肤理的"尽忠报国"四字，再看旁边烙印，似乎看出道道来了，惊了一跳，不言语，径直走出牢房。

何铸向秦桧如实汇报了审查岳飞的结果。秦桧独自走了几圈似乎有了主意径直向皇上报告去了。接着，皇上传唤何铸，面有窘色大发雷霆。然后，支开何铸，再唤秦桧，密谈很久。

秦桧找来万俟卨，如此这般地说了一大堆。万俟卨心领神会地出去了。接连几天，各处检举岳飞罪状的信笺如雪片一样飞往审理室。万俟卨和罗汝楫两个人都来到审理室，再次唤审岳飞，问了很多事。岳飞直喊"冤枉！"

岳飞的罪状归纳起来有五条：

罪状之一："不避嫌疑，而妄贪非常之功"。如：不合时宜且自不量力地建议立皇储。

罪状之二："拥兵自重"。淮西之役，不听皇令，坐失良机。

罪状之三："指斥乘舆"。朱仙镇大捷后，面对皇帝的十二道金牌，在军营中公开愤慨："皇上不修德，国家没救了。"

罪状之四："不量彼己，而几败国之大事"。即：不量力而行，一味地反对与金媾和。

罪状之五："致张宪意待谋反"。在庐山闲居时，致信张宪，准备谋反。

岳飞慢慢理清头绪，扪心自问，自己一心抗金，收复疆土，恢复疆域，图保国家安稳，日月可鉴，皇上可鉴，百姓可鉴。哪里还有蓄意谋反之心？！况且，告者与所谓的当事人都还健在，是可以当面对质的！再者，随着宋金战争的不断深入，侵我国土的金军被正义的宋军打得节节败退，战争形势由敌强我弱转化为我强敌弱。难道正义的大国臣民还要去和侵略者讲和，反对议和有错？战机稍纵即逝，朱仙镇胜利之后，特意面奏皇上，陈述利弊，意欲乘胜追击，想一举歼灭来犯之敌，难道也有错？至于枉言之说是可以查证的，面对面核实，不就得了么！援助淮西的行军路线是征得皇上恩准的，比预想的还快，且提前到达，却被张俊邀功的"敌以渡淮"所误，这也怪我延误军机？绍兴七年，金人想立被扣压的宋钦宗之子做傀儡，为国着想，建议皇上立储，以绝后患，这也有错？皇上不是要广开言路，要大家为国献计献策的吗？

岳飞断断续续地把一肚子苦水全都倒出来，恳求办案人员实事求是。暗得秦桧口谕的万俟卨哇啦哇啦大叫，挥手速命行刑官再用酷刑。

岳飞又昏死过去⋯⋯

第五十二章

忠君父疑难　为国子誓言

　　不知过了多久，岳飞醒了，有气无力地对着看守狱卒说，要见亲人。那个叫隗顺的狱卒虽然剑眉高挑，但说话和善，为人态度勤恳，快手快脚地出去了。过了几个时辰之后，秦桧、万俟卨、罗汝楫等送戴着脚镣手铐折磨得不成人样的张宪、岳云来了。秦桧说了句"还是招了吧"，就走了。万俟卨、罗汝楫仿若两尊恶神，眼露凶光，静静地站在那里，一动不动。

　　岳飞一声不响，呆呆地望着张宪、岳云。作为硬汉，有泪从不轻弹，可现在这个欲加之罪，直逼得人喘不过气来。再见云儿、宪侄，折磨成那副惨样，禁不住泪流满面。

　　张宪、岳云也看着岳飞，一言不发，抽泣起来，滚滚热泪像谷粒抖落那样滚落下来。

　　隗顺看不下去了，忙使眼色让站在旁边自讨没趣的万俟卨、罗汝楫离开牢房。

　　万俟卨突然想到什么，挤眉弄眼地暗示隗顺，并招呼一番看守人员，带着罗汝楫双双出去了。

　　张宪、岳云步履蹒跚地走向岳飞，每走一步，沉重的脚镣连连叩响，发出哀怨的声音。一步一步，艰难地行走，走得很慢，走了好一阵，三人才倚靠在一起，相互哭诉起来。岳云哭道："爹爹爱国，为国大战疆场。我等遗传爹的血脉，爱国、忠君、爱民，如今壮志未酬，却把我们当成了阶下囚，不要我们了！难道我们还要这么死心塌地地走下去？如今奸人当道，倘若受奸人把持，明君听信谗言呢？"

　　岳飞哭斥犬子，不要乱想，当朝军队，皇上能赐"精忠"旗的只有他岳飞一人！

　　张宪早已泣不成声，痛恨世道不公，奸人专权，空有报国之心，难图报国大业，哭问岳飞，如何是好？

　　岳飞边哭边想，觉得自己心底坦荡，对皇上的恩典心明如镜。记得邵兴七年，皇上兼并刘光世的部队时，给其部将写了亲笔手诏说："……听飞号令，如朕亲行……"邵兴八年，皇上亲命自己去资善堂见新立的皇太子，有意让其成为托孤大臣。邵兴十年，皇上任命自己为少保兼招讨使，率部北上伐金。今年四月的任命，若不是韩大哥资格老、曾经救驾有功，那枢密使之职肯定是自己的。这些都说明皇上信任自己、重用自己。自己对皇上也是忠心不贰，问心无愧。现如今，毫无疑问是寄希望于皇上，坚信皇上明察秋毫，不会滥杀无辜。看到长子和大将遭此酷刑，蒙受不白之冤，岳飞不禁悲从中来，放声痛哭起来。

守卒们被英雄发自内心的哭喊声感染了，禁不住泪水涟涟，想为英雄做点有意义的事情。那个叫隗顺的主动近前劝导，老话说得好，留得青山在，何愁没柴烧？

经过狱卒劝说，想起犬子的顾虑，岳飞自然停哭，却又细想起来。自己历来主战，一心报国；而秦桧奴颜婢膝，求和金主。两人观点不同，站不到一处，平时多有摩擦，秦桧会不会玩阴招，置我于死地呢？从诬害我们谋反上看，好像有置人于死地的猫腻，但这纯粹属于捏造事实，皇上会不会由此而相信呢？根据当前形势，皇帝还要不要我们这些主战的大臣呢？皇上应该不会加害我们吧？想到这里，岳飞不寒而栗，只有不停地高呼皇恩浩荡。他告诉张宪，咱们对得起朝廷，对得起皇上，对得起百姓，对得起天地良心，只有耐心等待，等到皇上下旨，查明事实真相，为我们开恩。

说话间，一狱卒来报，有人探监。狱卒们知道岳飞是大英雄，暂时蒙冤入狱，对他们的管束心照不宣，照顾挺周到的。尤其是隗顺闻知之后，立马示意狱卒放进来。

来者是张保，乔装成贫民，一手提饭篮，一手肩挎包袱，哭哭啼啼地来看岳元帅。

岳飞见张保前来，责怪起来："这是是非之地，别人一听就想躲，傻张保，你怎么来了？"

张保哭说："元帅蒙冤，我怎么不来？"

岳飞忍住满身疼痛，突然严肃起来，"那你把酒饭留下，快快走人！"

"我是专程来看元帅的，还怕受牵连？"张保故意把声音提高。

隗顺走上前来，指指岳飞，再指指狱外，急急地示意张保，说话的声音要小一点儿。

张保说："我来有三个目的。一是看望元帅；二是来送饭，顺便带来乔装的衣裳；三是救元帅出去。恰好公子、张将军也在，一起救！"

岳飞听后，满脸肃容，"好张保，你这是害我呢！你跟随我多年，怎么就不知道我的个性和为人？忠君，是我前世修来的福分！皇上这么器重我、信任我，我怎么就成了个忘恩负义的人呢？如果要我出去，须得朝廷下圣旨。否则，你想过没有，倘若越狱，要么就成了违抗圣旨的罪臣逆子，要么就成了负罪潜逃的有罪之人，这如何是好？"

"可是，朝野上下都在疯传，元帅谋反，是死罪啊！"张保急不可耐地申辩，"秦相爷和您是死对头，正在捏造证据，听说张大人张俊都参与，元帅手下的王俊首先告发，王贵、董先出面作证，甚至连傅选等有一批人暗地里都想害您！众口铄金，就是皇上想保您，人证难改，还有谁敢冒天大的风险去查清事实的真伪？就是查，还不是秦桧、张俊派的人，能有好结果吗？"

张保这么一说，岳飞也不是不想到这一点，但心中只有皇恩浩荡，无法更改他坚定不移的心志。

岳飞急忙说："你不必多言了，我领你的情，将酒菜递进来，快点离开，要不然，既害了我一世英名，又害了这位隗恩公以及其他狱卒们！"

张保转问张宪、岳云："两位公子也不想出去？"

两人道："不是想与不想的问题！做臣子的要尽忠，做儿子的要尽孝，既然家父（元帅）不出去，那我们怎么能出去呢？"

张保不死心，继续对他们说："你们太年轻了！倘若出去，既能救元帅，又能伸张正义，还能为国效力；倘若不出去，有可能同元帅共赴刑场！怎么就不另作打算呢？"

岳飞爱兵如子，见张保还不走，生怕秦桧知晓，担心受牵连，急忙低声呵斥："还不快走！我要撞墙啦！"

张保无奈，忙将酒菜送上，跪下直道："我蒙元帅抬爱，平素侍奉不周，现又不能服侍元帅始终。我虽愚笨之人，但也深知知恩图报之理。今日不忍见元帅、公子受冤，不能解救，不如先去阴间，等在那里，他日再来服侍元帅！"说完，埋头猛撞狱墙，顿时脑浆迸出而死。等岳云、张宪缓过神来，为时已晚。两人痛哭起来。隗顺惊呼："难得！难得！"外围的狱官狱卒闻声走进来，见此惨状，纷纷落泪。唯独岳飞哈哈大笑，笑得凄惨，"好一个张保！我们既具忠孝节义，又懂礼义廉耻，处处规范自己的行为，以为做得不错了。你为我们而死，为正义而死，你是'大义'啊！"说着说着，号啕大哭起来。还是隗顺处事不惊，与狱官和几个狱卒碰了一下头，赶忙派人抬来一口棺木，装殓张保，叫心腹抬出去葬了。

此事对岳飞的打击太大了，整天不吃不喝不言语，只有默默地流泪，脑中不断浮现出王横、张保两个人像护身符那样不离左右、叱咤风云的形象。

一桩桩，一件件，幻现于眼前——

邵兴二年的那场恶战，自己被围困山中，险些遭人暗算。朦胧中，那个浓眉大眼的彪形大汉带着一帮人手提大砍刀走过来了，另辟蹊径，替我解了围。然后，呆呆地看着我，不时地咧开大嘴傻笑。笑够了之后，就自我介绍，说自己为生活所迫，拉起一支队伍，劫富济贫，经常游走山林，成为绿林好汉，现慕名前来加入，恳请收下，并把自己的队伍拉过来，听候发落。起初，我不怎么注意。心想，都是走投无路的百姓，只要抗金，我就收下。没曾想，急行军途中真叫我另眼相看，轻功如此了得，非常人所能及！当发现有人要暗算我时，他却变了一个人似的，倏然飞身伸手向空中乱抓一番，眼疾手快地抓起空射而来的暗器速速反掷，接着，腾空倒翻几个跟头，侧身飞步，捉住隐蔽处施暗器之人，大喝一声，像提小鸡那样撂于我面前，听凭处置，保护了我的安全。我很感激！自那以后，他就成了我的贴身侍从，不离左右。随后大战，又是他，挺身而出，救了我的命。

邵兴十年，郾城大战，狡猾的金兀术瞅准兵力防备空虚的郾城，直捣我的中军。我顾不了自身，亲自上阵作战。暗中保护我的两男一女中就有他的身影。部队接连几次和金军大决战，连连取胜。在追歼金军途中，观察金龙绞尾阵时，还是他，及时发现有人暗算，虽中了一箭，但替我挥开另一箭，要不然，我早就去阎王那里报到了。如今，为了我们，他竟撞墙离我而去，还说在阴间再来侍奉我！听到这话，怎不叫人肝肠寸断？

我只不过是为国尽了点绵薄之力，这是每个国人应尽的职责，何德何能？却招来这么多人为我捐躯，心痛啊！

自古磨难出硬汉；日久，铁杵磨成针。再苦再难，也动摇不了我那忠君爱国之心啊！

看看张宪、岳云，感同身受，不管遇到多大的困难，只要不是遭人陷害，哪怕为国捐躯，也行！

岳飞反思张保的话语，感到自己正处在生死攸关的时刻，突然想到渔翁给的锦囊，扯开密缝衣内的补丁，一看，悔之晚矣！锦囊妙计要在朱仙镇大捷后、追歼金军时用的，现在，为时已晚，悔之晚矣！岳飞联想到了家人，大喊狱吏，要笔和纸张。

第五十三章

一信浓情赞　暗语示妻看

　　秦桧听说岳飞要笔和纸张，以为他要招供，十分高兴，忙派万俟卨送去。

　　岳飞拿着笔和纸张，回想自己的戎马生涯，边写边哭，边哭边发呆，写得很吃力。万俟卨看了一阵，暗笑着出去了。岳飞趁机写了一封家信，偷偷交给隗顺，请他托人密传出去。

　　自从夫君改任文职之后，看起来不再那么繁忙。李娃跟随夫君，携家回到江州，操持家事，督促子女强身健体、读书成材。夫君常去庐山为母守孝，李娃找机会多多接触，共进餐食，谈论家事；看到夫君忙里偷闲、吟诗作文，快快教儿仿学，好生开心，乐享天伦之乐。

　　有一天，朝廷突然来人，召回夫君。李娃觉得很纳闷，猜测是不是又要打仗了。近日探听民间闲语，都说朝廷要与金人和议，并非打仗。夫君是武将，召他去，难道又是平定内乱？没有听说哪处还有人闹事。李娃左思右想，不得其解。正要出门烧香拜佛，祈求仙佛保佑，忽听传报，有夫君家信到来。夫君有事，一般托人捎话，很少写家信，难道真的有事？李娃接过家信，送走只字不提的信使，急忙打开，见信很长，其间似有被水弄湿、字迹模糊之字。李娃疑有不祥，快看起来。信首写得好文雅，似乎不是出自夫君之手："阿娃吾妻：近来可好？"你看，这不像夫君的性格所为。细看笔迹，确是夫君所写："前几天朝廷召回，分开已有些时日。盖因事务缠身，难以脱身。见信如见人，请谅！"你看你看，客套话一箩筐，说得人心里好舒服！李娃闭目遐思，遥想夫君忙碌的身影，好像听到他那短促的呼吸声。试想片刻之后，脑中忽然浮现"难以脱身"四个字，笔画粗糙而字形略大，睁眼看之，真是！李娃脑门冒汗，迫不及待地看下去。

　　"咱俩有缘，张渚[①]一见，相互倾慕，承蒙细心照料，终成良缘。你相夫教子，任劳任怨，是个贤内助；婆媳关系，你处理精妙，致使老母死时尤念，堪称楷模……"

　　李娃眼内幻现出建炎三年[②]那个春暖花开的日子。两口子依偎在一起，心中的小鹿蹦蹦直跳，脸上发烧。一种难以言传的幸福感从脚底往上钻，直冲脑门……

　　家母姚氏，蹑手蹑脚地走来，轻言细语地说起持家的奥妙，满脸慈爱。手把手

---

①　指今江苏省宜兴市张渚镇。

②　公元 1129 年。

地教你做针线活儿，一下子拉近了婆媳之间的距离。霖儿出生，更是乐坏了家母，走东奔西，忙得不亦乐乎。看那开心的笑容，伴随着爽朗的声音，如琴声中盛开的桃花，随风摇曳，好看极了！

李娃想入非非，陶醉在幸福的氛围里。

突然，邻居急冲冲地走来，说霖儿在林儒生家惹了大祸。李娃二话没说，紧随邻居朝林家飞跑。

林家大院那个做砚池的大瓦罐烂成许多碎块。满坛黑水不翼而飞。地上印着毫无规则的乌黑图形。旁边躺着一个满身染上黑色的男孩，一手紧握长长的细竹竿，一手篡紧了拳头。岳霖手脚跪地，没命似的哭喊着自己的玩伴——林伢子。林儒生斜坐在旁，满嘴墨黑，累得直喘粗气，不停地对着眼睛细看。林伢子几经折腾、抢救，在哭闹声中渐渐睁开眼睛，黑黑的小手有气无力地动了动，试着慢慢坐起，坐不稳，复又倒下去了。霖儿破涕为笑，对着林伢子竖起大拇指，喊着："小英雄醒来了！"

原来，岳霖和林伢子是一对天生的好玩伴，经常带着一群小孩不是"摆家家"就是捉迷藏，甚至还玩起了土匪打家劫舍、小英雄带兵攻打土匪窝的把戏。虽然他们玩得很开心，却也常常闹得鸡犬不宁，频遭父母唾骂。这次是和一群小朋友在林家院内玩捉迷藏。以前院里躲藏的地方老是被发觉，霖儿别开生面，看见林儒生在书房潜心写字没出来，赶忙要林伢子拿着他凿通的小竹竿、用嘴侧含着，当作出气筒，踩着矮凳潜入缸水中。在外的岳霖快速移开矮凳，藏到别处去了。躲藏他处的一小孩被捉时踢了一跤，膝盖被撞破点皮，哇哇大哭。林儒生听到哭声出来，以为是岳霖欺负他，追着要打。岳霖飞也似的跑出院外，见林儒生没追来，慢慢躲着走回去。寻"迷"之人走过去走过来，始终没有找着林伢子。岳霖猛然想起大砚罐，搬起矮凳走过去，踩着上去看个究竟，见罐内无动静，拉拉露水的小竹竿，也没反应，急哭了，急中生智，用矮凳撞烂大砚罐。罐烂水走，林伢子像一团蜷缩的怪物，一动不动。众小伙吓得哭喊起来。林儒生闻声冲出来，一下明白了，立马翻过"怪物"，挤压吸气……

林伢子复苏后，在众人的询问声中断断续续地说出，起初还好，之后感到头颈绻着闭气，嘴吸竹管之气时嘴角里吸进水了，呛了几下就不知道了。

好险！顽皮，差点要了性命！

李娃知后，追着霖儿开打。

林儒生仅此一根独苗，想来就有气，火冒三丈，拿起那根小竹竿也追打起来。

岳霖心知错了，走了几圈就停下来，任凭他们处置，咬牙忍住，痛也不哭。

李娃忙向林家赔着不是，受了不少难看的脸色。安抚好了之后，李娃领着霖儿回了家。一到家，勒令霖儿面向厅堂祖宗牌位，头顶一盆水，双脚跪在碎瓷片上，体罚家规。

霖儿不声不响，跪了许久。跪着的双膝生痛难忍，扶着头顶水盆的双手开始打战，豆大的汗珠从额头直滚下来。站在旁边监禁的李娃既烦躁又心疼，看着，忍着，实在忍不下去了，端开儿子头上的水盆，抱起坐在凳上，大哭起来。懂事的霖儿用小手擦去母亲脸上的眼泪，也哭起来，边哭边说自己今后听话，不再惹事了。李娃见着儿子膝裤上钉着尖瓷片，挽起裤管看看，小小的双膝上印满血痕，膝皮被刺烂了。李娃"哇"的一声又大哭起来，小孩们闻声都围拢过来，也大哭起来……

哭够了之后，李娃一边给霖儿上药，一边教育子女们要懂事，分清哪些事能做，哪些事不能做，学会做人。

折腾了一天，李娃的心情一直不爽，忘了其他一切事情。晚上，哄陪子女睡觉时，也累得精疲力竭，跟着睡去了。

睡至半夜，梦见夫君被金人捉去，零刀碎剐，被折磨得死去活来。李娃被噩梦惊醒，翻身坐起。抬头望外，只有柔弱的星月映光，听到了鸡鸣。突觉双眼眼皮猛跳，揉揉，还是跳个不停。远去，陡然传来哭鬼头的叫声。李娃身子一紧，心内猛打一战，似乎预感到什么不妙！一下子，没了瞌睡，头脑清醒了许多。绞尽脑汁细想，看还有什么事要做。猛然想起白天接到夫君的信，还没看完，找找，点上豆油灯，借着黯淡的光，接着看起来。夫君写了许多生活琐事，提到与己相好的同僚，还有民间的义士异人。怎么？夫君的心一下就变了，变得这么细腻！莫非当真有事？李娃猜测着，继续看下去——

"安娘已大，你要教她女人之事；雷儿天资聪颖，懂事较早，善解人意。多教他一些为人处世之道。霖儿好学，是个神童，要从小培养；震儿遗传我的秉性，你要管束再严一点……霆儿尚小，今年已有三岁多了。你可启蒙，让他看图识字，自小规范其行为……"

这就奇了怪了，夫君长年在外征战，家务事总是交给我去打理的，今儿个，他却关心起来了，还特别提到子女！肯定有事，待我明儿打发人去了解了解。

夫君写信的真实目的何在？是想要说一件事，但又不好明说？莫非又续了一房，不要我们了？不会吧！他是个重情重义的人，吴阶吴大人曾经给他找了一个貌美如花的姑娘，他都不肯要。我相信他的为人！难道真如梦中所言，被金人掳去？目前又没听说过要打仗，总要有些耳闻吧！我再读读诗文，推敲推敲，看还有没有别的意思？

李娃左看右看，横看直看，突然发现了奥秘，尖叫起来。她把其中一首诗的第一个字串成一句话："照看全家，好好安排！"是藏头诗，肯定有事，说不定还是大事！李娃喃喃自语，吓出一身大汗。被吵醒的岳雷走过来，询问母亲缘由？李娃把夫君的信递给他，徒步窗前，翘望窗外，眼角真流出泪。

天，已微微亮了！

然后，此刻的岳飞满身是伤，疼痛难眠，眼睁睁地望着铁窗，企盼着家信的送到，万一自己有个三长两短，好上家人趁早躲藏，另作打算，免得殃及池鱼。

送牢饭的来了。岳飞狠心吃了点饭菜，想保存体力，坚持下来。

万俟卨走进来，审讯岳飞，兼问悔过书写好了没有？

岳飞递上写得满满的几张纸。

万俟卨看也没看，喜滋滋地拿去交差去了。

秦桧见到岳飞所写的全是表功的事儿，气得发疯，又派万俟卨前来严刑拷打。而且，又把岳飞单独关起来。结果，岳飞至死不乱认罪，接连几天抗食，奄奄一息。

秦桧见审问毫无进展，还不想让岳飞就这样死去，担心皇上怪罪下来，不好交差，只好派人前去再三规劝，要他吃点东西。岳飞从牙缝里挤出几个字，大意是要见雷儿，否则，一抗到底。

秦桧暂时答应了岳飞的要求，派人去接岳雷。

第五十四章

狱中划乾坤　教儿避家难

岳雷来了，见到爹爹这个样子，哭了个半死！岳飞有气无力地打听家事，特意询问那封家信收到没有？

岳雷暗地里一五一十地告诉爹爹，并带上母亲的话，要他好好保护身体。还把母亲想办法去找韩夫人的事都告诉了他。岳飞听后，稍稍安下心来。

狱卒见着岳雷一口一口地给岳飞喂饭吃，小小年纪，服侍挺周到的，马上把这事回报给万俟卨。

接连几日，狱卒不来叫岳飞过去审问。他饮食正常，伤痛有所好转，人也精神了许多。

再过几日，提审官还是不来提审，甚至连个人影儿都没看见。狱卒除了定时送饭，也没过问此事。无论从伤痛还是精神气节，岳飞明显地好多了，倒也显得空闲起来。岳飞纳闷，与隗顺交谈起来。隗顺也不知道上司葫芦里卖的是什么药，但他明白岳飞打听的用意。

隗顺和万俟卨是秦桧审理岳飞中故意摆出的两枚棋子。秦的惯用伎俩是恩威并施，软硬兼施。隗顺就软从善，万俟卨既硬又恶。隗顺虽然地位卑微，但为人正直，乐善好施，助人为乐。不像万俟卨那样，心里恶毒，行动刁钻、凶蛮，趋炎附势，不可一世。

日子还得过下去。有一段时间也没看到秦桧来监狱。起初，岳飞以为就此拖着，不了了之。后来转念一想，凭着秦桧的个性，不会有好结果。岳飞突然想起黎明前的黑夜，推测此事不会就此罢休。原来，秦桧这段时间正在为宋金议和之事忙着，一时脱不开身来。今日有空，想到湖船上去喝酒，放松放松。万俟卨投其所好，招来侍女弹奏，献歌献艺。酒过三巡，秦桧一时兴起，手舞足蹈地踩起舞步。万俟卨也搂起女人陪跳起来，故意把最漂亮的女侍推向秦桧。秦桧抱起那个能说会道的美女尽情把玩，心里高兴极了。尽兴玩了一阵之后，回到座位，与万俟卨又豪饮起来。饮酒间，秦桧突然问起岳飞近况，并提到了隗顺。万俟卨心领神会，指着站在身边的护卒，要他立刻去传唤隗顺。

隗顺来了，随来一个绰号"骚狐狸"的秦姓人，见秦桧喝得高兴，谈论兴致仍浓，就悄悄地坐在一边，不曾打扰，静静地充当起听众来。

秦桧喝高了，指着万俟卨，大声地说："你跟着我没错吧！寝食无忧。我包你今后高官厚禄。如今，皇上只信我一个人。宋金议和这么大的事，交我一人办理，从来不在朝政上议论，也不准其他大臣干预，就是我说了算！你说威风不威风？"

"大人英明！洪福齐天！"万俟卨随声附和，拍起马屁来，端上一杯酒就与秦桧咣当一声碰了杯，一干而尽。

秦桧只呷了一口，接着说："你知道宋金议和的前提条件是什么吗？"

"不知道！"万俟卨随口回答，盯着主子，满腹狐疑。

秦桧哈哈大笑，一字一句地吐出来："杀——岳——飞！"并用手往脖子上一抹，做了一个形象的手势。

"那，怎么还不动手呢？"万俟卨急切地讨教。

秦桧说："金人反复无常，皇上疑虑，留了一招棋。"

"那和谈谈得怎么样了？"万俟卨紧接着问。他担心此事拖着，久而久之，怕生出是非来。

"快了，近几日就会签订条约！"秦桧不假思索地说。

万俟卨环视一下四周，见隗顺来了，赶忙责备起来："来了也不和相爷打个招呼？木桩一个！"

"我看你们谈得正起兴，不好意思打断雅兴啊！"隗顺分辩道，"秦相爷好！小的参见，有何吩咐？"

"岳猛子近段时间情绪怎么样？"秦桧直问。

"回相爷的话，岳飞现在能吃能喝，情绪稳定。"隗顺恭敬地回答。

"情绪稳定就好！近段时间千万不能出事！以免节外生枝。"秦桧说得很轻巧，"好了，没有其他事，随便问问。"听其音，是在下逐客令。隗顺就坡下驴，就此打了个招呼，很知趣地独自离开了。

其时，骚狐狸想巴结秦桧，顺便拉了一个舞女，对舞起来，那舞技堪称一绝！秦桧看得呆了，赏酒把玩，同舞起来。骚狐狸巧舌如簧，把个秦桧捧得神魂颠倒，乐不可支。

跳累了，乐舞暂停，秦桧坐下来品着茶，听着骚狐狸说上开心话，盯着他脸上那块像盛开的小花一样好看的红色疤痕出神好半天。当知他也姓秦时，秦桧非常喜欢，和万俟卨嘀咕几句，又花天酒地地嗨起来……

隗顺窝着一肚子火，想发作又无处发泄，只好在心里埋怨起来：我还以为有什么大不了的事，急急忙忙地把我叫去。去了也不理不睬，只顾自己享受，把我冷冰冰地晾在一边。还好，没挨训，虽然提着脑袋去，可也带着脑袋回来了。想着，隗顺不由得扬手摸摸，吃饭的家伙还在，暗自庆幸又躲过一凶。想到骚狐狸，平时挺老实的，一见了女人，眼就发直；见了大官，就想拍马屁。人啊人！就这么残酷无情。一想到自己无意之中得到的机密，心里盘算着要不要马上禀告岳大人？可是，那个歹毒鬼不是说了嘛，不能"节外生枝"。好吧！暂且不说，等待时机成熟之后再说也不迟。目前这个时候，关键的是要岳大人养好身体，对朝廷有用。想着想着，隗顺不知不觉地来到监狱，见岳飞父子正在说话，待在一旁，也不言语。

岳飞发现隗顺回来了，转换话题问他。隗顺把秦桧询问大人近况的事说了。岳飞话锋一转，问及宋金和谈之事进展得怎样。隗顺说，正在谈，估计差不多，只说了些模棱两可的话，就走开了。察其形，观其色，岳飞父子面面相觑好一阵。半晌，岳飞慎重地分析起来：皇上想求和，正中卖主求荣的秦桧的下怀。几年征战，通过几次大的战役，战争对金人来说也不利了。看来议和势在必行。秦桧是恨透主战之人的，只是碍于皇上，暂且不采取过急行为，求稳为上策。皇上不动我，是想通过我制衡金人。一旦和谈失败，我就有用武之地。为今之计，是把身体养好，随时准备为国出征，大灭金人威风。想到这里，岳飞心里稍稍放宽了些。他现在的想法是如何支走雷儿，不要跟着受苦。雷儿一听，坚决不走，仍凭岳飞好说歹说。

岳雷想，这次来服侍爹爹，自己重任在肩：一来照顾爹爹是应该的事。在其身边待着，多有一个帮手，母亲放心，自己放心，也给弟妹有一个好的招待。二来母亲有言在先，不到万不得已，坚决不许离开。母亲已想好了主意，正在托人打听，只要和谈协议一签，就诈称病危，召孩儿速回。这样一来，不会引起他人怀疑。三来朝廷不允许随心所欲，说来就来，说走就走。既然来了，没有充足的理由是回不成的，朝廷也想扣人质。况且家父现在还有用，朝廷暂时不会把他怎么样！

岳雷想了一大堆，忙把自己想到的东西和爹爹说了，并把母亲的特别嘱咐也和盘托出。

岳飞看着雷儿说话，觉得儿已长大，自有主见，且说得条条是道，句句在理，不可辩驳，那就听天由命吧！

父子俩正在交换心思，忽听隔壁闹哄哄的。狱卒吹着哨子。其他人急匆匆地跑了过去。

片刻，发现牢犯与狱吏撕打起来。牢犯抢了他们的器械，边打边退，向牢门来路方向夺命而走。

急促的呼哨声一阵接着一阵。

狱卒们一拨一拨地冲过来。牢犯与狱卒扭在一起，不时地发出惨叫声。

一场混战正在进行，厮打声不绝于耳。

万俟卨来了，满脸怒容，指挥狱卒们大打出手。牢犯寡不敌众，死的死，伤的伤，剩下几个被束手就擒。

万俟卨发令，立即清理现场，疏退人员。

有几个牢犯接连被抬走，据说已被打死。

万俟卨正在大声呵斥。当班狱吏跪在地上求饶，说着事情发生的经过：四号牢房里关着十多个犯人，都是些打家劫舍的山匪。有一个叫花子模样的人探了监走了之后，牢内就吵闹起来。接着就互相谩骂，动手动脚相互打了起来。跟班的两个狱卒开门去制止，被牢犯当场打死，夺了钥匙，冲出牢房，径直走去打开五、六号的牢门。我当时拼命地呼喊，想全力制止。牢犯们抢拿钥匙，打开手铐脚镣，并以此当武器，逢人就砸，遇器械就抢，大打出手。要不是大人您的大队人马及时赶来，恐怕连我也见不到大人您了！我听到他们中间有人骂着，要去杀卖国老贼秦桧，呼喊大家冲出牢门，阻止朝廷与金贼签订条约。

万俟卨感到事态严重，当机安排两起人连夜加班。一起人审问犯人，想查出点蛛丝马迹。一起人挨房询查，肃清毒瘤。

岳飞也被叫了去，又被严刑拷打，打得皮开肉绽。

万俟卨以为此事与岳飞有关。审查几天，查出这些山匪来自抚州金溪，因长年战乱，民不聊生，山民揭竿而起，劫富济贫，成为义匪。他们出于爱国，起事暴动，与岳飞未曾相识，毫无关联。

岳飞总算洗脱了罪责，渐渐安静下来。无缘无故地遭此酷刑。想到山匪也有如此思君之人，官吏却又这么横蛮，心里更是不爽。岳飞想要控告这些蛮不讲理的狱吏，但是，又能找谁呢？

岳雷心疼父亲，一边擦拭身上的污血，一边开导，要其想开点。岳飞越想越有气，直至暴跳如雷。可是，又有谁敢来过问此事呢？等待的是无休止的谩骂："老实点！再不老实，再带你去用刑！"

岳飞在痛苦中煎熬，在漫漫长夜里瞪眼等待……

邵兴十一年十一月，宋金订立了"绍兴和议"。国家正式向金国称臣，每年纳贡银二十五万两、绢二十五万匹，并以淮水为界，将淮水以北的地区划归金朝……

岳飞闻讯，痛不欲生。

朝廷大赦天下，除了上次闹事的山匪全部被处死之外，周围放走了很多牢犯。

放来放去，就是不放岳飞。岳飞预感到事情的不妙，不断敦促雷儿速速离开。岳雷整日以泪洗面，不肯离去。

家里告知！母亲病危！

狱卒陶仁喜来了几次，有不肯放走岳雷之意，说是万检官没有得到上峰的命令，不敢放人。

岳飞绞尽脑汁，想到一事，咬破手指，血书一封，要隗顺直接送给万俟卨。信中提到待在老家的万俟卨年事已高的老母亲。

暗通官场的万俟卨见到血书，吓了一大跳，赶忙放走岳雷……

第五十五章

快马速加鞭　排险除万难

自从分组赶路以后，少去很多麻烦事。王族长一组专走山道。这天，晴空万里，穿行在深山中的王族长一行突遇一队人马正在追杀一只金钱豹。张古怪少见多怪，哇的一声尖叫起来："有虎！"杨宪随声警觉，握紧手中的长枪，欲刺出去。王族长连连挥手示意：不要乱喊。挥手的动作还没收回，逃生的豹子闻声就迎面直扑过来，张开血盆大口要咬人，那气势，嚣张得很。张古怪见之，不要命似的滚得老远，凭借阻挡的大石头跳起来，急急地爬上一棵大松树。王族长也吓得直打战，滚下山坡，不知所措。只有杨宪，不慌不忙，举枪围猎上去。就在豹儿腾空飞扑的时刻，忽听"嗖嗖嗖"三声，豹头似乎被镖石击中。紧接着，尾追上来的一个疯婆模样的人挥舞神鞭，缠住大豹的脖颈，拉翻了身。大豹刚刚四脚朝天，欲翻过来。说时迟，那时快！两枪几乎同时刺过去。杨宪那长枪刺中豹的咽喉。还有一个彪形大汉的枪刺中豹肚（后来才知，刺进豹的心脏）。双双几乎同时收枪抬头。杨宪惊愕地望着对方那双犀利的目光。对方惊呼起来："张将军何故在此？"杨宪疑虑了一下，然后回答："你认错人了！我姓杨！"

对方稍作迟疑，再分辨。辨其声，又不是张宪；观其形，就是张宪张将军。对方诧然，心里暗想，世上哪有这等巧事？对方抢先说起来："我是这一带的猎户，姓姜，人称姜大侠。你不姓张？那，你是谁？"

杨宪看到问者毫无恶意，赶忙回答："我叫杨宪，是岳飞岳元帅手下那个张宪的结拜兄弟。请问大侠说的是哪个张宪？"

"正是那个张宪！"姜大侠主动过来拉着杨宪往一边站。几个猎人一哄而上，把正在淌血的豹子用大绳索套住四肢捆起来，再用树干挽着绳索，抬起就走。那个疯婆子对杨宪笑了笑，转过身，也跟着走了。姜大侠告诉杨宪，那是他内人，人称猛蛮婆姬万洋。话说着，姜大侠极力挽留杨宪共进午餐。杨宪看看天上的太阳，正是吃午餐的时候了；又看看王族长，点头应允。

一队人马走向开阔地，支起厨房和帐篷，埋锅造饭。

姜大侠见缝插针，聊起岳飞和岳家军。

杨宪很沉重地述说去意。

姜大侠还不知道岳飞被朝廷扣押，先是惊愕后又愤慨，大发脾气。发作之后，提到了杨利索和姬花妹之死，姜大侠流出了眼泪，长叹着。双方心情都很沉重，这顿饭没吃好。姜大侠知道事情紧急，也不再留他，匆匆送他们上路，并告诉他预约的暗号，回来时如果有事，可以相邀帮助。

有一个叫花子模样的人突然出现在前面，不离不弃地引着王族长他们前行。杨宪怕上当，中奸人恶计，耍了个花样，截住那人的去路。那人很诚实，说是丐帮的人，姓祝，所用的武器也很特别，平素只看到他用一根铁拐杖走路，俗称"祝（猪）铁耙"，是丐帮的三号人物。近日丐帮老大何成龙有令，下令暗中保护一起进京找岳飞岳元帅的人。祝铁耙得令，已跟踪他们多时了。昨天前方传信，要他督促王族长等抓紧时间赶路，其他人员都走在前头了。为了不走弯路，祝铁耙只得现身引路。杨宪他们将信将疑地跟了上去。

走了一段路程，来到开阔地。杨宪去前面的十字路口探寻，发现戴神通留下的记号，但他不作声，倒要看看祝铁耙带往何处去。祝铁耙领路步了戴神通的后尘。杨宪向王族长连施眼色，叫他放心地跟着走。张古怪古里古怪地嚷着要喝水。祝铁耙反手从肩袍里拿出一个闷葫芦罐儿，随手揭开盖头，喝了一口，然后才递给张古怪。张古怪见之，疑窦顿消，仰脖猛喝，喝后用衣袖揩揩大嘴，连喊好水！

走着走着，王族长没发现异样，渐渐放松了警惕，与祝铁耙攀谈起来。祝铁耙依问作答，从不多言。王族长觉得此人可以信赖，话匣子打开了，大谈岳飞。祝铁耙来了兴趣，说道："他是穷苦人心目中的大英雄，我们不认识他，但是信服他！"

"这么说，你们是自愿的！那你们丐帮有多少人？有事怎么联系？"王族长试探性地问道。

"我们的人遍天下，在暗中，不引人注目，只要发出暗号，对上暗语，说上门道，随时可以联系！"祝铁耙不假思索地回答。

"那你可以教我暗语吗？"王族长迫不及待地问。

"到时候会告诉你的！"祝铁耙答得很轻快。

说话间，前面又冒出一个乞丐，回身对祝铁耙打了一个手势，舞了一下打狗棒。祝铁耙回复，同舞铁拐杖。暗号对上了，乞丐跪地呼喊："三长老好！二长老留话，在抚州会面，此刻他正在暗地里保护几个人。那些人好像正和一个钓鱼的老翁在说话。"乞丐说完就走，还没等三长老回话呢，大概这也是丐帮帮规！

此时的戴神通、汪蛮子等正沿着赣江而行。戴神通在转弯处倏然后望，总感觉有人跟踪。汪蛮子也发现了，正在想办法摆脱。突然听到前面江畔传来粗犷的歌谣——

> 来者路过非下马，前程凶险履云涯；
>
> 可知①之祖显灵卦，灰死连燃出艳葩。
>
> 嗬嘿嗬嘿哎唷喂又嗬嘿。嘿！嘿！嘿！

戴神通何等机灵，一听，歌谣里有玄机，大步走向江边。江边垂钓老人手搭凉篷，回身故作惊问："你们是来找我？"

"正是！想请教老人一些事。"戴神通忙说。

"什么事？"老头一边反问一边打量戴神通身后的汪蛮子，口中喃喃自语："像是像！看有没有这个福分？"

戴神通越发觉得神秘，恳请老翁明示。

老头笑而不直接回答，继续问道："你们是去救岳飞？"

"您老人家是怎么知道的？"戴神通一听，大吃一惊，把老头当作神一样端详起来。

"命中注定，我与岳飞有渊源。曾经几次提醒他，干大事者不拘小节，事情做成就是很好的明证！可他兼前顾后，既想干一番大业，又担心这个那个，那怎么能行呢？我曾派师侄帮助过他。当有人要害他时，我又派人暗中保护。朱仙镇大捷，他完全可以直捣黄龙府，将在外，军令有所不受！倘若皇帝不信，他完全可以用家属做人质，奸臣之话不攻自破。他担心的是孤军作战，孤掌难鸣，没有看清战争形势。那时的金军节节败退，已经不堪一击了！他还是听令回撤，抓不住战机，结果现在，被奸人所害。毋庸置疑，他爱国忠君，但如今看他开不开窍，开窍了，就有救！否则，等死！我也知道你们此行重任在肩，不留你们。玄机就在歌谣里，在抚州乡里的关帝庙里能找到解答。"老头说罢，拍拍汪蛮子的肩膀，举手作揖送行。戴神通还想说什么，没有机会了。

戴神通边走边琢磨老头的话语，半天也没有理出头绪来。暗下里打听去抚州的路怎么走，离这里很远，只好加速赶路。

山路，弯弯曲曲，真的不好走，好在路不太陡，良马志在千里，走起来还算可以。就这样昼行夜使地走过很多日，来到相山②旁唯一的一家前不着村后不着店的客栈，实在走不动了，人马需要休息，大家一致同意入客栈吃饭稍息。

---

① 指抚州洋洲乡里那座关帝庙。

② 今江西省崇仁县境内南部的一座大山，在抚州西南部。

客栈里生意兴隆，人声鼎沸。也许是独一无二的缘故，南来北往的人们夹杂着各种方言，吆喝着投宿。戴神通非常警觉，找来店员，拴好马，备足马料，让马儿闲着吃食，然后带着大家去吃饭。选择楼上靠窗户的一角坐下，既可以照看坐骑，又可以观察进门的各个顾客。戴神通扫视一周，觉得没有什么异样，招呼大家，坐等用餐。突然，有十多个打扮特别的人东张西望，窥视全场，目光落在汪蛮子的包裹上。汪蛮子的蛮力"呼"地窜上来，立马向那个看似为头的人招手，吆喝过来，试试手力。起初单手进行，对方根本不是对手。汪蛮子要他双手同扮，还是无能为力。汪蛮子借故大吼："跑江湖的还是要靠这个！"他拍拍自己的武器，接着说："叫你们这帮人滚远点，不要碍着老子吃喝！"说完，怒目而视。戴神通想制止，都插话不进。那伙人诡秘一笑，走了。门口来了一个叫花子，奇怪的是直接走向对面的餐桌边，嚷着要吃饭。店员来赶几次，赶不走。那形态：

> 蓬头垢面露门牙，满脸胡须乱似麻。
>
> 褴褛衣衫臀扇褂，疯癫手舞一奇葩。

怪不怪，这等样，江湖那套蛮会讲。摆个姿势拱手让，嘻嘻哈哈坐桌旁。乍一看，咧嘴大喊要喝汤，一对獠牙好张狂。

店主左看右看真无赖，只好先给他上菜。他还不满足，要喝酒助兴。酒足饭饱之后，他才屁颠屁颠地走过来打招呼。戴神通很有戒备心回应。就在这时候，他大声尖叫，顺手抓起一把桌子上的竹筷朝窗外掷出。马桩旁的几个盗马贼应声倒下。他随声飞出窗外。汪蛮子随着惊喊声也飞出去了。戴神通这才回过神来，带领大家冲出去。一看，盗马贼们就是刚才那伙人，个个都被竹筷钉住咽喉，当场毙命。戴神通拿眼看着这个疯野人，久久的，目不分神。恰在这时，旁道里走出来一个叫花子，大声喊："不知二长老在此，有失远迎！"说着，举起打狗棒，舞起暗号动作。疯野人抖了一下烂袖管，随手抖出一对三节铜棍，也舞上相同的动作。原来，他就是丐帮的二号人物范仁民，人称"万人迷"。其实，帮里的人只要看到他口里那对弯长的独一无二的大虎牙就知道他是谁了。

店主走出来了，忙赔不是，说着有眼不识泰山，邀请大家回桌继续用餐，好好喝一杯。

戴神通也不嫌脏了，主动拉着万人迷的手，上楼走回餐桌。店主加了几道上等菜，拿起酒杯，与万人迷对碰起来。戴神通哪敢怠慢，走过去同万人迷碰杯，一仰脖子喝个底朝天。大家多日没这么开心了，放开肚皮，大吃大喝，喝了个酩酊大醉。戴神通酒至半酣时突然问起万人迷，一路跟踪的人是否是他？万人迷哈哈大笑，笑得戴神通如坠五里云雾中。心想，你号称神通广大，连这个都不知！要不是有要事在身，老早就想戏弄你一番！转念一想，还是城府深一点好！万人迷见戴神通还是满脸疑云，只好认真地说："你们从一出发开始，来自社会的各类人物就在跟踪。

幸亏你们发现及时，分组行动，才减去许多麻烦。但还是被追着，想追杀！一路上，暗地里，我为你们扫除了一切障碍，若不是今天这事来得太突然，我还不会现身的！"

戴神通连连应着，吓出一身冷汗！

话说间，有个乞丐不知从哪里冒出来，走向万人迷，在他耳边说了几句就走了。万人迷的脸倏地拉下来，怪吓人的，张嘴直问："你们中间有一个长相和高矮与岳元帅长子岳云长得很像的人吗？"说话时，目光如炬，咄咄逼人。

"有！"戴神通马上回答，"他叫马勺！"

"这就对了！老四成花痴来信，他被官府当作岳云抓去了！老大发令，各路人马火速赶到抚州，设法营救！"

大家收拾行李，告别店主，紧随万人迷飞马而去……

第五十六章

苦思求良策　私下巧探监

抚州城内，戒备森严，进出城门，都要盘查，尤其是进城要凭通行证。万人迷把大家安顿在城外隐蔽处，独自一人出去了。

道上的人就是不同，这点小事难不倒万人迷。他一个暗号送出不久，身边就来了几个乞丐，弄清了城内的驻防部署。趁着夜色，他选择了合适的地点，纵步过去，凭借墙壁反弹之力跃上高处，飞身抓牢城角砖石，攀爬上去，再纵身一跃，飞檐走壁。

万人迷在城市的屋顶上转了一圈，找到关押的住所。小心翼翼地移开屋顶瓦片，透过屋内的光看到三个被绑在大柱上的人，估计马勺在内，周围守着十多个兵卒。外面，层层是岗哨，挺严实的。到别处看看，发现一伙人正在开会，说天亮时要把他们押往临安。

"现在马上救人还是另择时间？"万人迷反复思考，觉得和几个长老碰头、集体定夺要好一点。想好之后，万人迷箭一般地飞走了。

几个长老相约在城东一间秘密房间里聚会，坐想救人的良策。如果现在救人，哪怕就是朝廷核实所扣之人不是岳云，一旦人跑了，官方会觉得有问题，定会设下天罗地网，四处捕杀；倘若现在不救，官府人员会押着他们直往京城，真假一比对，核实抓错人，说不定放人了事。况且在押解途中只要发现有异样情况，还有更多的机会救人。关键是对质时，双方要形同陌生人，使官方看不出猫腻，这样就平安无事。当然，可以做点准备工作，暗中分头行动，设法接近当事人，告诉他们如何配合好。还有一个好处就是：借人保护，投石问路，避免很多凶险事。至于汪蛮子和杨宪，可以男扮女装，扮成老四成花痴的大小老婆，驾上装饰豪华的大车，大摇大摆地往京城赶。其他人员快速云集京城，隐蔽下来，等候听令。具体人员分六路，一明一暗。一路由二长老把持，暗随官方押解的车；二路是四长老的车，暗派丐帮八大金刚①中的灵猴、恶狼尾随；三路由三长老领队，乔装成商队，派八大金刚中的黑虎、花豹护队；暗设应急分队，由老大亲自指挥，负责联络各路情况，及时处置突发事件。人员安排就绪，各自分头行动去了。

丐帮四长老成花痴穿着花格长衫摇着油纸扇踱着方步过来了，奶声奶气地叫着"大小老婆"新取的名字"桃花女""雪花膏"，想要"她们"乔装改扮一番，好上路。小老婆雪花膏出来迎接，说"姐姐"桃花女随戴神通出去好一阵了，还没回来。成花痴只好先对小老婆下手。他端详其脸型、发型，拿着水粉在她的脸上精雕细刻一番；用饰品固定头发，搞好造型，遮遮掩掩；在胸脯上固定两团棉絮；并把带来的衣服鞋帽往身上一套，加捆花腰带。一个细皮嫩肉、丰满窈窕的风骚女人形象突现眼前。花痴满意地欣赏自己的杰作，教她走好女步，带上通行证，挽上她的手，去城里溜达，验证旁人反应。路人看着傻了眼，后面追着一大群人。尤其是那些纨绔子弟，似乎嗅着味道来了，在旁边走着、追着，垂涎三尺，伸手就要调戏。只见成花痴一个乳燕低飞，扇随手动，奶声连叫"着""着"。动手的人都被点穴定了位，摆着各种姿势，一动不动。成花痴穿插其间，戏弄一番，悄悄离开，带着小老婆快速溜回去了。

雪花膏回到原地，见桃花女还没回，连忙卸下妆，欲去找人。成花痴扬手制止，要她在家等待，自己外出找车马。

丐帮三长老来了。他在寻找戴神通。雪花膏告诉他，和汪蛮子一起出去的，不知去哪里！三长老怕另生事端，马上派人去找寻。

戴神通和汪蛮子一到抚州，就想起赣江垂钓老头的话，估计营救马匀需要几天时间，两人一合计，飞马速去洋洲乡里找关帝庙了。

关帝庙依山而建，庙门不新，但香火很旺，前来顶礼膜拜的络绎不绝。庙内智慧和尚法力很高，声名远播。戴神通顿生好奇，既想试试智慧和尚的真本事，又想讨教义救岳飞的良策，还不想暴露自己的来意，于是，缄口不言，写了一个"宋"字递过去，等看智慧和尚如何开口说话。只见那智慧和尚：

良谋睿智天庭满，犀利双眸闪电飞。

口若悬河疑惑解，春风笑面送君归。

_____

① 丐帮八大金刚的绰号分别是：雄狮、灵猴、巨象、猛猿、狡豺、恶狼、黑虎、花豹。

有人见智慧和尚忙得不可开交，赶忙找块毛巾，替他擦去额上的汗水。智慧和尚见来了两个生面孔，一字不说地递过来一字，忙里偷闲，瞟眼瞧瞧，脸色突变，扬手示意来者，稍等片刻。

智慧和尚急急地把手头货儿忙完，直直腰，迅速领着戴神通、汪蛮子直往内室，刚坐定，指着那字大呼不妙，小声地说："'宋'字的'宀'写得太少，下面的'木'字写得粗而大，上下不协调，有点'宋'字无头之感，正合当今徽、钦二帝被金人所掳。"宀"盖不住"木"，说明独木难成林，新任皇上势力尚小，被奸人驾空了。"

戴神通一听，一语中的，大惊失色。

智慧和尚继续说："你们可曾听说皇上因朝廷大臣里主和与主战两种呼声高涨，举棋不定，在街市上测'春'字吗？拆字先生说'春'的'秦'字头（'夫'）压日太重，故被'秦'姓专了权……"

戴神通一点就通，恍然大悟，心想：皇上贵为天子，天中太阳最旺，应测"旺"字——伴日成王，日照生旺啊！

智慧和尚呷了一口茶，说道："按五行学说来讲，金克木，金人想灭大宋，连年征战。恰好秦姓人主和投金，而朝廷中主战的有韩、岳等人。'韩'同'闲'类似谐音，韩被朝廷'闲'起来了！'战'与'和'本来就是对立的。不难想到，主和的'秦'和主战的'岳'成为死对头。看看'嶽'字，'山'下有牢狱。见字观形，'山'凝重，有'重压'之感，使得牢狱之灾永难翻身。岳人若是武夫，一下山就有牢狱之灾，只有携重压而上。好在岳人要腾飞，但腾飞要搭乘顺风，还要阳光普照、引路，倘若光太暗，就难看清前行的路。所以，岳人要靠天子的庇护，才能成就大业。否则，性命休矣。不过，岳人与'山'字有关，会有姓崔的或是岑姓人相助。此去经年，凶多吉少，一切要看天意，天意不可为啊！"智慧和尚说罢，拂袖而去，从此杳无音讯……

汪蛮子走出关帝庙，心事重重，闷闷不乐。戴神通也怕耽搁时间，影响进程，催其快速上路。两人飞也似的骑马朝前奔去。

回到驻地，其他各路人马早已出发，成花痴等候多时，等得不耐烦了！

队伍已经出发，一路向前追赶。

行走几日，各路人马汇集京城，传来暗语，准备开会商定要事。

丐帮弟子传来消息：马勺已被核实，属官府错抓，现被释放，勒令出京，不准逗留。

丐帮老大暗令八大金刚中的灵猴、猛猿秘密截道，封锁消息，巧妙地把马勺带了回来，易容藏匿，等候派上用场。再令弟子出动，查明岳飞等人的关押地点，踩好点，布好局，画好图，等待时机巧救。紧接着，丐帮召开只有长老和八大金刚参加的高级别的会议，邀请戴神通、王族长参加。戴神通一见丐帮老大，先是一呆：

眼前矗立岂凡人，手细腰粗铁板身。

佛耳宽肩方脸廓，犹如堂上一尊神。

戴神通再看，又是一呆。只见他：

腰别铜管一玉箫，衣衫褴褛随风飘；

纤纤玉指似弹跳，移步携风乐逍遥。

戴神通心头为之一振，试着闭目神摇，面前浮现一幕：蓝天悠悠，白云朵朵；青山耸翠，绿水弯流。身临如此佳境，更是一呆，不禁诗意盎然：

应是神仙下碧山，腾云驾雾到人间。

肩承大义驱邪鬼，除恶扶民尽笑颜。

戴神通很想上前和这个慈眉善目之人促膝长谈，有点急不可耐了。无奈，丐帮老大正在大声说话："……要想救大英雄，得弄清楚缘由，才可冠冕堂皇地救人，硬救是不行的，至少，官府这一关就过不了！目前，急着要做的事就是探监，面对面问清楚。"有人在窃窃私语，丐帮老大话锋一转，大声问，"谁有好办法？"

"我有！"范仁民站起来，分辩道，"听说上次有一个姓岑的山匪头子通过一崔姓朝廷官员进入监狱，还闹出点动静来了！"

"再找这人，行不通吧？"成花痴奶声奶气地说，"朝廷和狱吏都会注意的！"

"可以通过岑找崔吧！听说那事没有暴露崔，且崔与宫廷某妃是亲戚，是个大好人！"万人迷笑眯眯地摆了一个优雅的姿势，那股"迷"劲儿又上来了。何成龙接上话："如何才能找到那个姓崔的？"

"这个任务交给我吧！能完成。"万人迷喜滋滋的。

奇了怪了，戴神通想着关帝庙那事，如此吻合！他有点不相信自己的耳朵，贸然插话："不会是真的吧？"

万人迷一听这话，眼神就像利剑般地刺射过来，"你不会是小看我吧？"

很显然，万人迷生气了，"迷"态顿消，冷眼斜视。

戴神通忙赔不是，说了一箩筐好话。他是想证实一件事情，而不是说他。

祝铁耙哈哈大笑道："你看！你看！老二只听得进奉承话，吃不得泻药！"

还是祝铁耙善解人意，赶忙出来打圆场。何成龙怕插开话题冲淡主题，立马拍板，同意万人迷出面联系。由于岳元帅他们不在同一个牢房，为了不引起他人注意，人分两路，王族长和汪蛮子一路探望岳元帅，戴神通和杨宪一路联系张宪、岳云。探监时间定于第二天……

第二天上午，隗顺接令，带人探望岳飞。下午，狱吏陶仁喜领人探望张宪、岳云。

第五十七章

借计偷梁换　情深誓不干

王族长、汪蛮子见到岳飞，观其惨状，心如刀割，痛哭流涕。岳飞却哈哈大笑，笑义弟不经事，这点小事也大惊小怪。他在憧憬着出去如何报国，又在想着把秦桧打下十八层地狱，把金兀术碎尸万段。

汪蛮子没好气地大声喊道："醒醒吧，义兄！难道你还有出去的机会吗？别再自欺欺人了！"

"我怎么就没有出去的机会呢？皇上还要我去打金人，保卫边疆呢！"岳飞回敬道。

"宋金不是又签订和议了吗？"王族长插上话说。

"好一个'又'字！金贼变化无常，这不是第三次签了吗？"岳飞反问，有点不相信他俩的话。

"你知道这次签约的前提条件吗？"汪蛮子气不打一处来。

"不知道！"岳飞疑惑不解，从那眼神中看出，正在等待回答。

汪蛮子几乎是哭着吼出来："杀了你啊！"甚至带有恶人的语气再填问一句，"你不相信是吗？"

岳飞惊呆住了，半晌才说："我不相信！不会是皇上的意思！"转瞬，他猜到了什么，大声问，"你们来做什么？"

"我们是来和你商量，如何应对此事的？"王族长继续说，"希望你冷静下来，好好想想！"他怕岳飞知道他们的来意，一时接受不了，乱了阵脚，只好委婉地说。

沉默，一时的沉默，六眼对视，四眼流泪。四周静默无声。

汪蛮子忍耐不住了，捋袖揩干眼泪，打破寂静说："我们来了很多人，张宪、岳云的结拜兄弟杨宪、马匀都来了，待在外面一个很隐蔽的地方。"见岳飞不吱声，又补充说，"丐帮代表民众的呼声，出来主持正义；义匪正在联络各方人士，准备痛击奸贼！"

岳飞一时难以接受现实，瞠目结舌，欲哭无泪。

自觉回避的守卒过来催促了。王族长急着说："我们一路走来，历尽千辛万苦，如果没有丐帮相助，做梦也来不了！"

岳飞终于开口了："我是人们心目中的爱国英雄，是不会动摇心志的！你们还是回吧！"说罢，朝开窗的方向抬头三拜，又喃喃自语，"皇恩浩荡！皇恩浩荡啊！"

王族长他俩拿这个愚忠不化的榆木疙瘩没有办法，只好冷冰冰地丢下一句话："可以想个两全其美的办法！"

那边，戴神通、杨宪见到了张宪、岳云，小心翼翼地把来意说了。他们的想法，要看岳大人的意思。

针对这些情况，何成龙秘密组织开会，邀请匪首岑大虎参加。会上，大家各抒己见。何成龙根据大家的意思，最后拍板：四法救岳飞他们。一是联盟上书，请求皇上开恩；二是义惩奸贼，借机保岳；三是瞒天过海，偷梁换柱；四是公开对抗，大劫法场。岑大虎当场表态，坚决支持，照此行事。会上决定，再次探监，里应外合，只许成功，不许失败，杜绝擅自行动。会议从晚上开到大天亮。会后，何成龙找来心腹，寻找木匠，特制几个"回"字形有夹层的长箱，外刻官箱标志，弄来数匹良马，以备日后他用。并与岑大虎分头巡查会议的落实情况，看是否有疏漏之处，在确证万无一失时，才安排人员去探监。

此刻的岳飞正在接受御史中丞何铸的审问。岳飞见审问的内容还是原来那几条罪责，硬是逼着他认罪画押，索性脱去衣服，袒胸露背。何铸见岳飞背上刺着"尽忠报国"四字，且"国"字少了一点，旁边还有一个椭圆型的烙印，似曾相识。何铸询问"国"字少了一点的缘由。岳飞痛惜地说出内幕。何铸始知岳案是冤案，抬脚就走，直接去向秦桧汇报。

岳飞见何铸已走，闭目祈祷上苍主持正义。就在这当口，岳飞隐隐约约听到窗外的鞭炮声，问狱卒，才知是除夕，脑中浮现万人团圆的场景，唯独自己身陷囹圄，不禁黯然神伤，挤出两颗热泪……

秦桧听说岳飞背上还有烙印，大惊失色，马上带着何铸和所罗列的罪状去见皇上，路上迎面碰着韩元帅。韩世忠当面质问秦桧，岳飞何罪？秦桧支支吾吾地说"其事体莫须有"。韩世忠愤怒地对他说："'莫须有'三字何以服天下！"

皇上见秦桧急急忙忙地走来汇报，听后也吃了一惊，看看条条罪状戳中自己的要害，挥泪下令密处岳飞。

此时此刻，王族长、戴神通、汪蛮子正去探望岳飞，刚过门道，远远地碰见何铸从岳飞的牢房中急急地走出来。王族长一行以为发生什么事，三步并作两步，来到岳飞跟前。见岳飞闭目垂泪盘坐着，关切地问他。

岳飞"哇"的一声大哭起来，哭了好一阵，声音才渐渐低下。通过铁栏间隙，岳飞紧抓着王族长，小声地哭诉着，把雷儿托付给他。第一次见岳飞撕心裂肺地哭着求人，从那痴呆的眼神里看出了岳飞的绝望，大家都悄悄地抹着泪。戴神通反应过来了，告诉岳飞营救的四个办法。岳飞的头摇得像拨浪鼓一样。他抓着汪蛮子的手，哭着说："义弟啊！你们的情，我心领了！和你结为兄弟，是咱俩的缘分；和汪家坪的父老乡亲有缘，也是命中注定了的！我的为人，老百姓都很清楚；我的性格，大家都摸得很透！如果要拿义弟的命来换我的，我宁肯撞墙而死，也决不同意！刚才，朝廷命官拿着罪状要我签字认罪，我本无罪，拒签了！如果皇上硬是下旨赐死我，君要臣死，不得不死，我宁愿做英雄，也不做反贼！”接着，岳飞抬头望天，看到的却是严实的牢房顶。他怅然若失地又去抓住戴神通和王族长的手，生怕飞了。三人紧紧地拉抱一起……

狱卒提醒王族长，探监时间早已过了，催他们快走，检审官又要来了。

隗顺被秦桧训斥了一顿，带着皇上的意思来了。岳飞见隗顺来了，直截了当地询问皇上的意思，眼里充满着希望和期待。隗顺一见那眼神，心里就像刀剐一样，怎么办？皇命难为！再者，秦相爷的意思非常明确。我不来，另派他人，结果还是不变啊！可是，面对这样的忠臣，我如何开得了口呢？隗顺的内心斗争非常激烈！有道是当局者迷，旁观者清！只能替英雄分析形势，让英雄看清内幕，委婉地转告皇上的意思，由他自己定夺吧！这样想着，隗顺清了清嗓子，开口说上了：“岳大人啊！您可知道宋金和议签成了吗？”

“知道！”岳飞回答。

“是怎么签成的？”

岳飞欲言欲止，正想证实事情的真伪。

“那是以牺牲您为代价的啊！”隗顺情不自禁地流出了眼泪。

“为什么不在签约之前对我下手？”岳飞反问。

“那是皇帝的高明之处！留一手，万一和议不成，就要打仗，派谁抵抗？肯定是您！皇上要保江山啊！”隗顺见岳飞一脸迷惘，继续说，“如今和议已成，金贼最怕您！知您还活着，能容许吗？会不会重蹈覆辙，撕毁和约？皇上担心吗？难道他愿意背上背信弃义的骂名而成为战争的牺牲品，成为亡国的千古罪人？理想的选择是舍小家顾大家，牺牲个人，保全国家！”

岳飞仍不言语。

隗顺接着说：“皇上愿意俯首称臣？第二次宋金和议后，面对金人，皇上不肯下跪而借故离开。本来，皇上削您的兵权就算了，可秦桧答应吗？您是他的一块心病！再者，皇上也有顾虑，大宋开国有铁律，文可贪腐，武不能拥兵自重！‘中兴四将’中独您不是皇家嫡系①，您功高盖主！您的部队还称‘岳家军’！一国能容两军？岂不是乱套了！虽说‘将在外，军令有所不受’，可您拥兵自重，累次不听调度！虽说没有恶意，但在外人看来呢？敌人看来呢？皇上看来又是如何？当初，皇上举贤纳能，坚决抗金，几年下来，结果怎样？如今，长年征战，人心不稳，国力也不允许，从某种意义上讲，皇上偏安江南之意符合大多数人的心意。况且，打仗是要冒风险的！皇上最怕亡国！最可恼的是，皇上找您多次，您矢志不渝，要‘直捣黄龙府’，要‘迎回徽、钦二帝’。虽然，皇上知道父皇已死，但哥哥钦帝还在！

① 韩世忠、刘光世和张俊都是高宗元帅府时的旧将。

他回来做什么？哥哥虽然口口声声说没有企图，但回来之后呢？那不等于在皇上身边埋了一颗炸弹？他放心吗？还有，宋以'仁孝'立国，皇上也是孝子！生母在金人手里，打仗又没有完全的胜算，人为刀俎我为鱼肉，他能接回生母吗？皇上因苗刘兵变而生畏，失去生育能力，作为男人，他不觉得自羞？作为武官，您提出立储，干预皇权，犯了大忌，您难道不知道？听说，您背上有刺字，有烙印，有人查了崇宁二年①宫内之事。赵大人回国，带回徽宗的一些遗物，有些什么呢？秦相爷给皇上的密本上记有什么呢？您了解您怀里那块玉佩吗？说得清楚吗？能给我看吗？当然，不看还好些！"

魄顺一口气说了许多许多，说得口干舌燥。岳飞静静地听着，脸上时冷时热，时阴时阳。

魄顺连续喝了几杯茶，又说开了："至于秦相爷，建炎元年随徽、钦二帝被金人所掳，深得完颜昌赏识，在金国为官，建炎四年逃回大宋临安，官至我大宋宰相，主张宋金和议。其妻王氏，据说还是金兀术的骈妇。其岳父王仲山在建炎三年就投靠金人为官，他的亲戚多数降金当败类。在这样的家境背景下，他还能怎样？起初，他不是力举抗金的吗？现在选择投降求和，甘当汉奸卖国，对阻挡他前行的人能放过吗？定会恨而杀之。"魄顺说到这里，突然打住，反问岳飞，"您明白了吗？"见岳飞未回话，魄顺进一步说："三者之间，秦相爷和金人要杀您！皇上迫于现状，含泪舍卒保车！难道您还有活命的机会吗？当然，趁早打算，您还有逃生的一线希望，但是，您就背了个欺君犯上作乱的罪名，被作为逆臣罪子，处处遭人追杀、唾弃！倘若接受朝廷处理，您的名节可保，依然是爱国忠君的民族大英雄！这是谁也否定不了的事实，哪怕是几千年之后，成为历史，您还是永世不变的大英雄！"

沉默，难言的沉默！岳飞眼角淌泪，脸色惨白，顿感面颊上的肌肉在抽搐……

满身正气的魄顺也流出了滚滚热泪……

天，黑了！北风呼啸，一阵紧接一阵。今年的大年三十之夜格外寒冷！

几个狱吏跟随万俟卨、罗汝楫来了，其中一个拿着审理簿。万俟卨向他使了个眼色。他极不情愿地把审理簿递给岳飞，要岳签字。岳飞大吼："我无罪！死也不会签字！"借着微弱的光，岳飞看也不看，在审理簿上写上八个遒劲的大字："天日昭昭！天日昭昭！"顺便，又在监狱的墙壁上也写下了同样文字。

岳飞干号一声，倒在狱中……

万俟卨、罗汝楫拿着审理簿急急地走了。

魄顺不知哪里来的一股劲儿，大哄起来："快拿酒菜来！"

狱卒拿酒来了。魄顺给岳飞筛满酒，两人仰脖痛饮三杯。魄顺倚着铁栏杆滑坐下去，泪如泉涌。岳飞狂饮狂笑起来，不时地喊着："老天爷啊！"那喊笑声似乎要把牢狱震破……

① 指公元 1103 年。

深夜，或许是新旧交替的时间，近处，张宪和岳云被移送出去，远处传来零星的鞭炮声。也许是迎接新年吧！

万俟卨拿着皇上的旨意带着罗汝楫又来了，接着宣读起来。读完，顺手丢到岳飞身前。岳飞借光斜视，真是皇上的朱笔批示！此时，狱吏拿来毒酒和三尺白绫。岳飞心想："我无罪，怎能自裁，就是皇上所赐，我也不接受！"想到这里，岳飞猛然站起，绕着牢房不停地走起来，口中狂笑不已。走过一阵，狂喊起来。

"来吧！我岳飞生为大宋人，死为大宋鬼！"

"来吧！我岳飞昂首挺胸，绝不眨眼！"

狂笑的声音中爆出豪迈的呼喊，震天动地！

万俟卨急了！赶忙指挥几个狱卒，截住岳飞，前后堵着，利用刑具，拉肋而死[1]。

万俟卨、罗汝楫确证岳飞已死，匆匆走了。

狱卒们一窝蜂似的走散了。只有隗顺，有气无力地爬起来，踉踉跄跄地走到岳飞跟前，伏在他身上，号啕大哭起来……

窗外，突然传来悉悉窣窣的雨声，似乎还夹着落地反弹撞击有声的沙雪……

第五十八章

义重盖云天　真假辨又难

汪蛮子探监出来，回到驻地，突然感到头昏脑涨，心闷难忍，继而呕吐不止。强行冲出室外，任凭凛冽的寒风吹醒迷糊的脑袋。过了一阵，还是心烦气躁，坐立不安。

万人迷来了，把把脉，观察汪蛮子的形态，知是天寒心郁所至，赶忙弄来滚热的姜汤，要他趁热喝下。

喝下姜汤，汪蛮子周身发热，接着发汗，满头热气。过了片刻，他洗了一个热水澡，换掉大汗浸透的衣服，顿感轻松许多，但心闷依然。万人迷知是心病。心病还需心来医！主动陪他外出走走，散散步，聊聊天，宽宽心。不知走了多少个路口，

---

[1]　宋史有记载，岳飞被"拉肋而死"。而不是其他书上所说的被毒死。也有书说，岳飞父子死于风波亭，其实不是。岳飞是在大年夜的牢狱中被秘密处死的，而张宪、岳云是在杭州闹市处被处斩的。

转了多少道弯，居然来到大理寺门口。突见几骑飞速从门口冲出，像是探监时遇到的熟面孔。汪蛮子绞尽脑汁地想，终于想起来了，是提审岳飞的万俟卨、罗汝楫他们。汪蛮子心一紧，预感事情不妙。把自己想到的事情和万人迷说了。两人一合计，决定依靠夜色，守护在大理寺门口隐蔽处，不时地察看周围动静，单等义兄被押解出来，制造假象，秘密劫走。好让万俟卨有口难辩，吃不了，兜着走。更让秦桧哑巴吃黄连，不敢伸张。等着等着，突然听到提灯巡夜的人在喊话。借着微光，看到万俟卨、罗汝楫他们又回来了，进了监狱门。心，似乎感到一下子被提了起来，汪蛮子摸摸怀衣口袋里的那个小包，还在！想着只有他自己才知道的事情，长长地出了一口粗气。见万俟卨进去好一阵了，还没发现有什么动静。汪蛮子等得心焦，就想进去看个究竟，又怕他们突然在门口冒出。他和万人迷嘀咕了几句，单身飞上了监狱外的屋顶。

过了一会儿，万人迷看到万俟卨他们骑着马慌慌张张地出来了。既没看到狱卒押解的岳飞，又没看到汪蛮子，隐隐约约听到大理寺内的哭声、寺外零碎的鞭炮声。万人迷突感事态不妙，借机飞上监狱高墙，四处察看，迅速选定方位。忽见一个黑影背着什么东西，走出监狱，上了屋顶，后面跟着一条黑影。万人迷似乎明白了什么，纵身一跃，跟了过去……

三影同去，一个追着一个，追出大理寺，发现多了很多流动岗哨。走在最前面的那个没命似的飞走，无意中磕响障碍物。值岗人员顺声走去，发现了那个追黑影的黑影。有人大呼"有贼！"，一下聚集了十几个兵卒。万人迷意识到事情的紧急，马上弄出点响声，接着喊话："梁上君子在此！你爷爷在此！"兵卒闻声，掉转身子，猛追过来。万人迷朝相反的方向走去，边走边回头，见那两个黑影摆脱追击，消失在茫茫夜色中。万人迷心中涌起一丝快慰，立马决定，摆脱尾巴，迂回绕去。岂料就在纵身跃上高处的端儿，发现前面人头攒动，戒备森严。目光搜寻，偶见一乞丐混在其中。偷偷打听，说前面闹市处，突然要腰斩岳飞等人，大家蜂拥而来，人挤人，都过不去了！万人迷一听，觉得事有蹊跷，明明没看见岳飞被押解出来，怎么会在闹市中被腰斩呢？要么是官方虚晃一招，要么是腰斩他人。万人迷再三询问，乞丐证实，确有其事，亲见两牢犯被押走过去，好像是张宪张大人他们。老大已发出指令，法场救人！万人迷猜想，也许是行刑兵分两路，或许先斩张宪、岳云，岳大人仍在牢中。转念一想，又不对！陡然间，想起一前一后追赶的那两个黑影，倘若黑影背的是岳飞，现在已成定局，为今之计，处理眼前的事要紧！这样想着，万人迷挤出人群，发出信号，另想他法。

那边，喊声惊天动地！岑大虎见前路被堵，过不去，索性来硬的，带着一股山匪大开杀戒，与官兵对垒起来。官兵们一时慌了手脚，边打边退。后面援军不断涌过来，围成一团，意欲分而歼之。万人迷眼看心急，也管不了那么多了，走过去，一直杀到岑大虎身边。两人接上话，始知朝廷害怕夜长梦多，要连夜处死岳飞他们。

万人迷迅速与岑大虎背靠背，边打边发出哨音。片刻，来了一群叫花子，哇啦哇啦大叫，拿起打狗棒，直朝穿官服的打去。万、岑两人看到赶过来的兄弟威猛异常，借机合力，杀开一条血路。丐、匪两路人员紧随其后，杀出重围。接近法场，又是一个打斗场面。丐帮兄弟正在激战，杀得风生水起，不可开交。围观群众乱成一锅粥，哭喊着连连逃走。人踩人，人叠人，死伤无数。高台上，那个官儿大喊："不要心慌！不要乱叫！大家站着不要动！那边出了点事情，离这里至少还有五六百米远，朝廷派人正在处理。我杨沂中向大家保证，只要你们不乱动，绝对无事！"台下的人，听了杨大人的发话，哭闹声越来越少，渐渐安顿下来。万人迷通过呐音高超技艺听到了杨沂中的说话，远望其形势，大喊"不好"，忙呼岑大虎，合力杀过去……

台上，突然加了许多官兵。杨沂中站在其中，见情况危机，大手一挥，官吏高举令牌喊起来："罪犯张宪、岳云……"

一听官吏喊声，台下群情激昂！杨宪、马勺相继跃上高台，祝铁耙、成花痴紧跟上去，与台上官兵大打起来。

杨沂中连忙挥手急喊："斩……斩！"

杨宪飞脚腾起，举枪直刺杨沂中。杨沂中连滚带爬，躲到一边。官兵一哄而上，护住他，与杨宪动起手来。

马勺一个箭步，冲向岳云。

这边的守卒一窝蜂似的扑上去阻挡，刀枪相拼。

杨沂中偷眼看时，怎么一下就出现两个张宪、两个岳云？只不过穿的服装不同。坏了！坏了！要出大事了！以假充真，真假难辨！

杨沂中大喊："快围住，统统杀光！统统杀光！"

杨宪越战越勇。马勺心在救人，快刀斩乱麻！两人配合默契，意欲速战速决。眼看快要接近张宪、岳云了！

杨沂中急着又喊："刀斧手！快斩！快！快！"

张宪、岳云被强行推倒在铡刀口上，刀斧手手握铡刀柄，猛然斩下去……

杨宪、马勺向铡刀方向转头一看，刚一分神，就被官兵围得水泄不通。

杨沂中借机走近铡刀，亲眼见了两具被斩断的尸体，转身就走，急匆匆地向台后逃去。

杨宪、马勺悲从中来，大打出手。祝铁耙、成花痴也不含糊，杀红了眼。四人连成一片，追着杨沂中冲杀。

杨沂中后面跟着一群被追杀的官兵，奋力阻挡。

斜刺里突然冲出一股官兵，连砍带杀，把马勺剁了个稀烂。杨宪反救，已来不及了！可怜一代青年英雄，陪着义兄弟，成了随葬品，义重盖云天。

台上，又涌去一拨一拨的官兵……

法场外的官兵听说张宪、岳云已正法，以为要散，飞走着逃散开来。万人迷远远地看着，呆了一下，旋即长叹一声，和岑大虎耳语几句，返身也走了。走时，带走那个乞丐。

走过一段路程，万人迷停下来，左看右瞧，选择方向。记起来了，刚才就在这个位置，诱使追兵反走，黑影是朝侧面那个方向走的！对，城北钱塘门方向。为什么要走这个方位呢？明白了！这里比较偏僻，很难发觉。那么，黑影急速逃离此处，肯定想做什么事！但是，夜中能见度不高，到底往哪里去了呢？城外无岗哨，理应无官兵把守，很保险。万人迷想着，走向偏僻的城墙。城墙下，有几具官兵模样的尸体，从其伤处看，像汪蛮子的手法。用手攀墙，黏糊糊的，似乎发现被踩踏的泥印，万人迷也跟着翻墙而去。

城墙外，俯身摸辨，有杂乱的脚步印痕。这个鬼地方，深更半夜的，谁还敢来呢？万人迷当机推断，是那两个黑影留下的。

顺着脚印走下去，来到山坡边，好像是一片橘地，旁边有一座庙宇，内闪微弱的灯光。万人迷躲在一棵树下观望，突见前面不远处有一黑影朝自己走来。万人迷即刻闪身隐藏，悄悄躲在一旁。黑影越走越近，好像自言自语地说着："到哪里去找工具呢！"

黑影走过去了，万人迷考虑着，要不要追去？突然，发现前面有响动，接着冒出另一黑影。模糊中，好像看到那黑影仰脖挥手自捶，又不像；像在脱衣，继而矮下身去，不见人影。不久，那人又站起，歪歪斜斜的，只看到大体轮廓，看不清实情。万人迷悄悄走近几步，屏气凝神，死盯不放。一会儿，似乎看到那黑影倒下去，有响声。

过了很久，四周一片死寂，毫无动静。只有那凛冽的寒风呜呜地哭吹而来，吹得人骨头生痛。

万人迷不敢声张，试探性地喊了一声："有人吗！"无应答。接着连喊几声，依旧无声。于是唤起那乞丐，一同前去看个清楚明白。地上，好像躺着两个人。蹲下去细瞧，看不清！摸摸，人僵硬；探探鼻风，无呼吸。万人迷搜搜自己身上的口袋，在找什么？乞丐问他，是不是在找火源当作照明用？万人迷虽然不说话，但是这个想法。两人各自搜身，没找着。在周围摸索着找找，找到汪蛮子平时用来防身带锤把的那把特制小尖刀。万人迷猜测地上躺的是岳飞和汪蛮子的遗体。面临此情此景，乞丐忽然明白了！恰在这时，远处有响动，由远至近，似乎感觉有人来了。情急之下，万人迷一时难以辨清谁是谁，背起心里想的那具尸体抬脚就走。乞丐慌乱地跟上。两人快似一阵风，一口气走去老远。

这边，隗顺扛着工具来到尸体旁，快速地掩埋起来……

万人迷躲在暗处歇了一会儿，心想，京城官兵这么多，不知法场上的战况如何？弄不好，全军覆没，尸首难保！为今之计，只有趁早撤退。他吩咐乞丐，马上回去报告老大，带着戴神通他们连夜出城，到老地方会合。说完，背起尸体就走，两人各奔东西。

杨沂中逃离险境后，直奔相府，禀告秦桧。秦桧大骇，拉着杨沂中就往皇宫走，添油加醋地说了一通，要皇上下旨，火速捉拿岳飞余党，平定法场。

皇上闻讯，怕出大事，立即派兵增援，战法场，堵城门，捉拿反贼。岑大虎见状不妙，立刻组织人马撞开北门。何成龙刚刚得到乞丐报告老二的意思，发出信号，带着准备好的官箱向北门撤走。杨宪闻讯，抢到马勺尸体，紧随戴神通走向北门。

北门，火光冲天，追杀声划破漆黑的天空，响彻云霄。

官兵冲出北门，追杀过来。

隗顺摸着黑，草草地掩埋尸首，在旁边橘杆上做好记号，拿起自先写好的"贾宜人之墓"木牌插于坟前，急急忙忙地把工具撂到深水里，逃命去了……

最后冲出北门的是义匪。他们打伏击，与追上来的官兵又打了起来。岑大虎组织敢死队，以死抵抗大军，确保丐帮等顺利撤走。

丐帮带着戴神通他们直奔会合地点。岑大虎摸着黑，来不及细看，急忙命人把两具尸体分别装于两个特制的长箱，抬上马车。岑、戴正想清点自己的人员，忽听有追兵追上来了，立即叫人赶马运箱先行，兵分两路，一部分人护马走旁道，一部分人直接迎敌，诱其进入歧途。丐帮边战边退，死伤无数，随同万人迷的那个乞丐也一同战死。

天亮时，才脱离危险。两队人马巧妙地会合在一起，乔装打扮一番，急向来时方向一路回走……

第五十九章

贤妻勇挑担　暗觅保护伞

李娃近日不知怎的，总是心烦气躁，寝食难安。忽听有外人来访，指明要见她，顿感意外。

来者道人打扮，自报姓名，姓周名三畏。特意来告岳飞父子的死讯，要夫人快快收拾东西，安排后人逃命，以存岳氏香火！三畏说完就走，留下一路叹息。

李娃听后，如晴天霹雳，当即昏倒。邻医弄醒，李娃放声大哭起来。哭了一阵，想起夫君那封家书，赶忙叫来七岁的震儿，告诉他父亲的噩耗，朝廷要满门抄斩，趁命官未到，打发他与霭弟先走。接着，找来岳霭的奶娘，要她和家人扮成夫妻，带着震儿、霭儿，过长江，走黄梅，去聂家大湾找夫君的旧相识，隐姓埋名，过隐居生活，以保夫君根脉。特别交代，霭儿还只有三岁，年纪尚少，要多费心思把他抚养成人。奶娘深得李氏恩惠，该是报答的时候了，立刻收拾行李出发。李娃千叮咛万叮嘱，送出很远。回家途中，边走边想，叫来十二岁的霖儿，依照夫君家书的意思，写了一封信，缝在儿子的内衣里。带上盘钱，要他去江苏江宁秣陵关找贡祖文贡大人。霖儿思母，不肯离开。李娃勃然大怒，哭喊着拿棍棒追打起来，大骂不孝之子。霖儿听母亲说他不孝，不禁悲从中来，哭着起誓，坚决照办！岳霖揩袖揩干眼泪，向母亲拜了三拜，起身就走。李娃还是不放心，暗中派家人跟了去。托人告知女儿安娘，紧急避难。

李娃叫来长媳巩氏，命她带着孙子孙女去巴龙山找夫君的旧友，躲难。把刚来自家的张保之子张英叫来，要他带着巩氏几个立马就走。并安排家人通知其娘家，快快逃避，速作打算。巩氏虽然答应母亲，但一想起自己是长媳，丈夫已死，兄弟岳雷服侍父亲也没回来，不知凶险，这么一走，母亲身边只有怀孕的弟媳，行走不便，再无亲人照料。这怎么能行呢？尽管母亲再三催促，巩氏迟迟不走。

一切安排妥当，李娃把家人全部叫来，告知夫君惨事，打发家人各自逃生。家人们深知主人情谊，一个也不肯走，情愿一同进京，任凭奸人贼子宰杀。李娃见状，哭喊着夫君在天有灵，保佑一家大小平安无事。

正当岳家乱成一锅粥的时候，岳雷急匆匆走回来了，述说临走时父兄的情况，但还未知道家父已故。李氏含泪写了一封信，递给岳雷，说父兄已死，要他带着妻女去宁夏投奔宗留守。

岳家男孩中，老大去了，岳雷最大。他自小离开生母，对李娃感情最深，危急关头，怎肯离开？他要待在母亲身边，以防不测。李娃扳着冷面孔，想着法子逼走他俩。其时外面闹哄哄的，有家人来报：朝廷派冯忠、冯孝，带着校尉到来，将岳府团团围住。李娃正要出去，被张英拦住，替她先出去应付应付。刚到门口，见那些校尉嚷着要打进来。张英大喝一声，声如闷雷猛然炸开，吓得众人呆立不动，一时不知所措。张英吼道："我乃濠梁总兵张保之子张英。岳家一门都是忠孝之人，不肯坏了名节。我知道你们是奸臣派来捉拿岳家家属的，但不知是文拿还是武拿？"

冯忠、冯孝见来者十三四岁年纪，身高力大，满身肉嘟嘟的尽是疙瘩，不好对付。两人耳语几句，冯忠反问道："你就是'花斑小豹'张英？文拿怎么样？武拿又怎样？"

张英道："文拿，只许一人进府，开读圣旨，等待家属启程；如果是武拿，取你们项上人头去见皇上。"张英说着，顺便拿了一根又粗又长的大门门闩，一折两段，两手各执一截，怒气冲冲地站在门中间。众人一看，倒退几步，吓了一大跳。冯忠不敢盲目乱惹，赶忙派人去吩咐地方官员准备车马。

张英进去，如实向岳夫人禀报。岳夫人出来接了旨，到家中收拾一番，带着一门老少三百多人，随官差启程，往京城临安走去。沿途乡民闻听，主动前来送行，恸哭之声惊天动地。

走到半途，突然停顿下来，不知缘由。岳氏一门被抓，只得安心等待。等了很久，岳夫人疑惑，欲去如厕，官差引着，路过一房。房内传出细细的声音："回禀冯大人，恐怕还要等些时日。有一个貌美如花的烈女，要替岳飞报仇，正在和官兵交手，功夫如此了得！一时半会还拿不下来。"一人干咳几声，接过话茬儿："知府大人，我虽不急，但恐秦相爷心急，怕出差错啊！"李娃听着，还有烈女替夫君报仇，左想右想，实在想不起是谁来。突然，房门被打开，冯忠要亲自出去看个究竟，后面冒出一个肥头大耳的人。冯忠一见岳夫人在此，立刻警觉起来，厉声质问："你在这里干什么？"没等李娃回答，官差急着说："报告大人，她要去方便。"冯忠舒缓了一口气，尖声说："快去快回！"说完就走。李娃回归途中，心里盘算，得想个办法去探探情况，说不定还能做点事情。脑袋瓜子一转，有了！她说心闷欲呕，请官差行个方便，去那个向阳的坡上透透气。官差不肯，李娃掏出碎银递给他俩，保证不出事。

官差紧随李娃来到向阳坡。一座依托山地、不大不小的城池展现在眼前。身处城内一隅，拿眼侧望杀声惊天的前方，只见一队官兵冲杀过来，分散在大街小巷，似乎在搜寻什么。搜了一阵，找到那个单枪匹马的素色姑娘，被逼退到一个空坪里，四周团团围住。只见那素色姑娘毫无畏惧，弯腰速捡小石子，侧位掷出，几个兵卒应声倒下。紧接着，素色姑娘迅速解下腰带，挥舞成神鞭，围者一触即倒，倒地一片。盖因上峰有令，定要活擒素色姑娘，兵卒只好傻傻地围住，把围成的圈子逐渐扩大，不敢用弓箭刀剑，小心防范，以免走失。眼看围不住了，远远走来的冯忠改变主意，大呼："杀！杀……"

素色姑娘是谁？如此神勇！只见她一身白服打扮，走如白鹤亮翅，腾似天鹅飞渡，一根神鞭指东打西，使得炉火纯青。援军一拨接一拨地赶到，源源不断，里三层，外三层，围了个水泄不通。有人拉弓射中姑娘的挥鞭手。李娃身边不知何时来了一个乞丐，大叫："不好了！不好了！钟雅静中箭了！"话音未落，急奔而去，挥着打狗棒，见官兵就打，快步飞入圈内，与素色姑娘背靠背，猛挥起来。冯忠下令放箭，一时间，箭雨齐来，两人成了身中数箭的刺猬。冯孝砍下两人头颅，悬挂于城门上示众。

可怜那个如花似玉的钟雅静，为情而死！

一队洁白的大雁连成"一"字，从城门上空飞过，似乎牵上白天鹅，哀叫着离去。

天空陡然传来一声闷雷。

李娃闭目垂泪，双手合十，口中喃喃自语……

忽然，大风起，街上行人急促走动，乱作一团。有官员在喊，不要乱，防备山贼！冯忠马上警惕起来，要知府大人增加护卫人手，把岳夫人一行围得个严严实实，看管起来。

城东鲁铁匠，见官府这样野蛮残酷，暴尸城头，忙要徒弟"孙猴子"去收尸掩埋，反被官方当作同党捉拿关押。鲁铁匠前去要人，也遭一顿毒打。鲁铁匠是远近闻名的大师父，朋友比比皆是。听说此事，愤愤不平，纷纷拿着铁叉，扛着锄头，自发聚集起来，直冲官府评理。官府以聚众闹事为由，连打带抓，惹怒了农民，厮打起来。鲁铁匠忍着伤痛，拄着拐杖前去制止，被官吏指认为岳飞余党，当场打死。农民们怒不可遏，大打出手，打死官吏，放出孙猴子，发动了暴动。乡民们惩治恶吏，软禁知府大人，开仓放粮，救治穷苦人民。孙猴子带着一伙乡民把冯忠一干人马捆绑起来，欲救岳氏一门逃出奸人魔掌。岳夫人劝孙猴子放下屠刀，立地成佛，就此收手，不要把事态扩大。开弓没有回头箭，孙猴子知道横竖都是死，何不大干一场，死得轰轰烈烈。于是，他公开对抗，占城为王。李娃怕坏了忠烈的名声，要求孙猴子放出冯忠等人，继续上路，脱离该城。朝廷闻讯，派官兵前去镇压。秦桧担心另生变故，暗派一支专门队伍前去接应冯忠。

李娃一行在官差的催促下，加快了前行的速度。张英为岳夫人的举动而想不明白，朝廷这么对待岳飞一家，夫人还这样心慈！他找到岳雷，述说此事。岳雷说："我们胸怀坦荡，一心报国。母亲怕玷污名节，这是对的，我们都得好好学学！"

张英闷闷不乐，不再说什么。

李娃心想："皇上应该看得透彻，有那样的好时机，我们都没有出逃，更没有违抗皇令！"

此时的冯忠因岳夫人的保举释放而少了许多敌意，敬重她的为人，开始放松起来。

秦桧连连加急催促，派人打探冯忠的行踪。

岳氏一门刚被押解到临安，就传来一道圣旨，即刻押送他们去西郊受斩。李娃被搞糊涂了，怀疑这是不是皇帝下的圣旨！怎么连问都没问，就匆匆处死？这是不是秦桧等人的阴谋？就连冯忠也深感意外，眼中虽然流露出一丝同情，但也没有办法，只得动身去执行。李娃想，出逃的几个儿子不知怎样？朝廷如果这样处理，他们照样会被追杀，依然逃不脱朝廷的魔爪。云儿、雷儿一支都在身前，难逃魔掌，怎么办？她想到了韩世忠夫人梁红玉，平素两人亲如姐妹，只有求她帮助了！她从身上撕下一块布，咬破手指，血书一封，请冯忠高台贵手，帮忙送出去。

冯忠也不完全是个铁面无情的人，很感激岳夫人的解救，只好一边暗下答应，派可靠人送出，一边尽量延缓时间。

韩世忠和夫人正在京城朝见高宗皇帝，闻听此事，韩元帅请皇上开恩，并火速赶往西郊，阻止校尉动手。梁红玉带领二十名女将来到秦相府，直接冲进大堂，欲找秦桧，碰见其妇王氏。王氏假称秦桧进宫未回，吩咐下人上茶，暗中叫人去书房通知秦桧。秦桧装模作样地从外面进来。韩夫人一见，愤怒地说："秦丞相！你以莫须有的罪名屈杀岳飞父子，现在还要斩他全家？你我面见圣上去吧！"梁夫人说完，扯起秦桧的衣袖就走。秦桧满脸赔笑说："夫人息怒！皇上要斩岳氏一家，我力保，才免死罪，现今发配岭南。这不，我刚从那里回来嘛！"韩夫人是女中豪杰，秦桧最怕她，话锋一转，柔和了很多。韩夫人一听，接着说道："倒是错怪秦丞相了！"说完，转身就走。见到岳夫人，梁红玉把岳氏一家发配岭南的事说了。岳夫人很感激，拜谢韩夫人。两人说话很投机，结为姊妹。岳夫人年纪小些，为妹妹。

秦桧心里不快，暗地里派人沿途打招呼，借机屠杀岳氏全家。

过了两日，官方二十四个解差催促岳家大小启程。岳夫人收拾好行李，韩夫人加派四名得力家将护送，两位夫人洒泪而别。

突然，一张陌生的面孔掠身而过，面目狰狞，远远地消失在前行的途路上……

第六十章

挥泪夜急行　尸停岳字山

话说丐帮，正气满昆仑，义重盖云天。何成龙带着戴神通他们边走边退，连夜往回赶。戴神通满脸沮丧，言行木讷，形同行尸走肉。想起岳飞，英勇一世，却遭如此下场；回想汪蛮子，行动胜于言表，情义重过千斤，不禁潸然泪下，涕泪双流。瞧瞧后面，追杀声越来越近，更是心寒。

何成龙也满脸窘态。情况越来越不妙，形势越来越紧张。戴神通来来踱着步，吆喊着谁去应对。杨宪、张古怪和祝铁耙主动带上一帮人去阻击追兵。万人迷、成花痴、许精灵等一路护卫运箱车马。何成龙回过神来，拉起戴神通的手就往前跑。

走过一段路程，来到一座不大不高的孤山前，天已蒙蒙亮。前行的道路更加坎坷不平，拉车的马儿气喘吁吁，行进速度明显减慢。身后的追杀声夹杂着土炮的轰鸣依然如故。何长老看在眼里，急在心里，不知如何是好！戴神通急着要去察看地形。那神情，若有所思，像有新发现。

突遇路崖，戴药师看到崖边几味生长茂盛的神草，如同遇见了大救星，掐了几颗，走到戴神通面前，说道起来。

戴神通失声大喊："天助我也！"边喊边跑，跑向何成龙。何成龙听后，忙叫众人采集起来，并吩咐人员埋锅造饭。

身后，信使急报，朝廷大军猛追过来，正在围攻三长老。他们快要抵挡不住了，要大家快走！

戴神通建议，挑选几个精兵护住运箱马车先行，留下两辆空的，连同下属等统统按所吩咐的去做自己的事。

何成龙立马照办。

后边，奶头山上，杨宪利用有利地形，设置障碍，诱兵深入，和官兵周旋起来。官兵以多欺少，猛打猛冲，死的多，活的少。经此战术，吃过几次亏之后，官兵渐渐醒悟过来，摆脱牵制，撒开大网，开始合围。

天亮，对于所有的一切都暴露无遗。打了一阵，杨宪突感压力重重。一张大网越收越拢，再这样鏖战，势必会被包了饺子。张古怪古里古怪地猛杀过去，被官兵围困其中，冲杀出不来。杨宪叫都叫不住，与祝铁耙商量，合力协助他突围。官兵太多，漫山遍野都是。杨宪毫无畏惧，左突右袭，杀开一条血路，拉着张古怪就走。张古怪哇啦大叫，挣脱杨宪的手，又杀回去。官兵一窝蜂似的猛扑过来，团团围住，刀剑齐上。中箭的张古怪被剁成肉泥。杨宪眼睁睁地看着，痛苦万分，唯有化悲痛为力量，与祝铁耙再次合力突围，咬牙杀开一路，命蝼罗们紧随其后，意欲速战速决。官兵见他们要逃走，又迅速扑过来。眼看性命难保，突觉外围杀进一支队伍，为首的是万人迷和许精灵。只听万人迷边杀边喊："老三，别怕！我来救你了！"祝铁耙闻声，精神大振，越战越勇，杀通敌路，与老二的队伍会合一起。只见老二一声猛喊："走起！"众人立马殿其后，一路拼杀出去。越过奶头山，直向田垄走。官兵哪里肯放，一路猛追。老二边走边要手下拿出随身带来的水皮囊，叫老三他们一人喝三口，朝前面那座孤山方向撤走。大家喝着，一股难闻的草药味附着自身，不知老二葫芦里卖的是什么药！但无时深究，只得照喝。

官兵那个为头的胖子一看，丐帮不到一百人，自己的队伍少则三四千，还怕他个鸟！吃他个一干二净！这样想着，来了傲气，马上发号施令："杀丐贼的有赏！官升三级！把他们统统杀光啊！"士卒们得令，一个个发疯似的猛追上去，冲进前面的孤山。孤山里烟雾缭绕，一群叫花子正在埋头吃饭，见宋军追来，拔腿就跑。没吃完的，抓起饭菜就走。宋军欢喜得不得了，穷追不放。追着追着，突感头昏眼花，手脚乏力，力不从身，一时倒地。祝铁耙与杨宪面面相觑，飞也似的奔出孤山，追上老二，边走边询问缘由。老二故作神秘，笑而不答。杨宪猛然想起戴药师，心明如镜。老二又扯开嗓子大喊："快跟上，老大在前头等我们！"众人一鼓作气，跑了几十里，还没见老大！太阳高挂，老三他们跑得饥肠辘辘，脚疼手痛，实在走不动了。稍息暂停，老二命手下给他们一人发个桐叶包的包裹。打开一看，是带着余温的饭菜团子，香气扑鼻。大家用手抓着饭菜就往嘴里送，狼吞虎咽起来，打着饱嗝儿去路边井旁寻水喝。

祝铁耙吃喝之后大叫起来："这是谁的主意？想得这么周到！"万人迷又神秘兮兮的。许精灵笑着问祝铁耙："你喝了皮囊里的东西，觉得怎么样？"

"没有感觉，只知难喝！"祝铁耙随心回答，不假思索。

"那，你喝了就没倒；宋军没喝，却倒了。为何？"许精灵进一步说道。

万人迷经此提醒，倏地站起，挥手快走。众人糊里糊涂地跟着走去。队伍又加快了前行的速度。祝铁耙自言自语地叫嚷着："肯定有高人，等老子弄清楚了，一定拜他为师！"杨宪琢磨出个道道来了，脸上掠过一丝欣慰，接过话茬儿说："真的吗？我做你的证人！"

"这还有假？我祝铁耙素来说一不二！"两人边走边唠叨，一下子走去老远，把队伍远远地甩在后头。经此一战，两人已成生死之交，情感亲密起来，心照不宣。

话说官兵，人人倒在奶头山中。不知过了多久，烟消雾散，烈日的蒸煮熬醒了他们。个个爬起来，发觉自己没死，伸伸腿，活动活动筋骨，体力一下就恢复了。胖督头揉揉眼，带领大家追了一阵，没发现踪影，只好回去复命。

秦桧闻讯，大惊失色，连忙召来杨沂中商量对策，担心这股力量发展壮大，后患无穷。展开地图，细细查看，分析这股流匪逃离京城，走向或南或北，向北，投靠金人，把握性不大；向南，重踏曹成覆辙，危险！秦桧急忙向皇上禀报，皇上被说得心慌意乱，马上发布皇令，四处捉拿，并派杨沂中率大军火速前往衢州，以防流匪南逃。

走了整整一天，掌灯时分，老二一行才追上老大他们。杨宪一把抱住戴神通，哭着述说张古怪的不幸。

何成龙早就看清了形势，与戴神通一合计，决定兵分三路。第一路，押运木箱，改由杨宪、成花痴负责。其实，何长老已通令天下丐帮全力保护，此路一直不停，走在前面，要成花痴带着王族长、杨宪化装追上去。第二路为主力，自己亲自统率，四处招纳人员，壮大丐帮队伍。由戴神通当军师，戴药师当医生，祝铁耙打先锋。第三路由万人迷带着许精灵等暗随主力军第二路，及时保护、营救。队伍强调严明的纪律，宗旨是把木箱运回岳字山，在岳字山重振丐帮，效访岳元帅，他日保家卫国；重心是主力队伍，在官兵未发现时，秘密行走，一旦被发现，就大张旗鼓地吸引宋军，与他们周旋，但不以他们为敌，意在声东击西。

妥善安排之后，各忙各的去了，何成龙松了口气，与戴神通走在路上，聊起烈女殉情一事。戴神通非常敬重岳飞，说起大宋将领吴阶送女之事。聊着聊着，聊到了王族长外孙女小花猫的一些事情。何成龙听后，大发感慨，既敬佩岳元帅，又想替其后裔好好地筹划筹划。

走了几日，前路来报，老四已追上第一路，过了抚州，没有被官府发现。何、戴松了一口气，会心地笑了。

走到衢州，突然发现各个关口冒出大军，要凭通行证才能通过，盘查甚严。怎么办？队伍要东进西出，才能跟上老四。何成龙与戴神通商量，先化装试试。走到东口，见墙上张贴着捉拿丐帮四个长老的头像和岳飞、张宪、岳云的类画像。刚想转身回走，杨沂中带兵来督查，队伍被发觉了。杨沂中把手一挥，大军立马围过来。被迫反击，要想突出重围，只有快打猛冲。黑虎和花豹、狻猊和猛猿背靠背，大打出手。雄狮和巨象也手不停脚不住，死死地护卫长老。虎、豹刚杀开一路，大军就扑过来。人太多，杀不完，这样打消耗战，很危险！戴神通急中生智，迅速摆开八卦阵，让丐帮八大金刚站在八个方位，并要老三冲上去占据乾方。何成龙索性竖起丐帮大旗，要与官兵决一死战。打了一阵，杨沂中退至高处观望，见丐帮队伍像滚球那样不断滚动向前，合围的官兵节节后退，眼看招架不住了，耳边似乎想起秦相爷"宁可错杀一千，也不放走一个"的话语，急令火炮手向阵中开炮。一时间，炮声隆隆，火光冲天。阵中浓烟滚滚。可怜那威震四方的丐帮老二、老三当场毙命！黑虎和花豹也成了陪葬品。何成龙断了一只手，满脸熏得乌黑，断断续续地说着话，要戴神通趁浓烟掩护，带队伍易容换装，想办法带出去。何成龙说着，依撑丐帮大旗，猛然站起，带着雄狮、巨象和一些弟子往巽方退去。杨沂中见一招得手，哪肯停手，接连炮轰。炮击处哭爹喊娘，乱成一锅粥，官兵也死去不少。戴药师迅即发出药丸，告诉大家先吃一颗再含一颗，遇上宋兵就口喷气体，快速朝乾方撤走。乾方，浓烟中，宋军遇上丐帮人员就倒。一队穿着宋服、人不像人、鬼不像鬼的怪物冲出包围圈，夺命而走。后面，依然炮击不断。

过了好一阵子，战火渐渐停息下来，哭喊声没有了，浓烟散尽。杨沂中翘起得意的大嘴指挥人员清理战场。战场上，几乎很难看到活着的丐帮弟子，官兵也死了一大片。断臂的丐帮老大撑着烂旗，喊着嘶哑的声音，从那转动的眼睛和开合的嘴巴上看出他还活着。士卒依像辨认，报告杨沂中，丐帮全军覆没。杨沂中押着马车上拖着的何成龙，邀功去了。

过了几天，视死如归的丐帮老大被大宋处以极刑，丐帮彻底垮了！朝廷论功行赏，重奖杨沂中。秦桧想起自己的得意之作，心花怒放，带着杨沂中，又去湖中花船上吃花酒去了。

一支十来人的告发子队伍冒着冷风苦雨走过抚州，直向荆湖茶陵方向奔走。数天后，前后两队会师于邵州。戴神通含泪清点人数。丐方剩存四长老、灵猴、恶狼、狡豸和几个喽啰；自己一方只剩下王族长、戴药师和本人。问及杨宪下落，王族长老泪纵横，拍拍其中一木箱，说是过衡州时为掩护大家，因寡不敌众，被官府杀死，幸亏夜里偷偷抢回尸体……

戴神通无不伤心泪下，沉浸在痛苦之中。忽一人大喊："官军追上来了！"戴神通想起过了衡州之后，总感觉后头被人追着。原来官方早已发觉，只是没有声张而已，妄想暗杀，一了百了。

戴神通立即派戴药师带人运木箱回岳字山，趁夜色，要他们迅速返回来支援。自己马上带领余下的人积极应战，与官方大打起来。

戴药师一行把一车车木箱拉到岳字山，刚停下，隐蔽好，就遇上风雨大作。他想起戴神通的话语，只好带着大家连夜回走，奔赴战场……

第六十一章

民哭天地悲　风雨山岭掩

一场恶战在邵州拉开序幕，官方秘密行动，意在赶尽杀绝。戴神通有意把战场放在邵州，是怕木箱的运送地点被发现，故意掩人耳目。再者，夜战对己方人少也有好处，打得赢就打，打不赢就往相反的方向跑，确保万无一失。

早在香草坪时，秦桧听说张宪的模人还在，赶忙把杨沂中找来。杨听后，大吃一惊。仔细回想，在法场上只杀了岳云的模人，岳飞、张宪的都没有。几次围追攻打，都没发现。秦桧马上意识到事态的严重性，立即命令驻守衡州的大将围歼到位。杨宪就是在衡州之战中壮烈牺牲的。为此，秦桧放下心来。尤其是那次衢州之战，用土炮打死那么多人，面目全非，甚至连丐帮都灭了。就是以前侥幸逃脱，这次也难免一死。秦桧完全放心了，带着杨沂中去吃花酒。近日听说，地方官兵追逐一股形迹可疑的人，从衡州向邵州方向进发，莫非和岳飞余党又扯在一起？这怎么可能呢？皇上已知岳飞余党瓦解的被瓦解，闹事的被全歼，哪里还有呢？倘若这样，岂不犯了欺君之罪？秦桧想，不管是不是，都要高度重视。勒令地方官员秘密围堵邵州，核查到底。

官方奉命围追于邵州，与邵州官员联手，喊着冲杀过来，投石问路。十分警觉的戴神通号令大家急促应战，结果中了官方的奸计。官方拉开一张无形的大网，围而不打，单等天明。戴神通见冲杀过来的人只有十多个，很快就把他们消灭了。看看四周，没有动静，就想急着赶路。此时，天已黑，戴神通想趁黑逃离险地。刚过田垄，接近院落时，突见很多人举起火把，拿着武器，围杀过来。恶狼心里烦躁，带着手下冲杀上去。火把阵一张一合，分而围之，合力击之。顷刻间，恶狼被利箭射中，乱刀砍死。灵猴急着往田垄中冲去，陷入水田，被火把阵人死死围着，用棍棒打死。狡豺声东击西，利用运动战术企图往山上跑。忽见火把忽前忽后，忽左忽右，追着狡豺。狡豺无路可逃，气喘吁吁，不小心摔了一跤，被刀剑砍中刺死。就在此时，王族长凭借火光瞅准身后高坎前的长坡上无人围来，就势倒地，顺坡滚走。其时，倾盆大雨猛浇起来，火把被淋湿，人人都成了瞎子。戴神通灵机一动，用脚连地扫了一下，感觉有小石子，弯腰捡了几颗朝远离院落的方向丢出去，迅即扯起四长老的衣角就往院落里钻，希望凭借院落作掩体，与官军周旋，借机逃脱。围捕之人摸黑顺着石掷方向追去，追了一阵，感觉追空，回头一望，见两个影子钻进院落，心中窃喜，调转头来跟了上去。院落里顿时喊杀起来，戴神通始知中计，进退两难。冲杀上来的官兵立即把他俩分割开来。各自只好在院落里东奔西走，寻找战机，展开巷战。戴药师带着一伙人回来了，随声冲进院落。透过屋灯斜射屋檐的灯光，看见戴神通被暗箭所伤，几欲倒地，扑上去救援。陡然，箭雨齐射过来，全都倒地而亡。也有几个人发现四长老被围在四房之间的空地上，房内之光透过窗户死死地照着。分散去救四长老的人刚走进空坪地。围者迅速跑开，四屋之内万箭齐发。被光照着的人全都被利箭射死！

戴药师死了！解救百姓疾痛的神药之术从此失传！

风，呼呼地吹起，呜呜之声拖着长音，就像众人哀怨的哭声，响彻天宇。雨，是风的跟屁虫，哗啦啦地又下起来，如泣如诉，诉说人间无尽的哀怨……

暴雷突起，电闪似剑。震醒昏死的王族长，刺通他的眼睛。他用手抹掉脸上的雨水，摇摇头，吃力地爬起来，借着电闪之光迅即看看四周，发现自己站在高坎下，流水边，身旁立着个大石神。哦！他想起来了，大伙被官方追杀，自己滚下了坡。那，戴神通他们呢？对，坡上，山边，有一院落。王族长爬啊爬，好不容易爬上了坡。到处黑洞洞的，寂寥无声。他猜想，戴神通他们要么逃脱，走了；要么被官府抓走。说不定，又是官府的计谋，单等人去入套。此处不是久留之地，得想办法离开。王族长想清了，摸着一根小树枝，充当拐杖，找到自己倒地的地方，摸摸石神，退后拜了三拜，感谢它挡住去路，救了一命。否则，滚入溪水中，不是淹死，就是被急水冲去撞死。他想了想自家的方位，沿着溪水逆流而上，寻摸了小路，步履蹒跚地走下去……

雨神，或许发现了什么，停下来了；冷风，仍在呼啸，似乎想吹走一切歪风邪气、牛鬼蛇神。山路崎岖，凭着树杖，隐约触到路上的青石板。时有泥滑地，王族长摔了一跤，摔得满身是泥，幸亏没摔伤。天，慢慢地开阔，闪着微弱亮光的星星钻出来了。路人磨光的石板路时隐时现。王族长拖着沉重的腿脚，加快了前行的速度。不知走了多久，也不知走了多远，口干了，肚饿了，有点头昏眼花，力不从心，身上的冷汗直流。倒在溪边休息一下，调整呼吸，喝口溪水，感到冷风刺骨，小跑一段路程，身发微热，停下来，继续前行。朦胧中，似乎看到熟悉的院落，眼前一黑，一头栽到路边，不省人事……

是梦？非梦？蓝天下，白云朵朵；岳字山中，仙鹤展翅。许多村民，跪在山前，焚纸烧香。烟雾腾升，仿若游龙漫游，慢慢潜入山的海洋。山雾之间，仿佛看到岳飞元帅带着汪蛮子、张宪、杨宪、云儿、马勺笑嘻嘻地走来。听到了叽里呱啦的议论声，王族长猛地睁开眼睛，发现自己躺在湿地上，周围站着许多熟悉的面孔，依坎围了半个圈。有人大呼："醒了！族长醒了！"大家不约而同地把王族长抬上担架，送回家中，请来医生医治。

王族长又沉沉地睡去了。

小白兔和小花猫双双守在床边，已经有一天一夜没有合眼了。小花猫今年十五岁，微翘的双唇不抹自红，红得惹人心动；弯弯的黛眉不画而秀，一双黑白分明的双眼似妩非媚，好像会说话。瓜子脸上嵌着一对笑窝，一说话，就跳了出来。那笑窝里荡漾着春色，漾得人心旌神摇。皮肤白如雪霜，面颊水灵灵的。好美的人儿，有诗为证：

青丝缕缕趁风飘，前凸臀翘瘦柳腰。

玉手纤纤云髻挽，亭亭伫立笑容娇。

小花猫轻言细语地对小姨说着话，要她去休息。小白兔见爹爹昏迷不醒，哪里还有心思睡下去，只有默默地守着，偷偷地流泪。母亲来了，两眼红肿，看得出，刚哭过。她要小女带着外孙女去睡，两人死活不肯。三人抱在一起，哭作一团。哭声唤醒了族长，睁眼爬了起来，活动筋骨，感觉明显好多了。三人围着他，问东问西，问个没停没歇。王族长感觉肚饿了，说着要吃东西。老伴急着去弄吃的；小白兔脆生生地去喊医生；小花猫娇声娇气地要外公坐下，替他梳头。一边梳，一边问寒问暖。外公慢慢地说出令人心酸的一幕，试探性地询问外孙女，还记得儿时的那个大英雄岳飞吗？小花猫一经提醒，记起来了。

小白兔带着医生进来了，两人的说话声戛然而止。医生把把脉，用手翻开眼皮看看眼珠，说着没事，静养几天就好了。

送走医生，吃着老伴亲手做的饭菜，香脆可口，王族长狼吞虎咽起来。三人很关切地喊着，慢点吃，吃慢点！

吃饱之后，王族长觉得浑身有了力气，忙叫大家去休息。妻女觉得没事了，分头去睡觉。外甥女很乖，执意还要坐一会儿。两人坐着聊起闲话，聊着聊着，又聊起岳大人。小花猫突然问他的雷儿哪去了？小时候听说比自己大一岁。王族长接过话问："你还记得儿时的玩笑话？岳大人说的！"小花猫又红着脸，没作声。

"外孙女啊！英雄面临厄运，也许满门抄斩，据说岳大人的二公子岳雷逃出来了，要是有缘，替岳氏留个血脉，也算是报答英雄为国为民的恩德啊！"

沉默，一时的沉默。

过了一会儿，小花猫突然问道："那他现在在哪里？"

"还不知道！"王族长说，"只是在狱中看望岳大人时，他托付后事，岳雷要么去宁夏投奔宗留守，要么朝我们这儿来了！"

小花猫定定地看着外公，不言语。

王族长继续说："你家后山腰上那座石屋是我围猎时曾经修的。屋内有床有家什，那里人迹罕至，是藏身的好去处，你可以拿钥匙去那里收拾干净，不让外人知道，以后可有用处！"

小花猫依外公说的去做，悄悄走了。

有人急匆匆地来找王族长，述说近日暴雨，岳字山山洪暴发，山体大滑坡，增添了几座新小山。烟木冲水库缩小一半多，小虎山不见了。村民以为雷雨震动山神，地动山崩，冲毁房屋，都跪拜在岳字山脚，祈求上苍庇护呢！王族长脑中又浮现梦中那一幕，想起戴药师一行把尸箱隐藏在岳字山，发疯似的奔去。

突然，惊雷滚滚，风雨大作。岳字山笼罩在风雨中。烟木冲水库成了瘦小的山塘。王族长没有看到尸箱，只看到库边及不远处堆积成几座新的小山，尸箱也许被自然掩埋了。老百姓的哭声撼天动地！

第六十二章

欲灭岳后裔　家室遣岭南

小白兔不知从哪里听到岳大人已被朝廷处死，左想右想都想不通，独自跑到烟木冲水库，投水身亡。母亲闻讯，突然疯了，疯疯癫癫地离家出走，查无下落。王族长长叹一声，口吐鲜血，昏死过去。醒来时，叫人找来小花猫，单独和她说了一阵，就出发了。

在族人的帮助下，小花猫料理完小姨的后事后，独自去岳字山，对着诸山和天地祭拜了很久，回家后，躲进后山腰上的石屋里，不言不语，默默地流泪，终日不出石屋。尽管送饭的母亲好说歹说，也无济于事。

邵州之战，哀鸿遍野。暴晒多日的尸体开始腐烂，无人问津。王族长找到戴老三和周闷棍商量对策，悄无声息地把戴神通等几个头目运回岗背岭，分葬于周围比较隐蔽的无名小山中，隐瞒下来。从此，王族长一病不起，一命归西，去陪伴他的患难兄弟去了。

小花猫的情绪渐趋稳定，开始在石屋周围开荒种地，除了父亲送粮来偶尔说上几句暖心话之外，过起独身生活，更加显得沉默寡言。母亲常常躲在远处观望，怕女儿发现哭闹挨骂，不敢近前，整日以泪洗面。

话说岳氏一家大小在解官、解差的押解下走在去岭南的路上。解差中有几个凶神恶煞，不是恶语伤人，就是动手打人，弄得小孩大声哭喊，一路乌烟瘴气。韩夫人所派的四员家将直面解差，高声大吼，以示警告。前面，来到一座州城。大家口干舌燥，饥肠辘辘，准备用餐。突见面目狰狞之人一晃而过，李娃心里咯噔一下，一时想不起，好像在哪里见过。饭菜摆上桌来，香气扑鼻。小孩闹着要先吃，哭喊不停。一个精明的家将急忙从腰间翻出一双筷子，插入菜中，大叫起来，连忙挥手，制止大家用餐。看看解官、解差们，早已退入另外的桌子旁了。家将想用筷子去那里试毒，陡见旁边一个满脸胡须内藏黑胎记的大汉守着一排好几桌饭菜，似乎在等人，细看又不像，双手抓猪手，一边啃着一边大声说唱：

> 饥荒随食真危险，恶客陷身临在前；
>
> 若不嫌民来我处，饱餐一顿很安全。

说唱间，大汉故意朝李娃挤眉弄眼。官差发现了，大汉立即转身望向大门，不理不睬。停顿一下，李娃忽见大汉盘盘试吃，是不是在暗示大家放心到他那里去吃呢？小孩饿哭，感染大人，全场闹哄哄的。李娃与家将交换了一下眼神，带着大家走向大汉，毫不客气地抢吃起来。只见那大汉又唱起来：

> 心小万年行稳船，路途随处险相连；
>
> 如临百姓之恩惠，苟且偷生赛上仙。

李娃想，这分明是在暗示着什么！细瞧大汉：

> 眼眸如新月，语言针见血；
>
> 看人脸色懆，拍掌明心决。

别看张英小小年纪，鬼点子多得很，赶忙走上去与李娃耳语起来，接着东施效颦，抓起一个大猪手，朝大汉努努嘴，边吃边走向大门，离开餐厅。

张英见着大汉。大汉不谈身世，直截了当地说着无意中听到秦相爷沿途安排人密杀岳飞家室的话语，请大家多加提防。张英听后，大吃一惊，想要细问，大汉招手已走，走时，留下一句无头无脑的话，要他们取道武冈，再去岭南。

张英回到餐厅，见大家正吃得津津有味，悄悄走到李娃跟前，细声说起来。李娃忽然怒容满面，气喘吁吁，旋即，又强按下去。瞧瞧那边的解官，正在冲着解差发火，似乎要完成什么神圣使命而未达目的，怒形于色。解差中，绰号骚狐狸的人在调和气氛，说着女人的笑话。岳雷走过来了，站在李娃旁边，问张英何事？张英拿眼看看李娃，不言语。李娃要雷儿快去吃饱饭，好赶路。岳雷隐隐约约听见去武冈的话语，忽然想起狱中父亲的话，一脸惊容地走开了。

走过数日，经过几处小山堡，来到一条峡谷之路，突见解官交头接耳，鬼鬼祟祟。

太阳高照，四周树木葱翠，鸟声不断。大家都走累了，身上冒着汗，想停下来休息一会儿。有小孩口渴，闹着要喝水。解官下令就地休息。官差都到树荫处乘凉去了。家将忙去峡谷边寻水源。大人在哄小孩。睹物思人，李娃又想起年幼的震儿霭儿，不知他们是否安生？想着想着，眼角流出泪来。次媳见之，翘起肚子走过来，关心地说着话，问寒问暖。李娃若有所思，叹着长气，没有作声。

有家丁来了，挤眉弄眼，示意大家逃走。李娃领会其意，大声回敬道："岳氏一门忠烈，不做苟且偷生之事！"家丁叹息着悻悻离开。

解官听到李娃说话的意思，假装没听见，索性带着官差去山上找乐子去了，远离现场。

管家来了，试探性地询问夫人。李娃把大汉和张英说的话重复一遍，要管家分析加考虑，拿个主意。管家马上想到这是一个陷阱，使不得！此时，人群中议论纷纷，都说岳氏一门愚忠，不近人情，无可救药。管家立即到人群中巧妙地做工作去了。人群安抚下来，等了许久，李娃大声喊着要启程了，官差们才慢腾腾地从山中走下来。解官不无好气地呵斥："叫什么叫！"

走出峡谷，当地官吏列队接迎。李娃一行的身后不知何时也跟上来一队官兵。管家和李娃相视报笑。人群中爆出"原来如此"的呼喊。解官阴着脸，看着迎接的官吏，号令官差不要命似的催着前行。

走过一段路，突然看到路两边站着许多男女老少。官差吼起来："好像看把戏似的！有什么好看的？"老百姓继续站着，充耳不闻，并不断地递水递干粮给岳氏家室们。李娃想起大汉的话，连连举手作揖，激动得热泪盈眶。管家说着好话，让大家放心接受老百姓的好意。懂事的岳雷行起大礼，长跪不起，等家室走过之后，在父老乡亲的搀扶下才站起身来，一步三回头地跟上去。在场的人们无不擦泪恸哭，一言不发，一直目送李娃一行走远，目力看不到了，才慢慢离开。

天空无云，却陡然吹起一阵风，飘下一场雨，似乎在冲洗人们心头无尽的哀怨，可是，感觉越洗越痛，仿若洗出一滴滴殷红的血……

押解的队伍马不停蹄，风雨兼程，一直没有睡个舒服的觉，也没吃顿像样的饭了。走着走着，来到吉州，路过一家客栈，店主在门口招手。张英看到招牌下面有一个熟悉的标记，偷偷告诉夫人。李娃突说身体不适，尖叫起来。解官只得叫停队伍，入住客栈。解差指指家室，和掌柜说起悄悄话。掌柜摸摸自己的耳朵，用手比画着，打着哑语。弄了半天，解差才知，此店从掌柜到下手，全是既聋又哑的人，想做什么事，等于白说。

开席了，突然冒出一张熟悉的面孔，转眼就不见了。李娃带着家人毫无讳忌，狼吞虎咽，大吃起来。美美地饱餐一顿之后，走进卧室，倒头便睡。解官、解差慢慢地吃了饭。留下看守官差，几个解官偷偷出去了。半夜，外面亮堂堂的，闹哄哄的，明枪执杖，把个客栈围得水泄不通。客栈不知何故，起火了，火光冲天！客栈老板招呼员工大力救火，及时扑灭。李娃被吵醒，披衣下床，刚走到门口，就被挡了回来。定眼一看，家室全被保护起来了。哑巴都会说话，那张熟悉的面孔就站在李娃面前。李娃伸手拉着他的手道："大汉，多亏了你！"大汉压低声音说："应该的！想起岳大人都是为劳苦大众，出点力不算什么！"说话间，一个五大三粗的客栈管家冲出院落，指着解官，破口大骂："你们叫这么多官人来干什么？既没有救火，又没有救人，还站在一边袖手旁观，看热闹，你们是这样爱民的吗？莫不是害民吧？"一连串的问话，说得解官哑口无言。管家还不解恨，继续说："今天晚上，在未查到纵火人之前，谁也不许走，包括你们这些当官的！谁走了，谁就是纵火犯！我就昭告天下，说他谋财害命！"管家这招还真灵，谁也没有离开，一动不动地站在那里。大汉叫李娃放心地去休息，自己就此告别，走了。

后夜无事，天亮了，李娃他们吃饱喝足之后，偷偷带上干粮，开始启程。李娃还想看看那张熟悉的面孔，说说感激的话，用眼四处搜寻，不见踪影。岳雷走过来，告诉母亲，大汉教会他的吹哨就离开了。说着，用拇指和小指一夹，送入口里，轻轻一吹，响！说，不到万不得已，不吹此哨！李娃知道这是救命的哨音，没说什么，要雷儿照顾好家室，一路行进。

解官近日似乎发了癫，遇事就骂，见人就打，像疯子似的。朝廷信使跟踪而来，凑耳与解官说上了。解官脸色突变，变得更加凶险起来，不断催促大家加快速度。走了几天的山路，还在山中转，走不出。前面又是一条长长的峡谷，谷口生着一巨石，石上刻着"绝杀冲"三个字。字迹红色，像斑斑血泪。管家心里纳闷：为何不走大道，偏走山道？李娃想到什么，招呼张英在前，雷儿押后，号召家室紧跟上、不掉队。峡谷走了一半，听到前面乱哄哄的，冒出许多山匪。家室感觉不妙，掉头回走。后面也杀来一股山匪，专围岳氏家人，不打官差。岳雷突然想起吹哨，随机呼哨三声，两长一短。接着，重复吹起来。山上回音着口哨声，峡谷外也传来哨音。李娃观察山匪肤色，细皮嫩肉的，哪像山匪？急中生智，大声嚷起来："你们谁为头领？"

"你问这个干什么？"一个尖嘴猴腮的人抢声回答，"我就是！"

"我们是朝廷钦犯，既无钱又无粮，你们找上有什么用？"李娃反问。

一个说："我们是来索命的！"

另一个说："女人留下，男人该杀！"

突然，一个满脸横肉的人手起刀落，杀了一个家丁，冲着那个尖嘴猴腮的人大喊："大人，还犹豫什么？快杀啊！"

解官、解差躲到一边，不吱声，也没有半点行动。张英冲上去，就和那个满脸横肉的人对打起来。家将们一哄而上，大战山匪。岳雷见山匪人多势众，跳到一边，急促地吹起哨。李娃暴喝起来，揪着那个瘦猴不放，就是死也要问个清楚明白！此时，四面八方涌来许多猎人装束的人。为头的是一男一女，男的挥手大喊叫停；女的扬手一掷，满脸横肉之人哇哇叫着倒地。张英也停下手，弯腰挽裤，察看疼痛的膝盖。瘦猴见来了许多猎人，大呼"误会"，未经许可，带着自己的人扬长而去。李娃知道自己的处境，怕生事端，叫家将不要阻拦。猎农们看到官差异样的表情，尽管岳雷问这问那，也不答话，冷冷地把他们送出关口。只见那男的朝女的连使眼色，说道："蛮婆子，你顺路，送送他们，我要去打猎了。"说完就走。解官死死地盯着那男的。男的说："我们以打猎为生，素不相识，有缘相会，后会有期。"说完，拱手而走。解官勉强打上拱手，疑惑地盯上岳雷。

走出山道，解官改变了前行的路线，专走官道，一路走下去。经过祁阳，在大营驿的墙壁上见到岳飞南征破曹成回朝时曾经写过的《题记》。李娃听驿站元老说，岳大人那次喝得很高兴，说武冈是个好地方，那里有烟木冲，像"岳"字山，还有一个师兄。她想借机求解官，去武冈了却夫君的心愿。行走间，巧遇一随和的信使，悄问。一问便知，信使是武冈衙门派来的专请解官去吃武冈铜鹅、卤菜的人。李娃听后，心里暗自高兴。

解官打开地图，查看路径，觉得去武冈虽然转了点弯，但有铜鹅吃，顿时高兴起来，眼内露出狡黠的凶光。

队伍改变路线，一路向邵州、武冈进发。

第六十三章

始知父夙愿　偶得淑女怜

近几年，修改武冈地下迷城的陈八卦与杨家桥周侗庙的周闷棍经常待在一起，谈武论道，探讨用兵布阵之妙法，打得火热。这不，今天，两人又走在一起，交换心得，大谈法术。兴致正浓时，突然有人敲门，是衙门的公差，要陈八卦回城，迎接解押岳飞家室的朝廷命官，参观他的杰作。陈八卦得令，欲走。周闷棍拉着他的衣袖，说了几句悄悄话，就走了。

回到衙门，陈八卦盘算着如何应对。先去福地云山，走走秦人古道，听听卢、侯踏上仙人桥成仙的传说，看看驻防武冈城的部队布置情况，再去法相岩游看岩内稀奇，由此进入武冈迷城，从衙门旁的宣风雪霁古楼①附近的城墙内走出。之后，才去品卤赏乐看花塔。这样一来，既看了武冈的名胜古迹，还享受了武冈的民间艺术。饱眼福，满心欲，带上愉悦的心情回去禀报朝廷。让朝廷重视、向往。主意已定，陈八卦忙去找都梁府上雅称"喜来乐"的知府大人。两人一拍即合，领着一队官人早早地去东门外迎接解官的到来。

武冈既出名卤，又出名鹅，且，花塔举世无双，城墙厚实甲天下，解官早有耳闻。解官来时，曾经翻阅过历史，查看了地图，始知武冈地处雪峰山脉东麓、南岭北缘，素有黔巫要地之称。西汉文、景帝年间②置县，汉武帝元朔五年③置都梁侯国。宋徽宗崇宁五年④升为武冈军，隶属荆州湖南路。解官很想了解武冈这个地方，见衙官老远前来迎接，很是欢喜。进得府来，说明来意之后，喜来乐安排七天行程，征求解官意见。解官求之不得，只是提醒大家注意安保问题，免得秦相爷生怒。陈八卦见行程已定，偷偷打听到岳夫人，并把周闷棍的想法告诉于她。李娃想到了办法，冲进厅堂，陈八卦跟了去。喜来乐正在和解官说着开心事，笑得前仰后合。见李娃冒撞进来，转喜为怒，暴跳起来。李娃也恶声说起来："大人啊！我是为您着想啊！"

---

①　唐代王昌龄登此楼观赏时吟《宣风雪霁》诗："升旭欲移丹阙影，玉光未倒翠选迎。"后来的宋理宗赵昀任邵州防御使时，来武冈赏城品卤味，高兴之余，书写"宣风雪霁"四个大字，匾悬于此楼。这是后话。

②　公元前179—公元前141年。

③　公元前124年。

④　公元1106年。

"何故？"喜来乐和解官双双异口同声地反问。

李娃面有难色地说："我怕反了朝廷，坏了岳氏一门忠烈的名声！"

"你是岳夫人？别急，别急！慢慢说来。"喜来乐扬手示意李娃坐下。

"我刚听下人说，夫君有一个师兄在您武冈杨家桥，想借机造反，替岳报仇！"李娃焦急地说。

解官立刻接上话茬儿，急问喜来乐："杨家桥在哪里？"

"在新宁交界的司马冲！"喜来乐回答。

"那就快快派兵镇压！"解官对喜来乐说。

"解官大人，使不得，使不得！"陈八卦抢着说，"周闷棍这个人我了解，脾气有点犟。他懂用兵之道，欺硬更怕软。如果硬要派兵去镇压，恐怕弄巧成拙。我荐一个人，包您万无一失！"

"谁？"解官急不可耐地追问。

"城东头都梁卤鹅店老板鲁大汉！他曾经在衙门当过一段差事，和我共过事，因生性好耍贪杯被除名，外出一两年，听说是周游列国，现沉下心来开店，其卤品闻名遐迩，全城人都认识他。据说，他和周闷棍是远房亲戚。之前，周闷棍带我到他店里吃过卤鹅。"陈八卦一口气全说了。

"那就快快把他叫来！"喜来乐吩咐道。

"把他叫来，可以！但他只能起引荐和调和作用，关键还得岳夫人和岳少爷出面！"陈八卦补充道，"解铃还须系铃人！"

"这……"解官为难起来。

"这有何难？"李娃心直口快，"为了不坏夫君名声，就是死，我也得去！"

全场刮目相看，即刻肃然起敬。

陈八卦接着说："我知道解官难处，现出个主张，供大人参考。就让岳夫人带着岳雷随鲁大汉前去，把其他家属全部扣留在衙狱内做人质。这不就解决了吗？"

"妙计，妙计！"喜来乐一听，高兴得手舞足蹈，拿眼看解官。

"这……这……"解官迟迟下不了决心。

"这样吧，派一个解差随我，带他们去接头，逼着周闷棍先答应。我再回来陪您视察，他们在后面细谈。"陈八卦郑重其事地说，"我拿自己的性命做担保！"

解官勉强答应了！

陈八卦叫来鲁大汉。解官死死地盯着看，好像在哪里见过，一时又想不起来。张英来了，见着鲁大汉，且脸上有块黑斑，不禁失色。鲁大汉侧身遮着官人们的视线，忙使眼色。张英悄悄退走了。

一切如前所料。陈八卦随去，接上头，离开周闷棍，回来陪着解官放心地视察。

解差遵从鲁大汉的意愿，候在外室，任凭他单独找周闷棍、岳夫人、岳雷密谈。谈拢了，再一起公开谈。周闷棍同意，但要求解差带着岳夫人去周侗庙里祭拜师父，去龙华寨里看义兄杨再兴神像，去汪家坪院落看岳飞义父，并要岳雷去司马冲替家父岳飞的恩人王族长扫墓。解差高兴得合不拢嘴，满口答应。大家分两路进行，解差带着岳夫人随周闷棍走向周侗庙，鲁大汉单独带着岳雷朝司马冲奔去。

半路上，鲁大汉说着岳飞平战乱破曹成深得民心，在司马冲人民的心目中呼声一片叫好。岳雷听着，想起狱中家父的话语，边走边哭起来。突然，岳雷隐隐约约地记起家父说过的一个代号，仰着泪脸，询问鲁大汉，是否知道一个绰号叫小花猫的人，不知是男是女，现在何方？鲁大汉没有直接问答，只是说了一句不着边际的话："如果有缘，会见面的！"

岳雷不好再问，急步跟了上去。

远方，山边，乌鸦叫声凄婉，连叫不断，两人沉默下来，低头向鸦声方向走去。

路上无人，两人是去扫墓，心情格外沉重。进得山来，树木茂盛，浓荫笼罩，透着股股阴森的冷气。寻着山上小径，爬坡上行，时有惊鸟飞走，弄响枝叶，令人毛骨悚然。岳雷脚在颤抖，额冒冷汗，心在扑扑直跳，畏怯起来。鲁大汉回转身来，伸出手，拉着岳雷往前走，口中不停地说："快了，快到了！"行至半山腰，突见一小处没有树木的山坡地，凸起单个坟冢，从那未燃完的香火看，有人刚来上过坟。谁呢？这深山老林里！岳雷纳闷。鲁大汉不言语，插香，焚纸，跪拜于坟前，哭喊着："父亲大人，不孝孩儿来看你了！"岳雷闻声，拿眼看着他，张口结舌。鲁大汉大声吼起来："还不快快祭拜你王长辈？"岳雷看着碑上王族长的名字，懵懵懂懂地拜了下去。

树上的乌鸦大叫起来，叫声惨烈，让人心寒！

一阵大风吹过来，卷起烧着的纸钱往上窜。鲁大汉情不自禁地说起来："父亲啊，您在生时行善，舍不得用钱，现在，您就拿去放心地用吧！"

岳雷似乎被感染了，跪着，大哭起来。

乌鸦不停地叫着。

祭祀完毕，鲁大汉领着岳雷横着山走。走了一阵，又发现一座孤坟，是小白兔的。一只大鹏正在坟上低飞，见人来了，掠飞而去。坟上有鸟爪划过的印痕。鲁大汉要岳雷拜着，烧上纸钱，口中喃喃自语："小妹，我和岳大人的儿子岳雷来看你了，你就安心地去吧！"岳雷不明其中的奥妙，只有硬着头皮低头烧纸。大汉走了，他也不知。大汉回转身来，拉起他，还是横着山走，好像是围着山中山的山腰再转，凭着太阳走向分辨，是从山的北面走向东面再向南面。见到一座孤零零的石屋，屋旁有一个年轻妹子在种菜。发现有人来了，正在抬头张望。辨认了很久，眼中才闪出了光亮，起身喊起来："舅舅，您怎么来了？好久不见了！"

大汉笑起来道："还蛮勤快嘛！"接着，把岳雷推到她跟前，说明由来，并指着小花猫，介绍起来："这就是来时你所问的人！"小花猫一听，脸霎时红了，侧过身处，不好直视。岳雷凝目细看，心儿直跳，脸儿也跟着红起来。

一时的尴尬，彼此无语，不时地相互偷看。

大汉打破沉默，说着走累的话，提议进屋坐坐。

小花猫快手快脚地打开屋门，把他俩让进石屋。石屋很简单，一共两间，前间是厨房兼厅堂，后间是仅摆一张床的住房。室内很凉快，彼此说上了话。鲁大汉借故把小花猫叫出来，单独说了几句，就走了。小花猫回到屋里，和岳雷说起来。有意让岳雷先说，静静地听着他说家里的不幸遭遇，不时地拿起手巾去擦拭他脸上的眼泪。岳雷说得动情，忘乎所以。小花猫盯着岳雷的面孔直看，看也看不够。只见他，头束发冠，发虽有点凌乱，但青幽幽的，偶尔显出发内嫩白的细皮；额阔，又很饱满，凭着窗户漏射额上的阳光，显出熠熠的光辉；剑眉如画，随着说话的形态，忽扬忽蹙，扬如疾恶如仇的利剑斜刺欲出，蹙似收回的箭矢等待时机；一双鹰眼时左时右，时上时下，灵活地转着；鼻如悬胆，贴在脸面正中，一动不动；口若鲢鱼嘴巴，扁圆扁圆的，一张一合，话从张开的口中冲出，似乎要把洁白的牙子冲掉。那身材，站若松，坐如钟；周身散发出诱人的男人味。小花猫心中发出感慨，默念起来："好俊秀的人啊！"

岳雷说得太入情了，低头抽泣起来。哭过一阵之后，不见鲁大汉，突然醒悟，连问鲁叔哪去了，见小花猫在静静地陪着流泪，双手揉搓衣角，不知如何是好。

小花猫想起自己的身世，也毫不掩饰地说起来。岳雷情不自禁地当起观众，看着小花猫，也出神好半天！好像看到靓丽的仙女下凡，端坐面前。只见她：

眼灵藏话状如猫，嘴动笑窝生酒艳；

腰细乳圆连秀臀，玉人长腿桃绯滟。

岳雷看得呆了，继而，心随伤心的话语，流下痛苦的眼泪。人遇知音，情感进发。两人情不自禁地抱头痛哭起来。小花猫想起外公的临终遗言，嘴巴对着岳雷耳边，喃喃自语，慢慢说出事情的原委。岳雷认真地听着，记起狱中家父的暗示，忽然明白了什么，抱起颤抖的小花猫，走入内房……

好当当的晴天，天空突然响起尖刻的雷声，似炸响的礼炮声响。接着，下起倾盆大雨，接连不断，似乎要留着客人，不准离去。

一阵云合雾集之后，两人躺着，抱着，相视许久。小花猫说出鲁大汉临走时的话语，两人又缠绵起来……

岳雷陪着小花猫，日出而作，日落而息，整日形影不离，过了六天。第七天，按照大汉留下的标记去汪家坪会队。为了保守秘密，小花猫没有同去。分别时，两人难舍难分。小花猫送了一个亲手缝制的小肚兜给岳雷，兜上绣着花卉和特殊的符号。岳雷没有什么送的，走上去抱着吻起来。小花猫摸着岳雷没有赘肉的耳垂，吻着他那短短的嘴下巴，长叹一声，冲进石屋，呜呜地哭了起来。

岳雷走了，在汪家坪找到了鲁大汉和母亲。告别汪老，朝岳字山拜了三拜，就回武冈城。

众人又启程了，朝岭南方向进发。喜来乐一行送出很远。

第六十四章

突闻夫重病　携子奔岭南

解押的队伍一路向南，进入广南东路。天气开始炎热起来。行人口干舌燥，时有小孩哭闹着要喝水解渴。很多人的脚板磨起了血泡，行进的速度慢了下来。秦桧派人追问，解押队伍现在身居何处？是否如愿以偿？解官眼睁睁地看着未能满足秦相爷最初的心愿，心急如焚，变本加厉地逼着队伍上路，不顾大家的死活。刚刚进入岭南山脉地段，解官就与解差密谋起来。骚狐狸又来调戏温氏："大肚子！吃得消吗？大家要走山路了，恐怕还没走到，崽崽就死出来了，何不跟了我，去真阳郡^①里过神仙生活！"骚狐狸话未说完，就嬉皮笑脸、动手动脚地去拽温氏。温氏连连退却，怒目而视，破口大骂。此人虽然动手动脚，臭名昭著，一路走来，岳雷感觉他内心不坏，好像听出了弦外之音，忙和母亲窃窃私语，商量对策。母亲绞尽脑汁，还是没有想出新的办法，只好暗示长媳、次媳，管好自己和小孩，准备迎接最艰苦的时日。

开饭时间，岳雷猛然想起黑面财迷鲁大汉的临别话语，只有死马当作活马医，借故方便，离开人群，吹出凄婉的口哨。解官见岳雷走开，立派解差跟了上去。骚狐狸见缝插针，放肆调戏起温氏来。解官受到感染，忘其所以，嘻嘻哈哈地来凑热闹。

忽然，有一个人，不知从哪里冒了出来，站在岳雷面前，易了容，扮成老头，操一口粤语。但，从其脸中隐约可见的黑胎记上看出是谁了！

岳雷很谦恭地大声说："老人家，这里是什么地方？走山路是不是凉快些？"

老头叽里呱啦地说了一通，根本听不懂！

岳雷接着自言自语："要是走不动，死在山上算啦！免得暴尸街头。"

老头用手胡乱指指前面，走了，不知何意。

岳雷追上去，没追着，却捡了一个老头丢下的包裹藏入怀里。

---

① 雷公岭的地名沿用至今。那里，至今繁衍着几百人的雷姓后代。查其族谱，家世在南宋时期没有明确的记载，似有难言之隐，但口头上流传着是岳雷的后代。

回到母亲跟前，岳雷惊讶地使着眼色，偷偷把那个包裹递与她。

温氏哭哭啼啼地牵着岳二娘走过来。岳雷满是泪眼地看着她们，一言不发，用手不停地抚摸着女儿的脑袋。

解差催着用餐。李娃翻着包袱，干粮早已吃完。骚狐狸骚性未减，走过来，掐了一下温氏的脸蛋，凶巴巴地骂道："臭婆子！还不快去吃饭，哪有力气走路！"说完，即推推搡搡。

李娃见解官、解差正在桌旁用餐，灵机一动，带着家室飞走过去，不顾打骂，专抢公差桌上的饭菜吃。公差无奈，只好重新叫上。

家室们十分疲倦，抢着吃饱之后，瘫坐桌旁，一动不动，眼皮打起架来，沉沉地睡去。

解官又在叫嚣不停，赶着上路。几经鞭笞催打，队伍踏上岭南山脉。走过一程，温氏和小孩们实在走不动了。山路边，突然发现停着十多抬空人轿子，轿夫正要起身拉生意。岳雷扫视一遍，示意母亲出面。李娃取出那个包裹，拿出一些碎银贿赂解官。解官勉强同意温氏和小孩们坐上轿子前行……

好不容易，到达惠州下狱。狱官带着一个脸上有块白斑的精瘦之人前来接收。温氏尖叫着快要临盆了。狱官指着精瘦人大喊："刻薄鬼，快去叫狱医来！"绰号白面无情的段刻薄吐着舌头，极不情愿地走开了。李娃见多识广，哪容耽搁，忙叫岳雷跟着家丁，抬着温氏随段刻薄前去。

温氏顺利产下一男婴……

解官交了差，老不高兴地带着解差回临安去复命。临走时，骚狐狸癫皮地走到巩氏后面，摸了一下她的屁股才走。

秦桧得到解官的详细汇报，痛骂骚狐狸，狗改不了吃屎，忘了计划，不做正事，暴打一百军棍，关了两月禁闭。又令杨祈中暗勾当地官府，追杀岳飞义父、师兄、生前亲朋好友。可怜的汪伯、周闷棍等旋即成了新的冤魂。逃脱的鲁大汉，其家店被洗劫一空，无家可归。就连陈八卦也被解除官职，永不重用。喜来乐托人送去精制卤菜和金银财宝，才保住了官位。

骚狐狸终于出来了，去湖心岛花船上解闷，和靓女勾上，不知是秦相爷的相好，被逮个正着，秦桧派人结果其性命。可怜的骚狐狸，就这样死在石榴裙下，命走黄泉。

秦桧派人四处清理、瓦解岳飞余党，打压的风声越来越紧。武冈的天空乌云笼罩，无人敢抬头，更无人敢议论半句。就在这样的血雨腥风里，一个天大的秘密保全了下来。

绍兴十三年，春节刚过，人们还是沉浸在节日的欢乐中，突然闷雷滚滚，石屋里，有一个男婴呱呱坠地。母亲小花猫把其取名为"雷公子"，乳名小雷公。

母子一直过着与世隔绝的生活。

从此，小雷公与母亲相依为命，生活下去。

小雷公自小聪慧，脚勤嘴快，常常去后山捉迷藏、玩游戏、采蘑菇，像一只叫嘴山鸟，回来时问这问那。母亲告诉他，后山叫雷公岭，下雨前，雷公公常在那里发脾气，专打不听话的人，告他要当心，不要去挨打。

小雷公很听话，整天和鸟儿做伴，学鸟叫，仿鸟飞，玩得不亦乐乎。一天，来了一个陌生人。母亲硬生生地要他叫外公。他叫不出口，躲到后山，嘤嘤地哭起来。母亲找到他。外公给了他一个小木马，才止住哭。公女孙三人先后去了两座孤坟前挂亲。两个大人焚着纸说着悄悄话，好像是在说黑面疤不敢冒头什么的，要他们代替扫墓。小雷公听得不大明白，干脆去放鞭炮。噼里啪啦，鞭炮响了！小雷公心里乐开了花。

回到石屋，外公准备去狩猎，好缴获猎物，打打牙祭。小雷公也要跟着去，外公同他约法三章。

跟着外公狩猎，学到很多东西，爷孙俩满载而归。

开餐了！吃着外公的猎物——野鸡、野兔，真好吃！吃后，小雷公闹着，要外公教他打猎技术，平常好改善生活，为母亲补身子。听着这话，两个大人笑出了眼泪。

过了一段时间，外公又进山来，想让小雷公进学堂去念书。外公通过唐鲁班，认识广南西路一个教私塾的，已经谈妥，左说右说，小雷公以学打猎为条件答应了外公的要求。对外，说是外公一个熟人的儿子要读书。就这样，小雷公被送到远方读书去了。

话说岳氏一门发配岭南，限制了人身自由，行动多有不便。好在狱卒段刻薄时常避开狱吏，管束不太严厉，岳雷偶尔和他说上话。混熟了，段刻薄偷偷说出关于"三多"人的罕事——

唐三多，唐家大院唐鲁班的长子，学名克波；天生好酒贪财，经常泡在女人堆里，有"酒、色、财"三多嗜好，因身体长得精瘦，脸上有块白色的胎记，得了个白面无情段刻薄的浑称。

戴三多，戴老三的儿子，小名富礼；小小年纪，特爱打架，尤其喜欢招惹女人，不论大小，占了便宜才高兴，人称骚狐狸；经常多嘴多舌多烦恼，是一盏不省油的灯；面上有块红色的疤痕，人人避而远之，暗地里叫他红面色鬼。

王三多，脸上有块黑色的胎记，是司马冲王族长的儿子，取名大汉，年少时长得快，比常人都要高，名副其实。此人喜动脑筋，多心多计多贪财；常爱生事，搞恶作剧，闹得当地鸡犬不宁。因身体长得粗鲁，脸上有块黑色的胎记，得了个黑面财迷的绰号。

无巧不成事，唐三多因想报妹被奸之仇，瞒着父母，悄悄离家出走。戴、王两人是因父母管教不住，被赶出家门的。时逢外侵内扰的国乱时期，千里从戎，巧遇在刘光世的军营里，碰上个只逃不战的主儿。走散后，黑面财迷化名鲁大汉，躲回都梁府，先当差，后在繁华地段开了一家卤菜名店；红面色鬼化名秦富礼，在万俟卨手下当差，深得主子和秦相爷赏识；白面无情化名段克波，远走岭南，在监狱里当差。几年未见面，这次因岳大人之事碰在一起，才知别后各自的去向和处境。三人本性不坏，表面上油腔滑调，动手动脚，有点不可思议。但他们都喜欢英雄，十分崇拜岳飞，听说岳氏一门的不幸遭遇后，都愿意暗地里为他们做点好事。

刚到监狱，岳雷很不适应，经常大呼大叫，大吵大闹，烦躁不安。隐姓埋名的唐克波看在眼里，想在心里，慢慢地开导，有意无意地让温氏抱着小孩，待在身旁，安慰他。岳雷终于开了窍，想着自己身陷囹圄，无力回天，只有漫长地等待，多留下血脉，繁衍岳氏一门，寄希望于下一代，能够出人头地。岳雷苦熬下来，性格暂疲，育四子两女，平素，看到成群的儿女，心理稍稍宽慰些。可是，等了这么多年，朝廷奸臣一直当权，家父的事还是一筹莫展。想着念着，有时彻夜未眠，身体渐渐垮了下来。尤其是近段时间，老是做噩梦，梦见父亲遍体鳞伤，口吐鲜血在喊冤。这样活着，如同行尸走肉，不如一死了之……

李娃见之，不断开导儿子。妻子温氏，整日以泪洗面。

秦桧渐感身体不适，发现自己已经老了，担心遭人暗算。一方面，着力培养儿子秦熺，几年时间，升位仅次于相位；另一方面，派人加紧陷害岳飞家室，以绝后患。岳雷经常被严刑拷打，折磨得死去活来。

绍兴二十五年春，昏死过去的岳雷醒来了。妻儿守在身边，母亲走过来。他把温氏的手放在母亲手心，说着暖心的话。陡见段刻薄走来，眼睛亮了许多。他支开众人，独自留下段刻薄，问及鲁财迷，是否有联系。段刻薄告诉他，鲁财迷就隐藏在岭南。追问何事，他不说，只想见鲁财迷一面。段刻薄巧妙地找来易容的鲁财迷，单独与他会面。两人相谈正欢，临走时，鲁财迷要他养好身体，耐心等待，立即去办托付之事。

求学的小雷公归家，第一句话就是问母亲，外公哪天来。小花猫看着长高了的儿子，告诉他，外公是个说话算数的人，不会食言。两人正在说着话，突然听到有人敲门。小雷公快手快脚地去开门，一脸迷茫。小花猫看了很久，才认出来，忙叫儿子喊舅爷。来者是鲁财迷，装作走亲戚，避开小雷公，急急地告诉小花猫岳雷的近况。小花猫急不可耐地带着儿子，连夜随他直奔岭南。

三人扮作投亲的一家人，驾着一辆马车，日夜兼程。行走数日，终于到达岭南监狱。深夜探监，适逢岳雷刚被拷打过，单独关在一室，段刻薄值班，悄悄放进小花猫母子。借着黯淡的灯光，岳雷看到了，看清了，吃力地爬过来，扶着铁栅栏，慢慢地靠上来。见此惨状，小花猫扑向铁栅栏，伸手越过铁栅栏，摸了上去，不停地抚摸着，痛哭起来。岳雷流着泪，没出声，呆呆地凝视。哭得死去活来的小花猫猛然想起什么，指指岳雷，又指指站在旁边的小雷公，打着哑语手势。岳雷脸上突然有了容光，发出嘶哑的颤声大笑起来。

狱吏突来巡监，段刻薄急匆匆地走过来。岳雷立即脱去外衣，脱下那个穿烂了的小肚兜揉作一团，急急地塞给小花猫。小花猫拉着疑惑不解的儿子，依依不舍地走了……

第六十五章

泪浸夫遗嘱　暗葬烟木潭

回到石屋，送走舅舅，小花猫想了很多很多。眼前，最重要的是暗下决心，很隐蔽地把小雷公培养成人。

小雷公经此一行，感到母亲有什么事情瞒着自己。问又不说，小雷公翘起嘴巴，生起闷气来。

外公来了。小雷公如同见到了大救星，闹着嚷着要去学打猎。狩猎途中，小雷公话不停口，有意无意地说来说去，话题绕到了舅爷爷。外公只说舅爷爷到家走了一趟亲戚，没说什么。小雷公嘟着嘴，抖露出岭南探监之事。外公告诉他，也是看望亲戚；警告他，不要乱说。否则，会招来杀身之祸。小雷公不相信，但也无可奈何，数落外公和妈妈合起伙来骗他。

连日来，秦桧的病情越来越重，卧床不起，老是做噩梦，梦见岳飞在阎王那里坐着告状。阎王派出黑白无常到处捉拿他。吓醒时，大汗淋漓，全身湿透。王氏不知溜到哪里去了。义子秦熺守在床边，秦桧突然问及岳飞后裔的情况。

"岳飞后裔中，如今知晓的只有岳云、岳雷两支在岭南监狱；其女安娘已嫁人，没有什么建树；其他三个儿子，查无下落。"秦熺接着说，"目前最担心的是次子岳雷仍在监狱负隅顽抗，上次义父安排，孩儿已派人正在加紧拷问。"

秦桧听后，忙要义子叫万俟卨来。

门外禀报，杨沂中前来看望秦相爷。

秦桧急忙招手，"快请进来，快快请来！"

杨沂中眼见秦桧病得不轻，连忙劝他好好调养身体。秦桧拿出十多年前皇上的密诏。杨沂中一看就懂秦桧的想法，当面承诺，亲自去办，立即离开，走了。

万俟卨来了，忙问相爷病情。秦桧伸出颤抖的手，拉着万俟卨，气若游丝地说着话，只见嘴动，不见声音。万俟卨凑耳过去，断断续续地听明白了。秦桧还不放心，又拿出那密诏。万俟卨看后，也走了。秦桧鼓着眼睛在等什么。

几拨人，接二连三地来到岭南监狱，拷问岳雷。岳雷心中反复默念着：坚强地活下去！他知道，还有很多未了之事，等着他去完成。李娃看到情势不对，打发两拨人悄悄离开，以韩元帅家将归还的名义。无奈，都被中途拦截、暗杀，李娃全然不知。

李娃被唤去了，恶劣的刑讯如暴风骤雨。万俟卨要她如实交代，交代什么呢？又没说，其实，没什么可交代的！

刚开始，李娃以为搬救兵的事情搞砸了，转念一想，又不像。投石问路，李娃抛出一句恶狠狠地话："为什么又审我？"

"别再痴心妄想再隐瞒了！岳飞谋反，你就如实交代吧！"万俟卨一步紧以一步，"还不说，又要用刑了！"

"想害大英雄，做梦！"李娃一听，心明似镜，咆哮起来，"要杀要剐，悉听尊便！我对得住天地良心！"

"再上老虎凳！"万俟卨暴怒起来，"看你的嘴还硬不硬！"

各种刑具，接连使用，李娃已不省人事……

用过刑回来的岳雷见母亲被拉走这么久了，还不回来，恐怕此次难得挺过。左思右想，总觉得有置人死地的味道。况且，对象就是自己和母亲，不得不想到了后事。利用狱吏要他坦白交代的笔和纸，强忍着伤痛，泪眼婆娑地写起来。写完，有几处字迹都被泪水打湿、模糊了。看后，用手指印着身上的血污，按在纸上，折藏于衣内。几个时辰过去了，昏死的母亲才被强行拖了回来，丢在隔壁牢房。岳雷歇斯底里地喊着母亲，千呼万唤，终于喊醒了，两人隔着铁栅说着被审的情况。岳雷预感到离死期不远了，要母亲好好地活下去。母亲强硬起来，要他好好地活着，自己甘愿受死。两人争持不下，最后达成一致意见：如果非得要死人，不管谁死谁活，死的死得坚强、忠烈，不畏强暴；活的活得像模像样、有骨气，力保全家活下去，免得抱恨一生。

刑伤加剧了疼痛。两人依着铁栅慢慢地滑落，面对面，蜷缩着，侧趟下，有气无力地对视着，眼角淌泪，渐渐痛昏过去……

段刻薄秘密找到鲁大汉，说了一通，走了。

不知过了多久，一股难民，以探监的名义，分散进入岭南监狱。为头的就是鲁大汉，由狱卒领着，去探视岳雷母子，私下里，准备深夜暴动。刚刚喊醒岳雷母子，还未说上话，不远处传来打斗的声音。一难民不小心和狱卒发生冲突，周围的同伙以为是鲁大汉发令动手了，围过来，大打出手。

鲁大汉见无法控制，只好冲过去，将计就计。打倒狱卒，抢夺钥匙，速开牢门。有人纵火烧牢房，大家合力冲出去。一时间，哭声喊声对打声乱成一锅粥。难民们拖着岳雷就往外冲，冲出牢门，却被狱官劫持到监狱的操场。操场上，集中着很多官吏，守着牢犯。

说来也怪，这夜，杨沂中心里不安，老是睡不着，索性叫上兵卒，同去巡监。忽见监狱里火光冲天，喊杀声不绝于耳。杨沂中立刻明白了是怎么回事，速速调兵遣将，死死围住监狱外围，不放走任何一个人。同时，带一部分兵卒急走过来，把岳氏一家控制在一起。要万俟卨带走，逐个审理。

岳雷按着伤痛，颠来倒去，疼痛难忍，预测凶多吉少。突见段刻薄来了，夹在狱卒中间。岳雷咬牙扑上去，和段刻薄扭打起来。段刻薄没注意，被旁人的脚绊倒了，发现岳雷扑在身上，边打边骂，暗地里塞着东西。岳雷被万俟卨强行拉去受审。段刻薄爬起来，躲到一边去了。

鲁大汉带人追上万俟卨，一顿拳打脚踢。岂料官兵蜂拥而来，团团围住，你一枪我一枪地朝鲁大汉刺去。鲁大汉强忍痛苦，鼓着眼睛，长啸起来。那凄惨的声音惊呆了在场的官兵。他随机抽出身上被刺的枪，投掷过去，击中的土卒应声倒地。他的血似喷涌的山泉，霎时弥漫开来。他睁着暴凸的眼睛，吃力地倒了下去……

万俟卨想，有人救援，说明岳飞还有余党。还是秦相爷说得好，斩草不除根，春风吹又生。这么多年了，还没吓怕，居然还有人当着我的面搞劫持！

刑讯室里，各种刑具都用到了，岳雷仍是怒目而视，闭口不开。万俟卨恼羞成怒，拿出最后的杀手锏——铁钻锥心。岳雷脸色惨白，痛昏过去。万俟卨指挥手下用冷水浇醒，岳雷仍是一声不响。

"说不说？"万俟卨瞪着眼睛大声问。

没有应答！

万俟卨挥挥手，手下人用烙铁再烫。

得到的仍是是沉默！

"说不说？"万俟卨声音提高到了极点。

四周一片寂静，仍无应答！

万俟卨再挥手，命人用虎钳撬嘴拔牙。

收到的还是沉默！

万俟卨暴跳如雷，急令打手拿鞭一顿猛抽，下令抽到肯说为止。

一刻钟，两刻钟；一个时辰，两个时辰……

曾经目睹刽子手杀害家父的岳雷[①]，就这样被活活折磨死了！也许他与雷雨有关，好端端的天空此时响起了阵阵闷雷，滴答滴答地下着像哭一样的雨。

躲到一边的段刻薄摸摸自己身上，没有发现什么，再摸口袋，触摸到一团纸，独自拿出来借光一看，是遗书！段刻薄不知所措，吓了一大跳。过了一阵，段刻薄调整心态，思考着对策。目前，最重要的是藏好他的遗书，形影不离地跟在他的身

---

① 有说岳雷自然老死，享年 78 岁。据查有关资料，未等到岳飞平反雪昭时，岳雷就惨死狱中了。

边，及时帮助他脱离险境。段刻薄知道万俟卨在提审他。万俟卨的手段是出了名的，得借故去找万。刚动身，碰上杨沂中带人转移岳氏一家。只好暗地里跟去，看清他们的落脚点，才转身。途见监狱大火熊熊，无人问津，烧死很多牢犯。等到找上万俟卨时，获知岳雷已死。段刻薄强忍怒火走出来，找到平素很要好的知情狱吏，才知岳雷是被活活地折磨死的，已投到监狱的大火中了！

雨越下越大，越下越久，淋熄了监狱的大火。

监守人员见到许多烧煳的尸骸，各自走散了。

段刻薄想起岳雷的遗言，一股实现其遗愿的想法忽然冒了出来。他走过去，翻看尸骸，都烧焦了，面容模糊，分不清是谁，估摸着背来一个，连夜背走。他带好自己全部的积蓄，专走山道。走了两个多时辰，天已亮了。他把尸体隐藏好，就近买来一辆带马的车，一个几层的大木箱，还有一些木炭和生石灰，走回来，巧妙地伪装好，独自启程，快马加鞭。

岳雷一死，杨沂中、万俟卨赶忙回去复命。秦桧躺在病床上，听后，知有帮凶，还是不放心，要他们撒开天罗地网，准备一网打尽。

官吏拿着鲁大汉的画像，顺藤摸瓜，找到监狱附近的人辨认，都说不认识。后在惠州①城里一家开皮货的铺子周围询问邻居，打听到了内情。该家铺面共有十多个人，自从监狱纵火闹事之后，此店关门落锁，无人打理。从那画像人脸上的黑疤痕断定是鲁大汉，绝对没错。官府再查，也没有什么相关联的事。认定就是这拨人干的。

一切尘埃落定，渐渐归于宁静。

岳氏一家万分悲痛，却无可奈何，限制了人身自由。放风时，碰在一起，李娃告诫家人，化悲痛为力量，要自己强迫自己甘当哑巴，坚强地活下去。特别指出温氏，要像兄嫂那样，心细如麻，志坚如铁。

监狱里猛然发现段刻薄不见了！起初以为他被烧死了，不当一回事。但有一天，狱官在惠州城里喝酒聊天，无意中得知买车马之事。据当事人回忆，暗合段刻薄形象。监狱先派人四处查找，杳无音信。狱官深知秦相爷的厉害，不敢隐瞒其事，和盘托出。秦桧又暗使杨沂中、万俟卨下来核查，查无去处。官方紧张起来。一方面重发通缉令，全国严查；另一方面，又把岳氏家室带去严审。刚刚宁静的水面又掀起轩然大波。岳氏家室不知内情，蒙受着冤屈。

经过十磨九难的段刻薄终于回到家乡，隐藏于山中，择夜悄悄地找到小花猫。

小花猫捧着遗书，哭得死去活来。站在一旁陪着流泪的段刻薄不断催促她，趁夜好动作。

小花猫看着烧煳的尸体，左看右看，分辨不清，但还是把那小兜肚穿在尸骸上，

---

① 惠州，原名祯州，毗邻深圳、香港。宋真宗天禧四年（公元 1020 年），为避太子赵祯，改“祯”为“惠”。

小声拜哭起来。

段刻薄再三催促。

小花猫抹干眼泪，随同段刻薄，带上工具，推着木箱，朝岳字山走去……

第六十六章
恶人三番查　缄口躲其难

掩埋好亡者，填平坟冢，铺好草坪，伪装好现场之后，烧毁遗嘱，两人回到石屋。天已亮了。

段刻薄见马儿正在吃草，怕惊动四邻走漏消息，不敢回去见父母等家人。快速帮着小花猫煮熟饭菜，草草吃了，带好干粮，隐走山道，直赴岭南。

走了几日，满是疲惫，实在抑制不住，在城边找了一家客栈，想睡个好觉。刚刚安顿下来，吃饭时，无意中听到旁边的食客说，官方正在追查朝廷要犯。说话时，不时地朝这边张望。职业警觉促使段刻薄快速离开。刚出店门，就看到门旁贴出的通缉令上画着自己的头像。段刻薄快马扬鞭，朝乡下走去，似乎听到后面的追杀声。

此刻的李娃，面临着死的挑战。万俟卨穷凶极恶地逼问：岳飞还有哪些死心塌地的余党，岳雷死前说过什么话，监狱里谁是内奸，段刻薄哪里去了……

李娃视死如归，哈哈大笑，笑得万俟卨汗毛竖起。

万俟卨气急败坏地吼道："还有精力笑？死到临头了，还装！"

李娃笑够之后，开始惦念家人，猛然想起，小的都还不大，不说，会激怒审官；说，又不知道，只能慢慢照实说，尽量拖延时间，缓和气氛。

"说不说？"万俟卨追问不停。

"审官大人，说什么呢？"李娃一反常态，故意放低声音："说夫君，长年在外征战，一心报国，死时还留信告诫部下，要听朝廷的话，不准乱来；说雷儿，被折磨得奄奄一息，哪里还有力气说话，况且又不关在一起，只有等死；说段刻薄，雷儿恨他恨得要命，死前扭打在一起，大人亲眼所见，他到哪儿去了，你们应该清楚，在你们的眼皮底下，我们能走到哪里去？至于监狱里谁是内奸，我们根本不知道，个个凶巴巴的，压根儿就没有一个好人！"

万俟卨正要张嘴再问，有信使来报：岳飞故里，风平浪静；部属居地，无异样现象；战斗过的地方，地方官员都报平安。只是，有人提出，岳氏一家押解来时，到过武冈，你再审问，看看有没有线索。

提到武冈，万俟卨又来了劲儿，添油加醋地审问起来："你还瞒，来时到武冈做什么？现在，武冈人正在造反，据说，是受你的指使？朝廷正派人去镇压。"

"大人，不要信口开河，我去武冈，是为了落实夫君生前遗愿，安抚夫君师兄他们。这不，他们都被朝廷杀了吗！"李娃分辩，"如果硬要扣帽子，可以当面对质！"

此时，已故王族长的疯老婆被官方抓了回来，爆出惊天秘密，指证岳飞和小女小白兔有瓜葛。武冈百姓正在蒙受一场大的灾难。江边洗萝卜，一个一个地来，全部盘查、审问，询问由来、去处。

全面清理之后，目光锁定在几个人身上：王族长、戴老三、唐鲁班三个人失散多年的儿子和小花猫一家。先从小花猫入手，逼问丈夫是谁，现在何处？小花猫不假思索地大声说："丈夫是雷大炮，在雷公岭被雷劈死了！"

"你们是哪一年成的亲？丈夫在哪一年被雷劈死？小孩是哪一年出生的？"官差问得详细，"可有证人？"

"邵兴十二年，雷大炮强行把我奸污了！次年，我生下小雷公。同年，那个天杀的遭了雷劈！埋在大院西头专埋短命鬼的那座孤山上。"小花猫理直气壮地说。

"你为何不住大院里，去住山上鬼魅无情的独石屋，与世隔绝？"官差接着问。

小花猫毫不耐烦地说："这还用问？男人是野汉，儿子是野种，能见人吗？"

官差觉得说得在理，没有对小花猫怎么样，找来小雷公对质："你是谁生的？"

"我是石头生的！"小雷公扬起脸。

官差觉得好笑，指着小花猫问："那她是你什么人？"

"是我妈妈！"小雷公骄傲地问，"像不像？"

官差被他弄得啼笑皆非。过了一阵，控制情绪，续问："你父亲是谁？"

"雷大炮！"

"他在哪里？"

"在后山守山！"

官差觉得有问题，进一步问："能带我去见见你父亲吗？"

"当然可以！"小雷公抬脚就走。

官差来了兴趣，跟着前去。

走了一阵山路，来到一个残缺竖立的大石头旁，小雷公指着它说：

"就是这个！你们看，父亲得罪了老天爷，肩膀被劈了一半，前几年还流血呢！现流干了，站在这里守山，不肯说话，也不肯回家。"

官差被他弄得哭笑不得，下山进院落调查去了。

小雷公说的这些，都是小花猫从小教的。小雷公深信不疑。事实上，雷公岭经常遭雷击，那石头曾经实实在在的被雷击过。山上还有几棵古树遭受雷击，黑乎乎的，至今还站在山腰上呢！

官差带着一伙人到处核实，都说雷大炮几年前被天雷打死，没听说他与小花猫成过亲。官差想再去审问小花猫，碰上前来核实的狱吏，爆出骇人听闻的内幕，证实鲁大汉就是王族长的儿子。官兵如临大敌，把王氏一家包括其亲戚，全都控制起来，重新审理。

小花猫被限制了自由，凭借空闲时光理理头绪。她在心内自问：段刻薄到了没有？是不是躲过风险，顺利过关了？

段刻薄躲过几次追杀，蒙混过了关口，走进岭南山脉。一时高兴，眼前一黑，从马上翻落悬崖，不省人事。悬崖边采药的老农发现了，报告官府。官府和监狱都派人前去，见段刻薄已经断气，自圆其说地回去邀功。监狱官征得万俟卨的佐证，上报材料，集体受奖，个人受封，通报全国。大家心知肚明，只要秦桧在位，不管谁和岳飞沾上边，都不是好事。上次惠州城因马车事件就翻了个底朝天，那个邻居不知躲到哪里去了！凡事与王族长有关联的人都不敢证实其儿就是鲁大汉。武冈知情人，更不敢议论半句。唐鲁班、戴老三失散的儿子以查无下落定论。他们曾经当过兵，推测已战死，不了了之。

现在，重点是与鲁大汉有关的人和事。小花猫想，为见夫君，舅舅回来带她和儿子去过岭南。父母见过舅舅。当然，哪怕是死，自己不会说。儿子还小，会不会说？父母呢？自己身上的秘密挺多，关键时刻，只能挺身而出了！

那边，官方找到陈八卦，审讯好几天了！

陈八卦哭笑不得，见面就受了一记闷棍。

"你可知罪？"官差直面冷语，盯着陈八卦。

陈八卦懵懵懂懂地回话："我何罪之有？"

官差厉声喝问："你知情不报，分明是一伙人！"

"请说具体一点！"陈八卦面向官差，"我还不知道你要说什么？"

"装糊涂！你不认识鲁大汉？"官差不耐烦地说。

"哦！你是说鲁大汉，我认识。他怎么样？"陈八卦松了口气，反问对方。

"他是朝廷钦犯！你不知道？还在装？"官差吼起来。

"我只知道他在城里开了个卤菜店，很好吃！手艺高超，很出名！"陈八卦回道。

"还记得岳氏家室解押经过，到司马冲那件事吗？"官差提醒。

"我当然记得！"陈八卦自豪地说，"还是我亲自陪同的！"

"你们是一伙的！"官差单刀直入。

"那怎么能这么说呢？"陈八卦分辩道，"我们只是认识而已！"

"他和岳案有关，你知道！"官差目光如炬。

"我只知道那天岳夫人去做好事，喜来乐要我陪同。怎么，做好事也有错？"

陈八卦看出官差问话的用意，是带有目的而来，非常反感！

"那，为什么不要其他人去，偏要你？"官差丝毫不留余地。

"我懂周闷棍的性格！"陈八卦说开了，"他是个闷葫芦，是个只做不说的主儿。他要造反，只需振臂一呼，应者云集！他既有威望，又有号召力，而且还是个能文能武、懂得排兵布阵之术的高人。试想，他若出面，武冈得安宁吗？国家还能太平吗？为了平息事态，我挺身而出，这也有错？"

"你还狡辩？刑具伺候！"官差盛气凌人，打算立刻动手。

陈八卦哭天抢地，痛不欲生，即刻昏死过去。

有差使来报，万大人从岭南赶过来了，专审小花猫。

"听说你和岳雷有关连，专程到岭南探监？"万俟卨直截了当地切入正题。

"大人，我没听清楚。"小花猫以为暴露秘密，心里"咯噔"一下，但转念一想，不可能，听说当事人都已死了，从容地说，"请再说一遍！"

万俟卨老不高兴地重复着。

"我是一个女人，从不出三步门。你说的岭南在哪里？我不知道！"小花猫继续说，"什么'药'（岳）人'药'（岳）雷公！我天生就怕雷公菩萨劈！我老公雷大炮就是被雷公菩萨打死的！"小花猫说着，号啕大哭，哭个没完没了。

万俟卨见小花猫伤心至极，制止不了，叫人找来小雷公，讯问起来。小雷公听问是否到岭南探过监，猛然想起外公讲的话，害怕砍头，大哭起来。

官差无奈，把小花猫母子关在一起。小花猫抱起儿子打坐，不断地抚摸着他的头发。儿子想起什么，预感到什么，吓得哭起来，边哭边说："娘，我怕！我不想死！今后会听娘的话，不惹娘生气了！"

"好孩儿！你不会死的，娘喜欢你！"小花猫打着手势给儿子打气。儿子被逗笑了，说着以后要向外公学习，学他打猎；向娘学习，学做农活，也不想读书了，不出门，就在家陪娘。小花猫听着，没说什么，紧紧地抱起儿子。

那边，官差忙得不可开交，正在审问小花猫父母。听到母亲的哭喊，如同剐着心上的肉块，小花猫说不出滋味，只有默默地流泪。过了很久，哭闹声停下来了。

小花猫被押着经过父母的牢房时，父亲发现了，快速转过身去，拉着地上满是血污的妻子大声哭喊："你就这么不明不白地去了，死得冤啊！"小花猫一听，突然想到什么，撞墙而死。案情进展受阻，没审出什么！父亲和陈八卦被当作岳飞余党。此案告一段落。

小雷公成了孤儿！

第六十七章

暗中建庙宇　供奉神台前

在山下大院里老百姓的帮助下，征得官方同意，小雷公把外公葬在老外公坟旁；把外婆和母亲葬在姨外婆旁。让死者做伴，在阴曹地府有个说话的人。小雷公变得沉默寡言起来，继承外公和老外公的衣钵，住在石屋里，与猎狗做伴，与世隔绝，成了新的猎人。

疯婆子傻笑着，疯疯癫癫地不知疯到哪里去了。武冈风波逐渐得以平息。

万俟卨再也找不出什么有价值的东西，屁颠屁颠地回京城复命。秦桧躺在病床上，眼紧闭，脸无表情，枯瘦如柴。听着万俟卨汇报武冈情况，秦桧嘴角动了动，眼睛突然睁开，抬手想坐起。秦熺以为是死前的回光返照，吓得哭叫起来。秦桧轻轻地说着话，示意万俟卨扶坐起来，急问杨沂中现在身居何处？好像有话要对他说。万俟卨告诉秦，杨在回来的路上。秦桧指指熺儿，要杨快回，像要安排后事似的，也许知道自己快要归天了。秦熺走出去，旋即又气喘吁吁地跑回来，说皇帝驾到，慢慢把父亲放下，平躺着。

秦桧党羽都在客厅候着，见高宗驾到，建议大宋保秦路线，倘若秦死，让秦熺继任相位，发扬光大。高宗不作声，即刻走入内室，看到秦桧只有出气，很少进气了，一脸沉痛。秦桧睁着死灰的眼睛，乞怜怜地看着皇上，想坐起。高宗让他躺着不动。站在一旁的秦熺急不可耐地问高宗，下一任宰相是谁？高宗冷冰冰地扔出一句："此事卿不得与闻"，就走了！

当天晚上，皇宫里传来圣旨："秦桧加封建康郡王，致仕[①]；秦熺升少师，致仕。"秦府上下知闻诏书内容，哭骂不停。秦桧喊着杨沂中的名字咽了气，睁着眼睛还在期待什么！

秦桧死了！消息传播开来。有人不约而同，敲锣打鼓，似乎在庆祝欢乐的节日。有人放着鞭炮，奔走相告。

岭南监狱，不知是谁，丢进鞭炮和火源。岳纲和岳纪争抢着去放。温氏哼着歌，在狱内走来走去，近乎癫狂。岳甫和岳申在隔壁敲着墙壁，很有节奏。其母巩氏，摇着窗栅，不停地呼喊："天亮了，天亮了！"未到开放时间，狱吏却把牢犯放了出来，一声不响地守在周围。岳氏一家聚在一起，抱头痛哭。哭够之后，陡见李娃表情沉重地说着话，大家细心听着，准备迎接预想不到的挑战。

---

① 致仕：退休的意思。

在武冈，人们的脸上有惊喜，也有疑虑，表情复杂。

粗鲁的戴老三走进冷清清的周侗庙，焚着纸钱，跪拜起来，说起大快人心的事儿。精细的马金头悄悄跪在岳字山前，拱手作揖，默念着只有他自己才懂的字儿。能工巧匠唐鲁班爬上龙华寨，在寨内大烧高香，祭奠早逝的再兴，企盼显灵，重振山寨。继而走出寨门，面向南方，在山坡上插入三炷高香，大喊三声，流起伤心的泪来，默默致哀，苦苦祈祷，翻腾心中的苦水。

戴老三上来了，和唐鲁班嘀咕之后发生口角，气冲冲地走下山去。唐鲁班在后面远远地跟着，不停地呼喊："不要焦急！再等等，再等等啊！"两人的形态，真像老鹰追捕母鸡，有点滑稽。走了好一阵，两人气呼呼地来到汪家坪，寻找马金头。马金头正在岳字山附近赏看风景，时而辍步端详，时而原地转身，环视四周，笑眯眯地点头自语："不急！好事多磨！"戴老三和唐鲁班突然站在身后，问他说什么。他笑而不答，反问他们来这何事？两人心情急躁，争着说，东一句，西一句，一时说不清。甚至，相互瞪眼，你阻我先讲，我挡你先说，发着火。马金头留他俩回屋坐坐，慢慢细说。两人偏要在身前说清楚不可。马金头索性脱鞋做垫，顺便坐在田埂上，听着，估计加推测，总算听清两人的意思，要为岳大人建庙立牌。马金头不直接回答，指指前面的山，要他俩看看。戴老三左看右看，没有看出什么名堂，恶声恶气地说："这有什么好看的！"马金头不置可否，笑而不答。唐鲁班顺着马金头的指向细瞧很久，惊呼起来："还是马金头心细，懂得地脉龙形！"说着，指指点点地去拉戴老三。戴老三顺意眯缝双眼，忽然发现：左边的岳字山似群兽跟着神龙横走前方，打算过江走垅。龙头处，既像龙眼又似石狮的巨石傲视溪江和田垄，好像在守护山门。龙背上飞出一只大鹏，迎面扑来。戴老三开了窍，哇啦哇啦地大叫："岳大人来了，岳大人来了！"马金头纷纷扬手，故作神秘，似乎在说："安静，请安静！不要惊动天神！"戴老三欣喜若狂，手舞足蹈，忘其所以。唐鲁班走到他跟前，按着他的肩，嘴对他耳细声说："天机不可泄——露——呀！"话未说完，好端端地天空突然响起三声闷雷，既无阴云又无电闪。马金头就地对天拜了三拜，口中念念有词，尔后，吆喝唐、戴就走。回到马家，好客的马婆留客吃饭。三人一边饮酒一边议论惊奇，谈开了。马金头把自己的想法和盘托出，分析当今形势，特别强调其顾虑，提出几点要求。大家都觉得分析透彻，说得在理，暂且把想法埋在心底，静观其变。

正如马金头所料，秦桧死后，朝廷传出两种说法。有人提出给岳飞恢复名誉。万俟卨当权，极力反对。高宗为了缓和矛盾，平息两种呼声，暂不表态。此事就慢慢压了下来。

李娃先是高兴一阵，后又一声长叹，告诉后裔，耐心等待。狱吏对她们的管束比以前松懈多了。大家的心情渐渐开阔起来。万俟卨死后，又过了几年，直到绍兴三十一年，金主完颜亮背弃盟约，率大军南侵。宋人怕走岳飞老路，大多数明哲保身，不敢出面。同年秋，完颜亮渡过淮河。大将吴璘积极应战，高宗传令出兵。吴璘以攻为守，对西线金军主动出击，节节胜利。绍兴三十二年四月，双方在原州展开激战。狡猾的完颜亮突然改变作战方略，以多欺少，合力围攻。五月，宋金两军角逐于原州的北岭，因吴璘手下将领姚仲作战不力而失败。高宗审时度势，准备让位给好战的皇儿赵眘。为调动大宋臣民抗金的积极性，把岳室一家从岭南监狱放了出来。七月二十，宋孝宗赵眘正式即位，诏告天下，启用主战的张浚、虞允文等人。任命张浚为枢密使，专门负责伐金之事。赐信褒奖吴璘。并就岳飞平反之事，一再言明，"仰承圣意"。专派岳霖寻访家父骨骸和战绩，编辑书籍[1]，为他改葬、封官。

次年，宋孝宗改年号为隆兴，意在光复中原，收复河山，兴隆社稷。调兵遣将，号令全国，一致抗金。

戴老三越来越相信马金头的预测了，听说皇上下诏，寻访岳飞遗骸，赶了个大早，来找他讨教看法。马金头长叹一声，一脸茫然。想起昨晚的梦境，不禁凄然泪下。梦里，岳大人壮志未酬，钻天入地，求救无门，飘忽不定，成了孤魂野鬼；张宪、岳云紧随其后，连连叫屈；汪蛮子、杨宪、马勺等在后面不停地呼喊："等一等！等一等……"戴老三很少见到马金头流泪，以为他出了什么问题，关切地问这问那。马金头既像是回答戴老三，又像是自言自语："宋金开战，多年如此，打打谈谈，胜负难测。绍兴年间，一般是大宋先胜后败。秦桧当权时，良臣健将，处处遭受打压。纵观现在，主战的不多，军事天才很少，甚至没有，都是几个闲置多年的老将。看那主和的以及随声附和的倒有一大片。既然新上任的皇帝为国要打，为民要战，那是对的，只有同仇敌忾，才有决胜的把握。如果打赢了，那好办，全国学岳飞，立庙宇，树形象，冒出新的英雄；如果打输了，金人会不会又牵怒英雄，提出更苛刻的要求？"

戴老三一边听着马金头分析，一边不停地点头应和，思考着如何应势而为。马金头停顿了一下，起身方便，回来继续说："倘若又和谈，英雄会不会再次蒙难？当然，张浚主战，不等同秦桧。太上皇会不会干预新主？难说！听说新主是个有思想有主见的人，善于取长补短。倘若输了，凭着新主的性格，他会取了太上皇的'稳'而'和'，融合进自己的刚柔相济，叫金人吃着软钉，咽不下，又吐不出，不敢胆大妄为，此为目前之妙策！一旦时机成熟，定会大打出手，痛击金军，收回失地。"马金头顺便呷了一口茶，脸上由阴转晴，拿眼看戴老三，似乎在征求他的意见。戴老三心有灵犀，提到了唐鲁班，想听他的想法。说曹操，曹操到。唐鲁班笑嘻嘻地走来了，未进门，就喊着马金头，说昨晚梦见岳大人了！还说，汪蛮子、杨宪、马勺三人各自追着自己的偶像，忽然化作一缕青烟，钻其心腹，合二为一。并说岳大人要驻军岳字山，元帅府就设在上次谈论的那个地方。马金头听了，又沉思起来。他想到了老百姓的心愿，又想到变化无常的黑老虎和犬子马称。说来真怪，

---

[1]　岳珂在父亲岳霖的基础上编成《鄂国金陀粹编》和《鄂国金陀续编》两书。

犬子马称鬼使神差地走回来了，高兴地大喊父亲，说着梦见哥哥了！哥随岳大人正在和金人对杀，托信要他筹粮、带兵送去，支援前线。马称说得眉飞色舞。大家听得目瞪口呆。马金头突然问道："此梦，你和黑老虎说了吗？"

"我和他说了！他要我回来询问你。"马称接着问，"要不要我们带兵去支援前线？"

马金头眉开眼笑，一拍大脑，有了主意，要犬子和黑老虎带兵顿驻岳字山，加紧操练，以图他日之用，自己带着戴、唐去找李天师。

李天师正在岳飞洞前观天象，看到东北方向的天边火烧云涌动，变化无常，山边冒着乳白的灵气，直冲火烧云。李天师捋着山羊须，若有所思。马金头一行询问来了，说着心事。

众人同去汪家坪。只见那李天师东走走，西瞧瞧，占着八卦，说着话语，点头停步在马金头说的那地方不动了。那形态，像仙风道骨，像饱读诗书的学者。真是：

> 一双眉下眼含情，谈吐慢悠言语轻；
>
> 行事风儒仁圣道，身材单瘦鬼徒惊。

几个人忙了好一阵，回到马金头家，饮着酒，又谈开了。

他们在筹划一件大事：建庙立号，想把岳大人等请进去，荫庇百姓，国泰民安。

建庙的地方已选好了，只等开会发动。庙号怎么取？马金头把压在心头的顾虑说出来了，要大家慎重考虑，拿个主意。

大家一筹莫展，都说捉摸不定。

还是李天师鬼点子多。他想，庙是男人专用的，尼姑住庵，为图平安无事，掩人耳目，主张叫"庵"，不叫"庙"。叫什么庵呢？马金头猛然想起宋孝宗的年号叫"隆兴"，隆兴到，岳飞笑，皇上是岳大人的大吉人！那就取名"兴隆庵"吧！既然是隐其真相，那庵里供奉谁的神像？如何向外人招待？唐鲁班要着手雕刻，不得不想到。李天师说："既然合二为一，六人成了三人，就雕三个塑像。对内，大家心知肚明，祭拜时，可以直呼岳老爷岳元帅、张宪将军、岳云将军；对外，说是汪、杨、马三人托梦显灵，专来保护一方平安的！"大家觉得这个主意好，还说，一旦上方有变故，追查起来，可以及时把塑像隐藏好，以不变应万变。大家推举马金头，严把进出关。只是担心一点，兴建时，近处无水源，要到远方去挑水。

消息不胫而走。四周群众自发聚集在汪家坪，自愿出钱捐物，踊跃参与。

开工那天，庵址门前那块干田里突然冒出一股清泉。众人都说岳老爷显灵，甩开膀子修建起来。

竣工后，大家合力齐心，杀猪宰羊，举行祭供仪式。天空，又响起阵阵雷声，似乎在暗赞虔诚的人们……

第六十八章

请君求雨神　显灵犀牛山

　　汪家坪的人们有了精神寄托，养成一种习惯，有事无事，私下里都去兴隆庵看望岳老爷。不管大事小事，总去占卜吉凶，问问岳老爷。大家感觉挺灵验的。一传十，十传百。十里八寨的人们都来占问前程。隆兴二年[①]，正当宋军主动攻击、屡次获胜的端儿，众人看到大宋胜利的曙光，却有人想通过岳老爷显灵，验证宋金战争的结果，测试他的灵验度。占卜时，卦象恰恰相反。卜者大惊，多次操作，总是不尽人意。人们只好极不情愿地翘首以待。同年十二月，持续几年的宋金战争以张浚北伐、大宋失败而告终。宋金签订了《隆兴和议》[②]。宋人无奈，仅把"向金称臣"改为叔侄关系。金为叔，宋为侄。主动权仍在金人手中。自此，人们更加信服岳老爷。他几乎成了老百姓心目中的天神，有事必求，有求必应，有应必验，有验必灵。

　　此次宋金战争，双方都伤了元气。和谈之后，各自疗治战争创伤，期望恢复元气。边境线上一时互不侵扰，平安无事。两国处于发展的稳定期。但是，外战消停，内灾时有发生。乾道、淳熙年间[③]，不是雨灾、水患，就是旱灾、饥荒，或是风灾、雷电，有时伴有国人起兵造反。灾难最重的是淳熙六年[④]和八年。淳熙六年二、三月间，大雨成霉，连续不断。风是雨的孪生兄弟，也来凑热闹，吹得人近乎癫狂。久建的房屋经风吹雨打水浸，轰然倒下。被风雨桎梏、闭不出户的人们埋葬其间，过早地见了阎王。污水横流，活着的人们染上瘟疫，接连倒下。风传水染，加上饥荒，国人危在旦夕。郴州陈峒等借机发动贫民，起来造反，连破连州、道州、桂阳诸县。内战的烽火迅速蔓延，直逼宋廷安危。宋孝宗急命荆湖南路帅臣讨捕之，再振淮东饥民。用去一年多时间，号令军民齐动手，救灾抢修，稍稍安顿下来。淳熙八年二、三月、闰三月，全国闹饥荒。田地荒芜，无人耕种。国家开仓放粮，官方全力拯救。刚有好转，黎州[⑤]土丁张百祥、潮州贼匪沈师犯上作乱。一时风起云涌，应者云集。朝廷审时度势，派兵镇压。刚已平息，五月风雨大作。剩存的灾民无钱耕种。官方放贷，借给贫民稻种钱。大灾过后，眼看庄稼长势喜人。七月的大旱接踵而来，遍

---

　　①　指公元 1164 年。

　　②　又叫《乾道和议》。

　　③　宋孝宗的年号。

　　④　指公元 1179 年。

　　⑤　今四川汉源北。

布全国。汪家坪的田垄开裂，庄稼干死，甚至连井水都断了流。人们喝不上水，要到很远很远的堑坑岩洞里去挑水。老百姓要生存，常常为争一滴水，大动干戈。马金头想到了岳老爷，不管行还是不行，只有死马当活马医。把岳老爷父子和张宪悄悄从兴隆庵请出，叫上年轻的村民们抬其塑像，举起华盖，打着令旗，一路焚香化纸、敲锣打鼓，呼喊其名，祈祷天降大幸于民，下大雨消除旱灾，挽救生灵。求雨的队伍走过田垄，来到犀牛山旁，走得大汗淋漓，口干舌燥，想找块荫凉处坐下来休息一会儿。突见无风的天空飘来一大团乌云，笼罩在犀牛山下犀牛石的上空。马金头意识到岳老爷显灵犀牛山，忙要大家克服困难，不要停留，抬着塑像直接走向犀牛石。摆开供品，朗声请求，祭供起来。说来也怪，天空中渐渐下起雨来，越下越大。阵阵响雷响彻山谷，就像岳云挥锤敲出胜利的凯歌。风来了，摇曳树枝，哗哗作响。单瘦的树枝似乎笑弯了腰。雨水洗涤大山、田垄。朦胧中，看到了绿波的延伸、律动。山圳水从山上的石崖上掉下来，像白练那样由近向远，拉长了身段。村民们冒着大雨虔诚地拜倒在石犀牛和岳老爷等的塑像前。雨水洗去汗臭，洗得浑身舒爽，似乎看到岳老爷在雨帘后挥舞沥泉枪、灵动起来……

汪家坪的旱情得到缓解。可是，这一年，江、浙、两淮、京西、湖北、潼川、夔州等路水旱相继。农民的庄稼不是枯死，就是涝死。皇粮国税难以收取。国库已空。官方告急，民不聊生。

宋孝宗派出官员去各地巡查，组织人员，兴修水利，抽沟排涝，蓄水防旱，因势利导，赈济灾民。采取一系列措施，强化"乾淳之治"。人们的生活逐渐安定，一年一年地好了起来。到了嘉泰①年间，人民生活富裕，国力渐显强大。嘉泰四年（1204年），宋宁宗追封岳飞为鄂王。两年后，削去秦桧封爵，打击投降派。开禧二年（1206年）和嘉定十年（1217年），宋宁宗两次主动伐金。第二次宋金战争自嘉定十年开始，一直持续到嘉定十四年三月，战争波及了长江上游至下游所有地区。宋金双方虽然都没能获胜，但是，金国大伤元气，从此一蹶不振。

漠北游牧的蒙古族在宋金百年拉锯式消耗国力的战争中茁壮成长。宋开禧二年，成吉思汗铁木真统一漠北，建立大蒙古国。

嘉定十四年②（蒙古太祖十六年），宋蒙建交。

宋理宗即位后，权相史弥远操控一切。起初，理宗纵情声色，不过问政事。直到绍定六年③，史弥远死后，理宗才开始亲政，采取罢黜史党、亲擢台谏、澄清吏治、整顿财政等"端平更化"措施。

端平元年④，理宗派兵联蒙灭了金国。长达一百多年的宋金战争宣告结束。消息

① 嘉泰是南宋皇帝宋宁宗的第二个年号。时间从 1201 年到 1204 年，共计四年。

② 指公元 1221 年。嘉定是宋宁宗赵扩的第四个年号。

③ 指公元 1233 年。绍定是宋理宗赵昀的第二个年号。

④ 指公元 1234 年。端平是宋理宗赵昀的第三个年号。

传开，举国上下，一片欢腾。其时，马金头、戴老三他们都已作古，可惜看不到了！

马金头临终时，和心爱的玄孙白铁棍说过许多心里话，把掩藏心中的秘密托付给他，要他有事就找雷公岭上的姑爷爷小雷公商量。听到金人已灭这个好消息，白铁棍三日不喝不睡。本来，他想和院内年老的人说说心事，想起公公说过，机密不可外泄，话到嘴边，又咽了回去，改口要去司马冲找一个人，说完就走了。

白铁棍喜欢舞枪弄棒，尤其是那棍棒功夫可以称得上是一流。远近比试，永居榜首。做公公的看到后辈如此钟爱棍棒，特意到都梁城东门口有名的菜师父那里为他锻造一根外包白银的齐眉铁棍。玄孙儿爱不释手，绰号由此而出，从此威震四邻八舍。

刚到雷公岭，见到石屋夹在几座新屋之间，正选择去石屋，两个黑煤炭伢子闻声带着猎狗横冲过来。猎狗一纵一跃，双脚欲搭白铁棍肩头，准备咬其脸面。白铁棍不慌不忙，侧身一躲，随机挥舞铁棍，一敲一点。猎狗瞪着眼睛，乖乖地待在一旁，一动不动，显然是被点了穴。黑伢子一看，哇啦哇啦暴跳起来。一个飞石走镖，一个顺手操起一根长凳猛砸横撞过来。白铁棍哪敢停手，刚刚躲开石镖，挥起铁棍就和长凳扭在一起。长凳忽立忽横，忽砸忽圈；铁棍忽扫忽躲，忽走忽跃。真是鬼人战恶魔，怪器乱乾坤。杀过一阵，一老妇捎着一梱柴草从山里走出来，偏着脑袋斜视，接着大喝起来："龟孙子休得无理！快快向表兄赔不是！"黑煤炭见是奶奶在喊，赶忙停下手来，诧异地盯着对方。白铁棍闻声也停下手中的货儿，大喊："姑奶奶回来了！"

姑奶奶把侄孙让进石屋，唤着两个小鬼递茶让座。

白铁棍落座之后，打开了话匣子："姑奶奶去汪家坪的次数太小了！那次公公去世，见姑爷爷姑奶奶来了。姑奶奶，您哭得好伤心啊！"

"能不伤心吗？你公公是我伯父，我自小就是孤儿，是伯父养大的。还是伯父牵的线，保的媒！嫁过来之后，还暗地里负有特殊使命！那时，很想娘家，又不准去！伯父对外公开说我是逃难走丢了。伯父死时，是长辈中最后一个离开人世的，我实在憋不住，就偷偷地去了！"姑奶奶啰唆起来。

"姑奶奶，起初，我怪你不来往，不近人情！公公临终时暗暗告诉我一些事情后，我才如梦方醒。"白铁棍接着说，"也就是那次，我才随姑爷爷到这里。那次，可没见着这两个小不点啊！"

提起黑煤炭，姑奶奶嚷开了："那次，两个吵鬼①还没生呢！"姑奶奶指着大的说："那是三神的儿子雹子！"

"这个呢？"白铁棍前去拉他，他滑似泥鳅般走了。

"他是四神的儿子霜子。"姑奶奶补充着，"四个儿子都生了娃。大神、二神、三神生了两个，四神还只有一个。"

① 湖南方言。是指顽皮人的意思。

正说着话，老姑爷爷提着野鸡野兔，带着一帮子人，扛着家伙回来了。姑爷爷笑呵呵地说："侄孙啊，你口福真好！今天，敢陪我喝一口吗！自酿的高粱酒。"

"我不胜酒力，但还可以喝一口。"

姑爷爷哈哈大笑，忙要雷大神安好桌凳，要雷二神摆杯倒酒。饭菜还没弄好，两人就饮了起来。

雹子很乖地站在爷爷旁边，乐意递茶筛酒。看得出来，小雷公很喜欢他。

白铁棍怕喝酒醉后忘了大事，把来意和姑爷爷先说，提出改庵为庙，公开供奉岳老爷。姑爷爷听后，严肃起来，想了很久才说："不急，要看清形势，千万不能乱来，慌了手脚。"白铁棍疑问不解，想请姑爷爷明示。

小雷公呷了一口酒，说道："宋廷江山一直摇摇欲坠。之前，是金人南侵；现在，弄不好，野蛮的蒙古人替代金国。倘若宋廷还不自强自立，又会遭人宰割。"

事实上，正如小雷公所料。端平二年，刚灭了金国，蒙古就派兵攻打大宋。

宋理宗奋发图强了一些时日，国内始有发展。枯燥的治理，费去他很多的时间和精力，使他精疲力竭。好耍贪玩的性格时不时地作起怪来，他松懈下来。执政后期，他又沉湎于醉生梦死的荒淫生活，朝政相继落入丁大全、贾似道等奸相手中，国势急衰。鄂州之战①，宰相贾似道竟以他的名义向蒙称臣，把长江以北的土地完全割让给蒙古国。

景定五年②，理宗病死。在奸臣贾似道的扶持下，度宗即位。祖母谢太皇太后，母亲全太后垂帘听政。度宗生性孱弱无能，智商低于正常人水平。他将朝政委托给贾似道处理，将批答公文交给春夏秋冬四个最得宠的女人执掌。荒淫甚于理宗，整天宴坐后宫，与妃嫔们饮酒作乐。

蒙古国经过几十年的对外扩张和国内争夺，宋咸淳七年③，成吉思汗的孙子忽必烈争得蒙古汗位，建立元朝。

度宗不理朝政，加至连年的战争和时有发生的天灾，使得宋廷岌岌可危。老百姓哭天无路，在灾难面前只好祈祷上苍。几个月以来，滴雨不下，司马冲境域内遭受大旱。汪家坪的百姓找到白铁棍，又想请岳老爷出来求雨。白铁棍沿用公公那一套，焚纸化斋，连喊三声，先唤他辅佐岳老爷显灵。接着找人抬上八抬大桥，打着蓝山旗号，走东家塘、田中岛、堑坑、江背岭、灯心坳、大圩坪，绕大圈，最后回到犀牛山。说怪也怪，少见真怪，求雨的队伍一到犀牛山，万里无云的天空不知又从哪儿扯来一大团乌云，遮挡了炽热的太阳，等祭供过后，凡属抬着岳老爷走过的地方都哗啦啦地下起了罕见的大雨⋯⋯

---

① 指 1258—1259 年的南宋与蒙古的战争。

② 指公元 1264 年。

③ 指公元 1271 年。咸淳是宋度宗赵禥的年号。

第六十九章

送梦众后裔　实现其遗愿

白铁棍近日老是做噩梦，梦见一彪形大汉骑马飞走，拉弓追射浅翔的大雕。

雷電子来了，说雷公岭上连续几晚大动干雷，震得人不得安生，是不是已故的爷爷奶奶作怪，特来求岳老爷显灵，占卜吉凶。

白铁棍带着雷電子走进兴隆庵，毕恭毕敬地敬了神，卜问缘由。卦象上展示，不是小雷公作怪。那是谁呢？是不是岳老爷灵魂不安？要不要向土地菩萨请安？白铁棍猛然想起路碑上有"弓开弦断，箭来碑挡"之类的话语，结合梦境，想在岳字山顶栽立一块镇山石来安神，占卜一问，施卦应允了他的想法。过了几天，白铁棍准备好了，叫来雷電子，前往岳字山。突然发现岳字山最高峰矮了下来。几座小山的山脚有许多新鲜的小洞，估计是老鼠、兔、蛇等的杰作。感觉水库也在缩小。是不是群山都在动呢？忽然想起院子里半夜牛哞猪嗷，闹得鸡犬不宁。白铁棍快速行动起来，念着祖训，杀鸡镇地，把镇山石埋在岳字山的最高峰。老百姓知道后，自发赶来，插香焚纸，拜倒在岳字山下。

这一夜，全院寂静无声。白铁棍睡得很香很香。天快亮时，起来小便，四周仍是静悄悄的，索性又睡起来。刚入睡，就做梦，梦见一大帅模样的人跨马挺枪，喜笑颜开地走来。第二天，雷電子托人捎来话语，说雷公岭上也不打雷了，真怪！

清静了几年，雷公岭的雷声又开始发威；汪家坪的晚上鸡鸣狗叫。朝廷传来信息：度宗因酒色过度崩于临安宫中的福宁殿，四岁的赵显继了皇位。

国内，宋元战争直接升级，已经到了白热化的程度。时局一直动荡不安。忽必烈挥师南下，发动了灭宋最后一战，直冲宋廷。蒙古大汉跨马耀武扬威，一路杀得宋军哭天抹泪。

雷公岭已经繁衍到了几十号人！年轻人居多，男丁们个个虎背熊腰，操练出一手打猎的好功夫。国难面前，雷電子有了想法，想号召大家弃猎从戎，驰骋疆场，报效朝廷。突然，耳鸣嗡嗡，似乎响起阻止行动的祖训，雷電子开始动摇自己的想法，拿不定主意。

白铁棍也按捺不住，正在鼓动院人，组建一支队伍，准备开赴疆场。也感到心神不宁，晚上做起噩梦来。梦中，惊雷滚滚，风雨大作。穿着汉服的一员大将领着受伤的马队飞奔而过，口中不停地喊着"天意不可违，天意不可违"。后面，追着身穿胡服、青面獠牙的一群人，骑在马背上，拉弓欲射。白铁棍吓醒了，披衣坐起，咕噜咕噜地吸起水烟来。天已渐亮，有人敲门。白铁棍起身开门一看，是雷電子父子俩！白铁棍惊讶地大叫起来："这么大年纪，还起得那么早，竟然走了十多里山路到我这里了！是不是又睡不下了？"

"是的！老朽今天来有两件事想请教：一是本人年岁已高，现把鸣儿带来了，想起祖父小雷公把家事托付给我，看看雷氏后辈，只有他有号召力，我想托付给他，你参考参考；二是想发动雷氏后裔起来保家卫国，你看如何？"雷電子快人快语。

"我是方圆百里的寿命，再过几年就成百岁老人了！虽然比你还大几岁，但你也年纪不少，别谦虚！"白铁棍爽朗大笑，"我也想把后事传给犬子铁榔头呢！"

"你身体比我硬朗多了！"雷電子说，"如今这世道……"

"快坐下来说！"白铁棍打断他的话，说，"我在想，能不能像前辈那样组成大军，抗击元军。这要朝廷首肯啊！"

说话间，天阴了下来，接着，又是打雷，下起雨。白铁棍起身去门外收拾晾晒的衣服，急了点，不小心，摔在地上爬不起。大家马上来扶，扶也扶不起，伤了筋骨，只好抬到床上，去请医生。

白铁棍躺在床上，忍着疼痛，要雷電子去庵里占问岳老爷。白铁棍去了，卦象暗示：天命难违！

雷電子安慰白铁棍，看来，岳老爷不准这样做！吃了饭，雷電子带着儿子，长吁短叹地走了。

德祐二年① 正月，元军攻占宋都临安。宋廷奉表投降。陈宜中退逃到温州，后又在福州成立流亡政府。张世杰等率军离开临安，随去。右丞相文天祥入元营谈判，被扣留。闰三月，宋臣陆秀夫、张世杰、陈宜中在温州奉益王昰（九岁）为天下兵马都元帅，广王昺（六岁）为副帅。四月底，文天祥逃出元营。五月，益王昰在福州即位，改年号为景炎，是为端宗。以陈宜中为相，授文天祥为枢密使、都督诸路军马。七月，文天祥轧府南剑州②，号召四方起兵。其时，元宫廷正在内讧。九月，元世祖命阿术征叛王。十月，文天祥移兵汀州③。十一月，元军入福建。

景炎二年三月，文天祥收复梅州④。四月，引兵出江西，与吉（今江西吉安）、赣（今江西赣州）驻军合力收复会昌县。六月，败元军于雩都⑤。八月，张世杰与元军大战泉州、邵武，得而复失。经过多次交战，元军似乎有了经验，偷袭兴国（今属江西）成功。文天祥败走循州⑥，两个儿子被元军扣走，死于途中。九月，端宗迁

---

① 公元 1276。

② 今福建南平。

③ 今福建长汀。

④ 今广东梅县。

⑤ 今属江西。

⑥ 今广东龙川。

于潮州浅湾^①，元军乘船追杀。景炎三年三月，端宗逃无定所，又迁驻硇州^②荒岛。四月十五，十岁的端宗惊病交加，死于岛中。大臣张世杰、陆秀夫等拥立广（卫）王昺为皇帝，是为宋怀宗，杨太妃垂帘听政。五月，改年号为祥兴。

祥兴二年正月，元廷派弘范围攻涯山^③，火烧战船。张世杰力战涯山，护卫皇帝于众船中间，在前面摆开"一"字船阵。船身涂泥，牢不可破。二月，元军趁海水退潮之时攻破宋军船阵。陆秀夫害怕重蹈历史覆辙，背负怀宗跳海身亡。张世杰一心想保宋室江山，危急关头，复立君王，不离左右。无奈宋廷气数已尽，君王接连而死，心里琢磨，唯有随君，最终落水溺死以殉国。应验了岳老爷显灵的"天意不可违"！

宋朝灭亡的消息传到内地，百姓长叹不已。白铁棍和雷電子得知此事，相继郁闷而死。雷鸣子带着族人继续打猎为生，不问世事。铁榔头在汪家坪告诫家人和院民，以农为主，暗护兴隆庵，安身立命，明哲保身，不再过问国家之事。

忽必烈利用宋廷叛逆之臣反戈一击，灭了大宋。蒙古骑兵飞马横冲直撞，不可一世。元朝建国初年，忽必烈接连派遣军队南征，远征日本、安南、占城、缅甸与爪哇等国，企图一统天下，都遭失败。但北战时，抗击西北诸王的侵扰和平服东北诸王乃颜叛乱，还是达到了预期的目的。

世之公认的华夏文明古国，传承千年的历史沉淀，无论从经济发展还是人文繁荣来看，都显赫于世。突然要接受游牧民族的种草、挤奶生活，改变生活习性，竟无所适从。先进的生产技艺逐渐退化，人们吃不饱，穿不暖，叫苦连天。聪明的忽必烈看到了势头，立改"马上取天下"为"马下治天下"，开始接受汉文化，启用汉人，改革时弊，减赋征税，兴农办学。虽然同属炎黄子孙^④，无奈游牧民族打天下还行，治天下却是一团糟，加至不合理的种族歧视政策的出台，百姓怨声载道，时有反抗。皇室内部，争权夺利，斗争从未消停，愈演愈烈。忽必烈在位后期，亲自选定的继承人真金皇儿却英年早逝。忽必烈无法接受如此沉重的精神打击，开始酗酒，并且毫无节制地暴饮暴食。他的体重迅速增加，身体肥胖起来，因酗酒而引起的疾病接踵而来。他被折磨得痛苦不堪，与此同时，他的一些政策也执行不了，连遭失败。元至元三十一年正月二十二日^⑤，忽必烈带着遗憾和病痛离开人世。皇太子真金第三子帖木儿即位，是为元成祖。

---

① 今广东潮州南。

② 今广东湛江硇洲岛。

③ 今广东江门市新会区崖门镇。

④ 据《史记》记载，铁木真所代表的蒙古人是"室韦"人，系黄帝后裔。室韦古称豕韦，是今河南滑县境内的古豕韦国。商朝以后，豕韦国人四处逃迁，其中一支"闯关东"北移，发展成为蒙古族人。

⑤ 指1294年2月18日。

元成祖吸取祖父的教训，停止对外战争，罢征日本、安南，专力整顿国内军政。采取限制诸王势力、减免部分赋税、新编律令等措施，使社会矛盾暂趋缓和。同时，西北长期动乱的局面有所改观。四大汗国一致承认他是成吉思汗皇位的合法继承人。在位期间基本维持守成局面。

大德十一年（1307 年），帖木儿无嗣而崩，后继无人。朝中皇室成员为争夺皇位又大动干戈。爱育黎拔力八达在大都发动政变，除掉了成宗皇后伯岳吾·卜鲁罕及她试图拥立的安西王阿难答。海山则自漠北率军南下，直接取得皇位继承权，登基于上都。作为报酬，他册封爱育黎拔力八达为皇太子。

海山在位不足四年，却实施了许多改革。他标榜"溥从宽大"，大范围地封官赏赐，在中书省外另立尚书省，兴建元中都，推行理财政策，发行"至大银钞"和"至大通宝"，强化海运、增课赋税。文化上，在崇信藏传佛教的同时延续宗教自由政策，加封孔子为"大成至圣文宣王"。元至大四年（1311 年）初，海山驾崩于大都，皇太子爱育黎拔力八达继位，海山的所有改革措施未收成效便戛然而止。官僚机构的贪腐之风更加盛行。江南各地委派的蒙古、色目官员与当地土豪勾结，只知贪求财富，依靠汉人司吏，狼狈为奸，不顾百姓死活。特别是蒙古贵族各支系之间，为了攫取最高统治权，不时爆发宫廷政变。从武宗海山（1308—1311 年）起，到顺帝即位止，二十余年间，换了八个皇帝；发生重大政变三次，皇帝被杀者两人。泰定帝死时（公元 1328 年），一派贵族在上都拥立泰定帝之子；另一派贵族在大都拥立文宗图帖睦尔，双方展开了大规模的武装冲突，战火遍及黄河两岸，致使人民的生命财产遭受到了严重的损失。皇帝接连更迭，政局长期动荡，因而贪官污吏更加嚣张，人民所受的剥削和阶级压迫日益加深。各族人民的反抗斗争风起云涌，迅速席卷全国。

泰定二年（1325 年），河南息州赵丑厮、郭菩萨的起义，揭开了元末农民起义的序幕。

顺帝至元三年（1337 年），广东朱光卿、聂秀卿起义。同年，河南棒胡起义。

至元四年（1338 年），彭和尚、周子旺在袁州起义。

至此，仅京南一带的起义即达三百余起。

元朝丞相伯颜等人提出杀绝汉人张、王、刘、李、赵五姓，重申汉人不得执兵器，不得执寸铁，下令北人殴打南人不许还报等禁令，激发了阶级反抗的斗争。

顺帝至正十一年（1351 年），雷公岭的后裔雷霸天非常反感元廷的种族歧视，急匆匆地来到汪家坪，找到白铁棍的孙子千里马，商议反抗当地蒙古族官员的黑暗统治。岳老爷托梦给千里马，要他辅佐新主。千里马百思不得其解，正困惑时，雷霸天来了。千里马茅塞顿开。两个年轻人一拍即合，迅即召集几百人，准备揭竿而起。适逢元朝政府命工部尚书贾鲁调集汴梁、大名等十三路农民共十五万人修治黄河。雷、千带人千里迢迢，奔赴黄河，以难民的身份加入治黄的劳动大军。黄河工地上服役的农民，点燃了刘福通率领的红巾军起义的导火线。不出数月，黄河长江两淮之间，到处揭起起义的旗帜。

至正十二年（1352年），正当红巾军和元军进行艰苦斗争的时候，朱元璋参加了濠州郭子兴领导的红巾军，独树一帜。

至正十三年（1353年），泰州张士诚起义。

至正十五年（1355年）刘福通拥立韩林儿在亳州称帝，改元龙凤，国号大宋，史称"小明王"。

至正二十三年（1363年），张士诚派部将吕珍突袭安丰的红巾军时，刘福通向朱元璋求援。雷、千两人久闻朱元璋大名，仰慕至极，率部乘势加入其军。

至正二十四年（1364年），朱元璋称王，建立西吴。至正二十八年（1368年），朱元璋在应天府（今南京）称帝，国号大明。

朱元璋南征时，雷、千紧随其后，深得其赏识，随同收拾江南各个割据势力。七月，又随明将徐达、常遇春等人北伐，骁勇善战。八月，攻克大都，结束了元朝在全国的统治，实现了国家统一。

第七十章

改庵成宫院　魂归烟木山

深得明太祖朱元璋赏识的雷霸天、千里马近段时间又做噩梦。梦见骑马杀仗的岳老爷、张宪、岳云等戴着面具，遮着脸面，被人追杀，没有容身之所。前去帮忙，越帮越忙。追赶的官兵装束很特别，人员越来越多。他们采取分头追杀的办法，各个击破。连自己也被追得走投无路，杀得遍体鳞伤，走不动了，只好闭目等死，结果被吓醒，惊出一身冷汗，久久不能入眠。雷、千走到一起，交换梦意，竟是同一梦境！奇了怪了，两人面面相觑，继而若有所思，异口同声地说出要解甲归田，了却心愿。

自从朱元璋打下明室江山、完成统一大业之后，废除秦、汉以来一千六百余年的丞相制度，把相权与军权合二为一，施行军权、行政权、监察权三权分立，相互牵制。他清除权臣，分封藩王；建立巡检司，任用锦衣卫；颁布《大明律》，强化法律制约；镇压贪官，严厉治国。不管是有功之臣，还是国家栋梁，只要犯错，消除兵权，以罪论杀。这样一来，朝廷功臣所剩者寥寥无几。各处藩王的权力无限增大。在他执政后期，有实力的儿子也死了好几个，现存的儿子中要属燕王最有能耐。燕王虽然表面上不说，但内心对皇太孙觊觎已久。他也发现了，有意把燕王夹在诸王之间，与北元作战，消耗战斗力，使其动弹不得。洪武三十一年（公元1398年），建文帝朱允炆即位之后，立马实行消藩政策。执政不到一年，逼死湘王，连废四王为庶人。燕王亲眼看到侄儿当了皇帝，不仅派人监视自己，还调走自己的军队，顿感岌岌可危。燕王装疯麻痹建文帝，擒杀朝廷暗派来的张昺、谢贵等人，连夜占据北平，以为国"靖难"为名，依靠各处藩王的势力誓师出征。与朝廷打了好几年，各有损失，胜负难测。建文三年（1401年）底，有内臣从京师出来告密，说京城空虚，有机可图。燕王决计改变战略，于建文四年正月挥师南下。四月，连破何福、平安师。五月克泗州、扬州。六月渡江，直逼京都。谷王朱橞与李景隆打开金川门出来投降。京都南京城陷，宫中火起，建文帝不知所踪。七月，燕王继承明太祖朱元璋的帝位，尊称为明成祖。

明成祖上任之后，废除建文年号，改建文四年为洪武三十五年，次年，改元永乐，是为永乐元年。立改建文时期的旧官制，痛杀不服统治的人；启用靖难功臣，组建朝廷内阁，选用民间识字妇女充任内职；改北平为北京、北平府为顺天府，设立机构，移民北平。建立巡察制，派遣监察御史分巡天下地方。选派武士贤能镇守边关；指令八宝太监出使西域西洋；号令各个附庸国前来朝贺朝贡。制订考官制，大力选贤举能……

明成祖执政的一系列改革措施，深得民心，深入人心。他那"宽猛适中"的治国策略笼络了大批人才，尤其是科举选考制度的完善和编修书籍等儒家思想的宣扬为国家发展打下了坚实的基础。全国上下渐渐出现安定祥和的局面。

戎马生涯的雷霸天、千里马见社会局势稳定，无所事事，决意告老还乡。也许是叶落归根的思想作怪，思家心切，近日又梦见岳老爷，要求还原本身，重见光明。两人碰头，谈论起来。突然想到，"庵"是尼姑居住的地方，莫非岳老爷想让后裔改建兴隆庵？

永乐三年（1405年），皇帝恩准，雷霸天和千里马回到阔别四十多年的故乡，碰上了罕见的群祭大场面。来自各地的信徒摆上三牲，拜倒在岳字山前，焚香烧纸，不约而同地朗声呼喊岳老爷显灵，保一方平安。祭祀的人们一直延续到汪家坪、兴隆庵。四处烟雾缭绕，人头攒动，喊声不断。那壮观的场面不亚于万人朝拜皇上的景观。祈祷的人中有人发现，一只大鹏从岳字山上尖叫着飞来，直奔兴隆庵顶，孤立脊头，俯视顶礼膜拜的人群，待了很久，叫着展翅飞走。恰在此时，好端端的庵顶突然滚落压脊砖块，掉在庵檐下旁边的马氏后裔肩上。伤势虽然不重，但被吓破了胆。周围人员惊叫不已，赶忙近前察看。受伤者倒在地上，一动不动，脸色渐渐惨白起来，嘴唇乌紫，旋即抖动，四肢打战，接着，翻白眼，不省人事。有人站起来，双手外张，分开一条道，挤向庵内，不停地喊叫"李大师"。身着道服的李大师赤眉白须，手执马尾扫，口中念念有词，正在做法事。只见他抖动长长的白须，咧开嘴，露出微翘的长牙；睁开紧闭的双眼，扬起眉，头摇得像拨浪鼓一样。瞧那目光，像火炬，形态怪吓人的！呼喊的人慌慌张张，打着手势，说话口齿不清。顺着手指，李大师看到外面闹哄哄的，估计有事，急忙起身走出。

旁人观察李大师的形态：

> 肤色凝脂年十八，白须形似老人家；
>
> 身材挺拔眉如画，健步轻盈脚踏花。

来者正是李天师的后裔李大师。他弓身翻翻昏者眼皮，摸摸手脉，叫人拿来桐油伞和茶叶米。他支开人群，撑开大伞，环绕昏者边走边撂茶叶米，号召众人就地跪下，大呼岳老爷显灵，救救后裔。片刻，李大师拿着一碗神水，闭目，用手指在碗水上画弧，接着猛喝几口神水，吐喷在昏者脸上。陡见昏者脸色好转，一骨碌坐起来，拿眼瞧看四周诧异的人群，惊问为什么。

一个年轻人，不知缘由，似乎来凑热闹，轻手轻脚地突然降临身前，面若卫阶，腰如沈约，行走如潘安，谈吐似曹植，叽叽嘎嘎地询问李大师缘由。旁人侧眼偷看，小声呼叫："杨帅哥杨神枪来了！"杨帅哥是谁？是杨再兴的后裔，一杆长枪使得出神入化，有了"杨神枪"的雅名。因人长得堪比古代四大美男子，且功夫超过前人，人人见而称之为杨帅哥杨神枪！

李大师告诉杨神枪，是惊吓所致，现在回过神来了，没事！两人正在悄悄议论脊头怪事，有一个满脸络腮胡子的彪形大汉手拿大板斧匆匆走过来，不分青红皂白，口无遮拦地大声疾呼："谁敢欺负我那小马仔马搬运？乱斧砍死！"话未说完，就挥起板斧一顿乱砍。斜刺里飞出三颗石镖，随声飞来身穿青衣的小白脸，身如灵猴走弓步，手似螳螂欲抓人。大家惊呼起来："快手周暗器来了，这下可有汪大手汪板斧好受的了！"哪知螳螂捕蝉黄雀在后，一个粗布打扮的精瘦小伙子舞着离心锤轻盈盈地走过来。来者正是能掐会算的许精明许神仙，满脸堆笑地掐指算算，环顾四周，朝天喊起来："今天是个好日子，有贵人要驾到！"他拍拍钉在前面、舞着动作、一动不动的两人笑笑说："暂时委屈一下。"说完，转身欲走，感觉背后有风，跳将起来，伸手抓了一颗铁丸，回身落地时再也迈不开脚步，身上有几处中了铁丸镖。又见一个小伙子右手平举弹弓钗，左手拉开包着许多小铁丸的弹簧贴近右眼，眯缝两眼似墨线，瞄准前方，左手又想松开。空中响起暴喊的声音："唐墨线！唐木匠！等一等！你别只想帮你亲戚许精明许神仙，忘了我这个跟屁虫！"随声而望，有一个门高户大、大脚大手的人咧着大嘴憨笑，手疾眼快地去抢对方的弹弓。两人摆开阵势，走起梅花步来，围着三个被点穴钉着不动的人转。

"哈！哈！哈！今天好像是开群英会似的，都到齐了，就差我一个！"说话间，忽见一怪人燕子翻身，在空中连翻几个跟头，落在汪、周、许之间，似旋转的陀螺，边旋边伸手乱点一阵，突然停顿，大喊一声："醒！"三个木头人桩立刻活了，哇啦哇啦地叫起来，动手乱打。眼看快要乱成一锅粥了，陡然冲出两个鹤发童颜的老者，连喊："停！停！"见大家不听使唤，突然凌空飞步，陡落其间，落地就出手，遇人就点穴，快似闪电，真叫人看都看不清。旋即，两个老人又飞起来，挟持那个怪人飞越过呆立之人，同时落地，似神仙飘落人间。只见那怪人头戴大高帽，转脖把头摇；长袖藏着宝，裤管随风飘；挤眉弄眼脸堆笑，满嘴油腔又滑调："别以多欺少，有本事就单挑，谁怕谁？老不死的，还不松手，我的宝物可不认人啦！"边说边抖动袖管。一老人眼疾手快，探囊取出一个带刺的流星饼。此刻，场上有人跃出来大喊："戴高帽，休得无礼！那可是朝廷命官马爷千里马和雷公雷霸天啊！连皇上都很尊敬他们呢！"闻听此言，众人一下围了上来，大喊起来，叫姑父、舅舅、表老爷、外公爷的都有。

马搬运恢复了神气，慢腾腾地走来，拉着千里马的手，打量了很久，终于认出来了，口中喊道："是堂爷爷，回来了也不露面，差点挨了这帮晚辈的嘲弄！"他指指场上又被点穴的人们一一介绍："这些是杨再兴的后裔杨神枪、汪蛮子的后裔汪板斧、周董的后裔周暗器、许三鞑的后裔许神仙、戴神通的后裔戴高帽、唐鲁班的后裔唐木匠……"他走向另一方，补充说，"这个，您可能不认识，是隔壁田中岛张家的后裔张大口！"话未说完，有两个人从人群中钻了出来，拉手高举并大喊："还有咱俩呢？"看样子，刚到，走得气喘吁吁的。

马搬运顺声扭头，接着说："高的那个是司马冲王族长的后裔王灵通，矮的那个是菜家坳鹰爪功高手菜师父的后裔菜飞脚。他们都是十年一届的汪家坪武林大会比赛出来的高手！人人都有一手绝活。"

千里马听了堂孙的介绍后高兴起来，拉起雷天霸，像小孩似的，欢快地跳起来，忽然长啸："老天有眼！司马冲的名人后继有人啦！"

众人随着喊声簇拥雷、千两老进了兴隆庵，祭拜起岳老爷来。

祭拜完毕，就在堂前，千里马把这些年轻的头面人物集中在一起，说起岳老爷托梦之事和自己内心的想法。大家一致同意：改造兴隆庵，新建武穆宫！

会上确定千里马主抓，雷霸天监管，马搬运、杨神枪、汪板斧协助，李大师择定动工的日子，张大口和戴高帽负责发动，周暗器、许精明落实统筹，王灵通、菜飞脚兼顾走脚报信，唐木匠带人主修。一切安排妥当。

会后，大家分头行动，工作有条不紊。

次日，李大师笑嘻嘻地找到千里马和雷霸天，说岳老爷在天有灵，开工日期就定在永乐四年（公元 1406 年）二月十五日，岳飞生日的那月那天。竣工日期为同年腊月十五，也是岳老爷生日那天。

连续下了半个月的雨，却不打闪动雷。动工那天，突然打雷，天放晴了！庵边那口干枯的井眼又冒出汩汩清泉。整个工程进展顺利，人们筹资筹劳，踊跃参与。

大旱的炎热天，井水依然不断，供修建的人们劳作所用。工程如期竣工。

一座气势恢宏的武穆宫矗立在岳字山旁的汪家坪！殿内戏台楼阁金碧辉煌，塑像威严。塑像面前供奉香台；两边，刀枪林立。

大家自发地举行隆重的庆典活动。

庆典之日，人山人海，难得的冬日暖阳高照。千里马发号施令，正当举行祭拜仪式，把岳飞、张宪、岳云神像请进武穆宫的时候，天空顿时连动三声响雷。人们惊喜不断，敲锣打鼓，燃放鞭炮，举办龙狮庆祝舞会。

焚香祭拜的香烟缭绕，腾升聚合在武穆宫上空，漂浮着似骑马的岳老爷带着一队官兵奔向烟木冲，落于岳字山……

人们惊异，举着高香，一路祭拜、高喊，虔诚地走上岳字山……

第七十章　改庵成宫院　魂归烟木山

尾 声

两乘轻骑朝武穆宫飞奔而来，一男一女翻身下马，带着先辈的嘱托，祭拜在岳老爷神像面前，长跪不起。

鹤发童颜的千里马请起二位，询问缘由。男的姓郭，女的姓杨，道出了各自的家世，先辈的遗愿……

千里马召集众人躬迎，举办庆祝宴，祝贺郭、杨两家联姻，后生可歌可敬！

郭、杨两人自愿成为武穆宫的守护人，整日待在宫内，忙这忙那，后裔请也请不回，直到终老。

从此，武穆宫矗立在人们心中，成为大家心中的神宫！烟木冲里的岳字山成为人们瞩目的神山！经常有人光顾，香火旺盛，前来祭拜的人络绎不绝。

景泰五年（1454 年），景泰帝御题各处祭奠岳飞的宫庙为"精忠之庙"。

万历四十三年（1615 年），明神宗诏告天下，加封岳飞为"三界靖魔大帝"……

后 记

走在人生的驿站，无意中获得民间的惊喜。凭借这个惊喜和一股蛮力，一味地挖掘、提炼，费时七年多，终于串起一个完整的画面。于是乎，热血喷涌，耳畔不时地响起一种声音，驱使我快速沉淀，把它写出来。

本人才疏学浅，写得不太顺手。有时，思路受阻，除了现场考证，还要翻阅大量资料；有时，飞鸽传书，需经当地佐证。写作只好时停时续。每日起早贪黑，瞎忙一顿，总是忙不清。写写停停，停停写写，费时一年半，才完成这部拙作。

友人团聚，美酒烧昏了头脑，不小心露出书讯的马脚。大家争着先睹为快。我难以推脱，只好从之。众人看后，除了赞赏，还谈了一些观点，特别是武冈皇城文化和饮食文化方面的。这很真实，我亦赞同，流于笔端，还原那时的武冈繁荣，为祖辈的聪慧而沾沾自喜。

回思创作心路，一个个单位鼎力相助；一张张笑容赶走我的疑虑。我备受感动，不能自已！在此，一并致谢相关单位和个人！尤其是司马冲的父老乡亲！

由于本人能力有限，书中难免有误，敬请诸位读者斧正！

唐文俊写于武冈陋室二〇一九年春

参考书目

《三朝北盟会编》（宋·徐梦莘著）

《建炎以来系年要录》（宋·李心传著）

《金佗粹编》《金佗续编》《鄂王行实编年》和《桯史》（宋·岳珂著）

《梁溪全集》（宋·李纲著）

《舆地纪胜》（宋·王象之编著）

《忠正德文集》（宋·赵鼎著）

《朝野遗记》（宋·佚名著）

《龙飞录》（宋·周必大著）

《咸淳临安志》（宋·潜说友著）

《宝庆四明志》（宋·罗濬等著）

《梦粱录》（宋·吴自牧著）

《武林旧事》（宋·周密著）

《高宗日历》（宋·秦桧主修）

《齐东野语》（宋·周密著）

《宋史》（元·脱脱、阿鲁图等主编）

《金史》（元·脱脱著）

《元史》（明·宋濂、王祎主编）

《历代名臣奏议》（明·杨士奇、黄淮主编）

《汤阴精忠庙志》和《汤阴县志》（明·张应答编，清·杨世达重编）

《钱塘县志》（明·聂心汤修，虞淳熙纂）

《明史》（清·张廷玉定稿）

《读史方舆纪要》（清·顾祖禹著）

《岳忠武之初瘗志》（清·吴廷康著）

《说岳全传》（清·钱彩著）

《宋稗类钞》（清·李宗孔著）

《宝庆府志》（清·黄完中、张镇南修，邓显鹤编纂）

《蒙古帝国史》（法国：雷纳·格鲁塞著）

《宋两湖大郡守臣易替考》（现代·李之亮著）

《杨氏命脉回溯》（现代·杨年建编著）

《岳飞贺州戡曹成本末考述》（现代·闻烨章著）

《正解岳飞为何必须死，真有别的出路吗？》（现代·白杨桥著）

《壮族通史》（现代·黄现璠著）

《西湖游览志》（现代·田汝成著）

《岳飞庙志》（现代·殷时学著）

《宋岳武穆公飞年谱》（现代·李汉魂编）

《岳王》（现代·云萧著）

《岳飞传故事》（现代·赵艳编著）

《邵阳市志》

《武冈县志》

《城步县志》

《新宁县志》

《祁阳县志》

《蓝山县志》

《荔浦县志》

《岳氏家谱》

《杨氏通谱》

网络·百度。